Das Buch

Als Goldy Schulz den Auftrag erhält, in einem englischen Schloss zu kochen, wird ein Traum wahr. Es passiert nicht alle Tage, dass bei ihr ein echt elisabethanisches Menü bestellt wird ... noch dazu in einem echten Schloss, das Stück für Stück von England nach Aspen Meadow transportiert wurde. Goldy ist überzeugt, dass alles wie am Schnürchen klappen wird. Doch am Morgen des großen Tages wird sie von einer Handgranate in ihrem Wohnzimmer geweckt – und als sie dann auch noch eine Leiche findet, ist nicht nur das Menü in Gefahr!

Die Autorin

Diane Mott Davidson lebt in Colorado. Mit ihren kulinarischen Kriminalromanen eroberte sie die Bestsellerlisten der USA im Sturm.

Von Diane Mott Davidson sind in unserem Hause bereits erschienen:

Partyservice für eine Tote
Süß ist der Tod
Müsli für den Mörder
Hochzeitsschmaus mit Todesfall
Ein todsicheres Rezept
Ein Mann zum Dessert
Man nehme: eine Leiche
Mord à la carte
Harte Nuss

Diane Mott Davidson

Darf's ein bisschen Mord sein?

Roman

Aus dem Amerikanischen
von Ursula Walther

Ullstein

Ullstein Taschenbuchverlag
Der Ullstein Taschenbuchverlag ist ein
Unternehmen der Econ Ullstein List Verlag GmbH & Co. KG,
München
Deutsche Erstausgabe
1. Auflage 2001
© 2001 für die deutsche Ausgabe by Econ Ullstein List Verlag
GmbH & Co. KG, München
© 2001 by Diane Mott Davidson
Translation rights arranged by Sandra Dijkstra Literary Agency.
Titel der amerikanischen Originalausgabe: Sticks & Scones
(Bantam, New York)
Übersetzung: Ursula Walther
Redaktion: Birgit Förster
Umschlagkonzept: Lohmüller Werbeagentur GmbH & Co. KG, Berlin
Umschlaggestaltung: Thomas Jarzina
Titelabbildung: AKG, Berlin
Gesetzt aus der New Baskerville
Satz: Pinkuin Satz und Datentechnik, Berlin
Druck und Bindearbeiten: Elsnerdruck, Berlin
Printed in Germany
ISBN 3-548-25264-8

*Für John William Schenk,
einen ungeheuer talentierten und sagenhaft kreativen
Küchenchef und Caterer.
Danke.*

Das Geschick eines Arztes mag körperliche Wunden heilen, die verletzte Ehre hingegen ist nur mit Stahl zu kurieren.

Die Kunst des Duellierens,
verfasst von »Einem Reisenden«, London, 1836.

Lunch zu Ehren der Labyrinth-Spender

Hyde Chapel, Aspen Meadow, Colorado
Montag, 9. Februar, zwölf Uhr

Hühnchen-Kroketten, Dijon- und Preiselbeersaucen

♦

Wintersalat aus Chèvre, Feigen, Feldsalat und Haselnüssen
Portwein-Vinaigrette

♦

Shakespeares Steak-Pie

♦

Prinzessbohnen mit Artischockenherzen

♦

Elisabethanisches Manchet-Brot, Butter

♦

Schokoladen-Marmorkuchen Labyrinth

♦

Merlot, Mineralwasser, Tee und Kaffee

**Nächtliche Geräusche** sind eine Tortur. Wenn mitten in der Nacht der Wind vor unseren Fenstern heult oder Schritte am Haus vorbeistapfen, denke ich: *Das kann alles Mögliche sein.* Einmal war eine Schneelawine von unserem Dach gerutscht und auf die Terrasse gedonnert. Ich wachte mit klopfendem Herzen auf und war davon überzeugt, angeschossen zu sein.

Das ist natürlich unlogisch. Aber sieben Jahre in Angst haben mich nicht gerade zu einem rationalen Menschen gemacht und logisch denken kann ich schon gar nicht, wenn ich aus dem Schlaf schrecke. Ein Geräusch könnte alles Mögliche bedeuten? *Nein.*

Es war *etwas*.

Als ich an diesem neunten Februar um vier Uhr morgens aufwachte, waren die Schreckensjahre längst vergangen. Trotzdem war ich überzeugt, ein leises Kratzen, als ob Stiefel über Eis schabten, gehört zu haben. *Denk nach*, ermahnte ich mich. *Keine Panik.*

Mein Herz raste, meine Kehle war trocken. Ich wartete, dass sich meine Gedanken klärten und dass das Geräusch wiederkam. Mein Mann Tom war unterwegs. Und selbst wenn er zu Hause war, störten Geräusche selten seinen Schlaf. Tom ist ein großer, kräftiger Cop und es gibt nur wenig, wovor er sich fürchtet.

Ich bewegte mich vorsichtig zwischen den kühlen Laken. Draußen waren es etwa null Grad. Eisige Luft sickerte durch die winzigen Ritzen in den Fensterrahmen unseres Schlafzimmers. Das Geräusch kam von draußen, von unten, dessen war ich mir ziemlich sicher.

Jetzt war alles still. Kein Laut drang aus Archs Zimmer am anderen Ende des Flurs. Mein Sohn wurde in zwei Monaten fünfzehn; er schlief gewöhnlich so fest, dass selbst ein Blizzard ihn nicht wecken konnte. Unser Bluthund Jake, der neben der Küche seinen Stammplatz hatte, knurrte nicht und wurde auch nicht unruhig. Ein gutes Zeichen.

Vielleicht bildete ich mir das alles nur ein. Ich war spät ins Bett gegangen, nachdem ich den ganzen Abend für den heutigen Caterer-Auftrag gekocht hatte. Und ich war ohnehin gestresst. Im Dezember war unser Familienleben ziemlich in Aufruhr gewesen. Die Behörden hatten meine kommerziell genutzte Küche in unserem Haus geschlossen und Tom und ich waren in einen Mord verwickelt gewesen, der sich in einem Skigebiet in der Nähe ereignet hatte. Um alles noch schlimmer zu machen, hatte ich am Neujahrsabend, gleich nachdem ich die Genehmigung erhielt, meine Küche wieder zu nutzen, die erste Party seit fünf Monaten ausgerichtet. Es war nicht gerade gut gelaufen.

Moment. Wieder ein Kratzen und gleich darauf ein Krachen. Es war wie ... was? Elks, die mit den Hufen im Eis scharrten? Eine Fichte, die unter der Last des Schnees ächzte? Wie ... jemand, der auf der anderen Straßenseite einen Koffer öffnet?

Wer packt um vier Uhr morgens einen Koffer aus?

Henry Kissinger sagte: *Selbst ein paranoider Mensch hat echte Feinde*. Mit diesem Gedanken im Kopf entschied ich mich dagegen, mein Bett zu verlassen und aus dem Fenster zu spähen. Mein Blick wanderte zum Nachttisch und ich griff verstohlen nach dem schnurlosen Telefon. Ich war paranoid und zudem, wie ich manchmal fürchtete, eine Panikmacherin oder, wie die coolen Jungs aus Archs Klasse sagen würden, ein echter Schisser. Ich schloss also eine Abmachung mit mir selbst. Noch ein Laut, und ich würde sofort die Nummer des Sheriff's Department wählen.

Ich zitterte, wartete und sehnte mich nach dem dicken Frottee-Morgenrock, der in meinem Schrank hing – er war ein verfrühtes Valentins-Geschenk von Tom. *Caterer müssen sich nach dem Kochen ausruhen, Miss G.*, hatte er gesagt. *Wickle dich einfach in das hier ein, wenn ich nicht da bin, und tu so, als wäre ich es.*

Natürlich wäre mir Tom in persona lieber als der Bademantel. Seit voriger Woche arbeitete Tom an einem Fall in New Jersey. Dort, so berichtete er, regnete es. Bei unseren allabendlichen Telefonaten erzählte ich ihm, dass jeder Tag Aspen Meadow mehr Schnee bescherte. Arch und ich hatten es zum morgendlichen Ritual erhoben, jeden Tag vor dem Haus und auf dem Gehsteig Schnee zu schippen. Aber bei den Tagestemperaturen schmolz unsere selbst gemachte Schneewehe und die nächtlichen Fröste verwandelten die Bürgersteige in Eisbahnen.

So. Wenn jemand auf dem Bürgersteig vor *unserem* Haus war, dann bewegte er oder sie sich auf ziemlich schlüpfrigem Untergrund.

Ich stützte mich auf die Ellbogen, zog die Tagesdecke hoch und lauschte aufmerksam. Im Neonlicht der Straßenlaterne konnte ich mich im Spiegel sehen: blondes, lockiges Haar, dunkle Augen, ein vierunddreißigjähriges Gesicht, das von exzessivem Schokoladegenuss eine Spur zu rund war. Es war ein Gesicht, das beinahe zwei Jahre, seit der Hochzeit mit Tom, glücklich gestrahlt hatte. Aber jetzt bereitete mir Toms Abwesenheit Kummer.

In meinem früheren Leben war mein Exmann oft nachts ins Haus getorkelt. Mit der Zeit hatte ich mich an gelallte Wortschwälle, die Prahlereien mit seinen zahlreichen Seitensprüngen und die mitternächtlichen ehelichen Auseinandersetzungen gewöhnt. Manchmal hatte ich sogar den Verdacht, dass seine Geliebten ihn bis vor unsere Tür verfolgten, um das Haus unter Beobachtung zu halten.

Selbstverständlich zweifelte ich nicht an Toms Treue, auch wenn er in letzter Zeit geheimnistuerisch und ziemlich beschäftigt gewesen war. Vor seiner Abreise hatte er sogar einen niedergeschlagenen Eindruck gemacht. Ich wusste nicht, wie ich ihm helfen konnte. Ich gab mir zwar große Mühe, aber noch musste ich mich daran gewöhnen, die Frau eines Cops zu sein.

Fünf Minuten verstrichen in absoluter Stille. Meine Gedanken wanderten weiter. Ich dachte an Tom. An der Ostküste war es jetzt sechs Uhr; war er schon auf? Beabsichtigte er noch, heute Vormittag zurückzufliegen, wie er es uns versprochen hatte? Und hatte er Fortschritte bei seinen Ermittlungen gemacht?

Er arbeitete an einem Hijacking-Fall: Ein FedEx-Lieferwagen war auf einer Straße des Furman County aufgehalten und gestohlen worden. Den Fahrer hatten die

Verbrecher umgebracht. Nur einer der mutmaßlichen drei Hijacker war bisher gefasst worden. Sein Name lautete Ray Wolff und er saß jetzt im selben Zellenblock wie mein Exmann, Dr. John Richard Korman. Dieser Blödmann, wie seine andere Exfrau und ich ihn nannten, verbüßte gerade eine Haftstrafe wegen Körperverletzung. Bei einem von Archs wöchentlichen Besuchen im Gefängnis hatte John Richard damit angegeben, dass er Ray Wolff, den berüchtigten Hijacker-Mörder, kannte. Wie war es um diese Welt bestellt, wenn ein Mann gegenüber seinem Sohn mit seinen kriminellen Kontakten und seiner eigenen Niedertracht prahlen musste?

Ich schauderte und versuchte die Drohungen, die mir mein Exmann aus dem Knast hatte zukommen lassen, aus meinen Gedanken zu verdrängen. Es waren sowohl versteckte als auch offene Drohungen. *Wenn ich hier rauskomme, werde ich dir den Kopf zurechtrücken, Goldy.* Zu Arch sagte er: *Du kannst deiner Mutter sagen, dass dein Vater einen Plan hat.*

Ich war keineswegs überrascht, dass die schwachen Anzeichen von Reue, die John Richard während seines Prozesses zur Schau gestellt hatte, nur Augenwischerei gewesen waren, um den Richter milde zu stimmen. Ich zuckte zusammen, als zum dritten Mal ein Geräusch ertönte. Jake gab ein zaghaftes *Wuff* von sich. Ich griff gerade nach dem Telefon, als eine Explosion das Haus erschütterte.

Was war das? Meine Gedanken rasten. Ich fror und zitterte und begriff erst jetzt, dass ich aus dem Bett gefallen war. Ein Schuss? Eine Bombe? Es hatte geklungen wie ein Raketenwerfer. Eine Handgranate. Ein Erdbeben. Unten zersplitterte Glas. *Was, zum Teufel, geht da vor sich?*

Ich umklammerte den Telefonhörer, flitzte auf den kalten Flur und versuchte, nach Arch zu rufen. Leider versagte meine Stimme. Unsere Alarmanlage schrillte. Ich fluchte, während ich durch den unbeleuchteten Gang stolperte.

Es war ein Schuss gewesen. Es konnte gar nichts anderes sein. Jemand hatte auf unser *Haus* geschossen. Mindestens ein Fenster im Erdgeschoss war zertrümmert, davon war ich überzeugt. *Wo ist der Schütze jetzt? Wo ist mein Sohn?*

»Arch!«, krächzte ich in der Dunkelheit. Meine Stimme klang dünn und so, als käme sie aus weiter Ferne. Der Alarm übertönte sie. »Ist alles in Ordnung? Kannst du mich hören?«

Das Heulen der Sirene verschmolz mit Jakes Kläffen. Was hatte eine Alarmanlage überhaupt für einen Sinn? Sie sollte einen vor Eindringlingen schützen, die irgendwelche Sachen stehlen wollten, nicht vor Schützen, die einem nach dem *Leben* trachteten. Ich schrie: »Ich bin's, deine Mom«, und stürmte ins Zimmer meines Sohnes.

Arch hatte die Beleuchtung seines Aquariums eingeschaltet und saß im Bett. In dem schaurig bläulichen Licht wirkte sein Gesicht aschfahl. Sein braunes Haar stand wie ein Heiligenschein von seinem Kopf ab und die hastig aufgesetzte Hornbrille saß schief auf seiner Nase. Er umklammerte ein Schwert – ein Florett, das er im Fechtunterricht in der Schule benutzte. Ich versuchte, 911 ins Telefon zu tippen, aber ich zitterte so sehr, dass ich mich verwählte. Eine Stimme brüllte mir ins Ohr.

Panik zeichnete Archs Gesicht, als er sich näher zu dem wässrigen Licht beugte und mich anblinzelte.

»*Mom!* Was war *das*?«

Schaudernd fummelte ich erneut am Telefon herum und wählte automatisch die Nummer des Furman County Sheriff's Department.

»Ich weiß nicht«, stieß ich hervor, um Archs Frage zu beantworten. Das Blut rauschte in meinen Ohren. Ich wollte die Kontrolle übernehmen, Trost spenden und eine gute Mutter sein. Ich wollte ihm versichern, dass alles nur ein Irrtum war. »Geh besser auf ...« Ich deutete mit dem Telefonhörer auf den Boden.

Mit dem Florett in der Hand kauerte sich Arch folgsam auf den Webteppich, den ich in unseren finanziell ziemlich finsteren Zeiten selbst gemacht hatte. Er hatte einen dunkelblauen Trainingsanzug – als Pyjamaersatz – und dicke graue Socken an, die ihn vor der Kälte schützten. *Schutz.* Ich dachte erst jetzt – viel zu spät – an Toms Gewehr und den Revolver, die er beide hinter einer falschen Wand in der angebauten Garage aufbewahrte. Das nützte mir jetzt wirklich viel, besonders da ich nicht die geringste Ahnung hatte, wie man mit Schusswaffen umging.

»Wir sind gleich da«, erklärte eine ferne Stimme im Telefon, nachdem ich drauflosgeplappert und gesagt hatte, wer wir waren und was passiert war. Jakes Jaulen und die gellende Alarmanlage machten es nahezu unmöglich, die Instruktionen der Polizeibeamtin zu verstehen. »Mrs. Schulz?«, wiederholte sie. »Verschließen Sie die Zimmertür. Falls irgendwelche Nachbarn kommen, sagen Sie ihnen, dass sie nichts anrühren dürfen. Einer unserer Wagen ist in weniger als einer Viertelstunde bei Ihnen.«

Bitte, lieber Gott, betete ich zusammenhanglos. Mit tauben Fingern verschloss ich Archs Zimmertür, dann ließ ich mich neben ihm auf dem Boden nieder. Konnte man den Schein des Aquariumlichts von draußen sehen? Zielte der Schütze vielleicht gerade in diesem Moment auf Archs Fenster?

»Jemand muss Jake holen«, flüsterte Arch. »Wir können ihn nicht unaufhörlich weiter bellen lassen. Du hast der Polizei gesagt, du hättest einen Schuss gehört. Glaubst du wirklich, es war ein Gewehr? Ich dachte, es sei eine *Kanonenkugel*.«

»Ich weiß es nicht.« *Falls irgendwelche Nachbarn kommen ...* Mir fielen die Namen meiner Nachbarn einfach nicht mehr ein.

Die Hausglocke ertönte. Ich sah Arch an und er mich. Keiner von uns rührte sich. Die Glocke läutete wieder. Eine männliche Stimme schrie: »Goldy? Arch? Hier ist Bill! Ich habe drei von den anderen Jungs bei mir!« Bill? Ah, Bill Quincy ... von nebenan. »Goldy«, brüllte Bill. »Wir sind *bewaffnet!*«

Ich holte tief Luft. Dies hier war Colorado, nicht England oder Kanada oder irgendein anderer Ort auf dieser Welt, in dem die Leute keine Waffen besaßen und nicht ungehindert damit herumfuchteln konnten. In Aspen Meadow würde kein Waffenbesitzer mit Selbstachtung, der nachts um vier einen Schuss hörte, warten, bis ihn jemand um Hilfe rief. Ein Mann hatte sogar einmal einen Aufkleber auf einem Schild der Bürgerwache angebracht: *Diese Straße wird mit Colts bewacht*. Obwohl die Stadtverwaltung jemanden geschickt hatte, um den Aufkleber zu entfernen, blieb diese Aussage bestehen.

»Goldy? Arch?«, polterte Bill Quincy erneut los. »Ist alles okay? Es sieht nicht so aus, als wäre jemand in Ihr Haus eingedrungen. Lassen Sie mich nachsehen? Goldy!«

Würden die Cops etwas dagegen einzuwenden haben? Ich wusste es nicht.

»Goldy?«, donnerte Bill. »Antworten Sie mir oder ich schlage die Tür ein!«

»Schon gut!«, rief ich. »Ich komme!« Ich schärfte Arch ein zu bleiben, wo er war, und tapste vorsichtig die Treppe hinunter.

Eisige Luft wirbelte durchs Erdgeschoss. Im Wohnzimmer glitzerten Glasscherben auf der Couch, den Sesseln und dem Teppich. Ich schaltete die ohrenbetäubende Alarmanlage aus, knipste die Außenbeleuchtung an und machte die Tür auf.

Vier grauhaarige Männer in Daunenjacken standen auf meiner Schwelle. Ich trug einen einfarbig roten Flanellpyjama und war barfuß, aber ich erklärte ihnen trotzdem, dass die Polizei unterwegs sei, und bat sie herein. Dampfwolken quollen aus den Mündern der Männer, als Bill darauf bestand, dass sich seine Begleiter nicht von der Stelle rühren sollten. Als wollten sie Bills Standpunkt unterstreichen, postierten sich seine Mannen auf unserer vereisten Veranda. Die Waffen – zwei Gewehre und zwei Revolver – schimmerten in dem geisterhaften Licht.

Bill Quincy – sein breites, kinnloses Gesicht grimmig, die breiten Schultern angespannt – verkündete, dass er beabsichtigte, durchs Haus zu gehen, um nachzusehen, ob sich der Schütze Zugang verschafft hatte. Ich solle mich ruhig verhalten, bis er das Erdgeschoss durchkämmt hatte, befahl er und drängte sich ohne weitere Umstände an mir vorbei. Bill stapfte wild entschlossen durch die Küche ins Wohnzimmer, spähte in das winzige Bad, dann kam er wieder in den Flur und betrachtete mich mit schief geneigtem Kopf. Ich schlich hinter ihm in die Küche. Er rief eine Warnung ins Kellergeschoss und polterte hinunter. Falls sich tatsächlich ein Eindringling im Haus versteckte, konnte kein Zweifel daran bestehen, dass mein Nachbar vorhatte, ihn hinauszubugsieren.

Jake raste vor mir die Treppe hinauf zu Archs Zimmer. Scout, unser Kater, schlich hinter dem Hund her. Sein grau-braunes Haar stand wie das von Arch in alle Richtungen ab. Ich folgte meiner Tier-Eskorte und dankte Gott im Stillen, dass niemand von uns verletzt worden war und dass wir so großartige Nachbarn hatten. Der Kater huschte unter das Bett, das Julian Teller hin und wieder benutzte, unser ehemaliger Kostgänger und jetzt Collegestudent in der University of Colorado. Arch fragte zum dritten Mal, was passiert war. Ich wollte ihm keine Angst einjagen. Deshalb log ich.

»Es ist nur ... sieht so aus, als wäre ein Betrunkener vom Grizzly Saloon hier herumgetorkelt; offenbar hat er auf unser Wohnzimmerfenster gezielt und geschossen. Ob der Kerl ein Gewehr oder einen Revolver benutzt hat, weiß ich nicht. Was immer es auch war, er war jedenfalls nicht zu besoffen, um daneben zu schießen.«

Mein Sohn nickte bedächtig – er war unschlüssig, ob er mir glauben sollte oder nicht. Und er hatte Grund genug zu zweifeln, denn das Grizzly schloss am Sonntagabend ziemlich früh.

Ich starrte auf die Zeiger von Archs neuem Wecker – ein Geschenk der Fechttrainerin. Der Wecker hatte die Form eines Ritters mit Schwert in der Hand, an dem die Uhr hing. Als die Zeiger vier Uhr fünfundzwanzig zeigten, zerriss entferntes Sirenengeheul die Stille. Ich schob die blassorangen Vorhänge zur Seite und schaute aus dem Fenster. Zwei Streifenwagen rasten die Straße herunter und parkten am Randstein vor unserem Haus.

Ich lief in Toms und mein Schlafzimmer, schlüpfte in Jeans, ein Sweatshirt und Clogs. Hatte jemand aus Versehen einen Schuss abgegeben? War unser Wohnzimmerfenster nur wegen eines dummen Zufalls zu Bruch gegangen? Das konnte doch keine Absicht gewesen sein, oder? Und ausgerechnet jetzt ...

Ich ging hinunter. Heute sollte ich nach fünf Wochen meinen ersten großen Auftrag erfüllen, ein Mittagessen in einer gotischen Kapelle, die auf einem von einem echten englischen Schloss beherrschten Anwesen stand. Das Schloss war eines von Aspen Meadows' umwerfenden, aber eigenartigen Wahrzeichen. Der Schlossbesitzer, der hoffte, ein Konferenzzentrum im Schloss eröffnen zu können, hatte mir versprochen, mir große Aufträge zu geben, wenn heute alles gut ging. Ich wollte heute *auf keinen Fall* etwas vermasseln.

Aber ich machte mir große Sorgen, als ich mich auf der Treppe am Geländer festhielt – ich war eine Caterin und mit einem Cop verheiratet, mit einem Cop, der an einem so komplizierten Fall arbeitete, dass er an einem zweitausend Meilen entfernten Ort nach einem Verdächtigen suchen musste. Vielleicht war der Schuss eine Botschaft für Tom.

Draußen blitzte das Blaulicht über die schneebedeckten Bäume und kreierte schaurige Schatten. Der Anblick von Streifenwagen war mir nichts Unvertrautes. Trotzdem wurde meine Kehle eng, als ich die Haustür aufmachte. Bill und die anderen Gewehrträger sahen mich mitfühlend an.

Warum sollte jemand auf das Haus einer Köchin mit Catering-Service schießen?

Ich schluckte schwer.

Wollte ich das wirklich wissen?

 **Zwei Cops trotteten** über den vereisten Weg zu unserem Haus. Der erste war groß und ziemlich korpulent, der zweite klein und schmächtig mit dunklem Schnurrbart in einem blassen Gesicht.

»Mrs. Schulz?«, begann der Große. »Ich bin Deputy Wyatt. Das ist Deputy Vaughan.«

Ich nickte und schüttelte beiden die Hand. Ich erinnerte mich an sie von der Weihnachtsfeier im Sheriff's Department, die drei Tage vor Neujahr stattgefunden hatte, weil zu Weihnachten und Silvester für die Cops Hochbetrieb herrschte und die Verbrecher besonders aktiv waren. Die improvisierte Wachmannschaft – die drei Nachbarn plus Bill – verfolgten neugierig, wie ich den Polizisten für ihre prompte Reaktion dankte.

Wyatt, der dunkle, intelligente Augen hatte, erklärte mit leiser Stimme knapp: »Wir sichern das Haus ab. Dann müssen wir mit Ihren Nachbarn sprechen.« Er nahm seine Kappe ab und enthüllte schütteres dunkelbraunes Haar. »Danach möchten wir mit Ihnen reden.«

Ich ließ ihn herein, während Vaughan beiseite trat und leise mit den Männern auf der Veranda sprach. Da der größte Teil des vorderen Fensters fehlte, erschien es mir albern, die Tür hinter Wyatt zu verschließen. Ich tat es trotzdem. Erstaunlich, wie hartnäckig Gewohnheiten sein konnten

Sobald ich das Licht im Wohnzimmer angeschaltet hatte, ging Wyatt zum Fenster. Er betrachtete stirnrunzelnd das gezackte Glas, das noch im Rahmen steckte. Kalte Luft strömte durch das Loch. Der Deputy nickte kaum merklich und begann seinen Rundgang durchs Haus.

Archs Musik wehte von oben herunter. Ein unrhythmisches Pochen – Jakes Schwanz klopfte auf den Boden – wies darauf hin, dass der Hund bei Arch geblieben war. Das war *ein* Mittel, Trost zu finden: Rock and Roll und ein vierbeiniger Freund.

Die eisige Februarluft jagte mir Schauer über den Rücken. Ich ging in die Küche, wo ich die Tür gegen die Kälte zumachen konnte. Außerdem konnte ich dort den Ofen anstellen. Mein Ofen war für mich das, was für Arch die Musik war.

Aber die Hitze des Ofens reichte nicht aus. In meinem Kopf entstanden immer neue Fragen, und ich lief nervös von einem Fenster zum anderen. Wer hatte auf uns geschossen? Warum machte jemand so etwas? Das Licht der Streifenwagen blinkte über den schneebedeckten Garten. Sollte ich Tom gleich anrufen oder besser noch warten? Würden sie ihm diesen Fall übergeben?

Ich hörte, wie Wyatt im Kellergeschoss von Toms Arbeitszimmer in den Lagerraum, ins Bad, in die Waschküche und die Staukammern schlurfte … Ich konnte durch das Loch im Fenster Vaughans leises Murmeln auf der Veranda hören, das von den Antworten der Nachbarn unterbrochen wurde. Wie lange ließen sie mich noch warten? Konnte sich der Schütze im Haus versteckt haben? Unmöglich. War er vielleicht noch irgendwo da draußen? Unwahrscheinlich, argumentierte ich.

Ich schlang die Arme um mich, als die Kälte durch den Spalt unter der Tür zwischen Küche und Flur drang. Wie sollte ich heute in dieser Küche arbeiten, wenn es so verdammt kalt war? Und ein heißer Ofen verbesserte auch nicht gerade mein Befinden, es sei denn, ich schob irgendetwas hinein. Etwas Heißes, Lockeres, etwas, was man mit Marmelade und Butter bestreichen konnte oder sogar mit Schlagsahne ... *Vergiss es.*

Der Schuss dröhnte wieder in meinen Ohren. Ich konnte nicht aufhören zu zittern. Wo waren die Cops? Wieso war es so kalt hier drin?

Ich brauchte Trost. Ich würde gar nichts vergessen, sondern *süße Brötchen* backen.

Ich fühlte mich sofort besser.

Ich erhitzte Wasser, um die Korinthen einzuweichen, schaltete meinen Küchen-Computer ein und kramte in unserer Kühlkammer nach Butter. Ich hatte für das heutige Event gründliche Recherchen, was die englische Küche betraf, betrieben und Faszinierendes in Erfahrung gebracht. Süße Brötchen wurden zum ersten Mal im sechzehnten Jahrhundert als schottische Speise erwähnt. Da das bedeutete, dass sich die Tudors an diesen kleinen süßen Gebäckstücken gütlich getan hatten, wollte mein Klient unbedingt ein gutes Rezept dafür haben.

So interessiert ich auch daran war, das perfekte Brötchenrezept zu kreieren, konnte ich mich doch nicht richtig konzentrieren. Ich zerbrach mir den Kopf, wie lange es wohl dauern würde, bis das Fenster repariert war, und verschmierte währenddessen Butter auf der Arbeitsplatte. Da der Schuss erneut in meinen Ohren gellte, vergaß ich, den Deckel auf die Küchenmaschine zu schrauben, und ein Schneesturm aus Mehl wirbelte zur Decke und mir ins Gesicht. Ich hustete, sprang zurück und stieß dabei mit dem Ellbogen an einen Karton; ein Strom von süßer Sahne ergoss sich gluckernd über die Tastatur meines Computers. Ich fluchte wie ein Bierkutscher, als Wyatt und Vaughan endlich in die Küche stapften. Sie rissen beide die Augen auf, als sie das Chaos sahen.

»Ich koche«, erklärte ich wütend.

»Das sehe ich«, erwiderte Wyatt. Er räusperte sich. »Hmm ... Warum setzen Sie sich nicht für einen Moment?«

Ich schaltete den Computer aus und zog den Stecker heraus, dann brachte ich die Tastatur zur Spüle, machte auch die Küchenmaschine aus und wischte mir das Mehl aus dem Gesicht. Wyatt begann mit seinem Bericht, ohne mich aus den Augen zu lassen. Zum Glück hatte er festgestellt, dass nichts im Haus fehlte – es gab keine Anzeichen, dass sich jemand Zugang verschafft hatte, keine Fremden lauerten in Schränken oder unter den Betten. Die Ermittler und die Spurensicherung, so versicherte er mir, würden jeden Moment eintreffen.

Ich bot ihnen heiße Getränke an. Sie lehnten dankend ab und setzten sich an unseren Eichenholztisch. Ich machte mir einen Espresso, nahm den triefenden Sahne-Karton und schüttete den letzten Rest in meine Kaffeetasse. *Das gibt mir Kraft,* sagte ich mir. In der Küche war es kalt wie in einem Eisschrank. Ich hätte mich wärmer anziehen sollen.

SCHLOSS-BRÖTCHEN

¼ Tasse Korinthen
2 Tassen Mehl
2 EL Zucker
1 EL Backpulver
½ TL Salz
4 EL gut gekühlte Butter, in vier Stücke geschnitten
1 großes Ei
¼ Tasse süße Sahne
½ Tasse Milch
2 TL Zucker (nach Geschmack)
Wahlweise Butter, Schlagsahne, Marmelade und Weichkäse

Die Korinthen in eine mittelgroße Schüssel geben und mit kochendem Wasser übergießen. 10 Minuten stehen lassen. Die Korinthen abtropfen lassen, mit Küchenkrepp abtupfen und beiseite stellen.

Den Backofen auf 180° vorheizen.

Das Mehl mit dem Zucker, dem Backpulver und Salz mit dem Knethaken der Küchenmaschine in einer Schüssel vermischen, nach und nach die Butterstücke zugeben und kneten, bis der Teig aussieht wie Maismehl. Das Ei mit der Sahne vermischen und

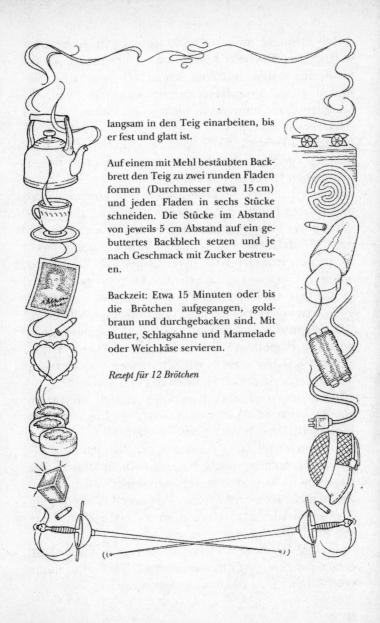

langsam in den Teig einarbeiten, bis er fest und glatt ist.

Auf einem mit Mehl bestäubten Backbrett den Teig zu zwei runden Fladen formen (Durchmesser etwa 15 cm) und jeden Fladen in sechs Stücke schneiden. Die Stücke im Abstand von jeweils 5 cm Abstand auf ein gebuttertes Backblech setzen und je nach Geschmack mit Zucker bestreuen.

Backzeit: Etwa 15 Minuten oder bis die Brötchen aufgegangen, goldbraun und durchgebacken sind. Mit Butter, Schlagsahne und Marmelade oder Weichkäse servieren.

Rezept für 12 Brötchen

»Ich erinnere mich an Sie«, sagte Wyatt, wobei ein schalkhaftes Lächeln seine Lippen umspielte. »Und nicht nur, weil Sie mit Tom Schulz verheiratet sind. Sie sind diejenige, die auf die eine oder andere Weise in verschiedene Ermittlungen verwickelt war, stimmt's?«

Ich seufzte und nickte.

Vaughan kicherte. »Wir haben Schulz ab und zu deswegen aufgezogen. Wir haben ihn gefragt, ob er Ihnen nicht einen Job anbieten will.«

Scherten sich diese Typen überhaupt um mein zertrümmertes Fenster? Warum stocherten sie nicht Geschosse aus unserer Wohnzimmerwand? Oder suchten nach Fußabdrücken im Schnee? »Vielen Dank, Jungs«, entgegnete ich. »Ich habe bereits einen Job. Ein Unternehmen, für das dieser Zwischenfall keineswegs hilfreich ist. Und zudem habe ich einen Sohn, um den ich mich kümmern muss«, rief ich ihnen grimmig ins Gedächtnis.

Die Deputies wurden wieder ernst und bombardierten mich mit Fragen. Was hatte ich gehört? Wann? Wieso war ich so sicher, dass es ein Schuss war? Hatte ich aus dem Fenster geschaut? Hatte Arch etwas gesehen?

Der Espresso hatte mich erwärmt und ich antwortete knapp, während Wyatt sich Notizen machte. Aber ich zögerte, als er sich erkundigte, ob jemand aus unserer Familie in letzter Zeit Drohungen erhalten hatte.

»Da war irgendetwas vor ungefähr einem Monat – das Department hatte damit zu tun«, drängte mich Wyatt, als ich nicht sofort antwortete. »Sie sind die Caterin, die die Lauderdales angezeigt hat. Am Neujahrsabend. Wegen Kindesmisshandlung, stimmt's?«

»Ja«, gab ich zurück. »Ich habe den guten Buddy Lauderdale angezeigt. Er hat seine kleine Tochter so lange geschüttelt, bis sie das Bewusstsein verlor.«

Wyatt schaute von seinem Notizbuch auf und funkelte mich an. »Sie haben die Party dort ausgerichtet – habe ich das richtig in Erinnerung?«, fragte er. »Eine große Party, obwohl der Bursche kurz vor dem Bankrott steht oder so was?«

Oder so was. Buddy Lauderdale steckte Gerüchten zufolge in finanziellen Schwierigkeiten und die Zeitungen hatten darüber und über seine Verhaftung ausgiebig berichtet. Nach dem, was die Reporter aufgeschnappt hatten, stand die neue, erweiterte Firma Lauderdale Luxury Imports, die ihren Sitz neben dem fantastischen neuen Furman East Shopping Center hatte, kurz vor der Pleite.

Buddy Lauderdale, Anfang fünfzig, dunkelhäutig und mit frisch transplantiertem, dichtem Haupthaar, hatte sich über die Gerüchte lustig gemacht. Mit seiner ultraschicken, um fünfzehn Jahre jüngeren zweiten Frau Chardé hatte er eine extravagante Neujahrsparty gegeben, um aller Welt zu zeigen, *wie* reich und zuversichtlich er war. Und mich hatte man, dank der Empfehlung von Howie Lauderdale, dem Star des Fechtteams in Archs Elk-Park-Prep-Schule, beauftragt, für die Speisen und Getränke zu sorgen. Der sechzehnjährige Howie war mit Arch befreundet und stammte aus Buddys erster Ehe. Naiverweise hatte ich angenommen, der Vater wäre genauso nett wie sein Sohn.

Alles sei an diesem Neujahrsabend bestens verlaufen, hatte ich bei der Polizei erklärt, bis etwa halb zwölf, als Buddy und Howie den Gästen ihre Fechtkunst demonstrieren wollten. Unglücklicherweise fing Patty Lauderdale, die niedliche einjährige Tochter von Buddy und Chardé, genau in dem Augenblick an zu schreien, als die Fechter Aufstellung nahmen. Buddy wies mich an, die

Kleine hinauszubringen, und das tat ich auch. Ich setzte mich mit ihr in die Küche, wiegte sie, versuchte, sie zu beruhigen, und sang ihr sogar etwas vor, aber Patty schrie und schrie. Das Kind hätte natürlich längst ins Bett gehört, aber die Eltern wollten mit ihr vor den Gästen angeben. Buddy stürmte wütend wegen des Radaus in die Küche. Außer mir war kein Erwachsener anwesend. Er riss mir die schreiende Patty aus den Armen und trotz meiner Proteste schüttelte er das arme Kind, bis es würgte, die Augen verdrehte und das Bewusstsein verlor.

Ja, ich hatte die Polizei gerufen. Man hatte Patty der Familie für eine Woche weggenommen. Nach den Ermittlungen waren die Lauderdales, die keine Vorstrafen hatten, vom Kindesmissbrauch freigesprochen worden. Die kleine Patty, die, wie berichtet wurde, immer noch unter neurologischer Aufsicht stand, kam wieder zu ihren Eltern. Aber ich habe gelernt, dass Geld, Einfluss und die richtigen Anwälte auch aufrechte Männer korrumpieren können. Von Freunden hatte ich gehört, dass die Lauderdales geschworen hatten, *es dieser Goldy noch zu zeigen.* Sie behaupteten steif und fest, dass Buddy lediglich versucht hatte, ein guter Vater zu sein. Und sie erklärten auch, dass ihr guter Name und ihre Geschäfte unwiderruflich gelitten hatten, nur weil ich die Polizei eingeschaltet hatte. Ein reißerischer Artikel im *Mountain Journal,* der den Vorfall behandelte und auch meine eigene Geschichte als misshandelte Ehefrau aufrollte, hatte die Situation natürlich nicht entschärft. Zu dem Artikel waren zwei Fotos abgedruckt worden. Eines von Buddy Lauderdale aus seinem TV-Werbespot, in dem er Jagdkleidung, ein Gewehr und eine große Tasche über der Schulter trägt. Das andere zeigte, wie er in Handschellen aus seinem Haus geführt wurde.

»Haben Sie kürzlich was von den Lauderdales gehört?«, wollte Wyatt wissen.

Ich schüttelte den Kopf, aber mir rutschte das Herz in die Hosentasche. Unglücklicherweise hatte Chardé Lauderdale die Umbauarbeiten des Hyde-Schlosses geplant und ausgeführt, in dem ich diese Woche einen Catering-Auftrag hatte. Chardé hatte auch die Neugestaltung der Hyde-Kapelle beaufsichtigt und in dieser Kapelle würde ich heute Mittag arbeiten. Das hieß, ich *hoffte*, heute dort arbeiten zu können, wenn es mir gelang, einen Platz mit Herd, Backofen und Fenstern ohne Einschusslöcher zu finden, an dem ich die Vorbereitungen beenden konnte.

»Wissen Sie, ob Tom in den letzten Wochen Drohungen erhalten hat?«, fragte Vaughan.

Ich verneinte mit einem Seufzer. Falls *ihn* jemand bedroht hätte, erinnerte ich sie, würde ein Bericht im Department vorliegen. Der Hijacking-Mordfall hatte Tom gezwungen, den Staat zu verlassen. Bei dem Überfall war ein Furman County Store namens The Stamp Fox schwer geschädigt worden. Einer der Umschläge in dem gestohlenen Lieferwagen – und auf diesen Umschlag hatten es die Diebe hauptsächlich abgesehen – enthielt eine Briefmarkensammlung, die mehr als drei Millionen Dollar wert war. Das Stamp Fox hatte die Briefmarken in einem neutralen FedEx-Umschlag zu einer Ausstellung nach Tucson geschickt. So viel zur unauffälligen Versendung von Wertsachen. Da der FedEx-Fahrer Widerstand geleistet hatte, war er erschossen worden.

»Tom sagte, er würde heute nach Hause kommen«, berichtete ich Wyatt und Vaughan. »Er hat nach einem Jungen von hier gefahndet, der irgendetwas mit dem

Überfall auf den Lieferwagen zu tun hatte. Sein Name ist Andy Balachek.«

»Ist Balachek nicht der spielsüchtige Junge?«, erkundigte sich Wyatt. »Er hat den Bagger oder Truck seines Vaters gestohlen und verscherbelt, oder? Und der ist an Ray Wolff geraten?«

Ich nickte. Auch das hatte in den Zeitungen gestanden. Andy Balacheks Freundschaft zu Ray Wolff, dem berüchtigten Hijacker, der jetzt im Furman County hinter Gittern saß, hatte sich für den naiven Zwanzigjährigen als ausgesprochen teuer erwiesen. Andy war als wohl bekannter Kumpel von Wolff nach dem Verbrechen vernommen worden. In der Nacht des Überfalls auf den Lieferwagen hatte Andys Vater einen Herzanfall erlitten. Dann hatte Tom Ray Wolff verhaftet, denn man hatte dessen Fingerabdrücke auf dem Steuerrad des FedEx-Lieferwagens gefunden, der in einem Gelände mit Lagerhäusern an der County-Grenze entdeckt worden war. Wolff schwor Rache und spuckte Tom ins Gesicht, ehe er in Handschellen abgeführt wurde.

Wie ich wusste, hatte Andy Balachek den Verdacht der Polizei bestätigt, dass er mit Ray Wolff unter einer Decke steckte, aber ich war nicht sicher, ob Wyatt und Vaughan Kenntnis davon hatten. Ein paar Tage nach dem Diebstahl hatte Andy mit Tom Kontakt aufgenommen und ihn gebeten, per E-Mail mit ihm kommunizieren zu dürfen. Andy war interessiert an einem Handel mit der Staatsanwaltschaft. Der Bezirksstaatsanwalt hatte Tom angewiesen, Andy hinzuhalten. Da der Junge fürchtete, dass sein Vater nicht mehr lange leben würde, und er sein Gewissen erleichtern wollte, hatte er Tom den Tipp mit dem Lagerhausgelände gegeben.

Dann hatte Andy Tom geschrieben, dass er einen Gewinn eingestrichen hätte und sich nach Atlantic City auf und davon machen würde. Und Tom reiste ihm hinterher, um ihn ausfindig zu machen.

»Und hat Tom andere problematische Fälle erwähnt?«, bohrte Deputy Vaughan weiter. »Hat sonst noch jemand ein Hühnchen mit ihm zu rupfen?«

Ich runzelte die Stirn und dachte an die E-Mail-Korrespondenz, die Tom von zu Hause aus hatte führen müssen, weil Andy sich geweigert hatte, seine E-Mails direkt an das Sheriff's Department zu schicken. Es war absolut untypisch für Tom, so viel Zeit zu Hause zu verbringen. Aber er hatte es getan, bis er seine Koffer für die Fahrt nach New Jersey gepackt hatte.

Nein, ich wusste nicht, ob Tom an anderen *problematischen* Fällen arbeitete. Ich wusste nur, dass er zu viel arbeitete.

»Hat er über Drohungen von Balachek gesprochen?«, fragte Vaughan weiter.

»Als Balachek schrieb, dass er vorhabe, den Staat zu verlassen, bekam Tom unverzüglich die Genehmigung von Captain Lambert, nach ihm zu suchen.«

Vaughan zog die Augenbrauen hoch: *Das ist alles?*

»Und Sie, Mrs. Schulz?«, schaltete sich Wyatt wieder ein. »Mal ganz abgesehen von den Lauderdales – gibt es jemanden, der auf Sie schießen würde? Oder auf Ihren Sohn?«

Wyatt kritzelte etwas in sein Notizbuch, als ich ihm erzählte, dass Archs Vater, mein Exmann, in Erwägung zog, einen Antrag auf Haftentlassung zu stellen und seine so genannte »gute Führung« als Grund anzugeben. Ich fügte hinzu, dass nur fünf Monate hinter Schloss und Riegel kaum eine Bestrafung waren, wenn er ursprünglich zu drei Jahren verurteilt worden war, weil er eine Frau massiv verprügelt hatte. Nein, erklärte ich, John Richard saß nicht im Knast, weil er *mich* angegriffen hatte. Oder seine andere Exfrau, meine beste Freundin Marla Korman. Diesmal nicht. Ich fügte hinzu, dass es ein Widerspruch in sich war, den Blödmann als Modell-Gefangenen anzusehen – es war so widersinnig wie fettfreie Butter. Ich machte den Deputies klar, dass John Richard jederzeit aus dem Gefängnis entlassen werden könnte. Aber ich nahm an, vorher von offizieller Stelle eine Benachrichtigung zu erhalten, falls seinem Antrag stattgegeben wurde.

Ich schwieg. Wyatt und Vaughan musterten mich. Der Kaffee war nicht mehr heiß; meine Zähne klapperten. Wyatt stand auf und rief dem Team etwas zu, das mittlerweile eingetroffen war und mein Wohnzimmer untersuchte. Eine Polizistin brachte mir einen Quilt. Ich dankte ihr und wickelte mich in die dicke Decke, die ehrenamtliche Mitarbeiter der Opferhilfe selbst genäht hatten.

»Gibt es irgendwelche Nachbarn, die Probleme machen könnten?«, fragte Wyatts Partner geduldig weiter. »Die Jungs da draußen sehen aus, als würden ihre Finger am Abzug ziemlich locker sein.« War da die Andeutung eines Grinsens auf Wyatts Gesicht? Ich beeilte mich zu versichern, dass meine Nachbarn großartige Leute waren. Der letzte Schuss, den einer unserer Nachbarn abgefeuert hatte, galt einem Specht. Er hatte diesen Vogel *wirklich* gehasst – diese kleine Auseinandersetzung zwischen Mensch und Tier gehörte zu den Geschichten, die in der Nachbarschaft zur Legende werden konnten. Und außerdem war der Specht nach dem Schuss unversehrt davongeflogen.

»Gibt es andere Leute«, bohrte Vaughan weiter, »vielleicht Klienten, mit denen Sie Ärger haben?«

»Gewöhnlich«, erwiderte ich, »regen sich meine Klienten nur auf, wenn ich mich *nicht* bei ihnen blicken lasse.« Meine Kehle wurde eng. Wie sollte ich dieses Mittagessen über die Bühne bringen? Die zerschossene Fensterscheibe und die Eiseskälte im Haus machten es unmöglich, die letzten notwendigen Vorbereitungen hier zu treffen, es sei denn, ich fand sofort einen Handwerker, der Sperrholz vor das Fenster nagelte. Dieses Mittagessen in der Hyde-Kapelle musste ein Erfolg werden. Konnte ich in der Schlossküche arbeiten, wenn es mir nicht gelang, einen Handwerker aufzutreiben? Würden die Hydes etwas dagegen haben, wenn ich schon vor Sonnenaufgang im Schloss auftauchte? Ich bekam eine Gänsehaut auf den Armen und seufzte.

Wyatt klappte sein Notizbuch zu. Das Telefon klingelte. Ich lief zum Apparat, in der Hoffnung, dass es Tom war.

»Goldy, hier ist Boyd«, sagte eine ernste Stimme. Sergeant Boyd war einer von Toms engsten Freunden im Department.

»Oh«, sagte ich und versuchte, meine Enttäuschung zu verbergen. »Haben Sie schon gehört von ...«

»Deshalb rufe ich ja an«, fiel er mir ins Wort. Boyd hatte eine sachlich nüchterne Art, eine fassartige Figur und einen unmodernen Bürstenhaarschnitt – all das habe ich im Laufe der Zeit schätzen gelernt. Tom würde Boyd sein Leben anvertrauen, genauso wie ich. »Hören Sie«, sagte er jetzt. »Ich möchte, dass Sie so bald wie möglich aus diesem Haus verschwinden.«

»Ich denke darüber nach«, erwiderte ich. »Aber vielleicht reicht es aus, wenn ich das Fenster mit Sperrholz vernagle ...«

»Vergessen Sie's. Ihre Alarmanlage muss überprüft und neu installiert werden und das Haus ist nicht sicher genug. Ich habe bereits mit Armstrong geredet.« Sergeant Armstrong, der mit Boyd zusammenarbeitete, war auch ein Freund und Ermittler-Ass. »Wir wollen, dass Sie das Haus verlassen und so lange wegbleiben, bis Tom zurückkommt. Es ist dort *nicht* sicher für Sie. Sie und Arch können in meinem Gästezimmer unterkommen, wenn Sie wollen. Armstrongs Familie ist auch bereit, Sie aufzunehmen.«

Ich dachte an die winzige Küche in Boyds Junggesellenwohnung und an das Chaos, das die sechs Kinder der Armstrongs verursachten, wo immer sie auch auftauchten. »Danke. Ich weiß nicht recht …«

»Wir lassen Ihr Fenster reparieren, keine Sorge. Und Ihre Alarmanlage auch. Aber wir müssen herausfinden, wer das getan hat.«

»Okay«, stimmte ich widerstrebend zu, weil ich wusste, Tom würde von mir erwarten, dass ich Boyds Anweisungen folgte. »Ich werde … einige Vorbereitungen treffen.«

»Gut. Wir sprechen uns später wieder.«

Ich dankte ihm, legte auf und berichtete den Deputies, was Boyd gesagt hatte. Beide schienen erleichtert aufzuatmen. Jedenfalls würde das Haus bald zu kalt und zu gefährlich für mich sein – zumindest für heute. Wie konnte ich nun vorgehen? Welche Freunde, die eine große Küche hatten, konnte man um halb fünf Uhr morgens anrufen und um Unterschlupf bitten?

Meine Freundin Marla Korman – die immer behauptete, der Blödmann hätte sie nur ihrer Erbschaft wegen geheiratet, die sie wohlweislich *nicht* mit ihm geteilt hatte – hatte sich in einer Suite im Denver Brown Palace

Hotel eingenistet, solange ihr Gästezimmer umgebaut wurde. Ich wusste, dass mich Marla mit offenen Armen willkommen geheißen hätte, auch zu dieser nachtschlafenden Zeit. Aber die je eine Stunde Fahrt von Aspen Meadow nach Denver und zurück, um das Essen in der Hyde-Kapelle zu servieren – zusätzlich zu den Fahrten zur und von Archs Schule –, das war unmöglich. Außerdem würde das Brown ihr wohl kaum die Restaurantküche zur Verfügung stellen.

Widerwillig machte ich mir klar, dass ich die Hydes – Eliot und Sukie, Besitzer des Hyde-Schlosses – bald anrufen musste, wofür auch immer ich mich entscheiden sollte. Archs Fechttrainerin, Michaela Kirovsky, war auch Kastellanin im Schloss. Sie hatte Arch gegenüber einmal erwähnt, dass die Schlossbesitzer nichts dagegen hätten, wenn wir beide – er und ich – dort wohnen würden, solange Tom nicht da war. Michaela hatte freundlich darauf hingewiesen, dass mein Catering-Job einfacher wäre, wenn ich an Ort und Stelle war. Aber um diese Uhrzeit konnte ich die Hydes noch nicht anrufen. Und ich wusste auch nicht, ob Michaela Kirovskys Einladung wirklich ernst gemeint gewesen war. Vielleicht wollten die Hydes ihre Caterin nicht zwischen den Füßen haben. Ihre Caterin *und* deren Sohn, verbesserte ich mich.

Was würde Tom wollen? Ich hatte keine Ahnung. Ich hatte schon früher in den Häusern meiner Klienten übernachtet, als mein Exmann Drohungen ausgestoßen hatte und unser Haus noch nicht mit einer Alarmanlage ausgestattet gewesen war. Aber diese Klienten waren Verwandte von Marla gewesen. Mein Verhältnis zu Eliot und Sukie war rein geschäftlicher Natur.

Ich fällte ohne jede Begeisterung eine Entscheidung: Ich würde das Essen zusammenpacken, mit meinem

Sohn bis vor die Schlosstore fahren und von dort aus die Hydes mit dem Handy anrufen. Wenn sie uns nicht aufnehmen wollten, musste ich mir etwas anderes einfallen lassen.

Als Wyatt zwei Deputies, die gerade angekommen waren, losschickte, um weitere Nachbarn zu befragen, traf auch das Video-Team ein. Ich ging hinauf, um ein paar Dinge einzupacken, und bat Arch, dasselbe zu tun. Mein Sohn verkündete, dass wir zuallererst jemanden finden mussten, der Jake und Scout versorgte. Ich rief Bills Frau Trudy an – in ihrem Haus brannte Licht, also war Trudy auf – und vereinbarte mit ihr, dass sie sich um unsere Haustiere kümmerte. Es wäre so lange, bis unser Fenster repariert war, versicherte ich Trudy und bemühte mich, zuversichtlich zu klingen und mich gleichzeitig für den frühen Anruf zu entschuldigen. Aber sie war hellwach und freute sich, uns helfen zu können. Genau genommen schienen alle Leute aus unserer Straße schon auf den Beinen zu sein. Entweder bewirteten sie Nachbarn in ihrer Küche oder stapften auf dem vereisten Bürgersteig auf und ab oder tranken vor den Haustüren Kaffee und erörterten verschiedene Theorien über den Schuss. Der Vorfall in unserem Haus hatte sich zu einem Vor-Sonnenaufgang-Straßenfest entwickelt. Willkommen in den Mountains.

Ich warf meinen Schlafanzug, Zahnbürste und mein Arbeits-Outfit in einen Koffer, dann ging ich wieder in die Küche, gerade als Wyatt seine Mitarbeiter interviewte. Sein Gesicht verzog sich bedauernd, als ich ihn fragte, ob irgendeiner meiner Nachbarn etwas gesehen hatte. Eine Nachbarin – die Frau eines der Gewehrträger von vorhin – hatte ausgesagt, gehört zu haben, wie sich etwas oder jemand über die vereiste Straße bewegt hatte. Nach dem Schuss hatte sie aus dem Fenster geschaut und gesehen, wie eine in einen dicken Mantel gehüllte Gestalt vom Haus wegrannte. Aus der kräftigen Figur und dem weit ausgreifenden Gang schloss sie, es sei ein Mann gewesen. Sie behauptete, die Person, die sie kurz beobachten konnte, hätte ein Gewehr unter dem Arm getragen und wie jemand gewirkt, der sich mit Schusswaffen auskannte.

»Wir arbeiten weiter daran«, beteuerte Wyatt freundlich. »Übrigens, ich habe mit Captain Lambert telefoniert. Da Ihr Mann Mitarbeiter des Departments ist und diese Sache möglicherweise mit einer offiziellen Ermittlung zu tun hat, schicken wir jemanden her, der die Scherben wegräumt und die Alarmanlage neu installiert. Wir kümmern uns auch darum, dass eine neue Fensterscheibe eingesetzt wird«, fügte er hinzu.

Ich bedankte mich und versuchte zu lächeln, als ich fragte, ob kugelsicheres Glas zur Verfügung stand.

Wyatts Erwiderung war humorlos. »Mal sehen. Und, Mrs. Schulz? Wir müssen informiert sein, wo Sie sich aufhalten.«

»Ich habe vor, mich ein bisschen früher ins Haus meiner Klienten zu schmuggeln ... ich habe heute einen Auftrag in der Hyde-Kapelle auf dem Schloss-Anwesen«, erwiderte ich. Wyatt schrieb die Telefonnummer der Hydes aus meinem Klienten-Adressbuch ab. »Falls das nicht möglich ist, rufe ich Sie an ...«

»*Die* Hydes?«, hakte Wyatt argwöhnisch nach. »Die in dem großen Schloss am Hügel wohnen? Im *Poltergeist-Palast*?«

»Ich habe auch schon gehört, dass die Leute das Schloss so nennen«, sagte ich. »Aber ich habe keine Angst vor Gespenstern.«

Er runzelte die Stirn. »Diese Kapelle, ist das die am Cottonwood Creek, in der so viele heiraten? Die aussieht wie eine kleine Kathedrale?«

»Die Hydes haben die Kapelle der Saint-Luke's-Kirche überlassen«, erklärte ich, »aber sie haben noch die Verwaltung. Ich ... dies ist mein erster Job für sie«, fügte ich hinzu und wunderte mich über Wyatts plötzliches Interesse. Meine Paranoia-Maschinerie arbeitete offenbar auf Hochtouren, denn Wyatt gab nur ein Grunzen von sich.

Kurz nach halb sechs war der unglückliche Jake in Bills und Trudys Haus untergebracht. Trudy versprach, sich um unsere Post zu kümmern, die Aufräum- und Reparaturarbeiten zu überwachen und den Kater Scout zu versorgen, der seinen Posten unter Julians Bett auf keinen Fall verlassen wollte. Arch und ich luden zwei Koffer in den Van, den Tom mir zu Weihnachten geschenkt hatte. Meine Brust fühlte sich an wie ein Stein. Mir war es ganz und gar nicht recht, unser Haus zu verlassen.

Ich verstaute meinen Mixer, die Küchenmaschine, meine Lieblingskochlöffel und verschiedene andere Kochutensilien in Kisten. Dann holte ich die Zutaten für die Steakpastete, die Hühnchen-Kroketten und die dazugehörenden Saucen aus der Kühlkammer und verpackte sie ebenfalls. Nachdem wir die Kisten zum Van transportiert hatten, kamen der eingefrorene Hühnerfond und die gefrorenen Laibe Manchet-Brot – das, wie Eliot Hyde mich informiert hatte, von den Tudor-Königen bevorzugt worden war –, frische Bohnen, die Salatzutaten und die fast reifen dunklen Damson-Pflaumen in eine große Kühltasche. Als Letztes verpackte ich zwei große, duftende geschmorte Hühnchen.

Ein Hühnchen in jedem Topf, hatte Herbert Hoover versprochen, als er von den Freuden des blühenden Staatshaushalts gesprochen hatte. Was hätte Hoover gesagt, wenn er gezwungen gewesen wäre, sein Heim zu verlassen und das gekochte Geflügel in einer Schachtel mitzunehmen?

**Mein neuer Van** tuckerte über die kurze Strecke zur Hauptstraße. Dort spiegelten die dunklen Schaufenster der Geschäfte und die eisigen Bürgersteige das trübe Licht der rustikalen Straßenlaternen unserer Stadt. Von Auspuffgasen geschwärzte Schneehaufen verstopften die Rinnsteine. Ein rostiger Van und ein anderer Wagen, der aussah wie ein BMW, parkten am Straßenrand. Beide wirkten verloren und verlassen. Ich betete, dass keine Obdachlosen diese eisige Nacht in den Autos verbrachten. Unsere kleine Bergstadt hatte nicht nur keine Motels, sondern auch keine Heime oder Asyle. Die wenigen Obdachlosen, die den Versuch unternahmen, dem Winter in einer Höhe von 2500 Metern zu trotzen, gaben gewöhnlich rasch auf und trampten nach Kalifornien.

Meine Reifen knirschten über den vereisten Bordstein und ich blieb stehen. Am Nordende der Straße blinkte die Digitalanzeige an der Bank von Aspen Meadow: drei Grad unter null, um fünf Uhr achtunddreißig. Neben mir kuschelte sich Arch in seine dicke Jacke. Der brummende Motor verströmte Hitze, während ich zum Himmel aufschaute und mir überlegte, was ich als Nächstes tun sollte.

Bauschige, dichte Wolken verdeckten die Sterne. Das erste Licht der aufgehenden Sonne würde frühestens in einer Stunde über die Berge kriechen. Ich zog mir die Mütze über die Ohren und strengte mich an, die logistischen Einzelheiten für mein Auftauchen vor Tagesanbruch im Hyde-Schloss auszuarbeiten.

Mein erster Besuch bei den Hydes hatte Mitte Januar im frostigen Nebel stattgefunden. Zu der Zeit war ich dankbar für Sukie Hydes Anruf gewesen. Seit der unseligen Neujahrsparty bei den Lauderdales ging es mir nicht besonders gut. Als die Polizei eine Anzeige gegen mich wegen tätlichen Angriffs niedergeschlagen hatte – Buddy hatte behauptet, ich hätte ihn geschlagen, als ich versuchte, ihm die kleine Patty zu entreißen –, bombardierte mich der Anwalt der Lauderdales mit Anrufen und drohte mit einer Zivilklage. Selbst ernannte Freunde der Lauderdales schnitten oder beschimpften mich, weil ich den Namen eines Mannes, der die St.-Luke's-Episkopalkirche und die Elk-Park-Prep-Schule seit Jahren unterstützte, in den Schmutz gezogen hatte. Nein, mir ging es nicht nur *mies*, ich war am Boden zerstört.

Ich kannte Sukie seit zwei Jahren flüchtig durch St. Luke's. Sie war eine verwitwete Schweizer Emigrantin und hatte den zurückgezogen lebenden Eliot Hyde vor etwas mehr als einem Jahr geheiratet. Bei dem Anruf im Januar kündigte sie mir an, dass Eliot und sie vorhatten, das Familienschloss der Hydes in eine Erholungsstätte und ein Konferenzzentrum für leitende Angestellte und Unternehmer umzuwandeln. Monatelang hatten Umbauarbeiten im Schloss stattgefunden und jetzt wollte Eliot seine Pläne, historische elisabethanische Mahlzeiten zu kreieren, vorantreiben – Mahlzeiten, die seinen Gästen letztendlich serviert werden sollten. Ob ich Interesse an so etwas hätte?

Ich wäre buchstäblich beinahe erstickt bei den Worten: *Darauf können Sie wetten. Ja, absolut, ich schwärme für Historisches und historische Gerichte!*

Ich wollte diesen Auftrag unbedingt; außerdem war ich neugierig, weil ich gehört hatte, dass die Renovierungsarbeiten im Schloss großzügig und umfassend waren. Den Gerüchten zufolge hatten Eliot und Sukie bereits eine Million Dollar darin investiert. Jedermann in der Stadt wusste, dass Sukie eine Ordnungsfanatikerin und ein Organisationstalent war. Und der gute alte Eliot muss seinem Schicksal auf Knien gedankt haben, als sich herausstellte, dass dieser Ruf Sukie zu Recht anhaftete.

Als Sukie in Aspen Meadow eintraf, hieß es, sie würde sich langweilen. Ihr erster Mann, Carl Rourke, besaß eine erfolgreiche Dachdecker-Firma, für die viele HighSchool-Schüler, Julian eingeschlossen, in den Ferien gearbeitet hatten. Leider war Carl bei einem Arbeitsunfall – einem Stromschlag – ums Leben gekommen. Nach einem Jahr Witwenschaft machte die Einsamkeit Sukie ruhelos. Sie überlegte sich, dass sie ihren Sinn für Ordnung nutzen könnte, und gab eine Anzeige auf, in der sie Arbeit als persönliche Organisatorin suchte.

Ihr erster und letzter Kunde war Eliot Hyde. Eliot war nie verheiratet gewesen und praktisch mittellos, ein ehemaliger Akademiker, der sich auf sein ererbtes Schloss zurückgezogen hatte, nachdem man ihm eine weitere Anstellung in einem College an der Ostküste verwehrt hatte. Eliots Großvater, der Silberbaron Theodore Hyde, hatte das Schloss, das in Sussex erbaut worden war, in den zwanziger Jahren auf einer Englandreise gekauft. Das Schloss gehörte einem Adelsgeschlecht und war seit Cromwells Zeiten unbewohnt. Wie die Parvenus, die mit ihren riesigen Anwesen in Newport, Rhode Island, gesellschaftliches Aufsehen erregen, so hatte offenbar auch der Silberbaron Theodore gehofft, dieses Schloss würde ihm das Prestige eines *echten* Barons verleihen. Er ließ das Schloss in England abtragen, dann heuerte er eine Mannschaft an, die die königliche Residenz in Aspen Meadow originalgetreu wieder aufbaute. Er staute den Fox Creek, der den Hügel zum Schloss hinunterfloss, um einen Burggraben zu schaffen. Dann stellte er eine ganze Armee von Bediensteten ein, die das Haus blitzsauber hielten. Unter seinen Angestellten waren ein russischer Fechtmeister, der ihm die historischen Kriegskünste beibringen sollte, und ein Butler, der ihm jeden Nachmittag um vier Uhr Tee und Gebäck servierte.

Unglücklicherweise mochten Theodore und seine Frau Millicent keinen Tee und Fechten war ihnen viel zu anstrengend. Der Butler kündigte; der Fechtmeister, Michaela Kirovskys Großvater, wurde Kastellan. Die Hydes beschlossen, dass sie europäische Gebäude sammeln wollten. Sobald das Schloss stand, erwarben sie eine französische Kapelle aus dem dreizehnten Jahrhundert, eine Miniaturversion von Chartres. Das gotische Juwel wurde in der Nähe des Schlosses auf den vierzig Acres unterhalb des Fox Creek und oberhalb des Cottonwood Creek, dem breiten Fluss, der durch Aspen Meadow fließt, sorgfältig rekonstruiert. Bevor sie ihren Traum, die Ruine eines Klosters zu erwerben, verwirklichen konnten, starben Theodore und Millicent bei einem Eisenbahnunglück.

Ihr einziger Sohn, Edwin, der mit einer wirtschaftlichen Depression und ausgebeuteten Silberminen zu kämpfen und abgesehen vom Anwesen seiner Eltern keine finanziellen Mittel oder andere Werte hatte, versuchte, das Schloss zu einem Hotel zu machen. Dieses Vorhaben scheiterte genauso wie die Idee, Aspen Meadows ersten und letzten Zirkus auf den Schlossländereien aufzubauen. Nachdem er Rancher beauftragt hatte, Berge von Elefantenmist wegzuschaffen, blieb Edwin und seiner Frau nichts anderes übrig, als sich ihr Geld mit Schlossführungen zu verdienen.

Ihr Sohn Eliot kehrte vor knapp neun Jahren nach dem Tod seiner Eltern und seinem eigenen Versagen als Akademiker nach Aspen Meadow zurück. Mit neununddreißig Jahren hatte er nicht viele Ersparnisse angehäuft und das Wenige, was er hatte, glitt ihm rasch durch die Finger, während auch er versuchte, seinen Lebensunterhalt mit Führungen und der Vermietung der französischen Kapelle am Cottonwood Creek, die jetzt Hyde Chapel hieß, zu verdienen. Als Eliot Sukie damit beauftragte, die Organisation zu übernehmen, hatte er bereits seine Führungen eingestellt und war in Depressionen verfallen. Das Einkommen, das die Kapelle ihm einbrachte, war gering und in der Stadt erzählte man sich, dass er wie ein Eremit in nur einem Zimmer des Schlosses hauste.

Der Familie des Fechtmeisters hatte er mietfrei einen ganzen Flügel zur Verfügung gestellt, solange sie weiterhin die Hausmeisterarbeiten verrichtete. Auf dem Fechtboden im Schloss hatte die junge Michaela Kirovsky von ihrem Großvater und Vater Fechten gelernt, eine Kunst, mit der sie als Fechttrainerin in der Elk Park Prep Geld verdienen konnte.

Arch schlief tief und fest auf dem Beifahrersitz.

Es gab noch mehr über Eliot Hyde und Sukie Rourke zu erzählen. Tatsächlich wurde die Serie von Ereignissen mittlerweile regelmäßig von den Stadtbewohnern bei Kaffee und Doughnuts besprochen. Eigenartigerweise schien *Man kann nie sauber und ordentlich genug sein* die Moral von der Geschichte zu sein.

Als der siebenundvierzigjährige Eliot die fünfunddreißig Jahre alte Sukie einstellte, erklärte sie ihm klipp und klar, dass sie nicht im Schloss arbeiten würde, solange die mittelalterlichen Toiletten einen derartigen Gestank verbreiteten. Leider waren diese dreiunddreißig so genannten »Privatzimmer« – genau genommen uralte beengte Bäder in Erkern – nie gereinigt worden, bevor sie England verließen. Mittelpunkt der Sukie-Geschichte war demnach ein Mangel der mittelalterlichen Architektur: Jedes »Privatzimmer« hatte einen eigenen Schacht, der in den Burggraben führte. Diese Schächte hatten Angreifern einen bequemen, wenn auch etwas unappetitlichen Zugang ins Schloss von Richard Löwenherz, Château Gaillard an der Seine, geboten, aber Sukie interessierten die alten Legenden von Eindringlingen nicht. Im Mittelalter wurden die Abwässer aus den Schächten in eine Senkgrube oder in den Burggraben selbst geleitet, beides wurde hin und wieder ausgeleert und gereinigt. Aber die Leute im Mittelalter hatten nie daran gedacht, die *Schächte* sauber zu machen. Niemals. Nach all den Jahren stanken sie immer noch.

Ja, man erzählte sich, dass die mittelalterlichen Höflinge Kräuter, Stroh und alte Briefe in die Schächte geworfen hatten, die etwas von dem Dreck aufsaugen sollten, aber der Latrinengeruch hielt sich hartnäckig im Schloss. Die britischen Bauarbeiter, die das Schloss achtzig Jahre zuvor abgetragen hatten, damit die Teile nach Amerika verschifft werden konnten, hatten die Schächte in Sektionen geteilt. Und hier wurden sie so, wie sie waren, wieder zusammengesetzt – sehr zu Sukies Ekel.

Also war Sukies erste Amtshandlung als Organisatorin, jedes einzelne »Privatzimmer« und die Schächte auseinander nehmen und gründlich reinigen und desinfizieren zu lassen.

Und *dann* ...

Überleg dir gut, was du in die Toilette wirfst, hatte ich zu Arch gesagt, als Sukies Entdeckung landesweit Schlagzeilen machte. Vielleicht spülst du Sachen hinunter, die dich wütend machen, zum Beispiel eine Zahlungsaufforderung eines gekündigten Telefonservices oder den Abschiedsbrief eines Mädchens, das ursprünglich geschworen hatte, dich bis in alle Ewigkeiten zu lieben. Oder ... du bekommst einen Brief von der Regierung, die dir verweigert, deinen geliebten, verwaisten Neffen großzuziehen. Dieser Bescheid macht dich *so* zornig, dass du das bürokratische Schreiben in einen Toilettenschacht wirfst, wo es ... stecken bleibt ...

1533 hatte der Earl of Uckfield genau das getan. Seine Petition, seinen wohlhabenden neun Jahre alten Neffen, den Sohn seines verstorbenen, extrem reichen Schwagers, eines Herzogs, großzuziehen, wurde vom König abschlägig beschieden. In einem Wutanfall hatte der Earl die Epistel in den Toilettenschacht geworfen und dort war sie mehr als vierhundert Jahre geblieben. Es hatte einer zwanghaft ordnungsliebenden Schweizerin bedurft, die Anweisungen gab, diese Schächte zu *schrubben*, um den Brief wieder ans Tageslicht zu bringen.

Das Schreiben, in dem dem Earl die Pflegschaft für seinen Neffen verweigert wurde, trug die Unterschrift von Heinrich VIII., die Initialen des Königs H.R. und sein königliches Siegel.

Der Brief wurde für zwölf Millionen *Pfund* bei Spink's, einem großen Londoner Auktionshaus, versteigert. Eliot heiratete Sukie sofort und nannte sie fortan seine Zwanzig-Millionen-Dollar-Frau. Nach ihren Flitterwochen gaben sie den Medien bekannt, dass Sukie die Reinigung der restlichen zweiunddreißig Toiletten im Schloss in Angriff nehmen würde.

Sie fanden nichts mehr.

Eliot machte das jedoch nichts aus.

Am Tag nach Sukies Anruf fuhr ich zum Hyde-Schloss. Als wir es uns in dem imposanten Wohnzimmer bequem gemacht hatten, trank ich Tee und aß langweilige, per Flugzeug eingeflogene süße Brötchen, die nur erträglich schmeckten, wenn man löffelweise selbst gemachte Erdbeermarmelade, Eliots einzigartige Spezialität, draufschmierte. Der groß gewachsene, gut aussehende Eliot brühte uns mit viel Tamtam Tee auf. Eliot war gekleidet wie ein Protagonist von F. Scott Fitzgerald; zum Tee trug er Knickerbocker mit Fischgrätmuster und einen Seidenschal. Er nahm keine profanen Teebeutel und übergoss sie mit Wasser – o nein, Eliot schleuderte das eine Ende seines Schals über die Schulter, nahm den Deckel von einer Porzellankanne, die die Form eines englischen Butlers mit pedantischer Miene hatte, räusperte sich und goss akribisch und l-a-n-g-s-a-m Wasser auf Golden-Tips-Blätter. Dann deckte er die Kanne mit einer Teehaube zu. Schließlich bat er Sukie-Goldstück, wie er sie nannte, auf die Uhr zu sehen und darauf zu achten, dass der Tee nicht zu lange und nicht zu kurz zog.

Guter Tee, schlechtes Essen, dachte ich, während ich ein paar Minuten später das dunkle Gebräu schlürfte. *Ich glaube, ich werde dieses Schloss lieben.*

Ich erklärte ihnen, dass ich im Februar Zeit für sie und kaum etwas anderes zu tun hätte. Mein Sohn ging zur Schule und ich konnte Julian Teller, unseren früheren Untermieter, bitten, mir beim Catering zu helfen, da er in diesem Semester in der University of Colorado nicht sehr gefordert wurde. Außerdem, fügte ich hinzu, hatte Julian früher, als er noch die Elk Park Prep besuchte, Führungen durch das Schloss gemacht und kannte sich also gut aus.

Ich hörte mir an, welches kulinarische Angebot sie sich vorstellten, nickte und setzte einen Vertrag auf. Eliots Ideen klangen schrecklich arbeitsintensiv, aber es war eine willkommene Abwechslung, mich auf bezahlte Arbeit konzentrieren zu können statt auf die Lauderdales, ihre blutrünstigen Anwälte und Jaguar fahrenden Freunde. Zu guter Letzt buchten Eliot und Sukie Goldilocks' Catering für zwei Gelegenheiten. Die erste war ein anglophiler Lunch zu Ehren der großzügigen Spender, die für das neue Marmor-Labyrinth auf dem Boden der Hyde Chapel Geld gegeben hatten. Die zweite war ein elisabethanisches Festmahl, eigentlich ein Bankett zum Saisonende für das Elk-Park-Prep-Fechtteam. Eliot erklärte mir bereitwillig, dass die Tudor-Oberschicht nur ein *Festmahl* als wirklich große Sache angesehen hatte, während ein *Bankett* sozusagen nur der Nachtisch war und später serviert wurde, oft in einem der bezaubernden Bankett-Häuser, die unseren modernen Pavillons nicht unähnlich waren. Heutzutage haben *Festmahl* und *Bankett* leider in etwa dieselbe Bedeutung. Jedenfalls wollte Michaela Kirovsky das

Bankett für ihr Team im Schloss geben. Eliot und Sukie bezahlten die halbe Zeche, um zu testen, ob es möglich war, Festmähler in der Großen Halle zu veranstalten.

Eliot würde weiterhin arbeiten, planen und Werbung machen, um das Schloss für die Eröffnung des Konferenzzentrums vorzubereiten.

»Das ist mein Traum«, sagte er mir, aber seine dunkelbraunen Augen sahen mich dabei ziemlich traurig an. Er hatte ein schönes, glatt rasiertes Gesicht und langes, welliges, hellbraunes Haar. Wenn mein Service bei diesen beiden Ereignissen zur Zufriedenheit aller war, würden weitere Buchungen für historische englische Mahlzeiten folgen.

Ich zögerte nicht lange. Meine einzigen Aufträge für Februar waren Plätzchenbacken und Punchbrauen für den Valentinstanz in der Elk Park Prep. Der Lunch in der Kapelle war heute, Montag; das elisabethanische Festmahl sollte am kommenden Freitag stattfinden. Ich hatte Michaela Kirovsky gefragt, ob das Fechtteam Schwertfisch essen wollte. Sie schleuderte ihr weißes Haar hin und her und lachte über meinen Vorschlag. Kein Schwertfisch, protestierte Eliot. Die Rezepte, die ich für die Schüler und ihre Eltern nachkochen sollte, entsprachen eher der höfischen englischen Küche. Also bestellte ich Kalbsbraten, der mit einem Kartoffel- und einem Shrimpsgericht für die Katholiken serviert wurde, die sich nach den Fastenvorschriften des Vatikans für den Freitag richteten, einer Art Risotto, einem Pflaumenkuchen ... und Eliot und ich würden in dieser Woche die Details besprechen.

Okay. Zurück zur Gegenwart. Es war genau fünf vor sechs. Bald würde die Sonne aufgehen und Arch und ich waren vorübergehend heimatlos. *Zeit, sich in Bewegung zu setzen.*

Um zum Schloss zu gelangen, würde der Van ein antikes Tor passieren, das etwa eine halbe Meile vom Gebäude entfernt war. Dieses Tor trug das Hyde-Wappen und etliche bemalte Schilde, die Sukie in Denver in einem Antiquitätenladen aufgestöbert hatte. Bei meinem Besuch vor drei Wochen war es offen gewesen. War es vor Tagesanbruch elektronisch gesichert? Ich hatte keine Ahnung.

Ich sah zur Digitaluhr an der Bank. Im Van wurde es allmählich warm. Wenn ich noch lange hier herumstand, würden die geschmorten Hühnchen schlecht werden. Nach der ersten Frage im Catering-Geschäft: *Wie sehen die Lebensmittel aus?*, folgt sofort die zweite: *Wie halten sie sich?* Die dritte, *Wie schmecken sie?*, stellt sich erst gar nicht, wenn alles schimmlig grün geworden ist.

Mit plötzlicher Entschlossenheit wendete ich auf der Hauptstraße, folgte dem vereisten Cottonwood Creek in Richtung Osten. Immer wieder beleuchtete das Licht einer Hütte den Fluss. Auf den Eisschollen lag Schnee. Dampf stieg von den Rinnsalen auf, die nicht gefroren waren.

Gleich hinter einer Texaco-Tankstelle bremste ich ab. Ein beleuchtetes Schild auf der linken Straßenseite wies auf die Einfahrt zum County-eigenen Cottonwood-Park hin. Das bedeutete, dass ich dem Schloss schon ziemlich nahe war. Die dicht bewaldeten Hügel des Parks stiegen steil von der Straße aus an. Auf der rechten Seite war der Creek von dieser Stelle aus nicht zu sehen. Ich drückte resolut aufs Gas und der Van machte einen Satz nach vorn.

Gleich darauf blitzte Scheinwerferlicht in meinem

Rückspiegel auf. Ich rollte ganz an den Straßenrand. Wir waren nur noch eine halbe Meile vom Schloss entfernt. Wenn jemand auf Ihr Wohnzimmerfenster geschossen hätte, würde Ihnen auch alles verdächtig vorkommen. Arch, der inzwischen wach geworden war, spähte aus dem Seitenfenster. Das Fahrzeug röhrte an uns vorbei.

»Wir sind gleich beim Hyde-Schloss«, sagte ich zu Arch.

Sein halb von der Jackenkapuze verdecktes Gesicht nahm einen wachsamen Ausdruck an. »Zum Poltergeist-Palast? Dorthin, wo du deine historische Mahlzeit ausrichten sollst?«

»Genau. Wir wollen hoffen, dass sie schon auf sind.« Ich runzelte die Stirn. Erst der Cop, jetzt mein Sohn. Glaubten alle außer mir an Gespenster? »Warum wird es eigentlich Poltergeist-Palast genannt?«

»Menschenskind, Mom, weißt du das denn nicht? Der Geist des Neffen vom Earl, um den es in dem berühmten Brief ging ... Nachdem sein Onkel ihm sagte, dass er nicht bei der Familie bleiben kann, wurde der Junge krank. Er ist an einer Lungenentzündung gestorben. Jedenfalls soll er nachts im Schloss herumspuken und ein Schwert bei sich haben.«

»Treibt er sich auch in der Küche herum?«

»Keine Ahnung. Michaela hat uns von der Großen Halle erzählt, in der am Freitagabend das Bankett stattfindet«, fuhr Arch fort. »Wir geben vor dem Essen eine Fecht-Demonstration.«

Ich stellte mein Handy an und tippte die Nummer der Hydes ein. Sukie klang nur ein klein wenig groggy, als sie sich beim zweiten Klingeln meldete. Ich versuchte, unsere Bitte humorvoll zu formulieren. Sie ließ sich davon nicht täuschen und fragte mit heiserer, besorgter Stimme, wo wir waren. Auf dem Weg Richtung Osten am Creek, antwortete ich. Sie beriet sich mit Eliot, dann kam sie wieder ans Telefon. Sie war noch nicht ganz wach und sprach deshalb mit stärkerem Akzent. *Das Torrr isch offen*, sagte sie. Ich sollte vorsichtig sein auf der Zufahrt, warnte sie mich, weil sie lang und kurvig und schlecht beleuchtet war. Sie gab mir den Sicherheitscode für das Torhaus des Schlosses – den imposanten zweitürmigen Eingang zum Gebäude – durch und sagte, wir sollten am besten sofort kommen. Ich war ihr von Herzen dankbar.

Als Arch und ich durch den stillen Canyon fuhren, fing es leicht an zu schneien. Zu unserer Rechten tauchte die Hyde Chapel auf. Die Silhouette mit den zwei Türmen wurde von einer Straßenlampe beleuchtet. Zur Kapelle führte eine eigene Brücke, die in der Dunkelheit romantisch und einladend aussah. Vielleicht spukte *dort* der gespenstische Neffe des Earls.

Kurze Zeit später bog ich auf die asphaltierte Zufahrt zum Schloss ein und fuhr über eine andere Brücke, die den Cottonwood Creek überspannte. Noch mehr Wappenschilde zierten den hohen Eisenzaun, der das Anwesen umgrenzte. Bei meiner neu erwachten Sorge um Sicherheit musste ich die Hydes fragen, wie sie unerwünschte Gäste von ihrem Schloss fern hielten. Wenn Eliot und Sukie Einzelheiten über die Geschichte mit unserem zerschossenen Fenster hörten, würden sie vielleicht ihre freundliche Einladung noch einmal gründlich überdenken. Der Weg führte an angestrahlten Felsblöcken, ächzenden Pinien, weißstämmigen Espen, einem Dickicht von Wildkirschbüschen und Blautannen in perfekter Weihnachtsbaum-Form vorbei. Als der Van über einen großen Stein holperte, nahm ich mir vor, vorsichtiger zu fahren, um nicht Gefahr zu laufen, Teil eines weniger malerischen Anblicks zu werden.

Wir folgten dem gewundenen Weg bergauf, bis meine Scheinwerfer schneebedeckte Felsblöcke erfassten, die den ersten Parkplatz umgrenzten. Am Rand des Platzes befand sich ein Steg, auf dem nur ein Auto Platz hatte. Hinter dieser Brücke war das Schloss.

Ich schluckte. Beim letzten Mal war ich bei Tageslicht hier gewesen. In der frühmorgendlichen Dunkelheit sah die mittelalterliche Trutzburg auf dem bewaldeten Hügel weit weniger einladend aus. Das Licht huschte über vier mit Zinnen bewehrte Türme, das hohe Torhaus mit dem Bogen und die vielen schmalen Fenster, von denen vor Jahrhunderten Bogenschützen ihre Pfeile auf die Feinde abgefeuert hatten. Schnee fiel auf den dampfenden Burggraben und Nebel stieg vom Wasser zu den Türmen und Bäumen auf.

Arch sagte: »Ob sie mir erlauben, meine Geburtstagsparty hier zu feiern?«

Ich grunzte abwehrend, als die Reifen über die Bohlen des Stegs rumpelten. Damit das Wasser im Burggraben nicht gefror, hatte Sukie Wärmepumpen installieren lassen. Auf diese Weise überstanden die Fische und das Wildgeflügel den Winter. Ich lächelte. Wohlhabende Leute erzählten mir immer wieder, wie umweltbewusst sie waren.

Mein Handy klingelte. Um nicht zu riskieren, vom Steg zu stürzen, bremste ich ab und legte den Park-Gang ein. Arch schaute hinunter zu den Enten, die sich um eine der Wärmepumpen scharten.

»Guter Gott, Goldy, wo, zum *Teufel*, steckst du?« Marla Kormans Stimme klang noch tiefer als sonst. »Ich hab bei dir zu Hause angerufen und bin an einen Cop geraten.«

»Ich bin im Hyde-Schloss, oder besser: Ich stehe davor«, korrigierte ich mich. »Es ist eine lange Geschichte.« Lang oder nicht, Marla wollte sie hören. »Vor zwei Stunden hat jemand unser großes Wohnzimmerfenster kaputtgeschossen. Überall liegen Glasscherben und die Cops wollten uns aus dem Haus haben.«

Marla, die gewöhnlich eine Langschläferin war, schwieg. Egal um welche Tageszeit, wenn meine Freundin einmal anfing zu reden, hörte sie so bald nicht wieder auf. Der Steg schwankte leicht. Der Nebel vom Graben umwehte die Autoscheiben.

»Wo ist Tom?«, erkundigte sich Marla in eindringlichem Ton.

»Er dürfte gerade dabei sein, New Jersey zu verlassen. Ich versuche, ihn zu erreichen, sobald wir im Schloss sind. Wir sind hergekommen, weil Arch und ich eine Unterkunft brauchen, bis alles geregelt ist. Ich wollte dich nicht so früh aus dem Bett klingeln.«

Sie stöhnte. »Wir sollten zusammen sein.«

Also könnten wir alle in Gefahr sein? »Danke, Marla«, sagte ich. »Aber du brauchst dir keine Sorgen zu machen. Tom kommt heute Vormittag zurück. Es wird alles wieder gut, ganz bestimmt.«

»Hör zu.« Sie senkte die Stimme zu einem Murmeln. »Ist Arch bei dir?«

Mit einem Mal spürte ich den Blick meines Sohnes. »Natürlich.«

Marla sagte: »Ich habe am Freitag eine Benachrichtigung vom Komitee für Haftentlassung bekommen – der Blödmann ist draußen.«

 **Ich starrte auf die Nebelfetzen,** die über der Wärmepumpe schwebten. *Das darf einfach nicht wahr sein.*

»Bist du noch dran, Goldy?«

»Ich dachte, ich würde auch einen Brief bekommen ...«

»Stehst du auf der Liste der Opfer, die benachrichtigt werden müssen?« Sie trank einen Schluck von irgendwas, wahrscheinlich Orangensaft. Marla stellte sich keiner Krise ohne Essen und Getränke. »Ich stehe nicht auf dieser Liste, aber ich habe meinen Anwalt beauftragt, sich über John Richards Antrag auf vorzeitige Entlassung auf dem Laufenden zu halten. Meine Benachrichtigung ist wahrscheinlich noch bei der Post.«

»Das nützt mir jetzt wirklich viel.«

Marla sagte: »Wenn du nicht herkommen kannst, mache ich mich auf den Weg zum Schloss, sobald ich angezogen bin. Ich kann in anderthalb Stunden da sein. Warte am Tor auf mich.«

Ich hatte ein Rauschen in den Ohren, das nicht vom Telefon kam. »Nein, Marla, bitte, komm nicht so früh ...« Ich verstummte und dachte wieder an die Geräusche, die mich geweckt hatten. Ich hatte Schritte auf dem Eis gehört, aber waren es vertraute Schritte gewesen? Ein Knirschen, ein Schuss, zersplitterndes Glas. »Marla, hast du den Cops in unserem Haus gesagt, dass er draußen ist?« Ich schaute rasch zu Arch hinüber, der so tat, als würde er nicht zuhören. Er hatte den Blick auf einen der Ecktürme gerichtet, große Granitzylinder, auf denen früher Beobachtungsposten gestanden hatten. »Marla, hast du es ihnen gesagt?« Ich bemühte mich, die Angst in meiner Stimme zu ignorieren.

»Natürlich nicht. *Ich* wusste nicht, dass die Cops bei euch sind, und sie waren auch nicht bereit, *mir* etwas zu verraten. Sie haben nur gesagt, dass du am Leben bist, und ich versuchte sofort, dich zu erreichen.«

»Ich rufe sie besser an«, sagte ich.

Marla erwiderte irgendetwas, aber es knisterte und rauschte plötzlich in der Leitung. *Verdammt.* Der Ausschuss für vorzeitige Haftentlassung hatte uns informiert, als John Richard seinen Antrag gestellt hatte. Ich habe im Januar meine Aussage vor diesem Komitee gemacht und all die Gründe aufgeführt, warum es besser war, ihn noch nicht auf freien Fuß zu setzen. Dr. John Richard Korman sollte wenigstens die Mindestzeit – acht Monate – von seiner dreijährigen Strafe für Körperverletzung absitzen. Der Blödmann war allerdings der Ansicht, vier Monate wären genug, und er hatte sich auf sein mustergültiges Verhalten berufen, unter anderem seine Rettungsaktion, als einem Mithäftling ein Hotdog im Hals stecken geblieben war.

Nur für den Fall, dass sich der Ausschuss für eine vorzeitige Entlassung entscheiden sollte, hatte ich eine einstweilige Verfügung erwirkt, die in dem Moment in Kraft trat, in dem er das Gefängnis verließ. Danach könnten wir, falls John Richard mich im Dunkeln tappen lassen würde, was seine Pläne betraf, vor einen Richter treten und eine Besuchsregelung für ihn und Arch festlegen. Aber dem Blödmann hatte es wahrscheinlich nicht gefallen, eine einstweilige Verfügung von mir unter die Nase gehalten zu bekommen, als er die erste Luft in Freiheit schnupperte. War es ihm so sehr gegen den Strich gegangen, dass er es für nötig befand, mit einer Waffe auf unser Haus zu zielen?

»Goldy ...« Marlas Stimme krächzte und war weg.

Ich starrte den Burggraben an. Bizarr gestreifte Enten – Nachkommen von freigelassenen Oster-Entenküken und Wildenten – drängten sich an der Wärmepumpe. Sie sahen so elend aus, wie ich mich fühlte.

»Mom!«, protestierte Arch. »Mir ist *kalt*!«

»Kannst du mich hören?«, brüllte Marla so laut, dass ich zusammenzuckte. »Wo genau seid ihr beiden jetzt?«

»Das habe ich dir doch bereits gesagt, wir stehen direkt vor dem Hyde-Schloss. Ich habe hier heute einen Job.«

»Geht besser hinein. *Ich* erzähle den Cops vom Blödmann. Danach rufe ich meinen Anwalt an und jeden anderen, der mir in den Sinn kommt. Dann fahre ich zu euch! Gibt die Kirche heute nicht ein Mittagessen in der Hyde Chapel? Ich glaube, ich habe eine Einladung bekommen.«

»Ja. Es ist eine Veranstaltung zum Dank für all die Leute, die die Labyrinth-Steine finanziert haben. Ich koche für diesen Anlass.«

»Ich habe denen fünftausend Bucks zukommen lassen. Heb mir ein Stück Kuchen auf.«

Sie legte auf. Ich betrachtete niedergeschlagen die drei Wappenschilde, die über dem Torbogen hingen.

Jedes repräsentierte einen Baron und seine Ritter, das hatte Sukie mir erklärt, mittelalterliche Schutzherren der verschiedenen Burgflügel. *Genau das brauche ich*, dachte ich, als ich vorsichtig aufs Gaspedal drückte. *Ein Heer für jeden Teil meines Lebens*. Der Van rumpelte langsam über die lange Brücke.

»Mom? Ist Dad draußen?«

»Ja«, antwortete ich beiläufig. »Wusstest du, dass er entlassen wird?«

»Nicht sicher. Er hat mich noch nicht angerufen«, erwiderte Arch vorsichtig. »Viv sagte, er könne bald rauskommen.«

»Viv wusste also, dass er entlassen wird«, wiederholte ich, um das ganz klar zu stellen.

Viv Martini, eine schlanke, umwerfende neunundzwanzig Jahre alte Sexbombe, war John Richards derzeitige Freundin. Er hatte sie im Gefängnis kennen gelernt – sie war die Freundin eines anderen Häftlings gewesen, bis John Richard seinen Charme über sie ergossen hatte. Das hatte Arch zumindest erzählt. Ich hatte Viv ein paarmal gesehen. Sie hatte platinblondes Haar im David-Bowie-Stil und Brüste in der Größe von Wassermelonen und stand in dem Ruf, mit jedem reichen, zwielichtigen Typen im County geschlafen zu haben. Als sich Viv und der Blödmann zusammentaten, fand ich, sie hätten einander verdient.

»Hör zu, Mom.« Archs Ton war ernst. »Dad *würde nicht* auf uns schießen. Er kann mit Waffen gar nicht umgehen. Er hat im letzten Sommer versucht, schießen zu lernen, aber er hat das Ziel immer um eine Million Meter verfehlt. Viv hat ihm angeboten, noch einmal mit ihm zu üben, wenn er rauskommt, aber er hat abgelehnt. Du weißt, wie Dad ist, wenn er was nicht kann.

Er schmeißt alles hin und sagt, die Sache wäre blöd und langweilig.«

Die Reifen holperten rhythmisch über die Planken des Stegs. Ich fragte mich natürlich, wieso John Richard es überhaupt für *nötig* befunden hatte, den Gebrauch von Feuerwaffen zu trainieren.

Das Torhaus ragte vor uns auf. Anders als die neueren Torhäuser von Herrensitzen stellte dieses, wie mich Eliot feierlich informiert hatte, den Eingang zum Schloss an sich dar. Es hatte zwei Fallgitter, die sich hoben, um Freunde einzulassen, und sich senkten, um Feinde draußen zu halten. Das eine befand sich vorn am Tor, das andere am Ende des Durchgangs auf der Seite zum Hof. Auf diese Weise konnte man den Feind im Torhausdurchgang einsperren oder ihn im Hof festhalten, falls er sich irgendwie Zugang verschafft hatte. Eliot hatte mir stolz erläutert, dass sich die Schlossbewohner dann im Torhaus verschanzt hatten.

Etwa dreißig Meter vor dem Torhaus befanden sich zwei niedrige, aus Stein gemauerte Garagen, die dieselbe Form hatten wie die Tortürmchen. Für jeden, der die imposante Steinfassade von der Brücke aus betrachtete, waren die Garagen kaum vom Schlossgebäude zu unterscheiden. In den Garagen waren Parkplätze für sechs Fahrzeuge markiert. Auf dem letzten Stück der Brücke gab ich etwas mehr Gas, fuhr in die Garage, stellte den Van neben Eliots und Sukies identische silberne Jaguars – *hmm* – und schaltete den Motor aus.

Der Gedanke, meine Kisten nach weniger als drei Stunden Schlaf bis in die Küche zu schleppen, war nahezu unerträglich. Vielleicht gab es ja einen versteckten Flaschenzug oder so was, mit dem die Lieferungen für die Hydes transportiert wurden. Wenigstens blieb mir die Demütigung erspart, den Dienstboteneingang zu benutzen, wie ich es in dem monströsen modernen Haus der Lauderdales in Flicker Ridge hatte tun müssen. Im Schloss gab es, laut Eliots hochtrabenden Erklärungen, keinen separaten Eingang für die Dienerschaft, weil dieses Schloss einmal ein militärischer Außenposten gewesen war und daher alle Bedürfnisse des erhabenen mittelalterlichen Haushalts innerhalb der Mauern befriedigt werden mussten. *Ein autarkes System*, hatte Eliot geendet, während er schwungvoll seinen Seidenschal neu geknotet hatte.

Arch und ich stiegen aus. Wir fühlten uns ganz klein, als wir vorsichtig über den eisglatten Boden zu dem Fallgitter gingen. Einer der Hydes musste unsere Ankunft bemerkt haben, denn die Gitter hoben sich, noch bevor wir davor standen. Dahinter befanden sich zwei prächtige Holztüren.

Ich musterte meinen Sohn, als unsere Schritte auf dem eisigen Kies knirschten. *Hat Viv auch versprochen, dir das Schießen beizubringen?* Leider war Viv gut in Taekwondo *und* im Fechten. Da ich mich minderwertiger fühlte, als ich zugeben wollte, hatte ich mich für die kostenlosen Fechtstunden eingeschrieben, die Michaela Kirovsky den Eltern ihrer Schüler angeboten hatte. Ich redete mir ein, dass ich nur mit Arch mithalten wollte, aber tief in meinem Inneren hegte ich den Verdacht, dass ich das alles auf mich nahm, um mit Viv gleichzuziehen. Was mir nicht gelang, wie sich herausstellte. Während der ersten drei Stunden bekam ich klaustrophobische Anfälle unter der Maske, meine Schenkel taten so weh, dass ich nicht mehr laufen konnte, und mein Selbstbewusstsein war derart erschüttert, dass ich den Unterricht abbrach.

Wenn ich genauer darüber nachdachte ... konnte vielleicht Viv auf unser Fenster geschossen haben? Wieso sollte sie so etwas tun?

»Gol-dy!« Sukie Hydes fröhliche, vertraute Stimme hallte von den alten Steinmauern wider. »Sie sind da!«

»Ja, wir sind da!«, rief ich in, wie ich hoffte, selbstsicherem Ton zurück. »Danke, dass Sie uns aufnehmen.«

Sukie eilte in einem bodenlangen, waldgrünen Morgenmantel auf uns zu. »Lasst mich euch ansehen!«, rief sie aus. Besorgnis zeichnete ihr rosiges Gesicht, während sie uns musterte und nach Verletzungen Ausschau hielt. Sie sah jünger aus als Ende dreißig, war immer ungekünstelt heiter und freute sich, uns zu sehen, und sie war auf ihre rundliche Art so reizvoll wie diese üppigen Frauen, die Rubens gemalt hatte. Ihr welliges goldenes Haar stand in alle Richtungen ab und verlieh diesem ansonsten perfekt organisierten Wesen eine unpassend zerzauste Note. »Willkommen im Hyde-Schloss. Eliot und ich waren *so* schockiert, als wir hörten, was passiert ist! Man stelle sich vor, jemand schießt auf Ihre Fenster!«

»Es war nur ein einziges Fenster«, beruhigte ich sie. »Das Essen ist im Van, wenn Sie möchten, bringe ich alles herein.«

Sukie strahlte und meinte, das könnte Michaela übernehmen.

»Die Sachen könnten da draußen verderben«, protestierte ich.

»Zerbrechen Sie sich deswegen jetzt bitte nicht den Kopf, Gol-dy.« Sukies Stimme hatte etwas sehr Tröstliches – wie Vanillepudding. »Ich bitte Sie, Sie haben einen echten Schock erlitten. Es gibt gleich warmen Kuchen in der Küche«, sagte sie. »Kommen Sie, beide, wir wollen etwas Heißes trinken. Ich habe den Kuchen selbst gebacken. Aus einer Fertigbackmischung natürlich«, setzte sie kichernd hinzu.

Ich lächelte widerwillig. Sukie konnte das Schloss so sauber halten wie ein Schweizer Hotel, aber sie war kaum in der Lage, ein Brot zu toasten. Sie hatte, was Kulinarisches betraf, eine »Koch-Blockade«, wie sie es selbst nannte. Laut Marla mied Eliot die Küche auch wie die Pest, es sei denn, er konnte nicht schlafen. Dann kam er mitten in der Nacht auf die Idee, Marmelade und Gelee einzukochen. Na, wenigstens machte er keine Gumboschoten ein. Bevor Sukie Eliots Leben verändert hatte, hatte er erst von tiefgefrorenen Fertiggerichten, dann von Spaghetti und schließlich, als Sukie auf der Bildfläche erschien, von Bohneneintöpfen und Reis gelebt. Diese billigen Mahlzeiten passten natürlich nicht mehr zu jemandem, der plötzlich zu Wohlstand gekommen war. Allerdings waren es die Hydes bald leid, immer auswärts zu essen. Bei meinem ersten Besuch hatte ich ein Dinner mitgebracht, das sie im Kühlschrank aufbewahren und nur heiß machen mussten. Sie fanden meine kulinarischen Künste bewundernswert und ihre Komplimente hatten mein Herz erwärmt.

Auf der anderen Seite des Hofes befanden sich neue Flachglastüren. Sukie knipste die Außenlampen an, die den Innenhof in gleißendes Licht tauchten. Im letzten Sommer hatte ein Landschaftsgärtner nach Eliots Anweisungen einen Tudor-Garten angelegt. Eliot brauchte Erdbeeren und Wildkirschen für seine Konfitüre. Aber ich hätte beinahe laut gelacht, als er mir erzählte, dass er den Kohl, die Gurken, Radieschen, die Pastinaken und sogar die frischen Kräuter an die Aspen Meadow Church verschenkt hatte, weil weder er noch Sukie etwas damit anzufangen wussten. Jetzt glitzerten die vereisten Zweige in den geometrisch angelegten Beeten.

Theodore Hyde hatte seinerzeit die alten, verfallenden Mauern des Hofumgangs abgerissen und durch italienisch anmutende Arkaden aus Colorado-Granit ersetzt. Das Licht fing sich in den glitzernden silbernen Waffen, die die Säulen der Arkaden schmückten. An den Bögen waren weitere, rosa und orange gefärbte Lampen angebracht, die den Steinmauern und den Fenstern einen warmen Schimmer verliehen.

»Wow!«, staunte Arch. »Hier hat sich aber viel verändert, seit ich in der sechsten Klasse eine Führung mitgemacht habe.« Er verrenkte sich den Hals, um die gewölbte Decke des Torhauses zu betrachten. »Aber sieh mal, Mom, das da ist erhalten geblieben.« Er deutete nach oben. »*Meurtriers*. Auch bekannt als Mörderlöcher.

»*Was?*« In jeder Sektion des Gewölbes befanden sich Löcher.

»Falls es den Feinden gelungen war«, fuhr mein Sohn fort, »über den Burggraben zu kommen und die barbarischen Verteidigungsanlagen, die man sonst noch aufgebaut hatte, zu durchbrechen, mussten sie noch durch dieses Torhaus.« Er deutete auf die Fallgitter. »Wenn die Angreifer diese Gitter rammen wollten, um in den Hof zu kommen, schütteten die Ritter des Schlosses siedendes Öl durch diese Löcher«, verkündete mein vierzehnjähriger Sohn mit Wonne.

»Gehen wir weiter«, drängte ich hastig, als Sukie durch eine Glastür verschwand. Mir war siedendes Öl mit Doughnuts oder Pommes frites drin deutlich lieber.

Zwanzig Schritte vor uns schaltete Sukie entweder ein Alarmsystem aus oder drehte an einem Thermostat. Ich schauderte, wenn ich an die Stromrechnung dachte, die durch die Heizung und die Beleuchtung in diesem riesigen Haus entstehen musste. Noch unwohler wurde mir, wenn ich mir vorstellte, dass ich Sukie und Eliot vorwarnen und ihnen sagen musste, dass ihr Alarmsystem möglicherweise einem Besuch vom Blödmann standhalten musste.

Arch zupfte mich am Ärmel. »Wie oft warst du schon hier?«, raunte er. »Hat sie etwas von ... von dem Neffen des Earls gesagt?« Um keine schlafenden Hunde zu wecken, vermied Arch das Wort *Gespenst.*

»Ich war erst einmal hier und kein Mensch hat Geister erwähnt«, flüsterte ich. »Du kannst die Hydes ja irgendwann selbst danach fragen. Nur nicht gleich heute, okay?«

Er runzelte die Stirn und folgte gemeinsam mit mir Sukie, die durch einen rosa und grauen Marmorflur eilte. Der Marmor stammte auch aus Colorado, wie Sukie mir erzählt hatte, und war von Chardé Lauderdale als Basis für das Farbschema der Inneneinrichtung ausgesucht worden. Flackernde elektrische Kerzen in Wandleuchtern aus Messing leuchteten uns den Weg, als wir durch einen mit dickem Teppich – goldenes Muster auf königsblauem Grund – ausgelegten Korridor gingen. Arch blieb stehen, um eines der nachgemachten Butzenscheibenfenster zu berühren. Dann sah er sich einen fadenscheinigen Wandbehang an, auf dem eine Maid ein Einhorn streichelte.

»Glaubst du, die Hydes erlauben, dass Dad einmal herkommt?«, fragte er.

»Ich weiß es nicht. Vielleicht gehst du besser zu ihm, wenn wir alles geregelt haben.«

Arch schwieg und schaute sich um. Zu unserer Rechten führte eine Wendeltreppe aus dem zwanzigsten

Jahrhundert hinauf zu einem Gang, über den man das Torhaus erreichte – wie Eliot meinte, hatte sie sein umsichtiger Großvater einbauen lassen. Der alte Theodore wollte nicht, dass seine Bediensteten durch die kalte Steinhalle gehen mussten, um zu ihrer Wohnung zu kommen, wenn sie abends mit der Arbeit in der Küche fertig waren. Ich persönlich hätte einen Aufzug bevorzugt.

Sukie rauschte durch noch mehr Glastüren in einem Bogengang, der zum Wohnzimmer führte. Aber bei meinem ersten Teebesuch erschien es mir unmöglich, tatsächlich in diesem Raum zu »wohnen«. Das riesige Zimmer glich eher der Lobby eines Grandhotels als einem Ort, an dem es sich Menschen gemütlich machten, um zu lesen oder sich zu unterhalten. Auf dem dunklen polierten Holzboden lagen orientalische Teppiche in kräftigen Rot-, Blau- und Goldtönen. Couches und Ohrensessel, deren Bezüge farblich auf die Teppiche abgestimmte Blumen- und Paisley-Muster hatten, standen neben antiken Tischen aus Mahagoni oder Kirschholz. Die Einrichtung erzielte eine ungeheure Wirkung. Gleichgültig, was man von Chardé Lauderdale sonst halten mochte, die Frau hatte Geschmack und war eine gute Innenarchitektin.

Unsere Stiefel machten leise Geräusche, als wir über die kostbaren Teppiche schlurften. Ich tastete nach dem Handy in meiner Tasche und nahm mir fest vor, Tom in seinem Hotel anzurufen, sobald die Situation für uns überschaubar war.

»Du bist ein Mitglied des Fechtteams, stimmt's, Arch?«, flötete Sukie über die Schulter. »Wenn deine Mannschaftskollegen in dieser Woche zu dem Bankett kommen, dann kannst du sie rumführen. Wir haben jetzt ein Hallenbad im Parterre am westlichen Seiteneingang, wenn du ein bisschen schwimmen willst.«

Arch murmelte: »Okay.« Er hasste Schwimmen. »Miss Kirovsky hat uns von ihrer Sammlung von königlichen Sehenswürdigkeiten erzählt«, sagte er. »*Die* würde ich mir gern anschauen.«

Ich atmete auf. Wenigstens hatte er nicht um eine Unterredung mit dem Geist des jungen Herzogs gebeten.

»Frag Michaela, ob sie dir alles zeigt, mein Junge«, schlug Sukie wohlwollend vor, als sie vor einer der Glastüren stehen blieb. »Vielleicht kann sie dich heute auch zur Schule bringen, nachdem sie die Sachen aus dem Auto deiner Mutter ausgeladen hat.«

Ich war ein wenig verwirrt, denn bisher war mir noch nicht aufgefallen, dass Michaela nicht nur Kastellanin, sondern *zusätzlich* zu ihrem Job als Fechtlehrerin auch noch Mädchen für alles war. Aber es war zu früh am Morgen, um die Besonderheiten des Hyde-Haushalts zu erforschen.

Während Sukie die Tür aufhielt, wandte sich Arch an mich und fragte leise: »Wie wird Dad erfahren, dass ich hier bin?«

»Ich rufe die Bezirksanwältin an, okay?« Ich hatte bestimmt nicht vor, mich bei John Richards Anwalt zu melden, diesem aufgeblasenen Idioten, der dafür verantwortlich war, dass der Kindesunterhalt von John Richards dickem Bankkonto abgebucht und an mich überwiesen wurde – mein Exmann hatte einen ziemlichen Reibach bei dem Verkauf seiner Gynäkologen-Praxis gemacht. Der Umgang mit dem Anwalt des Blödmannes war fast so, als würde mich jemand zwingen, dieses ... na ja, dieses historische, aber widerliche Zeug zu essen: *Pottage*, eine Suppe aus undefinierbarem Gemüse mit unappetitlichen Fleischbrocken. Freiwillig würde ich so was nicht auf mich nehmen.

Ein verzweifelter Unterton schlich sich in Archs Stimme. »Mom, ich weiß, dass du Dad nicht sehen willst, aber ich hab ihm versprochen, dass wir uns treffen, sobald er rauskommt. Er hat gesagt, das wünscht er sich mehr als alles andere. Bitte, kannst du nicht herausfinden, wo er ist? Bitte!«

»Ich habe doch gesagt, dass ich das mache, Schätzchen. Du musst dich nur noch ein klein wenig gedulden, ja?«

Sukie wartete höflich, bis Arch und ich unsere geflüsterte Konversation beendet hatten. In angespanntem Schweigen passierten wir noch eine Glastür, die, wie Sukie sagte, als Isolierung gegen die Kälte eingebaut worden war. Als wir den Turm betraten, wurde mir sofort klar, warum eine weitere Isolierung nötig war. Ein eisiger Windzug veranlasste uns alle, die Kleider enger um uns zu ziehen.

Im Eckturm hatte man keine neuen Marmorböden eingezogen. Eisige Luft sickerte durch die Schlitze in dem grauen Stein – Schießscharten für die Bogenschützen.

Sukie deutete auf einen kleinen bedeckten Steinzylinder auf dem Boden. »Das war der ursprüngliche Brunnen, Arch. Weißt du, warum man einen Brunnen im Schloss und nicht außerhalb gebaut hat?«

Sie versuchte, nett zu sein und Arch herzlich aufzunehmen, aber ich war mir nicht sicher, ob sie mit ihrer Methode Erfolg haben würde. Arch runzelte die Stirn, als müsste er nachdenken, ob er darauf überhaupt eine Antwort geben sollte.

»Ehrlich gesagt«, erwiderte er schließlich und musste die Stimme erheben, weil plötzlich der Wind pfiff, »weiß ich Bescheid über Schlossbrunnen. Die Bewohner brauchten eine Wasserquelle innerhalb der Burgmauern, damit sie im Falle einer Belagerung keine Versorgungsprobleme hatten. Der Feind hätte ihr Trinkwasser leicht vergiften können. Benutzen Sie diesen Brunnen noch?«

»O nein«, erwiderte Sukie, die sich offenbar über sein Interesse freute. »Eliots Großvater hat ein Wasserrohrsystem einbauen lassen und Eliots Vater hat das Geld von der Versicherung nach der Überschwemmung vom Fox Creek im Jahr '82 dafür verwendet, die Installationen überholen zu lassen.«

Sie bedeutete uns, ihr durch die nächste Tür zu folgen, und wir kamen ins Speisezimmer. Die Wände waren pastellgelb gestrichen und bildeten eine geschmackvolle Ergänzung zu dem lindgrünen, pink- und cremefarbenen Persianerteppich, dem Esstisch und den Stühlen aus Walnussholz, dem großen Büfett und dem Weinschrank mit den Glastüren, in dem Eliot seine Marmelade aufbewahrte. Kein Zweifel, diese Möbel waren auch antik, und Tom hätte im Gegensatz zu mir die Epoche genau bestimmen können.

»Und das hier ist die Speisekammer, Arch«, erklärte Sukie. »Zumindest war sie das früher einmal. Hier wurde das Ale gelagert, der Weinkeller war direkt darunter. Neben der Speisekammer befand sich der Vorratsraum, in dem Gemüse und Obst eingeweckt, Fleisch und Eier eingelegt wurden. Daneben war ein Schlafzimmer. Wir haben die Wände der drei Räume herausgebrochen und das Speisezimmer und die Küche daraus gemacht. Eliot kocht seine Marmelade in der Küche ein. Warte nur, bis du sie kosten kannst – sie ist vorzüglich. Deiner Mutter hat sie köstlich geschmeckt.«

»Das stimmt«, bestätigte ich, als wir in die Küche kamen. Ich war schon beim ersten Mal in diesem imposanten Koch- und Servier-Bereich gewesen. Vier elektrische Kandelaber spendeten Licht. Schränke aus Ahornholz mit Glastüren und handbemalten Porzellangriffen hingen an den mit blau-weißen Delfter Kacheln gefliesten Wänden. Ein Eckschrank war voll mit Einweckgläsern. Von der Decke hing ein Eisengestell mit lauter Haken für Pfannen und Töpfe – einige von ihnen waren so groß, dass man mehrere Gänse darin hätte braten können. Eine Wand zierten lauter gerahmte Fotos und nachgemachte Schilder von englischen Pubs und Tavernen.

Archs eindringliche Stimme ertönte direkt neben meinem Ohr. »Ich muss mich für die Schule fertig machen. *Jetzt sofort,* Mom.«

»Sicherlich finden wir gleich ein Plätzchen, an dem du dich umziehen kannst«, beschwichtigte ich ihn rasch, aber ich spürte, wie der Ärger in mir aufflammte. Natürlich hatte er Recht. Sukies müßige Morgenführung durch das Schloss zehrte auch an meinen Nerven.

Arch funkelte mich an. »Wann?«

Ich straffte die Schultern, bedachte ihn mit einem tadelnden Blick und erkundigte mich bei Sukie, die große Handschuhe von einem Haken nahm, mit denen man heiße Töpfe unbeschadet anfassen konnte: »Kommt Michaela ... ich meine, Miss Kirovsky hierher? In die Küche?«

»Sie müsste jede Minute hier sein ... ahhh!« Sukie hatte die Ofentür geöffnet und eine schwarze Rauchwolke hüllte sie ein. Irgendwo in der Nähe schrillte ein Rauchmelder los. »Oh, *verdammt!*«, brüllte sie. Sie ließ die Handschuhe fallen und zog den verkohlten Kuchen mit bloßen Händen aus dem Ofen. Sie ließ die Kuchenform fallen und schrie Zeter und Mordio.

»Auaaa! Hilfe, Mutti!«

»Kaltes Wasser!«, rief ich. »Schnell! Schnell!«

Sie rührte sich nicht vom Fleck. Ich zerrte sie zur Spüle, ließ kaltes Wasser über ihre Hände laufen und murmelte besänftigende Worte. Tränen liefen über Sukies perfekt geschminkte Wangen. Als ich sicher war, dass sie weiterhin ihre Hände unter das Wasser halten würde, nahm ich zwei zusammengefaltete Küchentücher und hob den Kuchen vom Boden auf. Eines der ersten Dinge, die ich in einer professionellen Küche gelernt hatte, war, dass man niemals rauchende Speisen in den Abfalleimer werfen durfte. Ich hielt den Kuchen unter den zweiten Wasserhahn, dann rannte ich zum Ofen und drehte den Ventilator des Abzugs auf. Innerhalb von Minuten war der Rauch verflogen und der Alarm verstummte endlich.

Sukie hörte auf zu weinen, inspizierte ihre Finger und wickelte ein feuchtes Tuch um ihre linke Hand. Arch sah mich nach wie vor mit seinem Ich-muss-*wirklich*-mit-dir-reden-Blick an. Ich wusste nicht, was ich sagen sollte. *Entschuldigen Sie mich, Sukie, aber dürfen mein Sohn und ich Sie, Ihre verbrannten Hände und Ihre nach Rauch stinkende Küche für einen Moment verlassen, damit wir uns in Ihrer umfunktionierten Speisekammer in Ruhe unterhalten können?*

Arch zupfte mich am Ärmel. »Ich muss mein Zeug irgendwo abstellen, bevor ich in die Schule gehe. Außerdem muss ich mir die Haare frisieren und mich ordentlich anziehen. Okay? Bitte! Und ich möchte, dass Miss Kirovsky mich zur Schule bringt, Mom, damit du diese Anwältin endlich anrufen und fragen kannst, wo Dad ist.«

»*Okay*«, versprach ich leise. Ich schaltete mein Handy ein. Das Display verriet mir, dass eine *Funkfrequenz gesucht* wird, was so viel heißt wie *Sie haben kein Glück*. »Sukie, ich muss unbedingt telefonieren. Gibt es einen Apparat in der Nähe?«

»Es ist gerade erst halb sieben«, gab sie nachsichtig zurück.

»Das macht nichts«, entgegnete ich. *In New Jersey ist es halb neun und im Moment ist das die einzige Zeit, die mich interessiert.* »Ich muss mit meinem Mann sprechen, bevor er zum Flughafen fährt.« Danach würde ich das Versprechen, das ich Arch gegeben hatte, erfüllen und eine Nachricht für Pat Gerber, die stellvertretende Bezirksstaatsanwältin von Furman County, hinterlassen. Offensichtlich ließ sich der Ausschuss für vorzeitige Haftentlassung viel Zeit, uns über ihre Absichten mit dem Blödmann zu unterrichten. Pat Gerber würde mir das Neueste berichten – wenn ich sie auftreiben konnte.

»Da an der Wand ist ein Telefon ...«, begann Sukie, wurde aber durch Eliot Hydes Auftritt unterbrochen.

Er stieß vehement die schwere Holztür auf, flitzte in die Küche, sah erst seine Frau, dann seine Caterin und deren Sohn an und schnüffelte argwöhnisch. Das flackernde Licht von den Kandelabern vergoldete einige seiner Haarsträhnen. An diesem Morgen waren Eliots Filmstar-Gesicht und die traurigen braunen Augen noch umwerfender als sonst. Er trug den unvermeidlichen Seidenschal über einem langen Morgenrock aus königsblauem Samt. *Tender is the Nightgown.* Arch starrte Eliot Hyde mit offenem Mund an.

»*Cheerio!*«, rief uns Eliot zu, als wären wir Hunderte und nicht nur zu dritt. »Willkommen in unserem Schloss!«

»Mom!« Schon wieder zerrte Arch an meinem Ärmel. »Wann können wir ...«

»Liebes«, flehte ich hastig, »hör auf! Du machst mich wahnsinnig.«

Eliot kümmerte sich nicht um unseren kleinen Disput – er schnupperte erneut und schaute sich um. »Ah, Goldstück, hast du wieder einen verbrennen lassen?«

Zu meinem Entsetzen drehte sich mein Sohn auf dem Absatz um und stürmte aus der Küche, ehe Sukie antworten konnte. Nach der ersten Schrecksekunde nahm ich die Verfolgung auf und paddelte dabei angestrengt durch ein Meer von Schuldgefühlen.

Eliot rief uns wehmütig nach: »Hab ich was Falsches gesagt?«

Ich holte Arch am Brunnen ein. »Hör mal, Schätzchen ...«

»Ich möchte weg von hier. Ich will Dad sehen und ich will wissen, warum unser Fenster eingeschossen wurde. Was, wenn jemand versucht, auch auf *Dad* zu schießen? Vielleicht hat er sich deswegen nicht bei mir gemeldet – hast du daran überhaupt schon mal gedacht, Mom? Vielleicht hat es jemand auf uns alle abgesehen.«

Meistens hat Arch seine Gefühle unter Kontrolle. Jetzt machte er sich Sorgen um seinen Vater, um unser Haus und um mich. Alles zusammengenommen war diese Last zu schwer für einen Teenager.

»Arch, bitte«, wies ich ihn zurecht, »die Cops untersuchen das Geschoss, das die Scheibe durchschlagen hat. Als ich noch klein war, hat einmal jemand einen Schneeball, in dem Steine waren, durch unser Panoramafenster geschmissen. Hat man jemals davon gehört, dass so etwas in einer anständigen Nachbarschaft in New Jersey passiert? Das Kind, das den Schneeball damals geworfen hat, meinte, es sei nur ein Streich gewesen. Und genau das war es jetzt meiner Ansicht nach auch. Wer auch immer auf unser Fenster geschossen hat, war entweder betrunken oder wollte einen Scherz machen. Glaub mir, dein Vater kann sehr gut auf sich selbst aufpassen. Bitte, lass uns jetzt wieder zurückgehen.«

Er brummte: »Wenn das wahr ist, dann war es ein *blöder* Scherz.« Aber er ging widerstrebend mit in die Küche. Sukie hielt mittlerweile ihre Hände in eine Schüssel mit Eiswasser. Eliot stand an der Arbeitsplatte und brühte Tee auf und Arch schielte zwinkernd auf den königsblauen Morgenmantel, der, wie wir erst jetzt sahen, mit den Worten *»His Highness«* – Seine Hoheit – bestickt war. Als das Wasser kochte, schwebte Eliot zurück zur Kochinsel und sah Arch und mich mit aristokratisch hochgezogener Augenbraue an. Der Morgenrock wirbelte um seine Knöchel.

»Wie ich hörte, hatten Sie beide einige Unannehmlichkeiten.«

»Das stimmt«, bestätigte ich. Ich wollte *kein Wort* mehr über die Fensterscheibe verlieren. »Vielen Dank, dass Sie uns hier aufgenommen haben. Wenn wir jetzt einfach ...«

Eliot schenkte mir ein strahlendes Lächeln. »Sie *sind* doch noch bereit, das Mittagessen für heute zuzubereiten, oder? Vielleicht sollten wir uns darüber unterhalten.«

Meine Gedanken verschwammen. Das Mittagessen würde in fünf Stunden beginnen und ich war früher dran, als ich es für einen Hochzeitsempfang, der weitaus mehr und mühsamere Vorbereitungen erforderte, gewesen wäre. Aber Eliot Hyde war mein Auftraggeber. Und mein Gastgeber, rief ich mir ins Gedächtnis. »Ich bin bereit«, antwortete ich pflichtbewusst. »Ich habe die Zutaten alle mitgebracht. Es macht Ihnen doch nichts aus, dass ich Ihre Küche benutze, oder?«

»Natürlich nicht«, versicherte Eliot. »Aber ... ich habe nichts mehr von den Leuten, die die Tische liefern, gehört. Sollte mich die Verleihfirma nicht anrufen, bevor die Tische ankommen?«

Mir rutschte das Herz in die Hosentasche. Mit dem Essen ging alles klar, aber was, wenn die notorisch unzuverlässigen Leute vom Party Rental alles vermasselten? »Sie wissen nicht, wann sie hier auftauchen? Ich meine, in der Kapelle?«

Eliot runzelte die Stirn. »Keine Ahnung. O Gott! Eine Panne bei unserem ersten Event!«

»Das ist keine Panne«, widersprach ich matt.

»*Ich* rufe die Leute an«, schlug Sukie vor, »sobald wir Goldy und ihren Sohn in ihren Zimmern untergebracht haben und ich mir die Hände verbinden kann.«

Eliot verschränkte die Arme und starrte an die Decke – für mich war das immer das erste Zeichen, dass ein Kunde neurotisch wird. Er flehte: »Ich *bitte* Sie, Goldy, *sagen* Sie mir, dass Sie daran gedacht haben, all Ihre Rezepte und Notizen mitzubringen.«

Scheiße, Scheiße und noch mal Scheiße. Meine Rezepte und Notizen. Ich habe meinen Laptop mitgebracht, aber nicht die Diskette mit all meinen Hyde-Schloss-Rezepten und den Recherchen, die ich in den vergangenen zwei Wochen über die historische englische Küche angestellt hatte. »Nein. Tut mir Leid. Ich fahre, sobald wir alles ausgeladen haben, nach Hause und hole sie.« In einem um Entschuldigung heischenden Ton fügte ich hinzu: »Ich meine, wenn es Ihnen recht ist und mich die Polizisten in unser Haus lassen. Und«, versprach ich mit einem Nicken in Sukies Richtung, »ich kümmere mich gleichzeitig um die Tische.«

Eliot umrundete die Kochinsel und klopfte mit der linken Hand nachdenklich auf das Holz. Ich konnte beinahe sehen, wie die Rädchen in seinem Gehirn arbeiteten. Eliot beabsichtigte, bei dem Mittagessen seine Pläne, das Schloss zu einem Konferenzzentrum umzufunktionieren, kundzutun. Wenn nicht alles klappte, würden ihn die Gäste für einen zerstreuten Professor halten, der nicht imstande war, professionell zu arbeiten ... für einen Versager ...

»Jetzt bringen wir Sie beide erst mal in den Zimmern unter«, warf Sukie ein, während sie sich die Hände abtrocknete. »Ich habe ein ganz *besonderes* Zimmer für dich, Arch. Es ist gleich neben dem von deiner Mom.«

»Wir wissen noch nicht, wie lange wir bleiben«, murmelte ich.

»Wir können mit Ihnen üben!«, erklärte Sukie munter. »Unsere ersten Gäste in den neu eingerichteten Zimmern.«

Erleichtert, von Eliots nach Tranquilizer geradezu schreiender Gegenwart befreit zu sein, folgten wir Sukie durch einen weiteren Marmorflur zu einer mit einem Teppich versehenen Treppe, die in die obere Etage führte.

Im oberen Stockwerk gab es nur dunkel gebeizte Kirschholzböden. Passende Wandvertäfelungen verliehen den Räumlichkeiten einen eleganten und behaglichen Touch. Vom Boden bis zur Decke reichende Bleiglasfenster reihten sich auf der Seite des Flurs, die zum Hof ging, aneinander. Ich spähte hinunter in den Garten. Im frühen Morgenlicht glitzerten die mit Eis bedeckten Pflanzen wie Edelsteine.

Wir umrundeten einen Sägebock und einen beigen, getrockneten Farbfleck auf den Dielen. Sukie schimpfte leise über *Eliot und seine Ungeschicklichkeit.* Als Nächstes passierten wir eine Tür und bogen um die Ecke, dort machte Sukie eine andere Tür auf. Dies, verkündete sie, als sie die elektrischen Wandleuchten aus Messing einschaltete, sei Archs Zimmer. Staunend wanderte Arch durch den Raum, in dem ein schwarz-grauer Aubusson-Teppich den Rahmen für ein Vier-Pfosten-Bett aus Mahagoni mit silbriger Überwurfdecke, einen schwarzen Ohrensessel, eine lange, graue Couch und einen reich mit Schnitzereien verzierten Schreibtisch neben einem Kamin bildete. Tuschezeichnungen von Schiffen hingen an den Wänden – die Bilder sahen aus, als wären sie mit hauchdünner silberner Seide überklebt. Ein dezenter schwarz-grauer Stoff mit nautischen Szenen diente als Wandbehang.

Sukie führte mich durch eine Holztür in der Ecke des Zimmers durch einen anderen Eckturm und noch einmal durch eine Tür in das Schlafzimmer, an dem wir kurz zuvor vorbeigegangen waren. Dieser Raum war ganz in Lindgrün und Korallenrot gehalten.

»Das ist Ihr Zimmer«, eröffnete mir Sukie mit einem Lächeln.

Die Eleganz erinnerte mich an die Fotos von den luxuriösesten europäischen Hotels, die man in speziellen Zeitschriften sehen kann. Die Wände waren mit schimmernder blassgrüner Seide tapeziert. Ein rosa gestrichener Kamin schmückte die Wand gegenüber dem massiven Vier-Pfosten-Bett. Chardé hatte zwischen Bett und Kamin zwei mit rosa und lindgrünem Chintz bezogene Sessel angeordnet. An der Wand, in die neue Fenster mit Blick auf den Burggraben eingelassen waren, stand ein langer Schreibtisch aus Kirschholz.

»Prachtvoll, Sukie – ehrlich«, schwärmte ich überwältigt.

»Sie haben Ihr Badezimmer noch nicht gesehen!«, rief sie und ihre Augen blitzten.

Ich zögerte, weil ich mich an Eliots Nervosität erinnerte. Ich musste die Dinge wirklich organisieren. Außerdem wollte ich unbedingt Tom noch erreichen. »Ich schaue mir das Bad später an, wenn es Ihnen recht ist.«

Sukie führte mich durch eine Tür in der Südostecke durch den Turm, über den ich Archs Zimmer erreichen konnte. Im Turm war es wie unten beim Brunnen sehr kalt, obwohl hier die beiden kleinen Fenster rechts und links vom Kamin mit einer zusätzlichen Glasscheibe abgedichtet waren. Sukie führte mich durch eine Öffnung in der Turmmauer und deutete in einen schmalen Flur, an dessen Ende ein Sitz war. Moment: Genau so eine enge Nische gab es auch unten beim Brunnen; Arch hatte sich nach seinem kleinen Anfall dorthin zurückgezogen.

»Das ist das ›Privatzimmer‹, in dem wir den Brief gefunden haben«, erklärte Sukie mit einem triumphierenden Grinsen. Sie schob einen rostigen Riegel über der Toilette zurück, hob den Deckel hoch und deutete nach unten. Ich unterdrückte einen Seufzer. Unsere Gastgeberin war wild entschlossen, mir eine komplette Führung angedeihen zu lassen, koste es, was es wolle. Ich spähte in das Loch und lauschte, bis ich das Plätschern des Burggraben-Wassers unten im Schacht hörte. Ich lächelte, obwohl ich darauf brannte, mit Tom zu sprechen. »Nach sechs Jahrhunderten«, sagte Sukie, »und der Schacht war in Stücke zerteilt, von England hierher transportiert und wieder zusammengesetzt worden. Und das Ding hat furchtbar gestunken.«

»Ich verstehe nicht, warum die Schächte nicht gesäubert wurden, bevor man sie hergeschickt hat«, bemerkte ich. Mir fiel auf, dass es in der Nische extrem nach Desinfektionsmitteln roch.

»Es waren eben keine Schweizer«, erwiderte sie nüchtern.

In dem ihm zugewiesenen Zimmer ließ Arch den Föhn, den er offenbar im angrenzenden Badezimmer gefunden hatte, auf vollen Touren laufen – ein sicheres Zeichen dafür, dass er seine komplizierte Frisier-Routine in Angriff genommen hatte – eine Prozedur, die mit Haarschaum begann und mit Spray endete, bis sein Haar so fest wurde wie Gips. Als er dann mit seinem fest betonierten Stichelhaar erschien, trug er eine Khakihose, ein kariertes Hemd und seine weiße Jacke vom Fechtteam.

»Sind diese großen Schächte nicht gefährlich?«, fragte ich Sukie, als wir auf dem Weg zurück zur Küche waren.

Sie schüttelte den Kopf. »Wir decken sie alle mit Plexiglas ab, bevor wir das Konferenzzentrum eröffnen. In jedem Schacht ist ein Gitter, das Ratten und ähnliches Getier aus dem Haus fern hält. Der einzige gefährliche Raum im ganzen Schloss ist der, in dem die Pumpe für den Burggraben steht. Aber der ist abgesperrt, keine Angst.«

Ich nickte. In der Küche fand ich drei meiner Kisten vor. Eliot holte eine Schüssel mit Crackern und ein Glas aus dem Schrank, dessen Inhalt aussah wie dunkles, selbst eingekochtes Gelee.

»Das esse ich nicht«, flüsterte mir Arch zu.

»Mann!«, rief ich, um Arch zu übertönen. »Mr. Hyde, ist das eine Ihrer berühmten Marmeladen? So etwas wie die Erdbeermarmelade, die es neulich bei Ihnen gab?«

»Das ist Wildkirschgelee«, sagte er schüchtern und winkte ab. »Ich habe auch Feigen, Heidelbeeren, Minze und Zitrone ...«

In diesem Moment stapfte Michaela Kirovsky mit meiner letzten Kiste in die Küche. Eliot verstummte augenblicklich und hastete hinaus.

Wieder einmal fühlte ich mich verantwortlich für die Unhöflichkeit eines anderen, deshalb dankte ich Michaela überschwänglich für ihre Hilfe. Sie wiegte den Kopf und meinte, es sei nicht der Rede wert. Ich betrachtete sie genauer. Bei meinem »Fechtunterricht« und als ich sie in der Schule getroffen und mit ihr über das Bankett gesprochen hatte, hatte ich sie auf etwa sechzig Jahre geschätzt. Jetzt erkannte ich, dass ihr Haar frühzeitig ergraut und sie wahrscheinlich nicht älter als fünfundvierzig war. Sie hatte den leicht massigen, kastenförmigen Körperbau, den man oft bei Sportlehrern findet. Ihr faltiges Babyface war außergewöhnlich blass. Wie Arch trug sie die weiße Fechtjacke und eine Khakihose. Als sie ihre Last auf den Tisch neben meine anderen drei Kisten hievte, fegte Eliot mit einem anderen Marmeladeglas in der Hand in die Küche.

»Ich bin überzeugt, dass das Mittagessen heute wunderbar wird. Und wir freuen uns sehr auf das Bankett der Fechter. Aber bitte denken Sie daran, Goldy«, sagte er, als er seine zweite Kreation – Pflaumenmus – auf den Tisch stellte, »ich möchte am Freitagabend einen Pflaumenkuchen zum Nachtisch haben, mit eingebackenen Edelsteinen.« Er wischte sich mit der Hand eine Haarsträhne aus dem Gesicht. Ich seufzte: Bis zum Bankett waren es noch vier Tage, um Himmels willen!

»Die Edelsteine sind natürlich Zirkone, aber das brauchen die Kinder nicht zu wissen. Das ist ein typischer elisabethanischer Brauch«, informierte er uns mit einem Lächeln, »etwas Kostbares in Süßspeisen einzubacken. Aber damals hat man selbstverständlich *echte* Edelsteine verwendet. Und manchmal haben sie *andere* Überraschungen hineingetan, zum Beispiel vierundzwanzig Amseln. Goldy, wann können Sie Ihre Rezepte holen?«

»Ich brauche nur meine Diskette«, antwortete ich und tastete in der Kiste herum, in die ich meinen Laptop verstaut hatte, um mich zu vergewissern, ob ich das Elektrokabel mit eingepackt hatte. »Ich verspreche, dass es nicht lange dauern wird«, fügte ich entschieden hinzu, ehe er wieder in Panik geraten konnte.

»Wann werden Sie zurück sein?«, erkundigte sich Eliot ängstlich.

»Ich fahre gleich nach Michaela von hier los«, versicherte ich ihm. »Schlimmstenfalls bin ich um acht Uhr wieder da.«

»Eliot, Liebling«, hauchte Sukie, als ihr Mann den Mund aufmachte, um zu protestieren. »Die Rezepte können warten. Du bist manchmal zu enthusiastisch. Und ...«

»Das sind all Ihre Sachen«, fiel ihr Michaela ins Wort.

»Nochmals vielen Dank«, sagte ich und meinte es ernst.

Sie nickte, wärmte ihre Hände am Ofen und grinste Arch an. »Bereit zum Aufbruch, Mister? Start in sieben Minuten!«

Arch schulterte seine Schultasche, nickte mir zum Abschied lässig zu und sagte zu Michaela, dass er sie am Fallgitter erwarten würde. Er brachte es sogar fertig, sich bei Sukie und Eliot zu bedanken, ehe er die Küche verließ.

Michaela sagte leise zu mir: »Eliot hat erwähnt, dass letzte Nacht jemand auf Ihr Haus geschossen hat, stimmt das?«

»Ja«, sagte ich. »Die Polizei hat noch keine Hinweise auf den Übeltäter. Aber ich habe auf der Fahrt hierher einen Anruf auf meinem Handy bekommen. Ich muß Sie vor etwas warnen.« Die Gesichter der drei Anwesenden nahmen sofort einen gespannten Ausdruck an. »Mein Exmann, Dr. John Richard Korman, ist gerade vorzeitig aus dem Gefängnis entlassen worden, wo er eine Strafe wegen Körperverletzung abgesessen hat. Wenn er sich hier blicken lässt, so lassen Sie ihn bitte nicht herein. Ich habe eine einstweilige Verfügung erwirkt ... Selbstverständlich wird er Arch irgendwann sehen dürfen, aber wir haben deswegen noch keine Einigung erzielt.«

Sie bombardierten mich mit Fragen, während ich die Hühnchen und andere verderbliche Lebensmittel auspackte und sorgsam in den Kühlschrank stellte: Hat dieser John Richard Korman auf Ihr Fenster geschossen? Weiß er, dass Sie hier im Schloss sind? Kennt er den Weg hierher?

»Wir haben ja nicht die geringste Ahnung, wie der Mann aussieht«, überlegte Eliot laut. »Wenn wir ein Foto hätten ...«

»Ja, das ist kein Problem«, entgegnete ich. »Ich nehme eines von zu Hause mit, wenn ich die Diskette hole.«

Es schneite nicht mehr, als Michaela, Arch und ich losfuhren. Ich folgte Michaelas Elk-Park-Prep-Minibus über die glatte, kurvige Zufahrt. Ihre Reifen hinterließen eine dunkle Spur im Schnee. Bald war der Minibus außer Sicht.

Als ich das vordere Tor passierte und über die Brücke zum Highway fuhr, fielen mit die Tische wieder ein, die zur Hyde Chapel geliefert werden sollten. Ich trat aufs Gas und beschloss, selbst nachzusehen, was in dieser Sache unternommen wurde. Oder *nicht* unternommen wurde.

Beim Fahren schaltete ich mein Handy an und tippte die Nummer von Toms Atlantic City Motel ein – es bestand eine geringe Chance, dass ich ihn dort noch erreichen konnte. Der Mann, der sich meldete, bedauerte sehr und informierte mich, Tom hätte das Motel schon vor Stunden verlassen. Ich wählte die Nummer der Bezirksstaatsanwaltschaft von Furman County und dann die Durchwahl von Pat Gerbers Büro. Da es noch nicht einmal sieben Uhr war, geriet ich nur an ihre Mailbox. Ich hinterließ eine Nachricht: Mein Exmann sei vorzeitig aus der Haft entlassen worden und jemand habe um vier Uhr morgens eines unserer Fenster mit einem Schuss zertrümmert. Da ich eine einstweilige Verfügung in Händen hielt, müssten wir uns überlegen, was wir als Nächstes wegen des Besuchsrechts bei unserem Sohn unternehmen wollten.

Ich unterbrach die Verbindung, als die Kapellen-Brücke über den Cottonwood Creek in Sicht kam. Die beiden zierlichen grauen Türme und die Bogenfenster mit den Buntglasscheiben wirkten im sanften Morgenlicht erdentrückt. Nach der Versteigerung vom Brief Heinrichs VIII. hatte Eliot die gotische Kapelle der Kirche übergeben, um die Steuerlast zu mindern. Und um die Hyde Chapel zu einer Touristenattraktion zu machen, die die potentiellen Klienten mit dem Konferenzzentrum in Verbindung bringen würden, hatte Sukie eine gründliche Säuberungsaktion in Gang gesetzt und Chardé Lauderdale großzügig für die Umgestaltung bezahlt. Das Labyrinth war die Krönung der Renovierungsarbeiten. Die St.-Luke's-Kirche war begeistert gewesen.

Das *Mountain Journal* hatte vorab einen blumigen Artikel über den heutigen Lunch in der renovierten Kapelle veröffentlicht und auch im Nachrichtenblättchen von St. Luke's war darauf hingewiesen worden. Obwohl der Kirche zwanzig Plätze bei diesem Mittagessen überlassen worden waren, hatten mich die Episcopal-Church-Frauen gebeten, für zehn Leute mehr, nämlich diejenigen Spender, die sich nicht um das »u.A.w.g.« gekümmert hatten, zu kochen. Die Frauen sorgten dafür, dass die Kirche Geschirr, Besteck und Gläser für das Mittagessen bereitstellte. Ich hatte den Kirchen-Frauen geantwortet, dass ein Lunch für dreißig oder fünfunddreißig Personen kein Problem sei.

Ich steuerte den Van auf die Kapellen-Brücke, weil ich zuerst nachsehen wollte, was mit den Tischen war. Nach der schlechten Publicity, die der Zwischenfall mit den Lauderdales meinem Unternehmen eingebracht hatte, war es von größter Bedeutung, dass heute alles ohne jede Panne ablief. Wenn die Tische noch nicht geliefert waren, würde ich um neun Uhr Party Rental anrufen und mich lauthals beschweren. In der Catering-Branche musste man manchmal grob werden.

Die Kirche wurde nicht von Scheinwerfern angeleuchtet. Ich rollte auf den gekiesten Parkplatz und wendete, um mit der Wagenschnauze zum Creek und so nahe wie möglich am Portal stehen zu bleiben. Jenseits des Highways im Cottonwood Park erhellte die Sonne die dicht stehenden Baumwipfel.

Ich blieb bei laufendem Motor in meinem Van sitzen und überlegte angestrengt, wie die Buchstabenkombination für das Schloss der Kassette war, in der der Kapellenschlüssel aufbewahrt wurde. Diese kleine Kapelle war ein Miniaturnachbau von Chartres und hatte dieselben Besonderheiten wie die riesige Kathedrale – ein buntes Rosettenfenster und jetzt auch das Marmorlabyrinth. Ich trommelte ungeduldig aufs Steuerrad ein und dachte fieberhaft nach, doch schließlich kam mir der Geistesblitz: Die Buchstabenkombination war natürlich: C, H, A, R, T, R, E, S.

Am oberen Rand des Creekufers, rechts von mir, stand ein Schild mit gotischen Lettern. *Handbremse anziehen!*, lautete die Warnung. *Das Management ist nicht in der Lage, Ihr Fahrzeug aus dem Creek zu bergen.*

Ich grinste bei der Vorstellung, wie Eliot und Sukie ein Auto aus dem Wasser hievten. Ich zog die Handbremse an, dann beugte ich mich vor, um zu sehen, wie weit ich vom Creek weg stand. Etwa fünf Meter tief gurgelte und schäumte das Wasser zwischen den vereisten Ufern.

Ich schloss die Augen und hörte mein Herz pochen. Ich hatte das da unten gerade nicht gesehen, oder doch? Es war sicher nur Einbildung gewesen – mein unausgeschlafenes Gehirn spielte mir einen Streich und gaukelte mir vor, Eis, Wasser, Steine und Sonnenlicht wären etwas ganz anderes. Etwas Fleischfarbenes, das unheimlich im Wasser tanzt, aber dann ist es doch nur ein Felsen.

Ich atmete tief durch, sprang aus dem Wagen und

schlich vorsichtig zum Uferrand. Nein, das Ding war nicht aus Quarz oder Granit, nicht einmal aus Marmor. Aus dem Creek ragte eine dunkle Hand. Eine Hand, die zu einem Arm in einem karierten Hemd gehörte. Eine dunkle Hand? Ich starrte hinunter aufs Wasser. Der steife Körper eines jungen Mannes lag halb im Wasser – so als ob ihn jemand die Uferböschung hinuntergeworfen hätte.

Ich wandte mich schaudernd ab. *Er braucht Hilfe*, schrie eine innere Stimme. *Hilf ihm. Hol ihn aus dem Wasser.*

Ich ging ein paar tastende Schritte die steile, mit Felsen durchsetzte Uferböschung hinunter. Dann rutschte ich auf einer Eisplatte aus.

Hilf ihm. Hol ihn da raus. Aber wie konnte ich zu ihm gelangen? Ich gewann das Gleichgewicht zurück und schaute zum Wasser. Im Wasser befanden sich ebenfalls Felsblöcke und eine Eisfläche, die mein Gewicht tragen könnte oder auch nicht. Selbst wenn ich heil da unten ankam, war ich kräftig genug, um den jungen Mann rauszuziehen?

Jetzt, da ich nur noch drei Meter vom Wasser weg war, konnte ich den Schädel des Mannes sehen. Was ich für einen dunklen Haarschopf gehalten hatte, war Blut. Ich blinzelte und versuchte, das Gesicht zu erkennen.

Moment mal.

Sein Foto war mindestens ein Dutzend Mal im *Mountain Journal* abgedruckt gewesen. Ich hatte einmal seine Stimme gehört, am Telefon.

Aber er dürfte gar nicht hier sein. Er sollte sich irgendwo verstecken. In New Jersey. Wo Tom nach ihm suchte, um ihn wegen des FedEx-Hijacking-Falles zu vernehmen. Nicht in Colorado. Nicht hier im Cottonwood

Creek. Aber es konnte kein Zweifel daran bestehen, dass Andy Balachek nicht an einem Casinotisch saß und spielte.

Andy Balachek war tot.

 **Es fiel mir schwer,** Andy Balachek anzusehen. Er war so jung.
Gewesen.
Wo war mein Telefon? Es lag auf der Station im Van. Ohne auf die Eisplatten zu achten, kletterte ich hinauf zu meinem Van und ließ mich auf den Fahrersitz fallen. Mit tauben Fingern tippte ich die Nummer des Furman County Sheriff's Department ein. Mein zweiter Anruf an diesem Morgen, dachte ich verdrossen, als ich einen Blick zum Creek warf und mich bemühte, meine Stimme wiederzufinden. Als sich die Telefonistin meldete, gab ich ihr Einzelheiten über meinen Fund durch: ein junger Mann in Holzfällerhemd und Jeans, gefrorenes, blutdurchtränktes Haar, keine Mütze. Seine Haut war an manchen Stellen blass, schwarz-blau an anderen. Es war Andy Balachek, sagte ich. Zumindest sei ich mir ziemlich sicher …

Das Handy meldete, dass gerade ein anderer Anruf kam. Ich erklärte der Telefonistin, dass ich selbst an diesem Morgen in einer Notlage wäre und den anderen Anruf entgegennehmen müsste. Sie fauchte mich an, dass ich *auf keinen Fall* auflegen dürfte und den Anrufer abwimmeln sollte – sie würde so lange warten. Das ist das Problem mit Notruf-Telefonistinnen: Du selbst willst schnell wieder auflegen und dich mit deinen eigenen Schwierigkeiten befassen. Aber die Telefonistinnen möchten, dass du redest und redest und nichts unternimmst. Sie werden besonders unwirsch, wenn es nicht um einen Zwischenfall mit Gas oder einen Autounfall, sondern um ein Verbrechen geht.

»Goldy?«

»Tom! Wo *steckst* du? Ich habe so viel ...«

»Auf der Interstate Seventy, knapp hinter Golden. Ich hab einen früheren Flug genommen und daheim angerufen ...«

»O Tom«, wimmerte ich. Er hörte schweigend zu, als ich ihm von dem Schuss, von John Richards Freilassung und davon, dass wir im Schloss Zuflucht gesucht hatten, erzählte. Ich nannte ihm meinen derzeitigen Standort und berichtete von dem jungen Mann im Eiswasser – einem jungen Mann, der sich nie wieder bewegen würde.

»O Tom – es ist Andy Balachek.«

»Miss G. – wo bist du genau?« Seine Stimme klang ruhig. »Auf dem Parkplatz vor der Kapelle?«

»Ich schaue direkt auf den Creek und den Highway dahinter. Auf der anderen Seite des Cottonwood Park. Kennst du die Kapellen-Brücke? Andys Leiche ist etwa fünfzehn Meter flussabwärts davon. Ich stehe über ihm auf dem Parkplatz, ein paar Meter vom Kapellenportal entfernt.«

Ehe er bestätigen konnte, dass er alles verstanden hatte, kündigte ein Piepsen den nächsten eingehenden Anruf an. Ich hatte die Telefonistin vollkommen vergessen.

»Sieh zu, dass du von dort verschwindest, Miss G.«,

ordnete Tom an. »Fahr zurück in die Stadt, und zwar sofort ...«

»Ich ... ich kann nicht!« Statische Geräusche machten eine Verständigung unmöglich – ich starrte den Hörer an. Aus unerfindlichen Gründen musste ich plötzlich an Archs Montessori-Lehrerin denken, die uns Eltern klar machte, dass *ich will nicht* bedeutet *ich kann nicht* und *ich kann nicht* bedeutet *ich will nicht*. Wieso erklärte ich Tom, ich könnte nicht von hier weg? Meinte ich eigentlich, ich wollte nicht?

Ich warf einen Blick hinunter auf den armen Andy Balachek und schauderte. Wenn ich jetzt davonfuhr, könnte jemand den Leichnam entdecken und sich gezwungen fühlen, zu gaffen oder vielleicht die Spuren am Fundort zu zertrampeln. Möglicherweise stahl sogar jemand die Leiche. Nicht nur das, argumentierte ich wahllos, diese Sache hier könnte mit dem Schuss auf unser Fenster in Zusammenhang stehen. Tom hatte Ray Wolff verhaftet. Andy Balachek hatte Ray Wolff gekannt. Tom arbeitete an dem Fall. Dank des Zeitungsartikels wusste buchstäblich jeder in der Stadt, dass ich, Toms Frau, heute in der Kapelle ein Mittagessen ausrichtete ... ich stöhnte.

Lauteres Knistern traktierte mein Ohr. Warum hatte *ich* Andy gefunden? Die meisten Leute können sich ausmalen, dass ein Caterer als Erster am Ort des Geschehens auftauchte. *Sollte* ich die Leiche entdecken?

Keine Frage, ich litt unter Paranoia.

Die Leitung war mit einem Mal wieder klar und ich hörte, dass Tom meinen Namen rief.

»Verdammt«, sagte ich vehement. »Tom, ich glaube nicht, dass ich gerade jetzt einfach auf und davon fahren sollte.«

Wieder das Piepsen, das mich daran erinnerte, dass ein anderer Anrufer wartete. »Tom, ich muss auflegen, die Telefonistin vom Notruf ist auf der anderen Leitung. Ich habe bereits das Sheriff's Department informiert, ich kann nicht von hier weg. Bitte, versteh mich doch.«

»Zerbrich dir nicht den Kopf wegen der Telefonistin«, erwiderte Tom gelassen und im selben Moment verstummte das Piepsen. Hatte sie aufgelegt? Nahm sie an, dass mein Anruf nur ein schlechter Scherz war? »Ich werde selbst im Department anrufen«, fuhr Tom fort. »Sie schicken unverzüglich einen Wagen, wenn ich mich einschalte. Ich fahre von der Seventy ab und komme aus Richtung Denver. Ich dürfte in knapp zehn Minuten da sein. Hast du den Verkehr von Osten im Blickfeld?«

Ich sah mich um. Der Cottonwood Park fiel steil zur Straße und zum zweispurigen Highway ab. »Ziemlich gut.«

»Geh nicht in die Nähe der Leiche, verstanden? Du könntest ins Wasser fallen.«

Okay, dachte ich, als Tom auflegte. Ein frostiger Februarwind rüttelte am Van und fegte durch die Fichten auf der anderen Seite der Straße. Ein Auto rauschte vorbei, dann noch eines. Niemand bremste ab, um zu glotzen. Wahrscheinlich konnte man Andy Balacheks Leiche von der Straße aus nicht sehen. Kein Mensch beachtete mich.

Geh nicht in die Nähe der Leiche ... Worum machte sich Tom Sorgen, abgesehen davon, dass ich ins Wasser fallen könnte? War der Killer noch in der Nähe? Wenn man sich eines Toten entledigte, lungerte man doch nicht in der Gegend herum, um zu sehen, wer die Leiche entdeckte, oder?

Ich versuchte, mich aufzuwärmen, indem ich näher an den Heizlüfter im Armaturenbrett heranrutschte. Laut meiner Uhr war es Viertel nach sieben. Der schiefergraue Himmel erhellte sich zu einem samtenen Blau. Nicht weit entfernt dröhnte ein Motor. Nur eine Minute später als versprochen kam Toms großer Chrysler in Sicht. Er bog nach links ein, um den Creek zu überqueren, dann röhrte er auf den Parkplatz und blieb ein paar Meter neben meinem Van stehen. Noch immer verwirrt löste ich den Sicherheitsgurt, stieg aus und ging Tom entgegen. Er kam ganz ruhig auf mich zu. Ging an Andys Leiche vorbei. Ohne einen Blick zum Creek bedeutete er mir, zurück zum Van zu gehen.

Ein Schuss zerriss die Luft.

Tom taumelte nach hinten und presste die Hand auf seine linke Schulter. Ich schrie. Ohne nachzudenken, rannte ich zu ihm. Als ich ihn erreichte, packte er mit der rechten Hand meinen Arm. Ein weiterer Schuss ertönte, die Kugel prallte von Toms Auto ab. Dann traf einer die Tür meines Vans.

»Los!«, brüllte Tom. Keuchend vor Schmerz, zerrte er mich zu den Felsblöcken, die den Parkplatz auf der anderen Seite begrenzten. »Duck dich hinter die Felsen und bleib unten! Mal sehen, ob wir, ob wir …«

Ich rannte, so schnell ich konnte, mein Herz hämmerte wie wild, ich dachte, er hätte gesagt: *Mal sehen, ob wir ein Loch graben können.* Ein Loch? Ich stolperte; Toms Hand zog mich nach oben. Ich bekam keine Luft mehr. Diese Schüsse hatten nicht so geklungen wie die Explosion an unserem Haus. Sie waren wie ein schrilles Pfeifen, nicht so laut, mehr wie Knallfrösche …

Ich löste mich aus Toms Griff und sprang zwischen zwei Felsen, kauerte mich hin und Tom drängte sich neben mich. Blut tropfte von seiner Schulter auf den Felsen. Ich schnappte nach Luft. Wie schlimm war seine Verletzung? Wo stand der Schütze? Warum war das alles passiert?

»Bleib unten«, befahl Tom. Sein Ärmel war mit Blut durchtränkt.

O Gott, betete ich, *hilf ihm, hilf uns.* Ich konnte den Blick nicht von Toms verwundeter Schulter losreißen. Manchmal denke ich, dass ich zu viel in dem Kurs 101 für Medizinerfrauen gelernt habe. *Die Schlüsselbeinarterie.* Wenn diese Hauptschlagader verletzt war, konnte Tom innerhalb von Minuten verbluten. *Bitte, lieber Gott. Nicht Tom.*

Mit seiner rechten Hand nahm Tom das Funkgerät von seinem Gürtel. »Officer braucht Unterstützung. Bei Schusswechsel verwundet.« Er presste die Worte hervor, sein Gesicht war schmerzverzerrt.

Wie konnte ich einen Pressverband anbringen? *Denk nach*, beschwor ich mich verzweifelt, als eine Stimme Toms Notruf beantwortete. »Welche Einheit ruft?«

»X-ray six«, erwiderte Tom. »Ort: Südseite vom Cottonwood Creek, bei der Hyde Chapel, am Highway zwei-null-drei.« Toms unfreiwilliges Ächzen brachte mein Herz zum Rasen. Wenn weder Knochen noch Lunge durchschlagen waren, könnte ich etwas auf die Wunde drücken und so die gefährlichen Blutungen etwas eindämmen. »Bin hinter den Felsblöcken am Rand des Kapellen-Parkplatzes«, fuhr er fort. »Etwa fünfzig Meter Entfernung zum Cottonwood Creek neben Highway zwei-null-drei. Meilenmarkierung unbekannt.«

Das Funkgerät knisterte und ich flehte im Stillen, dass der Operator ihm sagte, ein Streifenwagen sei unterwegs. Was hatte ich getan? Warum war ich nicht abgehauen, als Tom mich darum gebeten hatte? Woher kamen die Schüsse? Hatte sich jemand auf der anderen Straßenseite zwischen den Bäumen des Cottonwood Park versteckt?

»Glaube, der Angreifer hat ein Gewehr, möglicherweise eine AR-fünfzehn. Meine Schulter ist getroffen …«

»Können Sie den Standort des Schützen ausmachen?«, krächzte die Stimme über Funk.

»Glaube, er ist auf der Nordseite der Straße. Vielleicht fünfzig Meter im Wald, nach dem Klang der Schüsse zu urteilen.«

»Kann ein Hubschrauber dort landen, x-ray six?«

»Weiß nicht …« Tom rutschte das Funkgerät aus der Hand. Es war glitschig vom Blut. Ich nahm es an mich und drückte auf einen Knopf – hoffentlich war es der Richtige.

»Hier ist Toms Frau, Goldy Schulz«, kreischte ich. »Schicken Sie Sanitäter mit Ihrem Team!« Tom war nach vorn gesackt. Die Funkverbindung krachte. Ich legte das Gerät auf den Boden und beugte mich zu meinem Mann. »Tom!« Seine Augenlider flatterten. »Ich drücke jetzt auf die Wunde, um die Blutung zu stoppen«, erklärte ich ihm. »Du musst mir sagen, ob du das Gefühl hast, dass ein Knochen zersplittert ist, oder ob du schwerer atmest, wenn ich Druck ausübe. Hast du mich verstanden?« Sein Gesicht war noch bleicher geworden, aber er nickte. Ich konnte mir vorstellen, welche Schmerzen er aushalten musste. Wenn das Schlüsselbein gebrochen war, würde jede Berührung entsetzliche Qualen verursachen.

Ich stählte mich innerlich. Er verlor *schrecklich viel Blut*. Mit zitternden Fingern drückte ich auf die Stelle, wo das Blut durch das vormals weiße Hemd sickerte. Tom stöhnte, sagte aber nicht, dass ich aufhören sollte. Tränen liefen mir über die Wangen, als ich die Hand auf die heiße blutige Wunde in seiner linken Schulter presste.

Während ich den Druck vorsichtig verstärkte, lauschte ich auf Geräusche. Hatte der Schütze vor, es noch einmal zu versuchen? Ich hörte nur das Gurgeln des Wassers.

Der Blutstrom versiegte zu einem Rinnsal, das sich in einem Delta zuerst auf Toms Hemd, dann auf den schneebedeckten Felsen ausbreitete. Tom blinzelte und grunzte, als er nach dem Funkgerät griff.

»Nicht, lass das!« Hysterie schwang in meiner Stimme mit, als meine Hand von der Wunde glitt.

Er hielt das Radio mit der rechten Hand hoch. »Sprich«, forderte er schwerfällig. »Sprich in das Funkgerät.« Er ächzte wieder – es war ein tiefer, fast unmenschlicher Laut.

»Schon gut, schon gut«, beschwichtigte ich ihn hastig und stabilisierte den Druck auf die Wunde – mit beiden Händen –, dann beugte ich mich unbeholfen näher zu dem Gerät. »Aber bitte beweg dich nicht mehr, Tom, bitte ...«

»Goldy, tut mir Leid ...« Er brachte nur noch ein heiseres Flüstern heraus.

»Keine Angst, alles wird wieder gut.«

»Nein ... Goldy ...«

Ein Angstschauer lief mir über den Rücken. Wo war der Schütze? Meine Hände auf der Wunde verkrampften sich. Ich versuchte, meine Muskeln durch bloße Willenskraft zu entspannen.

»Es tut mir Leid ...«, sagte Tom wieder.

»*Mir* tut es Leid. Es wird bald jemand eintreffen. Der Notarzt, die Cops ... sie sind auf dem Weg.«

»Ich spüre meinen rechten Arm, aber nicht meinen linken ...«

»Sie müssen jede Sekunde hier sein.«

Tom verdrehte kurz die Augen. »Goldy.« Er hatte Mühe beim Sprechen. »Ich muss dir was sagen.« Jedes Wort begleitete ein schmerzerfülltes Ächzen. »Ich bin ...« Mit größter Anstrengung stieß er hervor: »*Ich liebe sie nicht.*«

»Tom! Sei *still!* Du fantasierst.«

»Ich war nur ... versuchte, herauszufinden ... was vor sich geht. Du musst verstehen ...« Er brach ab.

Ich starrte ihn an.

»Hör zu«, begann er von neuem. »Es ... tut ... mir ... Leid.«

Ich gab keinen Ton von mir, während ich mich darauf konzentrierte, den Blutstrom zurückzuhalten, der immer noch aus der hässlichen Wunde sickerte. Aber in meinem Kopf schrie es: *Was tut dir Leid?*

 **Wie lange war es her,** seit Tom getroffen wurde? Sekunden? Stunden? Nein, keine Stunden. Minuten. Bruchteile von Minuten. Tom schwebte zwischen Bewusstlosigkeit und Wachzustand, sein Gesicht war aschfahl und er lehnte schlaff am Felsen. Er sah aus wie ein sterbender Bär. Aus dem Funkgerät kamen keine Geräusche mehr. Ich drückte meine Hände auf Toms Wunde und betete, dass er am Leben bleiben möge.

Dann geschah plötzlich etwas. Zuerst war ich nicht sicher, ob das durchdringende Geräusch Sirenen waren oder ein Klingeln in meinen Ohren. Und vielleicht war das entfernte Wummern das Echo meines eigenen Herzschlags und nicht der Helikopter, den ich so verzweifelt herbeisehne.

Bitte, flehte ich wieder.

Männer schrien. Die Sirenen kamen näher. Nicht weit von uns landete ein Hubschrauber und wirbelte so viel Luft auf, dass mir die Ohren wehtaten und die Tränen in die Augen schossen. Die Rotoren verstummten und noch mehr Männer brüllten. Ich glaubte, einen anderen Hubschrauber über uns kreisen zu hören.

»Hier!«, kreischte ich, ohne von Toms Seite zu weichen. »Wir sind hier drüben.«

Nach einem Jahrhundert, wie es schien, sprang ein Polizist in voller Kampfmontur der Sondereinheit etwa zehn Meter von uns auf die Felsenbarriere. Er war groß, muskulös und beweglich, hatte eine dunkle Haut und dunkle Haare. Er ging geschickt in Deckung und sprach in sein Funkgerät, während er auf uns zurobbte.

Einen Moment später kroch er um Tom und mich herum. Er wies mich an, meine Hände nicht von Toms Schulter zu nehmen, als er sich näher beugte, um die Verletzung zu inspizieren. Er fühlte Toms Puls, murmelte etwas ins Funkgerät, dann widmete er seine Aufmerksamkeit wieder Tom.

»Schulz! Schulz! Können Sie mich hören?« Das Funkgerät knisterte. »Schulz!«, rief er noch einmal. »*Sind Sie da?*«

»Klar«, antwortete Tom unerwartet und ich hätte beinahe laut losgelacht vor Erleichterung.

Der Cop nickte mir zu. »Sind Sie verletzt?«, fragte er. Ich schüttelte den Kopf. »Können Sie reden?« Ich nickte. »Gut. Wie viele Schüsse?«

»Drei.« Meine Stimme klang eigenartig. »Einer hat ihn an der Schulter getroffen. Einer ist von seinem Wagen abgeprallt. Der letzte ist in die Tür meines Vans eingeschlagen.«

»Konnten Sie sehen, woher die Schüsse kamen?«

»Von der anderen Seite des Highways, wie es scheint. Ich dachte, jemand würde auf dem Hügel im Cottonwood Park stehen. Im Wald.«

»Wie weit oben am Hügel?«, wollte der Cop wissen.

Ich hatte keine Ahnung. »Vielleicht dreißig Meter, vielleicht fünfzehn.« Tom schloss wieder die Augen und ich neigte mich zu ihm und flüsterte seinen Namen.

Der Typ von der Sondereinheit sprach in sein Funkgerät, dann versuchte er, Tom anzusprechen, bis ein Funkspruch zu ihm durchkam. Offenbar hatten die Cops den Schützen nicht gefunden, da der Officer aufsprang, winkte und die Sanitäter mit einem lauten Brüllen herbeirief.

Sekunden später kletterten zwei Sanitäter – beides junge Männer mit rasierten Schädeln – über die Felsen. Sie forderten mich auf, die Wunde loszulassen und aus dem Weg zu gehen. Ich gehorchte. Einer inspizierte die Wunde, während der andere Toms Lebensfunktionen prüfte. Der zweite bat den Cop von der Sondereinheit, dafür zu sorgen, dass der Polizeihelikopter die Wiese frei machte, damit der Rettungshubschrauber landen konnte. Das hieß, dass die Sanitäter nicht auf den Notarzt warteten. Ich wünschte wieder, ich wüsste nicht so viel. Sie warteten nicht auf den Notarzt, weil Toms Verletzungen so schwer waren, dass sie keine Minute verschwenden durften. Der Ambulanzwagen würde zu lange brauchen ...

Mir wurde schwindlig und ich sank nach hinten. Mein Körper versagte, die Adrenalinzufuhr von vorhin war abrupt versiegt. Einer der Sanitäter befahl mir, mich auf den Boden zu legen, und bat den Officer, mich auf Anzeichen von Schock zu untersuchen.

Ohne zu realisieren, wie ich in die Lage gekommen war, fand ich mich mit einem Mal auf einer unebenen Eisplatte wieder. Ein Stein drückte sich in mein linkes Schulterblatt. Mein ganzer Körper wurde rasch ganz kalt. *Ich muss die Hydes anrufen,* ging es mir durch den Kopf, während der blaue Himmel über mir zu wirbeln begann. *Es wird heute kein Mittagessen in der Kapelle geben.* Der Officer der Sondereinheit redete mit mir, sagte, ich solle die Augen offen lassen und ihn immer anschauen. Er fragte mich, ob mein Kragen zu eng sei. Was ging mich mein verdammter Kragen an? Ich konnte Tom nicht sehen. Der Officer informierte mich, dass die Situation auf der anderen Seite des Felsens unter Kontrolle war. Der Schütze war geflüchtet. Captain Lambert vom Furman County Sheriff's Department hatte per Funk die Erlaubnis gegeben, dass ich dem Rettungshubschrauber ins Krankenhaus folgen konnte. Wenn ich wollte. Wenn es mir gut genug ging.

Ich behauptete, mir ginge es prima, und versuchte, mich aufzusetzen, aber in meinem Kopf drehte sich alles, und ich sank wieder zurück – hilflos und frustriert. Ich tat mit krächzender Stimme kund, dass ich bei meinem Mann bleiben wollte. Und könnte bitte jemand bei den Hydes anrufen, bei Eliot und Sukie, denen das Schloss auf dem Hügel hinter der Kapelle gehörte, und ihnen sagen, was passiert war? Der Cop nickte und eröffnete mir, dass der Polizei-Chopper jetzt startete, damit der Rettungshubschrauber landen konnte. Sobald der Rettungshubschrauber in der Luft war, würde mich der Chopper abholen und zur Klinik fliegen. Ob ich das verstanden hatte? Ich nickte. Captain Lambert würde mich in Denver treffen. Ein Ärzteteam bereitete sich schon auf Toms Ankunft vor.

Ein ganzes Team. Ich hatte Mühe, Luft zu bekommen. Der Cop hatte die Leiche im Creek mit keinem Wort erwähnt. Wenn ein Officer per Funk um Hilfe bat und eine Schussverletzung meldete, dann blieb alles andere im Hintergrund, das wusste ich. *Ein Ärzteteam bereitet sich vor, für Tom.*

Ich bekam nichts mehr von dem mit, was der Cop sagte.

Ich registrierte den ohrenbetäubenden Lärm und den harschen Wind, als ein Helikopter abhob und der andere landete. Zwei Uniformierte – ein Mann und eine Frau –, beide Sanitäter der Flugbereitschaft, kamen durch den Felsspalt. Sie stabilisierten Toms Kopf, baten währenddessen den Cop der Sondereinheit um einen Bericht und schnallten Tom auf einer Trage fest. Ich verrenkte mir den Hals, um alles mitzubekommen. Mein lieber Tom, groß an Körper und Geist, charismatisch im Umgang mit seinen Männern, liebevoll zu Arch und mir, war immer aktiv, ohne gehetzt zu wirken. Jetzt war er bewusstlos, sein Gesicht grau, sein Körper blutüberströmt. Mit synchronen Bewegungen hoben die beiden Sanitäter Tom auf einer Trage über die Felsen. Der Cop hielt mich nicht zurück, als ich mich auf die Füße kämpfte. Da ich schwankte und beinahe stürzte, umfasste er meinen Ellbogen und führte mich durch die Felsen.

Es war erstaunlich, wie viele Cops mittlerweile eingetroffen waren. Mindestens fünfzig Police Officer und unzählige Uniformierte mit Streifenwagen von Furman County, Jefferson County und aus Littleton, Lakewood und Morrison standen auf der Straße, sprachen in ihre Funkgeräte, machten sich Notizen, untersuchten den Tatort und hatten ein wachsames Auge auf die Polizisten, die den Wald durchkämmten. Ich wünschte, Tom könnte das sehen.

Meine Gedanken schweiften wieder zurück zu dem, was Tom über *sie* gesagt hatte. *Denk nicht darüber nach,* ermahnte ich mich. Er wurde angeschossen. Er war nicht bei Verstand.

Trotzdem ging mir wieder Toms bebender, kleinlauter Tonfall durch den Kopf, als der Helikopter abhob. *Ich liebe sie nicht.* Woran hatte er dabei gedacht? Dass er sterben würde und ich etwas aus seiner Vergangenheit finden könnte? Was, zum Beispiel? Liebesbriefe vielleicht? Hotelrechnungen? Oder machte er sich Sorgen wegen eines noch nicht so lange zurückliegenden Vorfalls? Hatte er sich in Atlantic City mit einer Nutte eingelassen? Hatte sie ihm gedroht, mich mit einem Anruf zu beehren?

Halt. *Halt, halt, halt.*

Ich sah zu, wie sich der Rettungshubschrauber in die Lüfte erhob.

Weniger als zehn Minuten später startete der Polizei-Chopper mit mir an Bord. Unter uns schwärmten auf der anderen Seite des Creeks die Polizisten durch den Wald des Cottonwood Park. Die Leiche lag noch im Wasser; Spurensicherer hatten die Stelle abgesperrt und suchten alles ab. Eine halbe Meile östlich davon – dort, wo der Fox Creek in den Cottonwood mündete, hatte die Polizei die Straße gesperrt. Auf der Südseite der Straße stand das Schloss auf einem Hügel. Der Burggraben glitzerte in der Morgensonne und ließ die Szenerie wie eine Vision aus dem Mittelalter erscheinen. Hatten die Cops die Hydes über die Vorfälle informiert? Oder erwarteten sie mich noch immer in ihrer Küche?

Der Helikopter schwenkte nach Osten. Das Anwesen des Schlosses grenzte an eine riesige Rinderranch und der Lärm des Hubschraubers schreckte ein Dutzend Stiere auf und sie rannten über die Weide. Im Süden waren nur Waldflächen.

Ich warf einen Blick zurück auf den Cottonwood Creek – Andy Balachecks Leiche war nur noch ein heller Fleck im dunklen Wasser. Im Park stand eine große Gruppe uniformierter Polizisten an einem Feldweg, der den Wald durchschnitt. Sie schienen etwas auf dem Weg zu untersuchen. Patronenhülsen? Fußabdrücke im Schnee? Reifenspuren?

Ich drehte mich wieder um und starrte auf den Highway 203, der allmählich aus dem Blickfeld verschwand. Hatte jemand auf unser Fenster geschossen und war mir dann bis zum Schloss gefolgt? Hatte jemand Andy Balachek ermordet und seine Leiche an einer Stelle in den Creek geworfen, an der ich sie irgendwann entdecken musste? Hatte dieselbe Person dann auf der anderen Straßenseite gewartet, um mich zu erschießen? Oder war Tom von vornherein das eigentliche Ziel gewesen?

Ich sah wieder nach vorn und beschloss, mich jetzt nur auf Tom zu konzentrieren. Der Pilot sagte etwas in sein Headset. Die riesige Waldfläche endete unter uns. Ich schloss die Augen und betete für Tom.

Aber meine Gedanken schweiften ab. Entweder bemühte ich mich, einen Sinn in all dem, was geschehen war, zu erkennen, oder ich versuchte, Hoffnung zu entwickeln. Was hatte mir Tom über Schusswunden erzählt? *Es kommt auf die Art der Waffe an.* Wenn jemand mit einem Hochleistungsgewehr auf deine Schulter schießt, dann adieu Schulter. Wenn es eine weniger durchschlagkräftige Waffe war, könnte man etwas retten, solange kein Knochen oder eine große Ader zerfetzt wurde. Wenn eine Kugel die Schlüsselbeinarterie zerreißt, kannst du verbluten, bevor du ins Krankenhaus kommst. Konnten sie im Helikopter Bluttransfusionen durchführen? Ich glaubte, dass sie nur Glukose an Bord hatten.

Der Pilot, der zu jung aussah, um sich rasieren zu müssen, geschweige denn einen Helikopter zu fliegen, murmelte etwas in sein Mikro, dann schwenkte er nach rechts. Wenn ich nicht die Orientierung verloren hatte, dann waren wir auf Süd-Südost-Kurs. Dies war nicht die Richtung zur Basis der Rettungshubschrauber: das Saint Anthony's Hospital in Denver.

»Was ist los?«, überbrüllte ich das Dröhnen der Rotorblätter.

»Saint Anthony's ist überlastet«, schrie der Pilot zurück. »Sie müssen die Maschine an eine andere Klinik verweisen. Der Rettungshubschrauber fliegt zum Southwest Hospital und wir auch. Das Southwest hat ein neues Zentrum für Trauma- und Unfallpatienten.«

Ich biss mir schmerzhaft auf die Lippe – ich wollte nur, dass Tom *irgendwohin* gebracht wurde. Ich kannte das Southwest Hospital neben der Westside Mall im südwestlichen Zipfel von Furman County. Marla war dorthin gebracht worden, als sie ihren Herzanfall hatte; danach hatte sie Geld für eine neue kardiologische Station gespendet. Das Southwest gehörte zu der Kette von Krankenhäusern, für die auch John Richard einmal gearbeitet hatte.

Diesen Gedanken verdrängte ich, als wir über eine der Wohngegenden am Fuß der Berge flogen, wo Häuser kreuz und quer an einem kurvigen Feldweg standen. Die Kinderschaukeln in den Gärten schwankten in dem kalten Wind, der aus höheren Regionen kam. Wochenalte, vom Wetter zerzauste Schneemänner deuteten auf glückliche Familien hin.

Was nicht ganz so glückliche Familien betraf – wo trieb

sich wohl John Richard gerade herum? Ich wünschte, ich wüsste es. Könnte er auf Tom geschossen haben? Würde er so was tun? Ja, o ja, egal, was Arch über die Schießkünste seines Vaters sagte. Mein Kopf schmerzte, als ich mich an einen Zwischenfall während unserer Ehe zurückerinnerte. Die Geschichte hatte eine Schwester vom Cityside Hospital erzählt, in dem John Richard als Geburtshelfer tätig war. Ihre Stimme bebte, als sie mich anrief, um mir zu gestehen, dass sie wiederholt John Richards Annäherungsversuche zurückgewiesen hatte. Als sie ihm klar machte, dass sie verheiratet war, sagte er: *Wie wär's, wenn dieser elende Ehemann aus dem Weg geschafft wäre?* Ich wusste nicht, warum die Krankenschwester *mir* das alles erzählte. Was hätte ich ihrer Meinung nach tun sollen? Ich riet ihr, so viele Meilen wie möglich zwischen sich und Dr. Korman zu bringen. Nicht lange danach berichtete mir eine andere Schwester, dass das Objekt von John Richards Begierde ihren Job gekündigt hatte und jetzt in einem Krankenhaus außerhalb von Colorado arbeitete.

Ich konnte den Rettungshubschrauber nicht sehen, aber ich wusste, dass er vor uns war. Mehr Wissen aus dem Kurs für Medizinerfrauen tauchte vor meinem geistigen Auge auf wie auf einem Computerbildschirm. Der menschliche Körper besteht hauptsächlich aus Wasser. Und selbst wenn eine Kugel nur in weiches Gewebe eindringt, richtet sie massive Schäden an, angefangen mit den Schockwellen, die sie im Organismus verursacht.

Behandelten die Sanitäter Toms Schockzustand? Natürlich. Hatte ich die Blutungen genügend eingedämmt? Meine Zähne klapperten. Ich nahm mir eine der silbernen Iso-Decken, die einer der Piloten auf den

Sitz neben mich gelegt hatte. Ich fror erbärmlich. Wie konnte man einen Schock vermeiden? Hör auf *zu fühlen* und fang an *zu denken*.

Ich konnte nicht. Es war zu schmerzlich. Ich sah wieder vor mir, wie Toms Körper zurückzuckte. Sein Blut. Hörte ihn sagen: *Ich liebe sie nicht.* Ich habe jahrelang die Seitensprünge des Blödmanns erduldet. Aber das hier war was anderes.

Unglaublich, ich hatte immer noch mein Handy bei mir. Ich nahm es aus der Tasche und betrachtete es. Durfte man in einem Helikopter damit telefonieren? Sollte ich in der Elk Park Prep anrufen? Sollte ich Arch Bescheid sagen? Ich spähte wieder aus dem Fenster. Wir hatten das Gebirge hinter uns gelassen und flogen über den langen Bergkamm, eine uralte zerklüftete geologische Formation, die sich zwischen Gebirge und der Ebene erhob. Dieser Bergkamm hatte Generationen von Schülern im Heimatkundeunterricht beschäftigt. Aber die Felsen machten jede Telefonfunkverbindung zunichte, wenn man sie überquerte. Außerdem war es sicherlich nicht erlaubt, in einem Hubschrauber mit Handy zu telefonieren, genauso wenig wie in einem Krankenhaus. Also würde ich mir, sobald ich sicher sein konnte, dass Tom gut versorgt wurde, ein Münztelefon suchen, Marla, die Hydes und die Kirche anrufen. *Jede Krise zu ihrer Zeit*, dachte ich dumpf.

Der Helikopter überquerte die Ebene, die sich bis nach Denver erstreckte. Wir ratterten über eine Siedlung, Reihen um Reihen grau-beiger Wohnhäuser. Vor uns war die Westside Mall, dahinter schimmerten das Southwest Hospital und der volle Parkplatz in der Sonne.

Der Polizeihubschrauber blieb in der Nähe der Mall in der Schwebe. Von unserem Standpunkt aus war der

Landeplatz des Krankenhauses gut zu sehen. Es sah aus, als würden eine Notaufnahme-Schwester und einige Pfleger auf den Rettungshubschrauber zulaufen. Ich schluckte schwer und beobachtete, wie die Flugsanitäter Tom ausluden – bei noch laufenden Rotoren! Dann wurde Tom mitsamt der Trage auf ein Rollbett verfrachtet und eilends weggebracht.

Erst das Spezialistenteam, jetzt dieser blitzartige Transport. Man holt einen Verletzten nur aus einem Hubschrauber mit laufenden Rotorblättern, wenn man um sein Leben fürchten muss.

Nach einer Ewigkeit – wahrscheinlich waren es nicht mehr als zwanzig Minuten – landete der Polizei-Chopper und ein Sicherheitsmann des Krankenhauses brachte mich in einen Waschraum, damit ich mir Toms Blut von den Händen und Armen waschen konnte. Danach führte man mich in den Warteraum der Notaufnahme und sagte mir, dass der Notarzt zu mir kommen und mit mir sprechen würde, sobald es ihm möglich war. Kurze Zeit später stand Toms neuer Captain, Isaac Lambert, neben mir. Ich erhob mich unbeholfen.

»Goldy«, murmelte er. Er umarmte mich, war aber klug genug, keine klischeehaften Fragen zu stellen wie: *Wie geht es Ihnen?* »Sie haben hier ein gutes Notarztteam.«

»Ja.«

Der grauhaarige, habichtgesichtige Captain Lambert war groß und massig und seine Knochen knackten, als er sich auf einen der Plastikstühle setzte. Die braunen Knöpfe platzen fast von seiner braunen Uniform, die sich über seinen buddhaartigen Bauch spannte. Er roch nach Old Spice und vermittelte den Eindruck, ein gutmütiger Riese zu sein, der sich mächtig bemühte, mich zu trösten. Ich setzte mich neben ihn und war dankbar, ihn an meiner Seite zu haben.

»Wo ist Tom jetzt?«, fragte ich. »Haben Sie ihn gesehen?«

»Nein, aber ich weiß, wie so was abläuft.« Seine Stimme klang freundlich und beruhigend. »Die Flugrettung erstattet dem Notarzt Bericht: Toms Alter, wie viele Schüsse er abbekommen hat, wie viel Blut er verloren hat – diese Dinge. Der Notarzt untersucht ihn und leitet die nötigen Maßnahmen ein.«

Wir schwiegen eine ganze Weile. Ich schaute mich um. Hier im Warteraum zu sitzen war fast so, als würde man am Grund eines tiefen Brunnens schwimmen. Blau gefärbtes Mattglas filterte das Sonnenlicht, das blassblaue Wände, türkisfarbene Stühle und marineblaue Bänke beleuchtete, die einer verglasten Wand mit Blick auf einen belebten Krankenhausflur gegenüberstanden. Plötzlich fiel mir auf, dass sich hauptsächlich Frauen hier im Warteraum aufhielten: Frauen mit leerem Blick, Frauen, die leise weinten, Frauen, die sich Neuigkeiten von Ärzten anhörten.

»Sie haben ihn aus dem Helikopter geladen, als sich die Rotorblätter noch drehten«, erzählte ich Lambert, nur um überhaupt etwas zu sagen. »Das bedeutet …« Meine Kehle wurde plötzlich ganz eng.

Lamberts Gesichtsausdruck veränderte sich genauso wenig wie sein Ton. »Sie haben ihm Blutinfusionen gegeben, während sie ihn untersuchten.«

Ich konnte mir vorstellen, wie das Ärzteteam meinen Mann umschwirrte, ihm eine Infusion legte (Blut und Glukose), ihm den Blutdruck und den Puls maß, den

Herzmonitor anschloss, Atmung und Reflexe prüfte und untersuchte, ob der Patient geistig da war.

In welchem Geisteszustand war Tom gewesen, als er mir sagte, dass er *sie* nicht liebte?

»Sie machen Röntgenaufnahmen«, fuhr der Captain mit dieser unerträglich beruhigenden Stimme fort. »Sobald sie wissen, womit sie es genau zu tun haben, und das Operationsteam zusammengestellt ist, bringen sie ihn sofort ...«

Der Arzt erschien, ein kleiner, dünner Mann mit grauem Haar, hellen Augen und grünlichem Teint – möglicherweise ein Effekt des Neonlichts. Er stellte sich als Dr. Larry Saslow vor und erkundigte sich, ob ich Mrs. Schulz sei.

»Die Verletzung Ihres Mannes«, begann der Arzt, »ist nicht so schlimm, wie sie hätte sein können. Das Geschoss hat keine Knochen durchschlagen, aber ein großes Blutgefäß zerrissen. Die Schlüsselbeinarterie, schon mal was davon gehört?« Als ich wortlos nickte, fügte er hinzu: »Ein Gefäßchirurg arbeitet im Augenblick an ihm. Er dürfte in zwei Stunden aus dem Operationssaal kommen.«

Ich wollte den Mann nicht gehen lassen. *Ich brauchte beruhigende Nachrichten.* Aber ich brachte nichts anderes zustande als ein Nicken.

»Danke. Gut. Sehr gut«, antwortete Captain Lambert, ehe der Arzt wieder ging. Da ich immer noch nichts sagte, stand Captain Lambert auf und meinte, er wäre gleich wieder da. Er kam mit zwei Plastiktassen mit Kaffee, der aussah wie recyceltes Motorenöl, zurück.

»Das ist besser als nichts«, sagte er und zuckte bedauernd mit den Schultern.

Mechanisch nahm ich einen Schluck und verbrannte

mir die Zunge. »Großartig, danke.« Meine Stimme klang, als käme sie von weit her.

»Das sind gute Neuigkeiten, Goldy – das, was der Doc gesagt hat. Sie behalten Tom über Nacht auf der Intensivstation. Zwei unserer Deputies können bleiben und jede Stunde nach ihm sehen, wenn Sie nach Hause müssen ...«

»Ich fahre *nicht* nach Hause«, erklärte ich vehement. Meine Hand zitterte und Kaffee schwappte auf mein Knie. Ich wusste, dass ich einige Anrufe tätigen musste, aber ich fühlte mich noch nicht dazu in der Lage.

»Okay, okay. Dann bleiben Sie hier.«

Ich war unvernünftig und unnötig pampig und ich wollte Captain Lamberts Freundlichkeit nicht auf diese Weise erwidern. Trotzdem wusste ich nicht, wie ich mich verhalten sollte. Deshalb saß ich einfach nur da, betete und trank schlechten Kaffee. Schließlich fragte ich den Captain, ob er wüsste, wo ich ein Telefon finden könne. Er sagte, gleich draußen neben der Tür gebe es einen Münzfernsprecher. Ob er mich hinbringen solle? Nein, danke.

Zuerst rief ich die St. Luke's Episcopal Church in Aspen Meadow an und sprach mit knappen Worten auf die Mailbox des Priesters – ich erklärte, was passiert war, dass ich mich derzeit im Southwest Hospital aufhielte und noch die nächsten vierundzwanzig Stunden hier bleiben würde. Zudem bat ich, Toms Namen noch heute auf die Liste für die Fürsprechgebete zu setzen. Dann wählte ich Marlas Handy-Nummer und erwischte auch nur das Nachrichtensystem. *Bitte, hol Arch von der Elk Park Prep ab und ruf mich unter folgender Nummer an ... Noch besser wäre, du würdest Arch ins Southwest Hospital bringen – ich brauche euch beide hier. Tom wurde angeschos-*

sen, erklärte ich mit bebender Stimme. Dann rief ich die Hydes an. Diesmal war ich froh, dass sich der Anrufbeantworter einschaltete. Ich meldete kurz, was geschehen und wo ich gelandet war. *Wir müssen das Mittagessen auf einen späteren Termin in dieser Woche verschieben, da das Gebiet an der Kapelle Ort eines Verbrechens ist und Ermittlungen dort stattfinden. Ich bin überzeugt, die Spender haben Verständnis ...*

Schließlich ging ich zurück zu meinem Plastikstuhl. Ich war wie betäubt.

»Goldy?«, fragte Captain Lambert. »Ich habe mich gefragt ... ich bin einfach neugierig ... natürlich werden Sie später mit einem Ermittler sprechen, aber ... was ist eigentlich genau passiert?«

Und ich erzählte meine Geschichte: Wie das Fenster in unserem Haus durchschossen wurde, wie Sergeant Boyd mich höflich angewiesen hatte, mit meinem Sohn das Haus zu verlassen, bis Tom zurück war. Dass wir uns ins Hyde-Schloss über dem Cottonwood Creek und der Hyde Chapel geflüchtet hatten, wo ich heute eigentlich ein Mittagessen ausrichten sollte ... Und dann hatte ich Andy Balacheks Leiche im Creek gefunden und Tom wurde angeschossen ... »Und da gibt es noch etwas, was Sie wissen sollten.« Ich erklärte ihm, dass mein Exmann vorzeitig aus der Haft entlassen worden war.

»Wir versuchen bereits, Korman ausfindig zu machen«, erwiderte der Captain. »Wir glauben, dass er sich in seinem alten Country Club in Aspen Meadow aufhält. Wenigstens hat er dem Bewährungshelfer gesagt, dass er dorthin will ...«

»Moment«, unterbrach ich ihn. Meine Aufmerksamkeit wurde von etwas auf der anderen Seite des Warteraums abgelenkt.

Hinter der Glasscheibe zum Flur entdeckte ich das Gesicht einer Frau – Porzellanhaut, feine Gesichtszüge, tintenschwarzes Haar –, dann verschwand es wieder. Ich bekam eine Gänsehaut.

Was hatte Chardé Lauderdale im Southwest Hospital zu suchen?

 **Ich sprang auf,** stürmte zur Tür und sah mich im Flur um. Hier draußen ging es ziemlich laut und hektisch zu. Die Lautsprecher plärrten ganze Litaneien von Namen und Informationen; Pfleger rumpelten mit Rollbetten, auf denen Patienten lagen, hin und her, Familien, Schwestern und Ärzte schwatzten und liefen, langsam oder schnell, über das quietschende Linoleum.

Und da war Chardé Lauderdale – sie huschte eilig davon. Ihr schwarzes Haar war zu einem französischen Knoten hochgesteckt und wurde von einer glitzernden Spange zusammengehalten. Das rot-schwarze Kostüm betonte ihre athletische Figur und ihre hohen Absätze klapperten auf dem Boden. Vielleicht war sie hier, um ihre kleine Tochter Patty noch einmal untersuchen zu lassen – um feststellen zu lassen, ob sie nach Buddys Schüttel-Aktion bleibende Schäden davongetragen hatte. Chardé drehte sich um und sah mich an, dann bog sie um die Ecke.

Ich rieb meine trockenen, rissigen Hände aneinander. Der Fluch eines jeden Caterers: zu viel Abspülen, zu wenig Handcreme. Ich starrte durch den Flur, als könnte ich mit Blicken erzwingen, dass Chardé Lauderdale noch einmal auftauchte. Hatte Tom jemals erwähnt, dass ihn jemand einzuschüchtern versuchte? Versuchte jemand, *mich* einzuschüchtern? Könnten die Lauderdales und ihr Rachedurst hinter all den Geschehnissen stecken? Ich ging zurück zu meinem Stuhl.

»Captain Lambert, ich muss mit Ihnen über die Lauderdales sprechen.« Mein Mund füllte sich mit Galle, als ich ihren Namen aussprach. Ich erzählte ihm von der Neujahrsparty und ihren Folgen.

»Ich habe den Artikel gelesen«, meinte Captain Lambert nachdenklich. »Auch den Bericht. Wir überprüfen die Lauderdales und Ihren Exmann und die Hijacker, nach denen Tom gefahndet hat. Im Augenblick sind wir der Meinung, dass ein und dieselben Leute auf Ihr Haus und auf Tom geschossen haben. Als Erstes müssen wir uns um den Fall Balachek kümmern.«

»Was genau war mit Balachek?«, fragte ich. »Tom hat mir nur am Rande von dem Fall erzählt.«

Der Captain spitzte die Lippen. »Tom hat Ihnen nicht gesagt, dass wir Ray Wolff den stinkenden Beef-Boy nannten?«

Ich war verwirrt. »Er hat nie etwas von schlecht riechendem Fleisch gesagt. Daran würde ich mich bestimmt erinnern.«

»Vor einiger Zeit hat Wolff eine Ladung Fleisch gestohlen – er dachte, es handele sich um erstklassige Steaks, aber wie sich herausstellte, waren es *Rinderdärme.*« Lambert kicherte. »Därme konnte man natürlich nicht an Restaurants verkaufen. Deshalb ließ er den Lastwagen einfach irgendwo stehen. Der Gestank hatte sich über sechs Wohnblocks ausgebreitet, bevor die Polizei von Denver dahinter kam, was es war. Augenzeugen hatten eine Personenbeschreibung von Wolff geliefert – er war bei den Behörden schon bekannt.«

»Und Wolff hatte zwei Komplizen, einer von ihnen war Andy Balachek, stimmt's?«

Lambert zog eine Augenbraue hoch. »Sie werden doch nicht Jagd auf sie machen, oder?«

Wieder spukte ihm mein Ruf, in ungelösten Kriminalfällen zu stochern, im Kopf herum. Ich wurde rot. »Selbstverständlich nicht.« Lamberts Miene blieb skeptisch. Kein Zweifel, der Captain wusste über all meine Schnüffeleien Bescheid.

»Na schön«, sagte er nach einem Moment. »Der Drei-Millionen-Dollar-Briefmarken-Raub. Das Stamp Fox ist ein außergewöhnlicher Laden. Hochklassig und sehr spezialisiert. Hierzulande gibt es nicht viele exklusive Briefmarkengeschäfte – wir sind hier schließlich nicht in London oder Zürich. George Renard, der Besitzer, versuchte, für seinen Laden Werbung zu machen, indem er Artikel über die große philatelistische Ausstellung in Tucson in den Lokalzeitungen lancierte. Renard wollte publik machen, wie wertvoll die Briefmarken sind, die er dort zeigen wollte – und wie toll sein Laden war.« Lambert rieb sich die breite Stirn und seufzte über die Dummheit des Ladenbesitzers. »Leider wurde in dem Artikel auch erwähnt, dass Renard nach Tucson fliegen und seine Briefmarken auf anderem Wege zu der Ausstellung transportieren lassen würde. Also observiert unser schlauer Dieb das Geschäft. Wie viele Tage noch bis zu der Ausstellung? Welchen Kurierdienst beauftragte Renard? Wie oft kam der Kurier? Als der FedEx-Lieferwagen drei Tage vor Ausstellungseröffnung auftauchte, wusste er, dass er zuschlagen konnte.«

»Wie viele wertvolle Marken wurden gestohlen?«

»Drei von ihnen waren aus Mauritius. Jede einzelne ist eine halbe Million *Pfund* wert – das sind nach den heutigen Wechselkursen ungefähr achthunderttausend Dollar pro Marke. Wissen Sie was über die alten Briefmarken aus Mauritius? Wissen Sie überhaupt, wo Mauritius liegt? Ich musste im Atlas nachschlagen.«

Mein Lachen klang irgendwie hohl. Jeder Amateur-Briefmarkensammler lernt schnell, wo die kleinen Länder liegen, in denen berühmte Marken gedruckt worden waren. »Mauritius ist eine Insel vor der Küste Afrikas. Östlich von Madagaskar. Die alten Briefmarken von dort sind ausgesprochen selten«, sagte ich. »Die erste Serie wurde ... ah ... um 1850 herum gedruckt. Königin Viktoria ist darauf abgebildet, nicht?«

»Sehr gut. 1847, um genau zu sein.« Lambert schien beeindruckt zu sein.

Ich dachte kurz nach. »Aber ... sind diese gestohlenen Marken nicht schwer zu verkaufen?«

»Vielleicht in diesem Land, wo es eine Dummheit wäre, in ein Pfandhaus zu gehen. Aber wenn man Kontakte zum Fernen Osten hat, kann man, laut Renard, alles verscherbeln. Ehe man sich's versieht, tauchen diese Marken, jetzt mit großen Preisschildern, in europäischen Ausstellungen auf. Hören Sie zu, Goldy, wir haben noch keine Fotos von den gestohlenen Marken oder auch nur eine Bestandsliste veröffentlicht. Verstanden? Das ist der Schlüssel zu unseren Ermittlungen. Kein Mensch braucht etwas darüber zu erfahren.«

»Gut, okay. Danke, dass Sie mit mir darüber gesprochen haben.« Der Schlüssel zu einem Fall war geheim und wurde aufmerksam bewacht. Ohne es zu wollen, platzierte ich im Geiste das Stamp Fox in das East Shopping Center von Furman County. Das luxuriöse Einkaufszentrum war eine Meile von Lauderdales Luxury Imports entfernt. Außerdem war es, wie ich mir ins Gedächtnis rief, nicht weit weg von The Huntsman, dem Waffengeschäft, in dem Viv Martini, die neue Freundin des Blödmanns, als Verkäuferin arbeitete. The Huntsman stand etwas abseits, da die Anrainer nichts mit Waffenhändlern zu tun haben wollten.

Mir wurde ganz schwindelig. »Und wie passt der Schuss auf Tom ins Bild?«

Er schüttelte den Kopf. »Wir meinen, dass die Diebe die Marken bisher noch nicht verkauft haben und dass Balachek nervös wurde. Der FedEx-Fahrer wurde bei dem Raub getötet und Balachek drohte eine Mordanklage oder wenigstens eine Anklage wegen Beihilfe zum Mord. Zudem hatte er im letzten Jahr den Truck seines Vaters geklaut und ihn verkauft, um zu dem Geld zu kommen, das er beim Spielen verloren hatte – er hat seinem Vater nie etwas zurückgezahlt. Und jetzt liegt sein Dad im Krankenhaus wegen eines Herzanfalls. Andy wollte seinen Anteil an den Marken haben, damit er die Sache mit seinem Vater in Ordnung bringen konnte, bevor es zu spät war. Zumindest hat Andy das Tom so erzählt. Zuerst hat Andy Tom in die Irre geführt, was das Versteck der Marken anging. Andy hat Tom verraten, wann Wolff im Furman County Lagerhaus sein würde, und Tom hat Wolff dort festgenommen. Es war ein großer Fang, aber unser Team hat die Marken nicht bei Ray Wolff gefunden. Unsere Theorie ist, dass Andy wusste, wo die Marken sind, aber sein Wissen gegen eine günstigere Anklage einhandeln wollte. Es besteht die Möglichkeit, dass Wolffs Leute Andy kaltgemacht haben, um ihn zum Schweigen zu bringen. Und vielleicht sind sie hinter Tom her, weil sie denken, *dass* Andy ihm schon gesteckt hat, wo sich die Beute befindet.« Er sah mich an, als wollte er um Entschuldigung bitten. »Aber das ist wirklich nur eine vage Spekulation«, beteuerte er.

»Und die anderen Mitglieder der Bande?«

»Zum jetzigen Zeitpunkt haben wir nur Wolff und Balachek als Verdächtige. Aber Augenzeugen des Hijacking sind sicher, drei Personen gesehen zu haben. Balachek weigerte sich, Tom den Namen des Dritten zu nennen oder ihm zu sagen, ob und wie viele weitere Personen an dem Verbrechen beteiligt waren. Der Junge hatte *Schiss.*«

Ich nickte benommen. Ich war dankbar, dass mir der Captain seine Theorie darlegte und mir Informationen anvertraute, die die Cops üblicherweise für sich behielten. Allerdings wusste er, dass Tom mit mir über seine Fälle sprach, und ihm war auch klar, dass ich mich hin und wieder als ganz nützlich – manchmal jedoch auch als lästig – erwiesen hatte. Im Moment kam ich mir allerdings kein bisschen hilfreich vor. Ich konnte an nichts anderes denken als an Tom, wie er an dem Felsen gelehnt hatte und sein Blut in Strömen floss.

Ich fragte: »Dieser dritte Hijacker – könnte das eine Frau gewesen sein?«

Cops werden hellhörig, wenn man ihnen solche Fragen stellt. »Wir wissen nicht, wie viele Leute an dem Raub beteiligt waren oder welches Geschlecht sie hatten. Warum?«, fragte Lambert vorsichtig.

Ich zuckte mit den Achseln. Warum? *Ich liebe sie nicht.* Hatte sie mit einem geladenen Gewehr mitten in der Nacht auf unser Wohnzimmerfenster gezielt und dann am Morgen auf Tom geschossen, als er auf mich zuging? War sie etwa genauso eifersüchtig wie der Blödmann?

Bestand die Möglichkeit, dass sich mein Mann mit einem Mitglied der Diebesbande emotional eingelassen hatte?

Lambert hob die Schultern, als hätte er eine Entscheidung gefällt. »Bis vor kurzem hatte Ray Wolff eine Freundin. Wahrscheinlich hatte sie auch was mit Andy Balachek.« Mit einem wachsamen Blick fügte er hinzu: »Aber ... ich hätte gedacht, Sie wissen von ihr. Hat Tom Viv Martini niemals erwähnt?«

Ich verschluckte mich fast. »Viv Martini? Sie hat etwas mit diesen Gaunern zu tun?« Warum hatte mir Tom nichts davon gesagt? »Viv ist die Freundin meines *Ex-mannes*.«

»Ja, davon haben wir gehört. Die Frau kommt ganz schön rum. Unsere letzte Information war, dass die Martini mit Ray Wolff verbandelt ist. Im letzten Monat wurde sie im Denver Hotel gesehen – sie war entweder allein oder mit Andy Balachek dort. Dann hörten wir, dass sie an John Richard Korman interessiert sein soll.«

Sie kommt rum? Das erschien mir wie die Untertreibung des Jahrhunderts. Ich fand, dass im Gefängnis vom Furman County ausgesprochen inzestuöse Verhältnisse herrschten. Ich erinnerte mich an Archs Worte: *Dad hat einem anderen Häftling die Freundin ausgespannt. Der Typ war stinksauer und hat Dad angeschrien und ihm gedroht, dass er es ihm heimzahlen würde. Aber Dad und Viv kommen gut miteinander aus. Viv hat zu mir gesagt, dass sie lieber mit jemandem zusammen ist, der bald aus dem Knast kommt, als mit jemandem, der gerade erst reingekommen ist. Es gefällt ihr, dass Dad Geld hat. Er hat ihr versprochen, ihr was Hübsches zu schenken, vielleicht einen Mercedes oder eine Reise nach Rio.*

Ich kam mir vor, als würde ich zusammen mit der dreckigen Wäsche des Blödmanns – mit der aus der Vergangenheit und der aus der Zukunft – in einer Waschmaschine sitzen. Mal sehen: Der Blödmann hatte dem Hijacker die Freundin ausgespannt. Am vergangenen Freitag war der Blödmann vorzeitig aus der Haft entlassen worden. Heute Morgen hatte jemand unser großes Fenster eingeschossen. Vor zwei Stunden war Tom, der den Hijacker verhaftet hatte, angeschossen worden, und zwar genau an der Stelle, an der der tote Komplize des Hijackers, der Mann, den Tom in Atlantic City gesucht hatte, deponiert worden war.

Sogar ein paranoider Mensch hat echte Feinde.

Lamberts Piepser meldete sich. »Ich muss den Anruf vom Wagen aus machen«, sagte er und ging hinaus.

Ich rief Marla noch einmal von dem Telefon im Warteraum aus an. Auf meiner Uhr war es halb zehn. Während ich darauf wartete, dass sich die Mailbox meiner Freundin einschaltete, aß ich eines der zwei Notfall-Trüffelkonfekts, die ich immer in der Handtasche hatte, dann machte ich mich über die in Zellophan verpackten Cracker her, die für die wartenden Familienmitglieder von Patienten bereitstanden. Danach fühlte ich mich ein wenig besser und erzählte Marlas Box, dass Tom gerade operiert wurde.

»Bitte, ruf die Zentrale des Krankenhauses an und frag, ob sie mich ausrufen können«, fügte ich hinzu. »Ich hoffe immer noch, dass du Arch herbringen kannst, damit wir hier entscheiden können, was wir als Nächstes tun sollen. Ich werde die Nacht hier verbringen. Oh, und ich brauche dringend andere Klamotten – vielleicht kannst du irgendwas für mich auftreiben. Danke, Freundin.«

Captain Lambert schlenderte wieder herein. »Okay«, begann er ohne jede Vorrede, »unsere Jungs vom Tatort haben gerade einen vorläufigen Bericht durchgegeben. Sie glauben, die Fußspuren des Schützen beginnen am Picknicktisch im Cottonwood Park und führen zu einer Stelle auf der gegenüberliegenden Seite des Creek und wieder zurück zu dem Tisch. An der Stelle am Creek hat einer der Spurensicherer Patronenhülsen gefunden. Am Picknicktisch sind Reifenspuren. Jemand muss da oben alles beobachtet haben, dann ist er hinuntergegangen, hat geschossen und ist wieder zurück zu seinem Wagen gelaufen. Hat der Schütze auf *Tom* gewartet? Oder hat er der Person aufgelauert, die Balacheks Leiche finden würde? Das waren Sie, richtig? Hätte der Täter den ganzen Tag gewartet, um auf einen Cop zu schießen? Noch haben wir keine Anhaltspunkte.«

Hat der Schütze auf Tom gewartet? Oder auf irgendeinen anderen Cop? Meine Gedanken wirbelten durcheinander. Wenn dieser Jemand Andy Balachek ermordet hatte, wieso hatte er es dann nicht dabei belassen? *Warum ist er geblieben?*

Der Captain fügte hinzu: »Die Spurensicherer haben mit ihrer Arbeit am Fundort der Leiche begonnen. Die Leichenstarre hat bereits eingesetzt, also muss Balachek schon eine ganze Weile tot sein. Das macht noch weniger Sinn. Wie lange hat der Täter im Wald gewartet? Stunden? Oh, übrigens – das alles ist nur für Ihre Ohren bestimmt, Goldy«, warnte er mich.

»Ja«, sagte ich. »Okay.« Als ob ich mit einem Fremden erörtern würde, wie das alles zusammenpasst.

»Gut. Was Ihr Haus angeht«, sagte der Captain und wechselte wieder zu seinem beruhigenden Tonfall. »Da Ihre Alarmanlage von dem Schuss beschädigt wurde, hat sich Ihre Nachbarin Trudy bereit erklärt, das Haus im Auge zu behalten. Eines sollten Sie noch wissen: Ich habe zwei von Toms Männern auf diesen Fall angesetzt. Officer Boyd und Officer Armstrong. Boyd leitet die Ermittlungen.«

Ich war erleichtert. Der Captain hatte auch eine lange Nachricht von Marla bekommen, die im Sheriff's Department angerufen hatte. Sie würde Arch von der Schule abholen, erklärte Lambert. Sie und Arch wollten nach Boulder fahren, um jemanden namens Julian zu suchen, und anschließend zu dritt ins Krankenhaus kommen. Lambert redete davon, dass die Polizistenfrauen sich organisieren und Mahlzeiten aufs Schloss bringen wollten. Sie vermuteten, dass Arch und ich dort bleiben würden, waren aber nicht sicher, ob ich ihr Angebot annehmen wollte, da ich doch selbst Caterin sei und so weiter. Ich lächelte unwillkürlich bei der Vorstellung, dass Eliot Hyde, Fan von historischen Gerichten, einen Thunfisch-Nudelauflauf vorgesetzt bekam. Ich dankte dem Captain und versicherte ihm, dass es nicht nötig sei, uns mit Essen zu versorgen.

Während Lambert geduldig sitzen blieb, ging ich eine Stunde auf und ab. Schließlich kam ein junger Arzt mit grimmigem Gesicht in den Warteraum. »Mrs. Schulz?« Er nickte Lambert zu. Eine Woge der Angst schwappte über mir zusammen.

Dr. Dan Spier, der Gefäßchirurg, war kurz angebunden. Er demonstrierte mit seinen kleinen Fingern an seiner eigenen Brust, wo die Kugel eingedrungen war. Sie hatte tatsächlich nur weiches Gewebe zerstört. Er redete über die Operation, die er und sein Team durchgeführt hatten, und erklärte mir, dass Toms Schulter für etwa einen Monat unbeweglich sein würde, aber er könne mit Übungen anfangen, sobald er sich dazu in der Lage sah. Tom hatte Glück, meinte Spier trocken, dass kein Knochen durchschlagen wurde, dass der Schuss nicht aus einer Automatikwaffe abgefeuert worden war und dass er nur von einer Kugel getroffen wurde. Und ganz besonderes Glück hatte er, fügte Spier mit einem gequälten Lächeln hinzu, dass ich so geistesgegenwärtig gewesen war, auf die Wunde zu drücken.

Glück. Ich drehte das Wort in Gedanken hin und her.

Spier schloss seinen Vortrag, indem er mir sagte, dass ich bei Toms Entlassung Anweisungen bekommen würde, wie der Verband gewechselt werden und wann ich Tom zur Nachuntersuchung herbringen müsse. Wenn es in der Nacht auf der Intensivstation zu keinen Zwischenfällen kam, konnte Tom schon am nächsten Morgen nach Hause gehen.

»Ist das nicht ein bisschen früh?«, protestierte ich. Wie konnten wir nach Hause gehen, wenn die Cops noch rätselten, wer der Schütze gewesen sein könnte? Und was würden die Hydes sagen, wenn sie außer Arch und mir noch einen verwundeten Cop beherbergen müssten?

Spier schüttelte den Kopf. »Es ist nicht zu früh. Sie müssen nur die Wunde beobachten und dafür sorgen, dass sich der Patient ruhig verhält.« Ich dankte Spier. Er nickte teilnahmslos und ging.

Endlich, endlich durfte ich Tom sehen. Seine Haut war gelb. Mit einem Tropf am Arm und einem Beatmungsschlauch in der Nase kam er mir schrecklich hilflos vor. Die Bettdecke hob und senkte sich, während er schlief. Ich nahm seine Hand in meine. Seine Augenlider flackerten, blieben aber geschlossen. *Ich liebe dich,* sagte ich im Stillen. *Ich liebe dich jetzt und für immer und ewig. Daran kann nichts etwas ändern.*

Ein Furman County Deputy bezog vor der Intensivstation Posten. Eine ältere Krankenschwester mit breitem

Mittelwest-Akzent machte mir klar, dass ich jede Stunde für zehn Minuten zu Tom durfte – die üblichen strengen Anweisungen. Ich sollte auf keinen Fall versuchen, ihn aufzuwecken.

»Es werden schwere vierundzwanzig Stunden für Sie, Mrs. Schulz«, warnte sie mich und Mitgefühl schwang in ihrer Stimme mit. »Vielleicht möchten Sie andere Familienmitglieder hier haben. Holen Sie sich etwas zu essen.«

»Schlimme vierundzwanzig Stunden«, wiederholte ich benommen.

Aber wir haben Glück, oh, so viel Glück. Tom ist am Leben.

Ich sagte der Schwester, dass ich in einer Stunde zurück sein würde. Als sie sich an die Familie wandte, deren Tochter gerade aus dem Operationssaal gekommen war, schwankte ich aus der Intensivstation.

**Bei meinem zweiten Besuch** auf der Intensivstation öffnete Tom einmal die Augen. Als er den Kopf ein klein wenig drehte, sprang ich an seine Seite und nahm vorsichtig die Hand, an der kein Tropf hing. Ich fragte ihn, wie er sich fühlte. Er ächzte, sagte aber nichts, dann versank er wieder im Medikamentennebel. Mit grimmiger Entschlossenheit machte ich den ganzen Nachmittag über meine stündlichen Besuche.

Um sechs Uhr platzte Marla mit Arch und Julian Teller im Schlepptau in den Warteraum. Sie bestürmte mich mit besorgten Fragen über Toms Befinden und mir gelang es, ihr klar zu machen, dass Tom operiert worden und auf dem Wege der Besserung war. Arch kämpfte gegen Tränen an und drückte mich kurz, ehe er sich in den Hintergrund zurückzog. Julian trat vor und umarmte mich heftig. Sein hübsches Gesicht zierte jetzt ein im College gewachsener Schnauz- und Ziegenbart. Er war nicht groß, hatte aber die muskulöse Figur eines Schwimmers. Davon war allerdings jetzt, da er die Hände in die Taschen seiner Khakihose – die an eine übergroße Uniform der Fremdenlegion erinnerte – steckten, nicht viel zu sehen. Er trat beiseite, fuhr sich mit einer Hand durch das tabakbraune Haar, das er jetzt kurz geschoren trug, und sagte, dass er sich schrecklich fühlte und kaum glauben könne, dass jemand auf uns geschossen hatte. Er wünschte, er hätte früher ins Krankenhaus kommen können.

»Julian.« Ich zog ihn noch einmal an mich. Seit fast drei Jahren war Julian Teller ein heiß geliebtes Mitglied unserer »Großfamilie«. Er hatte sich in den Kopf gesetzt, ein Meister der vegetarischen Küche zu werden, und zudem war er jemand, auf den man sich verlassen konnte. Ich wollte nichts von seinen Entschuldigungen hören und fiel ihm ins Wort: »Wenn du noch einmal sagst, dass es dir Leid tut, gibt's morgen zum Frühstück Steak Tartare.«

Julians Mund verzog sich zu einem schüchternen Lächeln. »Ich habe meinen Professoren eine Nachricht hinterlassen.« Sein Körper spannte sich an, als er versuchte, seinem Achselzucken eine lässige Note zu verleihen. »Ich habe ihnen gesagt, dass ich wegen eines Notfalls in der Familie für ein paar Tage freinehmen muss. Ich meine, ich hatte ohnehin vor, dir bei diesem Bankett am Freitag zu helfen. Ich kann auch ein paar Wochen hier bleiben, wenn du willst und wenn es den Leuten im Schloss nichts ausmacht, mich im Haus zu haben«, fügte er mit flehendem Blick hinzu. Ich wollte ihm klar machen, dass er seinen Vorlesungen nicht endlos fernbleiben musste, aber ich schwieg, als ich Archs bekümmertes Gesicht sah. Es wäre gut für ihn, Julian eine Weile um sich zu haben. Julian war ein ausgezeichneter Student und würde schon zurechtkommen. Ob die Hydes einen weiteren Gast willkommen heißen würden, stand auf einem anderen Blatt.

»Lass mich das mit den Schlossbesitzern klären«, murmelte ich.

Marla, die eine gezwungen fröhliche Miene aufgesetzt hatte, drängelte sich in einem ihrer »Im Februar ist Valentinstag«-Outfits nach vorn – ein langärmeliges, scharlachrotes Strickkleid mit weißen Herzchen in der Größe von Spiegeleiern. Ihr Ton war sachlich: »Wir *alle* nehmen uns ein paar Tage oder Wochen frei und kümmern uns um Tom. Was bilden sich diese Verbrecher überhaupt ein?« Die Herzchen bebten, als Marla mir eine Einkaufstüte reichte und sich zu mir beugte, um mich in den Arm zu nehmen. »Trainingsanzug aus dem Brown-Palace-Geschenke-Shop. Es tut mir so Leid, dass das passiert ist«, flüsterte sie mir ins Ohr. »Wenn ich einen Mann hätte, den ich so lieben würde wie du deinen, wäre ich völlig hysterisch. Du glaubst doch nicht, dass der Blödmann dahinter steckt, oder?«

»Ich bin nicht sicher«, raunte ich, dann bedankte ich mich laut für die Kleider und dafür, dass sie die Jungs hergebracht hatte. Dann sah ich Arch an. Sein hochstehendes braunes Haar, die dicke Brille und der verkniffene Gesichtsausdruck ließen ihn wie einen jungen Professor aussehen, dessen Experimente gescheitert waren. Er wartete, bis die anderen mich umarmt und mit mir gesprochen hatten, bevor er sich wieder an mich schmiegte.

»Mom«, sagte er leise. »Haben sie auch auf dich geschossen?«

»Nein«, antwortete ich sofort. Arch litt immer noch gelegentlich unter Alpträumen und ich musste ihm die Angst nehmen.

»Tut mir Leid, dass ich heute Morgen so pampig war.«

»Ist schon vergessen.«

Für ihn war das eine richtig gute Entschuldigung. Offenbar fürchtete er sich davor, sich nach Tom zu erkundigen. Ich beantwortete alle Fragen auf einmal, indem ich die nackten Fakten dessen, was geschehen war, schilderte. Tom würde höchstwahrscheinlich am nächsten Morgen mit ins Schloss fahren können, sagte ich. Die Hydes mussten einfach Verständnis dafür haben. Wohin sollten wir sonst gehen?

Wir wechselten uns mit den Besuchen bei Tom ab. Sein schlaffes, gelbes Gesicht, der Tropf, die Bandagen und das laute Schnarchen – Tom sah schrecklich aus und hörte sich schrecklich an. Um Viertel vor neun am Abend tauchte ein Priester von St. Luke's auf. Er ging allein zu Tom und anschließend beteten wir zu fünft im Warteraum.

Um halb zehn erklärte Marla gähnend, dass die Jungs mit ihr ins Brown Palace fahren sollten. Arch protestierte, weil all seine Taschen, Klamotten und sein »Zeug« im Hyde-Schloss waren, und wenn sie jetzt nach Aspen Meadow fahren, seine Sachen abholen und nach Denver transportieren würden, wäre es Morgen, wenn sie ankamen, und er müsste wieder zurück zur Schule. Julian warf ein, dass er einen Schlafsack in seinem Range Rover hätte und Arch zum Schloss fahren könnte. Und, setzte er hinzu, er würde das Schloss auch in der Nacht ohne Probleme finden. Er war bereit, auf einem Sofa oder sogar auf dem Boden in Archs Zimmer zu schlafen, wenn die Hydes es ihm erlaubten. Dann könnte er Arch zur Schule bringen und wieder abholen und helfen, die historischen Gerichte zuzubereiten. »Ich bleibe, solange du willst«, schloss er in einem Ton, der keinen Widerspruch duldete.

»Danke für das Angebot«, sagte ich. »Aber das müssen die Hydes bestimmen.«

Marla ging, um Eliot und Sukie anzurufen und zu fragen, ob sie Julian beherbergen würden. Als sie zurückkam, berichtete sie, dass sie mit Eliot gesprochen hatte und dass er nicht freundlicher hätte sein können.

»›Ja‹, säuselte er«, erzählte Marla und imitierte dabei Eliots sonore Stimme, »›bringen Sie den verletzten Polizisten und den College-Studenten her, wir haben ein großes Haus, genau wie die Leute im Mittelalter.‹ Er war *leicht* außer sich, weil du die Leiche von Andy Balachek gefunden hast«, fuhr sie fort. »Offenbar war Andy öfter im Schloss, als er noch klein war, weil sein Vater Peter – der Baggerfahrer, kennst du ihn? – den Damm nach der Überflutung des Fox Creek neu aufschüttete. Eliot wusste nicht, dass der ›arme kleine Andy‹ in illegale Machenschaften verwickelt war. Er ist völlig entsetzt darüber.«

»Toll«, brummte ich.

»Okay«, plapperte Marla weiter. »Eliot wollte wissen, ob du in drei Tagen, also am Donnerstag, das Essen für die Labyrinth-Spender ausrichten kannst. Bis dahin dürfte die Polizei den Tatort wieder freigegeben haben, meint er. Oh, und die Leute von St. Luke's würden alle Spender anrufen, um ihnen den neuen Termin bekannt zu geben.« Sie zog die Augenbraue hoch und sah mich fragend an. »Eliot ist besorgt, dass der Lunch und das Fechtbankett am Freitag zu viel für dich sein könnten.« Sie grinste schalkhaft. »Da ich weiß, dass du erst am Samstag bei diesem Valentinstanz wieder etwas zu tun hast, habe ich ihn beruhigt und gesagt, dass der Donnerstag gut passt. Ich hoffe, das ist okay. Außerdem habe ich auch Julians Dienste für beide Tage angeboten. Der

Schlossherr«, sagte Marla und warf ihren Kopf zurück, »kann sich heute in Frieden zur Ruhe begeben.«

»Und zweifellos trägt er dabei seine Nachtmütze.«

»Machst du Witze? Er hat eine *Krone* auf.« Sie runzelte die Stirn. »Dann ist dir der Catering-Zeitplan also recht?«

»Absolut, danke. Tom braucht Ruhe. Julian und ich können gemeinsam kulinarische Wunder vollbringen. Es wird uns allen gut tun.«

»Stimmt«, bekräftigte Julian.

»Jetzt kommt, Leute«, flehte Arch matt, »ich habe eine Menge Englisch-Hausaufgaben zu machen und ich muss das Fernglas einstellen, um zu sehen, in welcher Phase die Venus ist. Die Lehrer lassen keine Entschuldigung für nicht gemachte Hausaufgaben gelten, es sei denn, man liegt selbst im Krankenhaus. Vielleicht nicht einmal dann«, fügte er mürrisch hinzu. Armer Arch!

Wir machten gemeinsam Pläne. Archs Unterricht fing am nächsten Morgen erst später an, wenn Tom also rechtzeitig entlassen wurde, könnten wir beim Schloss sein, bevor Arch und Julian aufbrechen mussten. Sobald Tom in unserer Suite untergebracht war, würde ich nach Hause fahren, um die Diskette mit meinen Rezepten und Notizen für die historische englische Küche zu holen – ich hatte auch Informationen über die Haushaltsführung in mittelalterlichen Schlössern und Labyrinthen gesammelt, weil Eliot mich gebeten hatte, Nachforschungen darüber anzustellen. Außerdem musste ich ein Foto vom Blödmann auftreiben, nahm ich mir im Stillen vor, damit das Schloss vor ihm in Sicherheit war. Danach würden Julian und ich die Mahlzeiten zu Ende planen und mit den Vorbereitungen beginnen.

Bevor die drei mich allein ließen, umarmten wir einander noch einmal. Aber als sie weg waren, fühlte ich mich trotzdem einsam. Mir war, als würden mich plötzlich die Ereignisse des Tages einholen. Ich zog meine blutverschmierten Kleider aus und den grauen Trainingsanzug aus dem Geschenkeladen an. Aber es schien mir nicht beschieden zu sein, auf der Bank im Warteraum zu dösen. Das Licht war zu grell, ständig wurden Nachrichten durch das Lautsprechersystem gegeben und im Flur hasteten die Leute herum, ganz zu schweigen davon, dass ich jede Stunde auf die zehn Besuchsminuten lauerte. Ich erfuhr von einer Schwester, die eine alte Freundin war, dass Chardé Lauderdale tatsächlich mit der kleinen Patty beim Neurologen gewesen war. Zum Glück ließ sich Chardé nicht noch einmal blicken.

Kurz vor Tagesanbruch übermannte mich schließlich der Schlaf. Schreckliche Träume gaukelten mir Bilder vom toten Andy im Creek und das Geräusch des krachenden Schusses vor; ich sah, wie mir Tom mit ausgestreckten Armen entgegenfiel. Der Ausdruck auf seinem Gesicht ... Ich schrie unwillkürlich und wachte davon auf, nur um in die Augen von Captain Lambert zu starren.

Er brachte mir gerade einen noch heißen, vierfachen Espresso mit Milch, genau wie ich ihn liebte – Tom hatte ihm davon erzählt. Fröstelnd und steif von der schlaflosen Nacht, meine Kehle rau und die Augen aufgequollen vom Weinen, nahm ich dankbar einen Schluck von dem starken Gebräu. Der Captain winkte ab, als ich mich bedanken wollte, und deutete auf eine große braune Papiertüte.

»Ich habe einen Polizei-Trainingsanzug in Toms Größe mitgebracht. Und wir haben Ihren Van zum Schloss abgeschleppt. Die Berufsgenossenschaft übernimmt alle Kosten und bezahlt auch den Krankenwagen, der Tom und Sie zum Schloss bringt – oder an einen anderen Ort Ihrer Wahl. Viele seiner Freunde haben angeboten, Sie beide aufzunehmen. Tom hat wirklich eine Menge Freunde.«

»Danke, aber all meine Kochutensilien sind im Schloss und ich muss in dieser Woche zwei Veranstaltungen für die Hydes ausrichten. Wenn Toms Verfassung es zulässt, würde ich gern so schnell wie möglich von hier verschwinden.«

Lambert setzte bereitwillig alles Notwendige in Gang. Ich erhielt meine Anweisungen für Toms Pflege und Tom wurde zehn Minuten später entlassen. Das war das Großartige an Cops. Selbst Ärzte fürchteten sich vor ihnen fast so sehr wie vor Anwälten.

Ein Pfleger brachte Tom im Rollstuhl hinaus zu dem wartenden Krankenwagen. Captain Lambert marschierte neben dem Rollstuhl und kündigte an, dass Boyd und Armstrong am Nachmittag zum Schloss kommen würden, um mit mir zu sprechen. Sobald Tom im Krankenwagen festgeschnallt und der Rollstuhl zusammengeklappt und neben ihm verstaut war, kletterte ich auch hinein. Einen Moment später rumpelten wir vom Parkplatz.

»Es tut mir so Leid, dass du das alles durchmachen musst«, waren Toms erste Worte. Vollkommen perplex ratterte ich meine Entschuldigungen herunter. Es war ja so falsch von mir gewesen, nicht sofort von der Kapelle loszufahren, als er es mir gesagt hatte. Und ich hätte niemals auf ihn zulaufen dürfen, um ihn zu begrüßen.

Er schüttelte den Kopf. »Ich hätte warten müssen, bis Verstärkung kommt.« Er war heiser und hatte Mühe beim Atmen. »Dann wärst du nicht aus dem Wagen gesprungen. Nein ... ich bin schuld.« Ich wusste, dass es besser war, ihm nicht zu widersprechen, und schwieg. »Andy«, sagte er plötzlich.

Ich drückte Toms Hand. »Denk nicht an ihn. Besser, du sprichst jetzt nicht mehr, Tom.«

»Ich möchte weitermachen«, erklärte er bedächtig und eindringlich. »Ich muss zurück zu ...«

»Tom, *bitte*. Du musst erst gesund werden.«

»Die Arbeit macht mich gesund.«

»Tom ...«

»Wo war ich?« Er blinzelte an die beige Decke des Krankenwagens. »O ja ... Andy treibt mich in den Wahnsinn. *Trieb* mich in den Wahnsinn. Und jetzt ist er tot.«

Ich scherte mich keinen Deut um Andy Balachek; ich machte mir nur Gedanken um Tom. Es war offensichtlich, dass er die Anweisungen des Arztes nicht befolgen und Ruhe halten würde. Er wollte es nicht. Er *wollte* über die Leiche im Creek sprechen. »Okay«, sagte ich. »Balacheks Tod hätte vermieden werden können. Warum?«

»Der Junge war ein Ass in moderner Kommunikation. Er liebte E-Mails. Er hat mir einen Brief ohne Absender geschickt und mir mitgeteilt, ich solle an eine bestimmte E-Mail-Adresse schreiben und nur von zu Hause aus Verbindung mit ihm aufnehmen. Das hab ich mit Erlaubnis des Captains getan. Balachek sagte, er würde mir verraten, wer den Kurier getötet hat, wenn ich ihn aus der Sache raushalten könnte.« Tom schloss die Augen. Ich nahm seine Hand in meine.

Der Wagen begann den kurvigen Anstieg zum Highway 203. Schimmernde weiße Wolken hatten die bewaldeten Hügel überschattet, als wir das Krankenhaus verließen. Ich spähte durch die Windschutzscheibe und sah, dass die Wolken mittlerweile grau geworden waren. Ein eisiger Nebel hüllte die Baumwipfel ein. Schneefälle kündigten sich an.

»Andy wollte mir nicht sagen, wer die anderen Komplizen waren«, erklärte Tom unvermittelt und schreckte mich damit auf. »Ich meine, außer Ray Wolff. Andy wollte mir keine Informationen über die Briefmarken geben. Seine E-Mail-Adresse führte zu seinem Vater, der ihn nach dem Diebstahl des Trucks aus dem Haus geworfen hatte. Und wir dachten, Andy würde nach seinem Anruf am letzten Freitag nach Atlantic City fahren, das weißt du.«

Ich nickte. Andy hatte bei uns zu Hause aufgeregt mit einem Handy aus Central City angerufen. Er sei in einem Waschraum, er habe jemandem das Handy gestohlen und wolle mit Tom sprechen. Ich sagte ihm, dass Tom in Atlantic City sei und nach *ihm* suchte. Andy hatte niedergeschlagen geantwortet, dass er wohl oder übel nach Atlantic City müsse, um mit Tom zu sprechen, weil sein Partner seinen Computer ins Wasser geworfen hätte. Und jetzt sei er entschlossen, über den Fall zu reden. Ich seufzte.

»Hast du in Erfahrung gebracht, wer dieser Partner war?«, fragte ich. »Gehören mehr als drei Leute zu der Bande? Ray Wolff sitzt im Gefängnis. Wer immer diese dritte Person auch sein mag, sie konnte nicht wissen, dass Andy mit dir übers Internet Kontakt hat, sonst wäre Andy an Ort und Stelle getötet worden. Ich meine, wenn wir hier über ein und dieselbe Person sprechen, dann hat sie ihn schließlich umgebracht.«

»Ich möchte wetten«, brachte Tom mühsam heraus, »dass der ›andere Partner‹ der dritte Hijacker war, den die Zeugen gesehen haben. Vielleicht gehören noch *mehr* Leute zu der Bande, aber man benutzt normalerweise nicht den Begriff ›Partner‹, wenn es mehrere Komplizen gibt.«

»Also hat jemand Wind von Andys E-Mails bekommen?«

Tom verzog das Gesicht. »Keine Ahnung.«

Das Sprechen hatte ihn Kraft gekostet. Er schloss die Augen, als der Krankenwagen an dem Schild vorbeifuhr, das verkündete, dass es nur noch zehn Meilen bis Aspen Meadow waren. Ich war froh, dass Tom endlich eingeschlafen war. Jedes Mal, wenn er den Mund öffnete, hatte ich Angst, dass er eine scheußliche Sünde beichtete und ich es nicht ertragen könnte, mir das anzuhören.

Andy wollte mir keine Informationen über die Briefmarken geben. Ich verspürte plötzlich Neid. Würde ich jemals diese viktorianischen Kostbarkeiten zu Gesicht bekommen? Wie jedes andere elfjährige Kind in meiner Nachbarschaft war ich eine unersättliche Briefmarkensammlerin gewesen. Meine Mutter war es leid, all die philatelistischen Päckchen entgegenzunehmen, die »zur Ansicht« geschickt wurden. Briefmarken-Clubs schickten mir jeden Monat Marken, die ich entweder zu einem bestimmten Datum zurückschicken oder bezahlen musste. Leider brachte ich es nie fertig, diese Kostbarkeiten wieder herzugeben, und ich war gezwungen, ständig babyzusitten, um mein Hobby finanzieren zu können. Als meine Noten schlechter wurden und ich tief und fest schlief, während die Babys schrien, kündigte meine Mutter all meine Abonnements bei den Briefmarken-Clubs. Wie herzlos! Und unglücklicherweise war das der Todesstoß für meine Briefmarkenleidenschaft.

Wir nahmen eine scharfe Kurve und Toms Trage schwankte. Er stöhnte, wachte aber nicht auf. *Andy schickte E-Mails. Andy rief an. Andy wurde tot aufgefunden.*

Vielleicht machte sich Tom keine Vorwürfe für das, was im Hijacking-Fall schief gelaufen war. Vielleicht liebte er keine andere Frau. Egal, was es war, es klang jedenfalls so, als hätte er eine emotionale Bindung zu dem unglückseligen Andy Balachek gehabt. Und wenn man eines in der Polizeischule lernte, dann das: Du darfst kein emotionales Verhältnis zu einem Kriminellen entwickeln.

 **Der Krankenwagen bog langsam** und im weiten Bogen in die Einfahrt zum Schloss ein und fuhr durch das Tor. Ich sah auf meine Uhr: zehn nach acht. Wir rumpelten über den Steg, um den Burggraben zu überqueren, und blieben vor dem Torhaus stehen. Die Sanitäter öffneten die Hecktür. Nach einem Blick auf Tom stieg ich aus. Michaela Kirovsky stand am Fallgitter – mit ihrem weißen Haar und dem blassen Gesicht war sie ein Bild der Besorgnis. Sie schaltete das Sicherheitssystem aus und half den Sanitätern, eine transportable Rampe für die Treppen im Schloss aufzubauen. Nach vielem Ächzen, Schleppen und Montieren gelang es Michaela und einem der Sanitäter, Tom ins Schloss zu verfrachten. Eine Ewigkeit später schoben sie den Rollstuhl in die mir zugewiesene Suite.

Ich folgte ihnen benommen vor Müdigkeit und Hunger. Ich war froh, dass wir nicht den Hydes über den Weg liefen. Mir rannen dennoch Schauer über den Rücken. Wieso hatte ich das Gefühl, dass wir beobachtet wurden? Ich sah mich nach Überwachungskameras um, entdeckte aber nur Stein, Fenster und Wandbehänge. Einmal glaubte ich, eine Bewegung aus dem Augenwinkel wahrgenommen zu haben, aber was es auch war, es verschwand, bevor ich es richtig sehen konnte. Erst am Tag zuvor hatte ich mir eingeredet, ich hätte mir ein Geräusch nur eingebildet, und Sekunden später zertrümmerte ein Schuss unser Panoramafenster in Millionen Stücke. Ich hatte geglaubt, nichts im Creek gesehen zu haben, und dann stellte sich heraus, dass dort der tote Andy Balachek lag. Wenn ich also überzeugt war, etwas wahrgenommen zu haben, dann stimmte das möglicherweise auch. Ich blieb stehen und schaute mich noch einmal um: nichts. Vielleicht war ich einfach nur müde.

Michaela erzählte mir, dass Eliot und Sukie außer Haus frühstückten, obwohl Julian ihnen angeboten hatte, seine vegetarischen Eier Benedict für sie zuzubereiten. Sie strahlte, als sie hinzufügte, dass Julian trotzdem Frühstück machte und versprochen hatte, einkaufen zu gehen, nachdem er Arch in der Schule abgeliefert hatte.

»Ich sage Ihnen was«, fuhr Michaela fort, als ich Tom zudeckte und die Decke glatt strich. »Ich finde es wunderbar, diesen Jungen hier zu haben. Er packt richtig an. Wenn Sie noch lange hier bleiben, werde ich richtig faul.«

Ich lächelte. Ja, Julian war eine große Hilfe. Aber es war unvorstellbar, dass die tatkräftige Michaela jemals der Trägheit anheim fallen würde. Als Michaela und der Sanitäter weg waren, murmelte Tom: »Ich fühle mich so hilflos.«

»Du bist nicht hilflos, du brauchst nur Ruhe und Schlaf«, erwiderte ich. Meine Hände beschrieben Kreise auf der grün-rosa Tagesdecke. Ich betete, dass Tom nicht wieder auf das Thema Andy Balachek zu sprechen kam.

»Ich war schon mal hier, weißt du«, sagte er leise. »Im Schloss.«

»Ermittlungen?«, fragte ich überrascht.

»Eigentlich nicht.« Er kicherte. »Ich wollte nachsehen, ob der Besitzer ein Irrer ist.« Er zog eine sandfarbene Augenbraue hoch.

»Was meinst du damit?«, hakte ich nach.

»Das ist eine lange Geschichte. Ich erzähle sie dir später.« Er versuchte, sich ein wenig zur Seite zu drehen. »Du hast schon einmal im Haus eines Klienten übernachtet«, rief mir Tom ins Gedächtnis. »Die Sache ist nicht gerade günstig verlaufen, wenn ich mich recht erinnere.«

»Das war eine Familienangelegenheit«, entgegnete ich. Archs und mein kurzer Aufenthalt bei Marlas Schwester war tatsächlich nicht besonders gut verlaufen. »Dies hier ist etwas Geschäftliches ...«

Mein Protest wurde von zwei Klopftönen an der Tür unterbrochen: Arch und Julian. Sie kamen herein, scharten sich um Tom und wollten wissen, wie er sich fühlte.

»Brauchst du etwas Schokolade?«, fragte Julian. »Ich dachte daran, Plätzchen zu backen, wenn ich vom Einkaufen zurückkomme. Und außerdem will ich eine *Frittata* und ein paar Brötchen in den Ofen schieben. Sie sind in zehn Minuten fertig.«

»Vielleicht später.« Toms Lächeln wirkte matt. Mein Herz krampfte sich zusammen vor Mitleid. »Arch.« Er wandte sich meinem Sohn zu. »Ich brauche etwas zu lachen. Ich möchte ein paar Witze hören. Dann fühle ich mich gleich besser.«

»Ich musste gerade ein Gedicht für meinen *Shakespeare und seine Zeit*-Unterricht schreiben«, legte Arch los und rückte seine Brille zurecht. »Das könnte ich dir vorlesen, wenn du willst.«

»Ich will«, sagte Tom mit einem schwachen Grinsen.

Arch zog ein Blatt Papier aus seiner Schultasche und warnte uns, dass die Reime ziemlich holprig seien. Er baute sich am Fuß des Bettes auf, räusperte sich zweimal und begann:

> *Zwei Feinde trafen sich auf einem fremden Feld,*
> *Jeder zielte mit der Lanze und hielt seinen Schild.*
> *Ich sah von weitem zu und beobachtete den Kampf,*
> *ach, so bitter,*
> *Aber sie hatten eines gemein – sie waren galant und*
> *beide Ritter.*
> *Ihre Pferde galoppierten, ein kalter Wind blies;*
> *Ein Ritter wurde getroffen und hing an der Lanze*
> *wie am Spieß!*
> *Blutend fiel er; der Boden war »rocky«.*
> *»Wow!«, dachte ich. »Das ist schlimmer als Hockey!«*

Es war schön zu lachen und noch schöner war, dass wir gemeinsam lachten. Nach einer kurzen Weile meinte Tom, dass er sich jetzt ausruhen müsse. Julian und Arch liefen in die Küche und ich setzte mich zu Tom. Als Julian den Kopf wieder durch die Tür steckte und mich zu Brötchen, *Frittata*, frischem Obst, Cheshire-Käse und Tee einlud, schlief Tom. Die Elisabethaner hatten keine *Frittata* gegessen, dessen war ich mir ziemlich sicher. Und wie ich bei meinen Recherchen lernte, hatten sie erstaunlicherweise auch keinen Tee getrunken. Aber nachdem meine Mahlzeiten in den letzten vierundzwanzig Stunden aus abgepackten Crackern bestanden hatten, war ich kurz vor dem Verhungern. Zum Teufel mit der historischen Küche! Ich konnte mich sowieso nicht mehr daran erinnern, was die Elisabethaner gefrühstückt hatten. Deshalb musste ich ja nach Hause fahren – um die Diskette mit meinen Nachforschungen zu holen. Ich versprach Julian, gleich nach unten zu kommen.

Als ich die riesige Küche betrat, saßen Julian, Arch und Michaela bereits an dem Eichentisch. Ein gemütliches Feuer knisterte in einem der Küchenherde. Ich bestrich eines von Julians heißen Brötchen mit weicher Butter und selbst gemachtem Pflaumenmus, die Michaela aus Eliots Vorräten beigesteuert hatte. Himmlisch. Die cremige *Frittata* war die perfekte Ergänzung zu dem scharfen Käse. Ich genoss dieses köstliche Frühstück und dabei fiel mir wieder ein, dass *auch* Königin Elisabeth sich ein ausgiebiges Frühstück gegönnt hatte, bevor sie zur Jagd ging. Ich erzählte Arch, Michaela und Julian alles über eine der Speisenfolgen, an die ich mich noch erinnerte. Kalte Würstchen und getrocknete Rinderzunge. Michaela grinste und schenkte uns dampfenden, starken englischen Tee ein. Ich erkundigte mich, wie Arch sich im Fechtunterricht machte.

»Ganz gut«, meinte er vorsichtig, weil er vor seiner Trainerin nicht prahlen wollte.

»Er ist großartig«, erklärte Michaela, während sie ihr drittes Brötchen aufschnitt und es dick mit Käse belegte. »Ich möchte, dass er am Freitagabend an der Aufführung teilnimmt.«

Arch wurde rot und Julian sagte augenzwinkernd: »Das liegt doch nicht daran, dass deine frühere Freundin auch in der Mannschaft ist, oder? Vielleicht ist Lettie …«

»Hör auf!«, warnte Arch. Sein Gesicht war mittlerweile scharlachrot. Arch hatte mich im Dunkeln gelassen, als er nach Weihnachten mit Lettie, ebenfalls vierzehn Jahre alt, Schluss gemacht hatte. Als er mir einige Zeit später die nackten Tatsachen unterbreitete, erklärte er, dass er mir die Gründe nicht mitteilen wolle, da ich sonst darüber diskutieren würde. Okay, hatte meine Antwort gelautet. Jetzt fragte ich mich, ob die Trennung so schlimm gewesen war, dass Lettie auf unser Fenster geschossen haben könnte.

Ich trank einen Schluck Tee und ermahnte mich, nicht lächerlich zu werden.

»Ich habe ein paar Nachrichten für Sie«, sagte Michaela, als sie den Tisch abräumte. »Die eine lautet: Ihre Tische sind gestern Morgen zur Kapelle geliefert worden – oder besser gesagt, sie wurden nicht geliefert, weil die Polizei die Leute wieder weggeschickt hat. Eliot hat sie gebeten, am Donnerstag früh wiederzukommen.«

Ich seufzte. Wenn ich nicht so viel um die Ohren gehabt hätte, dann hätte ich jetzt Party Rental angerufen und ihnen die Meinung gesagt. »Danke.«

»Kein Problem. Die Polizei hat mir die Erlaubnis erteilt, morgen einige Dinge in die Kapelle zu schaffen. Ich werde unsere Heizstrahler, den Serviertisch und die Klappstühle aufstellen und die Leinwand für Eliots Dias anbringen.« Sie machte eine Pause. »Eliot möchte heute Nachmittag das Menü mit Ihnen durchsprechen, wenn Sie nicht zu erschöpft sind.«

Ich nickte. »Kein Problem. Und die nächste Nachricht?«

»Zwei Detectives möchten, dass Sie zurückrufen.« Sie reichte mir einen Zettel mit den Namen Boyd und Armstrong und den Büro- und Handy-Nummern. Michaela stellte das Geschirr in die Spülmaschine mit Holzfront – eine der vielen kaschierten Annehmlichkeiten in dieser Küche. Ich bedankte mich bei Michaela noch einmal für ihre Hilfe. Sie schaute zu Boden und meinte, das sei das Mindeste, was sie tun könne, nach allem, was wir durchgemacht hatten.

Nachdem sich die Jungs vergewissert hatten, dass Tom und ich *gut, einfach bestens* zurechtkommen würden, holten sie Archs Sachen und Julians Einkaufsliste – er bestand darauf, das Abendessen für alle zu machen – und gingen hinunter zu Julians Range Rover. Ich sah von einem der schmalen Fenster im Brunnenturm aus, wie sie davonfuhren.

Tom schlief immer noch. Ich wusste, dass ich nach Hause fahren musste. Ich wollte auch nach den Tieren sehen und deshalb benutzte ich das schnurlose Telefon – es befand sich in unserem luxuriösen Bad, das ich mir bei meiner Ankunft nicht angesehen hatte. Ich rief Trudy an. Sie erzählte, dass Jake, der Bluthund, und Scout, der Kater, in guter Verfassung seien. Sie hatte die Post geholt und würde das täglich machen, bis wir wieder zu Hause waren. Die Polizei sei heute am frühen Morgen gekommen und habe ihr gesagt, dass ein paar Deputies mit Hochdruck an dem Mordfall Andy Balachek und den Ermittlungen wegen des Fensterschusses arbeiteten.

»Bis dahin haben alle in der Straße Ihr Haus beobachtet«, berichtete Trudy. »Wir haben sogar unbekannte Nummernschilder überprüft.«

Ich murmelte, dass das doch nicht nötig sei, aber Trudy unterbrach mich. »Jetzt gerade steht da draußen ein fremdes Auto. Sieht so aus, als würde der Fahrer Ihr Haus in Augenschein nehmen.«

»Ist es vielleicht jemand vom Sheriff's Department?«

»Ich glaube kaum, dass ein Zivilwagen von der Polizei so verrostet ist, Goldy. Außerdem würde sich ein Cop nicht so auffällig verhalten. Diese Person benimmt sich *sehr* verstohlen. Oh, es ist eine Frau.«

Mir wurde eiskalt. »Trudy, sind Sie sicher, dass sie *unser* Haus beobachtet?«

»Goldy, sie sitzt jetzt schon seit zwei Stunden in ihrem Wagen. Sie versteckt ihr Gesicht hinter einer Zeitung. Ich weiß, dass sie nicht liest, weil ich mit dem Fernglas beobachtet habe, dass sie über den oberen Zeitungsrand linst. Ich sage Ihnen, sie *starrt* einfach nur Ihr kaputtes Fenster an.«

»H-haben Sie das Sheriff's D-department angerufen?«, fragte ich und verfluchte meine stockende Sprechweise.

»Noch nicht. Die Frau hat *nichts* gemacht. Ich habe Jake an der Leine ausgeführt, um sie anzusprechen. Ich sagte ihr, dass es gerade eine Schießerei in unserer Straße gegeben habe und die Cops überall herumschwirren.«

»Und was hat sie gesagt?«

»Sie fragte mich, ob jemand verletzt wurde. Ich verneinte und schaute ganz offen in ihren Wagen, um zu sehen, ob da eine Waffe ist. Sie hatte keine, wenigstens habe ich keine entdeckt. Sie behauptete, sie würde auf jemanden warten. Als ich wissen wollte, auf wen, fuhr sie weg. Aber vor einer Weile kam sie zurück.«

Es war, als hätte mir jemand einen Schlag in die Magengrube versetzt. Konnte das Viv sein? Wenn die neue Freundin des Blödmanns in unserer Straße herumlungerte, würde ich Jake höchstpersönlich auf sie hetzen.

»Ist sie dünn – mit weißblondem Haar, großem Busen und einer Art Rockstar-Gesicht? Ende zwanzig?«

»Nee, die ist älter«, gab Trudy prompt zurück. »Vielleicht fünfzig. Dunkles Haar. Hübsches Gesicht, aber ein bisschen verwittert. Sieht so aus, als wäre sie groß und schlank. Vielleicht ist sie ein Exmodel, das Tom mit irgendwelchen Ermittlungen beauftragen will. Jedenfalls sieht sie nicht aus wie eine von John Richards Bimbos, wenn Sie sich deswegen Sorgen machen.«

Ich dankte Trudy und kündigte an, dass ich in Kürze bei ihr auftauchen würde. Dann legte ich auf, füllte für Tom ein Glas mit Wasser und ging zurück in unser Zimmer. Ich blieb mit dem Glas in der Hand stehen und schaute aus einem der Bleiglasfenster. Schneegestöber wirbelte in den Burggraben. *Jedenfalls sieht sie nicht aus wie eine von John Richards Bimbos ...*

»Ich bin wach«, sagte Tom. War da Argwohn in seiner Stimme zu hören oder war ich nur wieder paranoid? »Miss G., willst du mir nicht sagen, was los ist?«

»Ich muss nach Hause und die Diskette mit meinen Nachforschungen und den Rezepten für die Events in dieser Woche holen«, antwortete ich leichthin. Von der Frau, die in unserer Straße lauerte, sagte ich nichts. Warum sollte ich Tom beunruhigen, solange er sich nicht bewegen konnte? Allerdings würde ich *nicht* in unsere Straße fahren, ohne die Cops – das hieß, die Cops, die etwas unternehmen konnten – vorzuwarnen. Ich musste Sergeant Boyd und Sergeant Armstrong anrufen. Zu Tom sagte ich: »Ich brauche auch ein Foto vom Blödmann, damit die Hydes wissen, dass sie *den* nicht ins Schloss lassen dürfen.« *Und ich muss mir diese Frau ansehen,* setzte ich in Gedanken hinzu. Außerdem trieb mich die Neugier zum Creek. Wenn das Sheriff's Department den Fundort nicht mehr untersuchte, wollte ich mir die Stelle selbst noch einmal ansehen.

»Ich halte es für keine gute Idee, dass du allein nach Hause fährst«, gab Tom zurück. »Und hast du mit Staatsanwältin Gerber über Kormans Besuchsrecht bei Arch gesprochen?« Also war er auch besorgt wegen des Blödmanns. Guter, alter Tom.

»Noch nicht. Ich rufe auf der Fahrt Boyd und Armstrong mit dem Handy an. Keine Angst. Im Haus bin ich sicher. Außerdem ist Trudy gleich nebenan. Wie fühlst du dich?«

»Ich langweile mich. Ich möchte mit meinem Büro telefonieren. Ich möchte den Durchbruch in diesem Fall schaffen.«

Ich küsste ihn auf die Wange – sie roch nach medizinischem Alkohol. »Ich bin nicht länger als eine Stunde weg«, versprach ich und gab ihm das Wasserglas und einen langen Strohhalm. »Es sei denn, der Typ, der das Fenster repariert, taucht wie durch ein Wunder auf. Dann bleibe ich natürlich und überwache die Arbeiten.«

»Mir geht's hier gut«, versicherte mir Tom und stellte energisch das Glas auf den Nachttisch. »Such mir nur ein schnurloses Telefon, ja?«

Ich brachte ihm das Telefon aus dem Bad, dann brach ich auf. Als ich über die Schlosszufahrt rollte, rief ich Sergeant Boyd an, erwischte jedoch nur seine Mailbox: Ich sei auf dem Weg zu unserem Haus, weil ich ein paar Sachen abholen müsse, und ich hoffte, ihn dort zu treffen. Oh, und eine Nachbarin habe berichtet, dass eine fremde Frau seit Stunden auf der gegenüberliegenden Straßenseite im Auto sitzt. Könnte das Sheriff's Department diese Person vielleicht überprüfen?

Das Schneegestöber hatte nachgelassen und der Wind hatte in den oberen Sphären fedrige Wolkenfetzen hinterlassen. Ich überquerte den Cottonwood Creek und wartete an der Kreuzung auf eine Lücke im Straßenverkehr. Der schmale Fluss im Canyon bahnte sich einen Weg durch die Eisschollen und funkelte in der Wintersonne. Als ich die Brücke zur Kapelle passierte, standen zwei uniformierte Sheriff's Deputies vor dem gelben Absperrungsband und unterhielten sich mit Eliot und Sukie.

Neben den beiden gleichen silbernen Jaguars der Hydes parkte ein anderer neueren Baujahrs. Zu meinem Entsetzen erkannte ich das Auto und die Fahrerin. Chardé Lauderdale lehnte an ihrem glänzenden schwarzen Auto. Sie hob den Blick und schaute auf die Straße, als ich vorbeifuhr. Sie erkannte mich und drehte sich sofort wieder den Hydes zu.

Ich würde offensichtlich später noch einmal herkommen müssen.

Ich trat aufs Gaspedal und die Reifen drehten auf der schneebedeckten Straße durch. Es wurde Zeit, dass ich zu Hause nach dem Rechten sah.

Sie war allein und saß sehr aufrecht auf dem Fahrersitz eines verbeulten, rostigen Kombis, der früher einmal weiß gewesen war. Er stand direkt gegenüber von unserem Haus auf der anderen Straßenseite. Ich fuhr langsam vorbei und schaute mir die Frau an. Sie hatte schulterlanges, schwarzes Haar mit aparten grauen Strähnen und Trudy hatte Recht: Ihr ungeschminktes, schmales Gesicht war ziemlich schön.

Hmm.

Sie betrachtete nicht so sehr unser Haus als vielmehr die demolierte Scheibe, die vorgestern noch unser

Wohnzimmerfenster gewesen war. Um den Schnee und Plünderer fern zu halten, hatten die Cops Sperrholz von innen angenagelt. Falls die Frau eine Gaunerin oder gar die Schützin war, dann verhielt sie sich nicht gerade clever. Jemand, der etwas auf dem Kerbholz hatte, saß nicht so einfach vor den Augen aller auf der Straße einer Kleinstadt herum und wartete darauf, dass die Bürgerwache die Autonummer an die Polizei meldete.

Ich bog ein Stück weiter in eine Einfahrt. Ich wollte gerade zurückstoßen, als ich hörte, wie ein Motor aufheulte und dann röhrte – wie ein Sportwagen in einem niedrigen Gang. Mich überkam ein vertrautes Unbehagen. Im Rückspiegel sah ich einen goldenen Mercedes durch unsere Straße fahren. Eine lachende Viv Martini thronte auf dem Beifahrersitz, ihr platinblondes Haar flatterte im Wind, der durch das offene Fenster kam. Der Blödmann saß am Steuer.

Ich duckte mich, bis sie an unserem Haus vorbei waren. Sie zweigten an der Hauptstraße nach links ab – in Richtung Grizzly Saloon. Ich wartete fünf Minuten und versuchte, ruhig durchzuatmen. Was, in Gottes Namen, hatten *die* hier zu suchen? Selbst wenn der Blödmann nach Arch Ausschau hielt, müsste er wissen, dass er um diese Zeit in der Schule war. Oder hatte er davon gehört, dass Tom angeschossen wurde, und hoffte, einen Leichenwagen vor unserem Haus zu sehen?

Ich wendete und steuerte den Van zurück zum Haus. Ich blieb in Trudys Einfahrt stehen, stieg aus und marschierte auf den Kombi zu.

Ich schätzte die Frau auf fünfzig, fünfundfünfzig Jahre. Sie war sogar noch hübscher, als ich zunächst gedacht hatte – mit hohen Wangenknochen, weit auseinander stehenden Augen, einem vollen, sinnlichen

Mund und einem wohlgeformten Kinn. Jetzt riss sie den Blick von unserem Haus los und schaute mich erstaunt an. Sie sah nicht aus wie eine Gaunerin, sie sah aus wie Jackie Kennedy. Und sie machte nicht den Eindruck, als würde sie mit Schusswaffen hantieren. Meine Knie wurden bei den letzten Schritten zum Wagen weich, aber ich *ließ mich nicht* in meiner eigenen Straße einschüchtern.

»Ich bin Goldy Schulz«, erklärte ich mit einem Selbstbewusstsein, das ich ganz und gar nicht in mir spürte. »Sind Sie von der Werkstatt, die unser Fenster reparieren soll?«

Der Frau fiel der Unterkiefer herunter und ihr hübsches Gesicht bekam einen düsteren Ausdruck. Ich spähte dreist in das Wageninnere. Sie trug ein grünes Sweatshirt, Jeans und offensichtlich keinen Schmuck. Eine Zeitung und eine Thermosflasche lagen auf dem ramponierten Beifahrersitz. Kein Werkzeug, keine Glasscheiben. Keine Waffen. Auch keine Kamera, das Markenzeichen von Touristen, die im Sommer unsere ländliche Bergstadt bevölkern. Und außerdem war ja Winter.

Was machte sie hier?

»Ich warte nur«, erwiderte die Frau, als könnte sie meine Gedanken lesen. Ihre Stimme klang so rostig, wie ihr Auto aussah. Sie flüsterte halb und es schien, als ob Englisch nicht ihre Muttersprache wäre.

Trudy stürmte mit unserem heulenden Bluthund an der Leine aus ihrem Haus und rief meinen Namen. Trudy – rote Haare und birnenförmige Figur – gehörte zu den Menschen, die hochrot anlaufen, wenn sie aufgeregt sind. Die rätselhafte Frau drehte den Zündschlüssel um, als Jake laut bellend Trudy in meine Richtung zerrte. Bevor mir etwas einfiel, was ich noch sagen könnte – zum Beispiel *Möchten Sie wissen, wie Sie zur Hauptstraße kommen?* –, röhrte der Kombi die Straße hinunter.

»Was ist los?«, wollte Trudy wissen. »Was hat sie gesagt?«

»Nichts.« Ich nahm ihr Jakes Leine ab und befahl ihm, still zu sein. Er ignorierte mich.

»Heute Morgen war was über Andy Balacheks Leiche im Creek im Fernsehen. Auf allen Denver-Kanälen. Haben Sie's gesehen?« Ich schüttelte den Kopf und Trudy fuhr fort: »Sie haben auch Ihr Haus und das kaputte Fenster gezeigt. Und über Tom kam auch etwas. Hat Tom den Fall Andy Balachek bearbeitet? Ich frage nur, weil ein paar neugierige Pressefritzen *mich* angerufen haben und wissen wollten, ob das ein Racheakt war. Andy schießt auf das Fenster eines Cops, die Cops erschießen Andy.«

»Das ist ja lächerlich!«, versetzte ich vehement.

»Genau das hab ich auch gesagt.« Trudy nickte, um die Absurdität einer solchen Theorie zu bekräftigen. Sie blinzelte in die Richtung, in die der alte Kombi gefahren war. »Jedenfalls schätze ich, dass Sie mit Schaulustigen rechnen müssen nach all dem, was in den Nachrichten war.«

Wahrscheinlich. Aber diese Frau war mir nicht wie eine sensationslüsterne Person erschienen. Ich konnte mich nicht auf die Frage konzentrieren, was die mysteriöse Frau im Sinn haben mochte, weil Jake sich entschlossen hatte, seine Vorderpfoten gegen meine Brust zu stemmen und mir das Gesicht abzuschlecken.

Ich wich ihm aus, bevor er mich völlig durchnässen konnte. »Würden Sie bitte Jake für eine Weile in Ihr Haus bringen?«, bat ich Trudy. »Ich brauche etwas aus meiner Küche und ich möchte nicht, dass er in die Glasscherben tritt und sich die Pfoten zerschneidet.«

Jake jaulte erbärmlich, als er weggeführt wurde. Ich hätte ihn gern getröstet, aber in diesem Moment tuckerte ein Pick-up die Straße herauf. Große in braunes Papier gewickelte Rechtecke befanden sich auf der Ladefläche. Waren sie groß genug für Panoramascheiben? Oder wäre das zu schön, um wahr zu sein?

Der grauhaarige Mann, der den Lieferwagen fuhr, stellte sich als Morris Hart vom Furman County Glass vor. Morris hatte erstaunliche O-Beine, eine raue Stimme und ein breites, faltiges Gesicht. Ich glaubte, eine Alkoholfahne zu riechen, war aber nicht ganz sicher. Er erkundigte sich, ob ich Goldy Schulz sei und ihm das Okay geben könne, mit der Reparatur zu beginnen. Er würde etwa eine oder zwei Stunden brauchen, setzte er optimistisch hinzu. Trotz des Hauchs von Whiskey – der Geruch *könnte* ja auch in seinen Kleidern hängen, dachte ich hoffnungsvoll – antwortete ich ihm, dass er sofort anfangen könne und ich hier bleiben würde, bis er fertig war, wenn er das wollte. Dann ging ich ins Haus.

Das Wohnzimmer war wegen der Sperrholzplatten ganz finster. Das Glitzern der Scherben verlieh dem Raum eine desolate, verlassene Note.

In der Küche nahm ich die Diskette mit den Rezepten und Recherchen an mich. Draußen baute Morris Hart klappernd seine Leiter auf. Ich berührte mit der Fingerspitze den blinkenden Knopf am Anrufbeantworter. Vielleicht hatte Boyd angerufen, um zu sagen, dass er auf dem Weg war. Glaubte er, dass es sicher genug für uns war, wieder hierher zurückzukommen, sobald das Fenster und die Alarmanlage repariert waren?

Oder wollte er, dass wir warteten, bis das Department herausgefunden hatte, wer auf unser Haus geschossen hatte?

Die erste Nachricht auf dem Band brachte mich augenblicklich auf den Nullpunkt.

»Goldy Schulz?«, begann Chardé Lauderdale mit ihrer hohen, atemlosen Marilyn-Monroe-Stimme. »Wie können Sie es *wagen*, der Polizei zu erzählen, dass wir auf Ihr Haus geschossen haben?! Nach allem, was Sie meinem Mann und mir angetan haben, denke ich, es ist höchste Zeit, dass Sie Ihre *Hetzkampagne* einstellen. Wenn Sie noch einmal mit jemandem über unsere Auseinandersetzung sprechen, dann können Sie mit einer *Verleumdungsklage* von uns rechnen. Und, übrigens, uns ist zu Ohren gekommen, dass Sie für eine Gruppe von Spendern, zu denen auch wir gehören, ein Essen ausrichten sollen. Das gefällt uns keineswegs. Wir werden von den Gastgebern fordern, *unverzüglich* einen anderen Caterer damit zu beauftragen.«

Welchen Text las Chardé da gerade ab? Hatte ihr Anwalt ihn verfasst? Oder ihr Mann, der Kindesmisshandler? Es war schwer vorstellbar, dass die ehemalige Miss Teen Lubbock sich so gewählt bissig ausdrücken konnte. Als ich die Polizei eingeschaltet hatte, nachdem ihr Mann die kleine Tochter bis zur Bewusstlosigkeit geschüttelt hatte, brachte sie nur ein Kreischen heraus: »Wofür, zum Teufel, halten Sie sich eigentlich?«

Auf dem Band fuhr Chardé scharf fort: »Wenn Sie uns weiterhin schaden, werden wir zurückschlagen. Und das nicht nur vor Gericht«, schloss sie, als wäre ihr das erst im Nachhinein eingefallen.

Hmm. Ich sollte das Band aufbewahren, dachte ich, um es den Cops vorzuspielen. Schon mal was davon gehört, dass *Androhung von körperlicher Gewalt* ein *Verbrechen* ist, Baby?

Ich versuchte noch einmal, Boyd zu erreichen, geriet aber wieder an seine Mailbox. Es sei halb zehn, sagte ich, und ich könne in unserem Haus auf ihn warten, mich mit Armstrong und ihm irgendwo in der Stadt verabreden oder ihn später im Schloss treffen – ganz, wie er wollte. Der Mann, der das Fenster reparierte, sei hier, fügte ich hinzu und ich sei dem Department dankbar dafür, dass die Arbeiten so schnell erledigt wurden. Bestand die Chance, dass eine Reinigungsfirma noch in dieser Woche kommen könnte?

Ich legte auf und hatte plötzlich das Gefühl, im Schloss gebraucht zu werden. Tom könnte Schmerzen haben. Aber irgendetwas hielt mich zurück und es war nicht nur der Glaser, den auch Trudy, wenn nötig, beaufsichtigen konnte. *Der Junge war ein Ass in moderner Kommunikation. Er liebte E-Mails*, hatte Tom gesagt. Und Andy Balachek war als Leiche im Cottonwood Creek gelandet ... und jemand hatte auf Tom geschossen.

Ich liebe sie nicht. Wen?

Mein Blick schweifte zur Südwand der Küche. An den meisten Abenden im Januar war Tom nach dem Essen durch diese Tür ins Kellergeschoss gegangen. Dort stand sein Computer, auf dem er Berichte und Notizen über Kriminalfälle tippte und E-Mails verschickte ...

Welche Ermittlungen konnte Tom vom Schloss aus anstellen? Wahrscheinlich nicht viele. Es sei denn, natürlich, ich würde seine Dateien herunterladen und ihm bringen.

Ich mache das nicht, weil ich neugierig bin, dachte ich, als ich die Treppe hinunterging. Schließlich hatte Tom selbst gesagt, dass er unbedingt arbeiten wollte, dass er sich wieder mit dem Fall befassen wollte, oder nicht? Und es könnten Dateien in seinem Computer sein, die er brauchte. Vielleicht hatte er sogar die Adressen und Internetnamen von Andy Balachek aufgelistet. Er würde diese Unterlagen brauchen und ich konnte sie ihm bringen. Nur um ihm zu helfen.

Ja, ja.

Toms Computer stand auf einem massiven, abgenutzten Schreibtisch, den das Department ausrangiert hatte. Daneben lagen ordentliche Stapel Papiere und Akten. Morris Hart, der Glaser, hämmerte und klapperte im Wohnzimmer, während ich den Computer einschaltete. Die Maschine brummte und ich stöberte auf Toms Schreibtisch nach Unterlagen, die er sonst noch brauchen könnte. Oder vielleicht wollte *ich* nur einen Blick auf die Papiere werfen?

Was tue ich da?

Ehe die Saat der Selbstzweifel voll aufgehen konnte, starrte ich auf die Frage nach dem Passwort und tippte unbekümmert das Wort *Schokolade* ein – Tom und ich hatten sehr darüber gelacht, dass einer meiner Klienten dieses Passwort für sein Sicherheitstor gewählt hatte. Zu meiner Überraschung tauchte sofort eine Dateienliste auf dem Bildschirm auf. Ich steckte meine Rezepte-Diskette in den Schlitz und begann, Toms Dateien zu kopieren. Ich würde sie mir *nicht* ansehen – nicht ohne seine Erlaubnis. Zumindest jetzt noch nicht, verbesserte ich mich in Gedanken. Aber ich las die Namen der Unterdateien: *Balachek E-Korrespondenz. Verbrechensmethoden. Aktuelle Fälle. Historik.*

»Mrs. Schulz?«, schrie Morris Hart von oben.

Ich erschrak, fasste mich aber rasch wieder und rief ihm zu, dass ich im Keller sei und in ein paar Minuten hinaufkommen würde. Hart schlurfte durch die Küche und tapste die Treppe herunter. Ich arbeitete fieberhaft, um alle Kopien zu machen.

Als Morris auf der vorletzten Stufe war, setzte ich eine ungehaltene Miene auf, um mein schlechtes Gewissen zu verbergen, wandte mich ihm zu und sagte: »Ich brauche nur noch ein, zwei Minuten.«

»Tut mir Leid, dass ich Sie störe, aber ich habe einen High-Power-Staubsauger, um die Glasscherben aufzusaugen. In alten Häusern haut's manchmal die Sicherung raus, wenn ich ihn einschalte. Ich wollte Sie nur vorwarnen.«

»Okay, okay«, erwiderte ich resigniert. »Fangen Sie einfach an.« Ich dachte kurz an unsere begehbare Kühlkammer. Aber die Kühlung war abgesichert und hatte einen Notstromaggregator, falls der Strom einmal ausfiel. Da konnte also nichts passieren.

Morris grunzte und trampelte wieder hinauf. *Kopie erstellt, Kopie erstellt, Kopie erstellt,* meldete der Computer immer wieder, während sich meine Diskette füllte. *Ich werde dieses Material nicht lesen,* redete ich mir ein. *Ich möchte Tom nur helfen.*

Ich konnte nicht widerstehen: Ich sah mir die Titel der Dateien an. Was sollte *Historik* bedeuten? Tom würde es doch nichts ausmachen, wenn ich einen raschen Blick auf die Datei warf, oder?

Ich klickte sie an und erfuhr, dass es Unterdateien gab. »S.B., 1. Januar.« Und »S.B. 3. Januar.« »Fortsetzung, 4. Januar.« Dann »Conv. W/State Dept., 5. Januar«. Das State Department? Das US- oder das Colorado-State Department? Und wer war S.B.? Ich öffnete die Datei vom 1. Januar, von dem Tag, an dem ich mit den Nachwirkungen der Lauderdale-Neujahrsparty zu kämpfen hatte. Die Datei enthielt eine E-Mail mit folgendem Inhalt:

> *Erinnerst du dich an mich? Du hast gesagt, du*
> *würdest mich immer lieben.*
> *Deine S.B.*

Meine Kehle war mit einem Mal staubtrocken. Ich sollte so was nicht machen, ging es mir durch den Kopf. Neugierde kann eine Katze umbringen ... oder eine Ehe zerstören. Trotzdem musste ich es wissen. Ohne mehr zu lesen, kopierte ich den Rest auf die Diskette. Als meine Mission erfüllt war, tat mir das Herz weh. Ich fuhr den Computer herunter, nahm die Diskette heraus und steckte sie in die Tasche meiner Jeans.

Als ich den Computer ausschaltete, hörte ich hinter mir eine Explosion. Oder war sie gleich *neben* mir? Ein kalter, dunkler Schmerz traktierte meinen Kopf. Ich realisierte, dass mich etwas getroffen hatte, noch immer traf, immer und immer wieder. Mein Schädel erlitt Höllenqualen.

Nebel entstand vor meinen Augen, dann war alles schwarz. Ich schrie um Hilfe und versuchte, meinen Kopf zu schützen, drehte mich hierhin und dorthin – versuchte alles Mögliche. Ich bekam kaum noch Luft. Ich hatte das Dröhnen des Staubsaugers gehört. Toms private Korrespondenz gelesen ...

Mein Angreifer drosch noch einmal auf mich ein und ich schlug mit dem Kinn auf Toms Schreibtisch auf. Meine Knie gaben nach und ich fiel, hilflos wimmernd, mit den Armen über dem Kopf. Mein Körper brannte vor Schmerz. *Das ist nicht fair.* Hatte ich das laut gesagt oder nur gedacht? *Verdammt, verdammt*, meldete sich meine innere Stimme. Ich krachte erst mit den Knien, dann mit dem ganzen Körper auf den kalten Boden.

John Richard hatte nie gesagt, dass er mich immer lieben würde. Tom schon. Bei unserer Hochzeit. *Ich werde dich immer lieben, Miss G. Für immer und ewig.*

Bevor ich das Bewusstsein verlor, sah ich Toms hübsches Gesicht an diesem glücklichen Tag vor mir und hörte sein Versprechen.

Ich werde dich immer lieben.

**Zusammengeschlagen zu werden** ist schlimm. Das Bewusstsein wiederzuerlangen ist allerdings noch schlimmer. Aus der Zeit mit dem Blödmann kannte ich den holzhammerartigen Schmerz im Schädel. Das Scheußlichste ist, dass man, wenn das Gehirn in diesem Schädel wieder in Gang kommt, als Erstes denkt: Das hätte dir nicht passieren müssen. Man hatte mir gesagt, dass ein *unabhängiger Reinigungsservice* die Scherben beseitigen würde. Nicht irgendein als Glaser verkleideter Kerl. *Verdammt noch mal*, dachte ich wieder. *Du Idiot.*

Ja, ja – Tom hatte gesagt, dass man sich keine Vorwürfe machen soll, wenn man etwas vermasselt hatte. Vollkommen betäubt vor Schmerz lag ich auf dem Kellerboden und überschüttete mich mit Selbstbezichtigungen. Ich versuchte, mich dazu zu überreden, aufzustehen und Hilfe zu rufen. Nach qualvollen Minuten, in denen ich mir vornahm, mich zu bewegen, um die am wenigsten schmerzhafte aufrechte Position zu finden, zog ich mich mühsam auf die Füße – ich kämpfte gegen die Übelkeit an, zitterte und sah nur schwarze

Wolken. Sobald ich stand, berührte ich vorsichtig meinen Kopf und ertastete eine Beule, die offenbar noch im Anfangsstadium war. Au! Ich seufzte und sah mich um. Toms Schreibtisch war leer – keine Papiere, keine Akten.

Kein Computer.

Ich blinzelte und schwankte benommen. Auf meiner Uhr war es halb elf. Ich ging – langsam – die Treppe hinauf in meine Küche und atmete dabei tief und regelmäßig. Ich rief und schaute mich nach allen Seiten um – kein Angreifer in Sicht. Hatten wir Schmerztabletten im Haus? Mein Gehirn produzierte keine Antwort. Mein Denkvermögen war ziemlich eingeschränkt, ich wusste nicht einmal mehr genau, wo der Cognac stand, den ich immer für die Cherries Jubilee verwendete. Alles in der Küche schien auf den Kopf gestellt zu sein ... oder zumindest anders als sonst.

In meinem Elend wurde mir bewusst, dass mir alles so eigenartig vorkam, weil der zertrümmerte Bildschirm meines Computers neben der Tastatur auf dem Boden lag. Der Computer an sich war *auch* weg.

Ich fing an zu heulen. Dann schrie und fluchte ich. Selbstverständlich mussten mich die Leute auf der Straße hören, aber mir war egal, was die Nachbarn dachten. Das laute Fluchen schien wundersamerweise mein Gehirn zu klären, zumindest war ich nun in der Lage, den Cognac aus dem Schrank im Esszimmer zu holen und mir ein Glas einzugießen. Selbstverständlich hatte ich in dem medizinischen Kurs gelernt, dass man Kopfverletzungen nicht mit Alkohol behandeln sollte, aber mein Schädel schrie danach, den Schmerz irgendwie zu lindern. Ich hatte gerade den ersten scheußlichen Schluck hinuntergebracht, als es an der Haustür klingelte. In meinem Kopf drehte sich alles. Toll, dachte ich, es kann unmöglich noch schlimmer kommen.

Ich spähte durch den Spion und sah die lächelnden Gesichter von Sergeant Boyd und Sergeant Armstrong. Sie kamen nicht gerade im richtigen Augenblick, oder?

»Jemand ist ins Haus eingedrungen«, meldete ich barsch, als Boyd – sein fassartiger Körper war seit unserer letzten Begegnung runder geworden – durch die Tür kam.

»Hier? Gerade eben?«, fragte Boyd, beäugte mich, meine zitternde Hand und das Cognacglas.

Ich bejahte. Armstrong, ein riesiger Mann mit grimmigem Gesicht, das, wie ich wusste, zu seinem sanften Gemüt in einem völligen Gegensatz stand, sagte: »Sie sehen aus, als hätten Sie Schmerzen.« Seit ich ihn zum letzten Mal gesehen hatte, war er noch ein wenig kahler geworden und er hatte die wenigen Haare sorgsam über die Glatze gekämmt.

»Das stimmt. Man hat mir etwas auf den Schädel geschlagen. Aber ... kommen Sie mit ins Esszimmer. Ich weiß, dass Sie im Dienst nichts trinken dürfen. Zumindest nicht vor dem Mittagessen. Aber ich muss eine hässliche Beule behandeln.«

Boyd und Armstrong wiesen mich an zu warten. Im vorderen Flur bestanden sie darauf, jeder einzeln meinen Kopf zu untersuchen, was bedeutete, dass sie auf meinem ohnehin schon lädierten Schädel herumdrückten und mir dabei in die Augen schauten. Beide entschieden, dass ich mich von einem Arzt untersuchen lassen sollte.

»Ich kann nicht. Ich muss zurück zu Tom. Er wartet im Hyde-Schloss.«

»Sie müssen ärztlich versorgt werden«, beharrte Boyd.

»Danke, aber ich kenne selbst die Symptome einer ernsthaften Kopfverletzung«, erwiderte ich. »Verschwommene Sicht, undeutliche Aussprache, Übelkeit, Gedächtnisverlust, Ohnmachtsanfälle und extremes Schlafbedürfnis. Sobald ich eines dieser Symptome an mir feststelle, wende ich mich an einen Arzt. Großes Pfadfinderehrenwort.«

Armstrongs Miene wurde noch düsterer. »Zeigen Sie uns, wo es passiert ist.«

»Ich habe hier gesessen«, sagte ich, nachdem ich sie in den Keller geführt hatte, und deutete auf Toms Schreibtischstuhl. »Ich wurde von hinten angegriffen.« Ich tastete meine Jeanstasche ab und unterdrückte ein erleichtertes Aufatmen. Die Diskette war noch da. Mir war klar, dass ich Boyd und Armstrong hätte erzählen müssen, dass ich Toms Dateien kopiert hatte. Aber ich konnte es nicht. Wenigstens noch nicht. Ich konnte nicht einmal richtig denken. Ich fühlte mich doch ein wenig benommen, aber ich sollte verdammt sein, wenn ich an diesem verdammten Tag zu einem verdammten Arzt ginge. War *Wut* ein Symptom für eine Verletzung des Gehirns?

»Können wir wieder nach oben gehen?«, fragte ich. »Ich muss mich hinsetzen. Vielleicht wollen Sie sich in der Küche umsehen, denn *mein* Computer wurde auch gestohlen.«

»Wenn Sie jetzt umkippen, werde ich gefeuert«, brummte Boyd mürrisch, als wir die Treppe hinaufstiegen. In der Küche schaltete Boyd sein Funkgerät ein und bat um Unterstützung, während ich den Rest Cognac in mich hineinschüttete und mir einen Espresso machte. Der Computerdieb hatte bestimmt keine Fingerabdrücke auf meiner Kaffeemaschine hinterlassen, oder?

»Es geht um die Spurensicherung an einem Tatort«, sagte Boyd in sein Funkgerät.

Schon wieder im Schulz-Haus.

»Können wir uns ins Esszimmer setzen?«, erkundigte sich Armstrong. »Wir müssen ein paar Fragen klären.«

Im Esszimmer schlug Boyd sein schmuddeliges, zerfleddertes Notizbuch auf, das aussah, als würde er es schon seit Jahren mit sich herumtragen. Ich fragte mich, ob er sich jemals ein neues kaufte.

»Was haben Sie im Kellergeschoss gemacht?«, begann er. »Ich meine, was haben Sie getan, als Sie an Toms Schreibtisch saßen? An seinem Computer gearbeitet?«

Seine schwarzen Augen sahen mich durchdringend an. Ich schluckte. »Nein, nicht am Computer. Ich ... ich habe in den Regalen nach unseren Fotoalben gesucht, Ich brauche ein Foto von John Richard Korman. Sie wissen schon, von meinem Ex. Er wurde am Freitag aus der Haft entlassen. Die Hydes wollen ein Foto von ihm haben. Sie müssen wissen, wie er aussieht, falls er versucht, sich Zugang zum Schloss zu verschaffen.«

»Auf dem Schreibtisch da unten lagen Fotoalben?« Armstrong war skeptisch.

»Ich bin mir nicht sicher«, log ich. Aber ich konnte Boyd und Armstrong *nicht* sagen, dass ich die Identität von *ihr* aufdecken wollte. Zudem war ich nicht bereit einzugestehen, dass a) mein Mann meiner Meinung nach eine Affäre hatte und ich b) in seinen Sachen herumgeschnüffelt hatte, um mir über a) Klarheit zu verschaffen.

»Ich brauche dieses Foto«, wiederholte ich entschieden. »Und die Alben sind irgendwo da unten. Glaube ich«, setzte ich hinzu. Ich versuchte, einen verwirrten Eindruck zu machen nach den Schlägen auf den Kopf.

Selbstverständlich wusste ich ganz genau, dass die Alben oben in einem Schrank lagen.

»Wenn sie im Keller sind, können wir sie jetzt nicht holen. Wir dürfen die Spuren nicht verwischen«, meinte Armstrong. »Haben Sie einen Verdacht, wer Sie niedergeschlagen haben könnte?«

Ich erzählte ihnen von dem o-beinigen Mann, der behauptet hatte, er wolle das Fenster reparieren. Und ich erzählte ihnen von der Frau in dem Kombi. Trudy würde ihnen liebend gern weitere Auskünfte über die mysteriöse Schönheit geben, sagte ich und sie hätte sich auch die Autonummer notiert. Armstrong sah nach, ob der Lieferwagen oder der verrostete Kombi noch draußen standen. Keines der beiden Fahrzeuge war zu sehen.

»Könnten Sie mir *bitte* die Neuigkeiten über Andy Balachek mitteilen?«, fragte ich, als er zurückkam.

Boyd seufzte. »Sie haben letzte Nacht die Autopsie beendet. Sie haben sich besonders beeilt, weil Tom am Fundort angeschossen wurde. Aber, Goldy«, fügte er hastig hinzu, »wir müssen uns zuerst mit dem Schuss auf Ihr Fenster befassen. Wer könnte geschossen haben und warum? Vielleicht steht diese Tat mit dem Angriff auf Sie in Zusammenhang. Danach können wir über Balachek sprechen.«

Und so erzählte ich die Geschichte zum dritten Mal. Ich spielte ihnen Chardés Nachricht vor. Sie baten mich, ihnen das Band zu überlassen, und ich gab es ihnen.

»Da ist noch etwas«, sagte ich. »Ich habe Chardé Lauderdale im Krankenhaus gesehen, als ich darauf wartete, zu Tom gelassen zu werden.«

Boyd hörte auf zu schreiben und sah mit gerunzelter Stirn auf. »Was hat sie dort gemacht?«

»Nichts. Sie stand kurz an der verglasten Wand zum Warteraum.« Boyd und Armstrong wechselten einen Blick. Dann holte Boyd tief Luft. »Mrs. Lauderdale hat bereits bei Captain Lambert Beschwerde eingelegt, weil man sie wegen des Schusses auf das Fenster vernommen hat. Sie hat ihm ganz schön die Meinung gesagt, besonders weil sie und ihr Mann immer noch von anonymen Anrufern als Kinderschänder beschimpft werden. Ich nehme an, der Zeitungsartikel hat einiges dazu beigetragen.«

Ich schauderte, als ich mich an die Schlagzeile erinnerte: »Caterin versucht Kind zu retten.« Ich sagte: »Ich werde die Lauderdales am Donnerstag bei dem Mittagessen in der Kapelle sehen. Wahrscheinlich wird sich Chardé dort zusammenreißen. Und wenn sie hier oder im Schloss auftaucht, werde ich Sie sofort anrufen.«

»Gut«, sagte Boyd und nickte. »Wir müssen noch wissen, was geschehen ist, nachdem Sie gestern Morgen von hier weggefahren sind. Schildern Sie alles bis zu dem Zeitpunkt, an dem Tom angeschossen wurde.«

Ich erzählte alles haarklein und sagte noch, dass ich nichts von Pat Gerber gehört hätte. Sie meinten, die Staatsanwältin wäre schwer zu erreichen. Ich berichtete, dass Sukie und Eliot Hyde außergewöhnlich freundlich und herzlich gewesen waren.

»Und wie war das, als Sie Balachek gefunden haben?«, wollte Boyd wissen.

Ich zögerte. Boyd und Armstrong arbeiteten gut zusammen. Sie sammelten die richtigen Informationen und brachten gewöhnlich Licht in die Fälle, die sie bearbeiteten. Früher, als ich einmal etwas über Ermittlungen erfahren wollte, in die ein Bekannter von mir verwickelt war, musste ich ihnen alles mühsam aus der Nase ziehen. Jetzt wollte ich unbedingt ihre Theorien über den Mord an Andy Balachek hören. Es war ziemlich wahrscheinlich, dass Andys Mörder auch auf Tom geschossen hatte oder zumindest wusste, wer es war. Doch als ich jetzt ihre teilnahmslosen Polizisten-Gesichter sah, musste ich an Austern denken, die man nicht einmal mit der Beißzange öffnen konnte.

»Ich wollte in der Kapelle nachsehen, ob die Tische für das Mittagessen schon geliefert wurden. Als ich das Auto abstellte und hinunter zum Creek schaute, lag dort Andy Balachek.« Boyd und Armstrong warteten auf weitere Ausführungen. Ich fragte: »Was war die Todesursache?«

Sie schwiegen sich aus und ich überlegte. Andy hatte ein Holzfällerhemd und Jeans getragen. Ich erinnere mich nicht, eine Jacke oder Blutflecken auf seiner Kleidung gesehen zu haben. Was er hatte, war ... Moment.

»Seine Hände waren schwarz«, sagte ich. »Wurde er gefoltert, bevor er starb? Dann hat ihn jemand erschossen und seine Leiche in den Creek geworfen?« Die Austern-Gesichter wirkten leicht überrascht. Ich hatte also Recht. »Sagen Sie mir jetzt, wie Ihre Theorie lautet?«

Boyd schüttelte den Kopf. »Wir wissen nicht, wer Balachek im Creek abgelegt hat.« Er deutete mit einem dicken Finger auf mich. »Und Sie, Sherlock, werden kein Wort über die Farbe seiner Hände verlieren.«

»Wurde er mit Elektrostößen gefoltert?«, fragte ich. Sie ächzten, aber ich ließ nicht locker. »Ich erinnere mich, dass jemand an Stromschlägen gestorben ist. Der Exmann einer Schlossbewohnerin, stimmt's? Klingeln da irgendwelche Glocken?«

Wieder wechselten die Cops einen Blick. Boyd seufzte.

»Carl Rourke, Sukie Hydes erster Mann, hat einen Stromschlag bekommen, als er auf einem Dach arbeitete, und ist daran gestorben.«

»Meinen Sie, es besteht ein Zusammenhang zwischen diesen beiden Todesfällen?«, wollte ich wissen.

»Das wissen wir noch nicht«, sagte Armstrong. »Ich wiederhole noch einmal, Goldy. Sie *dürfen mit niemandem* über Balacheks verbrannte Hände sprechen oder auch nur die Möglichkeit von Elektroschocks erwähnen. Auf gar keinen Fall. Das ist das Kernstück unserer Ermittlungen.«

Oh, oh. Bevor ich Protest einlegen oder etwas antworten konnte, schlug erneut die Türglocke an. Drei Männer vom Sheriff's Department waren da, um die Spuren im Keller zu sichern. Ich führte sie herein und machte Boyd und Armstrong mit leiser Stimme klar, dass ich, wenn sie mir ohnehin ihre Theorie über Balacheks Mord nicht anvertrauen wollten, zu meinem verletzten Mann zurückmüsse.

»Wir werden Tom anrufen«, kündigte Boyd an. »Wir haben Kopien von allen E-Mails, die Andy ihm geschickt hat. Die letzte ist vor zehn Tagen angekommen. Dann hat er Sie angerufen und wollte mit Tom sprechen. Er sagte, er sei in Central City, würde aber von dort aus nach New Jersey fahren. Wir würden gern wissen, ob Balachek nach diesem Anruf versucht hat, mit Tom Verbindung aufzunehmen. Eine weitere E-Mail, ein Anruf, was auch immer.«

Vielleicht hatte er Tom etwas per FedEx geschickt, hätte ich beinahe gesagt, aber ausnahmsweise verbiss ich mir diesen Scherz. Sie wollten wissen, ob Tom sonst noch etwas erwähnt hatte, was wichtig für sie sein könnte.

Na ja, da gibt es irgendeine Frau. »Nein«, antwortete ich, ohne einen von ihnen anzusehen. »Wenigstens weiß ich von nichts.«

Sie meinten, das wäre vorerst alles, aber sie würden noch eine Weile im Haus bleiben, wenn es mir recht wäre. Es läutete wieder an der Tür und ich ging, um aufzumachen. Ich dachte, es seien weitere Cops, und ich riss die Tür auf, ohne vorher durch den Spion zu schauen.

Es war der Blödmann mit Viv Martini an seiner Seite.

Er sah dünn und blass aus und sein Gesicht erschien mir hart, eine Spur weniger selbstbewusst. Die paar Monate im Gefängnis hatten zweifellos ihre Spuren hinterlassen. Er trug eine kohlegraue Hose, einen gelben Pullover und eine anscheinend neue Daunen-Wendejacke – auf der einen Seite schwarz, auf der anderen hellblau, wie man an dem offenen Kragen sehen konnte. Sein trotz allem noch immer attraktives Gesicht verriet, dass er schlechter Stimmung war. Die hagere Viv mit ihrem weißblonden Haar, den hochhackigen, schwarzen Stiefeln, der engen, schwarzen Hose und der modisch gepolsterten, schwarzen Nylonjacke sah aus, als wäre sie Groupie einer Punk-Band. Als sie den Reißverschluss ihrer Jacke aufzog, enthüllte ein enger Pullover mit V-Ausschnitt ihr üppiges Dekolleté.

»Komm raus«, befahl John Richard zornig.

Ohne ein Wort zu sagen, knallte ich die Tür zu und rannte ins Esszimmer. Ich erzählte Boyd und Armstrong rasch, was los war, und bat sie, mich zur Tür zu begleiten. Für alle Fälle, setzte ich hinzu.

O Mann, wie sehr ich den Ausdruck bestürzter Überraschung genoss, der über das Gesicht des Blödmanns huschte, als die sichtbar bewaffneten Polizisten hinter mir auf die Veranda kamen. Als wir alle draußen standen – John Richard und Viv auf einer Seite, ich und meine beiden Cop-Freunde auf der anderen Seite der Hollywoodschaukel –, fragte ich den Blödmann, was er wollte.

»Ich will meinen Sohn.« Seine Stimme war fest, er versuchte, gleichzeitig gemein und versöhnlich zu klingen. »Wie kannst du es wagen, mir eine einstweilige Verfügung vor die Nase zu halten? Nur gut, dass das eine zeitlich begrenzte Verfügung ist, weil ich dich in zwei Wochen so fertig machen werde, dass du dir wünschst, du wärst nach Florida gezogen.«

»Sie verstoßen gegen eine gerichtliche Verfügung und Sie sind nur auf Bewährung frei, Freundchen«, sagte Boyd. »Passen Sie also auf, was Sie sagen. Und wenn Sie sich auch nur einen weiteren Zentimeter auf Ihre Exfrau zubewegen, nehme ich Sie fest.«

»Ich habe nicht mit Ihnen gesprochen«, versetzte der Blödmann. Viv rückte näher zu John Richard, schlang die Arme um seine Taille und steckte die Hände unter seinen Gürtel. John Richard versteifte sich und wurde sogar rot.

»Treten Sie zurück, Ma'am«, wies Boyd Viv an. Viv gehorchte und zog einen Schmollmund. John Richard schluckte. Nach der langen Zeit im Gefängnis musste er sexuell ziemlich ausgehungert sein. Offenbar hatte er genau das Mädchen gefunden, das seinen Bedürfnissen entsprach.

Boyd ging auf John Richard zu, verschränkte die Arme, reckte sein Kinn vor und wartete. John Richard wich einen Schritt zurück und trampelte Viv auf die Zehen. Sie quietschte. Ich fragte mich, ob sie auch nur den leisesten Zweifel an der Macht ihres neuen Freundes hegte. Nach kurzem Zögern entfernte sie sich noch einen Schritt von John Richard. Ich empfand ... ja ... *Triumph.*

»Ich werde eine Vereinbarung treffen, wann du Arch sehen kannst«, sagte ich zu John Richard. »Und ich werde deinen Anwalt darüber unterrichten.«

John Richards Stimme war eisig, sein Blick war starr auf Boyd gerichtet. »Wir wollen ihn *heute* sehen. Wir nehmen ihn mit in meine Wohnung, damit er nicht in irgendeinem Schloss bei Wildfremden herumlungert, wo *du* bleiben musst, weil jemand, bei dem *du* ausgeschissen hast, dein Fenster zertrümmert hat.«

Ich sah Viv an, die ihre schwarz umrandeten Augen aufriss. Mit tiefer, erotischer Stimme sagte sie. »Fenster törnen mich nicht an, Goldy.«

Ich zog eine Augenbraue hoch. »Sie geben lieber gleich einem lebenden Objekt eine Dröhnung, was?«

»Hör auf damit!«, fauchte John Richard.

»Ich rufe deinen Anwalt an«, wiederholte ich. »Und jetzt geh. Bitte.«

»Das war noch nicht das letzte Wort«, drohte der Blödmann leise.

»Ooh«, machte Viv. Sie neigte sich zu John Richards Ohr und flötete: »Ich liebe es, wenn du so gefährlich klingst.«

Ich schüttelte den Kopf und der Blödmann nahm Vivs Hand und ging mit ihr die Verandastufen hinunter.

»Das war noch nicht einmal der *Anfang*«, brüllte er über die Schulter.

Sehr bedauerlich, dachte ich, als er in den goldenen Mercedes stieg. Wirklich sehr bedauerlich.

**Mein Kopf pochte,** mein Körper schmerzte, als ich die Treppe hinauflief und ein paar Sachen für Tom, Arch und mich in einen großen Koffer warf und den Leinensack aus dem Schrank holte, in den Tom unsere Fotoalben gestopft hatte. In einem der alten Bücher müssten noch Fotos vom Blödmann sein ... die genügten, um den Hydes zu zeigen, wen sie auf keinen Fall in ihr Schloss lassen durften.

Doch die argwöhnische Seite an mir, diese Stimme, die ich so gern zum Schweigen bringen würde, bestand darauf, dass ich noch etwas erledigen musste. Ich rief zu Boyd und Armstrong hinunter, dass ich sofort runterkäme.

Als ich Toms Sekretär durchstöberte, wünschte ich, die Episcopal Church wäre so groß im Beichten und Sündenvergeben wie die katholische Kirche. Ja, »Aussöhnung für einen Bußfertigen« war in unserer Kirche ein Sakrament, aber ich glaubte irgendwie nicht so recht daran, dass ich meine Sünden reinwaschen konnte – im konkreten Fall, dass ich bewusst in der Privatsphäre meines Mannes herumschnüffelte. Ich kam mir vor wie ein Schuft. Aber wenn es Liebesbriefe, Quittungen oder sonst irgendetwas gab, musste ich sie finden. Ich musste einfach wissen, *was sich da abspielte*. Nach fünf Minuten hektischer Suche hatte ich nicht das Geringste entdeckt. Natürlich nicht, dachte ich, als ich den Koffer und den Sack mit den schweren Alben die Treppe hinunterschleppte. Glaubte ich wirklich, dass er mich betrog?

Selbst die argwöhnische Stimme in mir war nicht mehr sicher.

Boyd hievte mein Gepäck in den Van, dann wandte er sich mir zu. »Ich möchte nicht, dass Sie und Tom hierher zurückkommen, bevor wir diese Burschen geschnappt haben, verstanden? Wir halten das Haus ab sofort rund um die Uhr unter Beobachtung.«

Ich seufzte, nickte aber. Boyd schärfte mir ein, dass ich ihn jederzeit anrufen könne, wenn ich Hilfe brauchte. Ich versprach, das Angebot wahrzunehmen, und dankte ihm für seine Unterstützung bei der Konfrontation mit Dr. Korman und dafür, dass er ein Team für die Bewachung unseres Hauses abstellte. Er nickte unbeteiligt. Als er zum Haus zurückging, sah ich, dass Trudy und Jake uns von ihrem Fenster aus beobachteten. Jakes bekümmertes Gesicht brach mir das Herz.

Ich setzte mich in meinen Van und versuchte nachzudenken. Mein Schädel brummte. Im Augenblick war ich nicht imstande, mich einer weiteren Diskussion über historische Gerichte mit Eliot zu stellen. John Richard wusste, dass Arch in der Schule war. Sein Auftritt sollte mich lediglich einschüchtern. Für einen Moment schwelgte ich in der Erinnerung an seinen erstaunten Blick, als ihm zwei bewaffnete Cops entgegentraten.

Aber was war mit der geheimnisvollen Frau, die stundenlang in ihrem verrosteten Kombi vor unserem Haus gesessen hatte? Wusste sie, dass wir zurzeit im Schloss wohnten? War sie mir nach dem Schuss auf unser Fenster dorthin gefolgt?

Hatte sie Tom im Visier gehabt? War sie diejenige, die Tom *nicht liebte?*

Ich warf einen Blick auf den Sack, der vor dem Beifahrersitz auf dem Boden lag. Wieder meldete sich die argwöhnische Stimme ... vielleicht bewahrte er *dort* seine Kreditkartenquittungen für Blumen, Hotelübernachtungen, Schmuck etc. auf. Doch vielleicht hatten die Schläge auf den Kopf und die Begegnung mit meinem gewalttätigen narzisstischen Exmann eine massive Paranoia bei mir ausgelöst.

Widerstrebend ging ich die Alben durch. Wie sich herausstellte, hatte Tom nach unserer Hochzeit ein neues Album gekauft. Er hatte nichts eingeklebt, aber ordentlich mit Gummibändern zusammengehaltene Fotos aus dem letzten Jahr zwischen die Seiten gesteckt. Schuldgefühle durchdrangen mich, als ich Bilder von mir beim ersten Picknick unserer kleinen Familie sah und von Julian, der am Springbrunnen der Studentenvereinigung der University of Colorado stand. Ich steckte die Bilder wieder in das neue Album. Ich konnte nichts dagegen tun, ich musste meine schändlichen Schnüffeleien zu Ende führen: Ich schüttelte die Alben aus, um zu sehen, ob verräterische Zettel herausfielen.

Ein alter Umschlag flatterte zu Boden. Ich bückte mich und hob ihn auf. In dem Kuvert befand sich ein Schnappschuss von John Richard im weißen Doktorkittel. Sein blondes Haar war zerzaust, er hatte die Hände in die Taschen gesteckt und lächelte mit dem Charme, der so viele Frauen hypnotisiert hatte – mich eingeschlossen. Ich erinnerte mich nicht, dieses Foto aufgehoben zu haben, aber vielleicht hatte Arch, der seinen Vater idealisierte, den Umschlag in das Album geschoben. Ich steckte das Foto zurück in den Umschlag und verstaute ihn in meiner Handtasche.

Schließlich nahm ich mir Toms uraltes Album vor. Als ich es schüttelte, flatterten Zeitungsausschnitte und einzelne Bilder in meinen Schoß. »Armeeveteran schließt als Bester die Ausbildung ab«, verkündete die Überschrift in einem Nachrichtenblatt des Furman County Sheriff's Department und in dem Artikel wurde Toms triumphaler Abschluss an der Polizeiakademie geschildert. »Top-Cop geehrt« lautete eine andere Schlagzeile, als Tom eine Auszeichnung verliehen bekommen hatte, weil er Gemälde, die einem Kunsthändler aus Denver gestohlen worden waren, in einer Garage in Aspen Meadow wiedergefunden hatte. Dann war da noch ein viel älteres Foto: Tom in seiner Pfadfinderuniform, lockiges, sandfarbenes Haar, Pausbacken, schiefes Lächeln.

Es war einfach zu viel. Ich schlug die vergilbten Seiten auf und betrachtete alle Fotos von meinem geliebten Tom. Während ich mich durch das Buch arbeitete, bemühte ich mich, die Sachen, die ich herausgeschüttelt hatte, wieder in die ursprüngliche Ordnung zu bringen und sie an ihren Platz zu legen.

Seite um Seite zeigte Tom mit Freunden, in seiner Armeeuniform, mit Kollegen von der Polizei. Mein Verdacht verflüchtigte sich und ich empfand erst Stolz, dann bittere Scham, weil ich an ihm gezweifelt hatte. Er hatte fantasiert, nachdem er verwundet worden war, das war alles. Ich hatte alle Zeitungsausschnitte und Fotos sorgsam eingeordnet, als ich plötzlich stutzte.

»Ortsansässige Krankenschwester bei Hubschrauberabsturz im Mekong-Delta umgekommen«, lautete die Überschrift eines Artikels aus dem Jahr 1975. Ich starrte die Buchstaben an und rief mir ins Gedächtnis, was ich darüber gehört hatte: Tom war mit einer Frau namens Sara verlobt gewesen – sie war in der High School ein paar Klassen über ihm. Sara hatte eine Ausbildung als Krankenschwester gemacht und war einem Mobile Army Surgical Hospital, einem MASH, in Vietnam zugeteilt worden. Als Tom achtzehn wurde, meldete er sich freiwillig und folgte ihr, aber sie waren sich in den Kriegswirren nie begegnet, bevor sie ums Leben kam. Mehr hatte er mir nicht erzählt. Allerdings hatte ich immer gedacht, sie wäre im Artilleriefeuer umgekommen, nicht bei einem Hubschrauberabsturz.

In dem Album befand sich ein Foto von ihr mit weißer Schwesternhaube und Uniform. Sara Beth O'Malley war eine hübsche junge Frau mit welligem, schwarzem Haar gewesen – ihr Gesicht strahlte vor Jugend, Enthusiasmus und Stolz. Ich schluckte schwer. Sie hatte auf das Foto geschrieben: *Ich werde dich immer lieben, S.B.*

Ich blieb lange reglos sitzen. Ich hatte sie gesehen, natürlich. Ihr Gesicht war jetzt schmaler, das jugendliche Strahlen war verschwunden. Aber die Jahre hatten sie nicht bis zur Unkenntlichkeit verändert. Ich hatte ihr eröffnet, dass ich Goldy Schulz bin. Ich warte nur, sagte sie, als ich in ihren verbeulten Kombi spähte. Sie ließ den Motor an und fuhr weg. Ich war so damit beschäftigt, sie zu verdächtigen, dass ich nicht merkte – und noch weniger begriff –, dass sie völlig entgeistert war, als sie Gas gab.

Ihre Lippen bebten; ihre Augen nahmen einen bekümmerten Ausdruck an.

Ein kalter Wind erfasste den Van, als ich durch unsere

Straße fuhr. Fragen wirbelten mir durch den Kopf: *Ist das wirklich Sara Beth? Was machte sie hier?* Mir fiel der Text einer der E-Mails wieder ein, die Tom bekommen hatte. *State Department anrufen.* Noch schlimmer war der Gedanke, wie ich Tom auf all das ansprechen sollte. *Hey, Liebling, gibt es da eine alte Flamme, die noch immer brennt?* Ich rätselte, wie jemand, der Berichten zufolge in Vietnam ums Leben gekommen war, all die Jahre in der Versenkung verschwunden bleiben konnte. Wenn die Frau im Kombi Sara Beth O'Malley gewesen war, wo hatte sie sich dann die letzten zwanzig Jahre aufgehalten?

Und ich hatte noch mehr Fragen: Warum hat man unsere Computer gestohlen? Könnte Sara Beth O'Malley zurückgekommen sein, um sie zu entwenden? Nein ... das musste auf das Konto von »Morris Hart« gegangen sein, wer immer das auch gewesen war. Außer den E-Mails von Sara Beth hatte es ja auch noch die Korrespondenz zwischen Andy und Tom gegeben. Hatte Morris Hart etwas mit den Briefmarkendieben zu tun? War er der mysteriöse Komplize von Ray Wolff?

Im Westen hingen tiefe Wolken am durchgehend grauen Himmel. Mein Magen knurrte. Es war schon Viertel vor zwölf und der Vormittag war mir viel zu lang vorgekommen. Mein Körper würde keinen weiteren Krisentag ohne geregelte Mahlzeiten mehr verkraften.

Trotzdem hatte ich vor, noch einen weiteren Ort aufzusuchen, ehe ich ins Schloss zurückfuhr. Manche Verletzungen nimmt man sehr persönlich – zum Beispiel, wenn jemand auf deinen Mann schießt. Ich wusste nicht, ob die Hydes und Chardé noch bei der Kapelle und somit genau dort waren, wo ich mich unbedingt umsehen wollte. Es bestand kein Zweifel daran, dass die Leute vom Sheriff's Department die Gegend gründlich durchkämmen würden, aber ein Anschlag auf Toms Leben war so traumatisch für mich, dass ich nicht einfach zum Alltagsleben zurückkehren konnte, *ohne* mir Gewissheit darüber zu verschaffen.

Ich bog am Homestead Drive links ab, fuhr am Homestead Museum vorbei und brauste durch eine alte Siedlung mit rustikalen Blockhütten. Nach einer Weile kam ich von einem Feldweg auf eine Teerstraße und durch eine Wohngegend mit beigen und grauen Häusern mit Ziegeldächern und Landschaftsgärten, die unter der Schneedecke einen desolaten Eindruck machten. Ich steuerte mein Auto auf ein unbefestigtes Sträßchen, das sich bald zu einem Weg verschmälerte. Im Armaturenbrett des Vans befand sich ein Kompass-System, das anzeigte, dass ich in westlicher Richtung, parallel zum Cottonwood Creek, unterwegs war. Ich versuchte das Bild vor meinem geistigen Auge heraufzubeschwören, das ich vom Polizei-Chopper aus gesehen hatte, und kam zu dem Schluss, dass ich auf dem richtigen Weg war.

Schließlich erreichte ich den Cottonwood Park, der dem County gehörte und der Bevölkerung zum Wandern, für Picknicks und sogar zum Camping zur Verfügung stand. Ich hielt mich an einer Weggabelung rechts und holperte bergab an schneebedeckten Picknicktischen, frei stehenden Grills und aus Holz geschnitzten Wegweisern vorbei. Irgendwann kam ich zu einem Wäldchen, das mit dem gelben Band der Polizei abgesperrt war.

Ich parkte hinter zwei Streifenwagen und ging zu Fuß Richtung Absperrung, bis zwei uniformierte Officer mir zuriefen, ich solle stehen bleiben. Ich nannte meinen Namen und fragte, ob ich zu ihnen kommen und mit ihnen reden könne. Sie überlegten, dann gaben sie mir ein Zeichen, das abgesteckte Gebiet zu betreten.

Ich tauchte unter dem Plastikband durch. Meine Stiefel rutschten auf den zugeschneiten Piniennadeln. Die zwei Cops fragten nach meinem Ausweis und ich zeigte ihn ihnen.

»Ich möchte sehen, wo der Kerl stand, als auf meinen Mann geschossen wurde. Bitte«, setzte ich höflich hinzu.

»Dort hat die Spurensicherung alles gründlich abgesucht«, informierte mich einer der beiden in abwehrendem und zugleich wachsamem Ton. Als ich schwieg, wurde er ein wenig nachgiebiger. »Also schön, da die Jungs dort fertig sind, können Sie sich ja mal umsehen, aber nur ganz kurz.« Er bat mich, ihm zu folgen.

Wir bahnten uns einen Weg durch den Schnee und die Felsen zu einem Picknicktisch, der knappe fünf Meter vom steil zum schmalen Highway abfallenden Abgrund entfernt stand. Zwar hatte man von hier aus einen schönen Blick auf den Creek, aber es war ein eigenartiger Platz für einen Tisch. Wenn da ein Kind die Felsen hinunter auf die asphaltierte Straße fiel, konnte man dann die Parkverwaltung des County verklagen?

»Wir vermuten, dass der Schütze hier stand«, erklärte der Cop, als wir uns vorsichtig dem Rand des Abgrunds näherten. »Die Felsen haben ihn von der Straße abgeschirmt – kein Mensch hat ihn hier oben bemerkt.«

Man hatte Blick auf die Schlosstürme. Unter der Zufahrt zum Schloss und den dichten immergrünen Stauden war der Cottonwood Creek an manchen Stellen schwarz und ruhig, an anderen weiß schäumend und hob sich scharf von den steilen, mit Eis und Schnee bedeckten Ufern ab. Die zierlichen Türmchen der Kapelle und die dunklen Steinmauern sahen aus, als stammten sie direkt von einem der Artus-Legende nachempfundenen Brettspiel. Auf dem Parkplatz, wo Tom und ich aufeinander zugegangen waren, standen ein Streifenwagen und der Kleinbus des Labors der Kriminalpolizei. Ich sah die Felsblöcke, hinter denen wir Deckung gesucht hatten. Andy Balacheks Leiche war natürlich nicht mehr da.

Die Kapelle, die Brücke, der Parkplatz, Andy: Ich starrte in die Tiefe und versuchte das, was ich sah, zu analysieren. Vielleicht hatte der Schütze jeden Cop, der die Leiche fand, im Visier gehabt. Aber hätte er sich dann nicht unweigerlich selbst in die Schusslinie gebracht? Doch Tom war ein Cop und hilflos gegen den versteckten Scharfschützen gewesen.

Vielleicht hielt er gar nicht nach der Person Ausschau, die Andy fand, sondern wollte tatsächlich Tom erwischen. Oder er hatte auf mich gezielt und beim ersten Mal, als ich aus dem Van sprang, um in den Creek zu schauen, keinen günstigen Schusswinkel gehabt. Möglicherweise gab es auch ein anderes Motiv, von dem ich nichts wusste. Oder der Täter war Tom gefolgt, um ihn zu erschießen – oder mir, um mich zu erschießen, aber er hatte aus Versehen Tom getroffen. Die Antwort auf das *Warum* konnte ich nicht finden.

Entmutigt, mit pochendem Schädel und kreisenden Gedanken, fuhr ich zum Schloss. Es war kurz vor eins. Auf der gewundenen Zufahrt wich ich zwei Lieferwagen einer Malerfirma aus, die mir entgegenkamen. Ich parkte, nahm den Koffer und den Beutel mit den Alben mit zum Eingang und tippte den Sicherheitscode ein. Als ich durch das elegante Wohnzimmer, das früher der Stall gewesen war, ging, fiel mir ein feuchter beiger

Fleck an einer cremeweißen Wand auf. Daneben war ein Schild angebracht – *Frisch gestrichen.* Was hatte das zu bedeuten? Hatte Chardé, die Innendekorateurin, neue Ideen, was das Farbschema betraf? Wie nahe stand sie den Hydes? Nah genug, dass ihr Mann, sie selbst und die Maler den Sicherheitscode vom Torhaus kannten.

In der riesigen Küche verschlangen Marla und Sukie heiße, von Julian zubereitete Käse-Kroketten mit cremiger Dijon-Senf- und Preiselbeer-Sauce, die ich mitgebracht hatte. Gut. Ich musste ohnehin neue Hors-d'œuvres für den Labyrinth-Lunch am Donnerstag machen und ich missgönnte niemandem einen Leckerbissen. Sukie und Eliot beherbergten meine Familie *und* duldeten die Störungen, die ein Verbrechen mit sich bringt. Und Marla war meine beste Freundin.

Eliot sei irgendwo unterwegs, informierte mich Sukie; er beschäftigte sich mit elisabethanischen Spielen, die die Kinder am Freitag spielen könnten. »Er meint, Bären jagen würde den Eltern nicht besonders gut gefallen«, setzte sie mit einem leisen Kichern hinzu und fuhr sich mit der Hand durch das widerspenstige blonde Haar. »Er möchte mit Ihnen sprechen«, sagte sie, während sie mehr rote Preiselbeer-Sauce auf eine Krokette häufte.

»Ich möchte mich noch mal für den Überfall gestern entschuldigen«, sagte ich. »Wir sind sehr dankbar, dass Sie uns aufgenommen haben.«

Sie winkte ab. »Zerbrechen Sie sich deswegen nicht den Kopf. Es ist ein guter Test für uns, Leute im Haus zu haben. Da können wir üben für die späteren Konferenzen.«

Mir wurde plötzlich kalt und ich sah mich in der Küche um. Eines der alten Fenster war aufgegangen. Ich lief hin, um es zu schließen, dann erkundigte ich mich, ob jemand in der letzten Zeit nach Tom gesehen hatte.

Julian war erst vor zehn Minuten in unserem Zimmer gewesen. »Er schläft, Goldy«, sagte er, klang aber nicht gerade beruhigend. Er schien trotz Marlas und Sukies überschwänglichem Lob für sein köstliches Mittagessen mit den Gedanken ganz woanders zu sein.

Marla musterte mich forschend, als ich zum Tisch ging. »Du siehst schrecklich aus, Goldy, fast so schlimm wie Julian. Ist alles in Ordnung? Wo warst du? Was hat dich so lange aufgehalten?«

Ich deutete auf den Koffer und den Beutel und murmelte etwas davon, dass ich die Sachen von zu Hause geholt hätte, und gab Sukie das Foto von John Richard. »Das ist der Bursche, der auf keinen Fall hier hereindarf. Ich möchte ihn nicht von Arch fern halten, aber er ist sehr reizbar und gerade aus der Haft entlassen worden. Wenn er Arch sehen möchte, dann an einem Ort, an dem sich noch viele andere Menschen aufhalten.« Ich erzählte nichts von dem Computerdiebstahl, weil ich Sukie nicht aufregen wollte.

Aber Sukies blaue Augen hatten einen besorgten Ausdruck, als sie mir das Foto zurückreichte. »Eine Bezirksstaatsanwältin hat angerufen und wollte Sie sprechen, Goldy. Ihr Name ist, glaube ich, Pat Gerber: Sie bat, dass Sie sie zurückrufen.« Sie zeigte mir das Telefon, das zwischen Kühlschrank und dem Schrank mit den Glastüren, in dem Eliot seine akribisch etikettierten elisabethanischen Konfitüren aufbewahrte, an der Wand hing. Ich spähte auf die Reihen von Wildkirsch- und Johannisbeergelees, Erdbeermarmelade mit Champagner und Pflaumenmus. »Das ist nur die Hälfte der nächtlichen Produktion vom letzten Sommer«, erklärte sie munter.

»Ich dachte schon, wir hätten die Vorratskammer doch so lassen sollen, wie sie war.«

Als ich die Nummer des Staatsanwaltsbüros wählte, überlegte ich, wie Brioches mit Pflaumenmus schmecken würden oder ob ich eine gute Cumberland-Sauce aus dem Johannisbeergelee machen könnte. Als man mich endlich mit Pat verband, erläuterte sie mir, dass John Richard an allen möglichen und unmöglichen Stellen lautstark Protest einlegte, weil ich in der einstweiligen Verfügung kein Besuchsrecht für ihn festgelegt hatte. Ob ich mit den Anwälten eine Lösung finden könnte? Da die Sache so explosiv geworden sei, wäre es wohl das Beste, Arch an einen neutralen Ort zu bringen, von dem John Richard ihn abholen konnte. Ich schlug das Beratungszentrum von Aspen Meadow vor, das einen solchen Service anbot. Gute Idee, stimmte mir Pat zu. Ich versicherte ihr, dass ich mit meinem Anwalt besprechen würde, ob wir Arch bei John Richard übernachten lassen sollten.

»Klingt annehmbar«, sagte sie. Ich sollte mich auf eine erbitterte Schlacht vorbereiten, fuhr sie fort, wenn in zwei Wochen die einstweilige Verfügung außer Kraft trat und wir vor einem Richter erscheinen mussten, um eine dauerhafte Regelung für das Besuchsrecht zu finden. »John Richard ist vorbestraft und war im Gefängnis – das sollte eigentlich einen Einfluss auf das Ganze haben, aber vielleicht tut es das auch nicht, weil er Geld und eine gewisse gesellschaftliche Position hat. Und, übrigens, wenn er irgendwelche Drohungen gegen Sie ausstößt, schreiben Sie alles auf«, empfahl mir Pat eindringlich. »Wenn es geht, bringen Sie Zeugen bei.«

Was du nicht sagst, dachte ich, *das habe ich schon hinter mir*. Nachdem ich aufgelegt hatte, kritzelte ich ein paar

Sätze über die Vorgänge in unserem Haus auf ein Stück Papier, dann rief ich meinen Anwalt an und schlug vor, eine Übernachtung für Arch bei dem Blödmann zuzulassen. Er eröffnete mir, er hätte bereits mit dem Anwalt des Blödmanns verhandelt, der drei Nachrichten für ihn auf Band gesprochen hatte. Wenn ich nichts Gegenteiliges mehr hörte, sollte ich Arch heute nach seinem Fechttraining zusammen mit seiner Übernachtungstasche am Beratungszentrum absetzen – so ungefähr um Viertel nach drei. Und morgen konnte ich meinen Sohn dann nach der Schule wieder abholen. Mir sank das Herz, als ich auflegte. Waren das meine Zukunftsaussichten? Musste ich den armen Arch ab jetzt ständig zu dem Exknacki schaffen und wieder abholen?

Julian stellte mir einen Teller mit zwei heißen Kroketten und zwei kleine Schüsseln mit den Saucen hin. Die Kroketten waren außen knusprig und innen geschmolzen. Ich machte *hmm, hmm* und tauchte die zweite Krokette in beide Saucen. Einen Nachschlag lehnte ich jedoch ab und sagte, ich müsste nach Tom schauen.

Ich wollte Tom sehen, das stimmte. Das war viel besser, als über den Blödmann nachzugrübeln. Aber, wie ich mir selbst schuldbewusst eingestand, als ich durch die Flure ging, wollte ich in Wahrheit meinen Laptop einschalten – vorausgesetzt, Tom schlief – und die Dateien mit seiner E-Mail-Korrespondenz lesen.

Aber Tom schlief nicht. Er telefonierte und unterbrach das Gespräch, als ich hereinkam. Ich fragte mich, mit wem er gesprochen hatte und ob ich den Mumm besaß, ihn auf seine Verbindung zu Sara Beth O'Malley anzusprechen. Hatte er nach dem Blutverlust, den Schmerzen und dem Schock vergessen, was er an den Felsen zu mir gesagt hatte?

Würde ich für den Rest meiner Ehe so weiterleben?

»Sheriff's Department«, sagte er und deutete auf das Telefon. Dann beäugte er mich argwöhnisch. »Was ist los? Du kommst so spät.«

»Oh, ich bin zusammengeschlagen worden. Boyd wird dir darüber berichten. Jemand hat unsere Computer gestohlen. Wie fühlst du dich?«

»*Was? Wer* hat dich zusammengeschlagen? Wo? Miss G., ich möchte, dass du mir alles ganz genau erzählst.«

»Ich war in unserem Haus.« Ich schilderte ihm von den Schlägen, dem Raub, vom Blödmann, Viv und den Drohungen und meinem Ausflug zu der Stelle, an der der Schütze gelauert hatte. »Wir werden wohl noch eine ganze Zeit nicht nach Hause können.« Ich erwähnte das mysteriöse Auftauchen von Sara Beth O'Malley mit keiner Silbe, weil ich nicht darüber reden konnte. Noch nicht.

Tom starrte mich ungläubig an. »Du bringst dein Leben in Gefahr wegen ein paar Fotos und einer Diskette mit *Rezepten*? Warum hast du nicht ein Foto aus der Verbrecherkartei der Polizei angefordert und dir Kochbücher aus der *Bibliothek* geholt?«

»Weil ich mir für Eliot Hyde ganz besondere Dinge notiert habe.«

»Das ist alles meine Schuld«, sagte Tom ärgerlich. Er drehte sich im Bett, was ihm offensichtlich große Schmerzen bereitete, und war gereizt. »Dieser verdammte Fall.«

»Vergiss den Fall und sieh zu, dass es dir bald wieder besser geht.«

Er stöhnte und klopfte sein Kopfkissen zurecht – er fand keine bequeme Lage in dem großen Bett. »Es würde mir *besser* gehen, wenn ich dahinter käme, wie Andy

Balachek ums Leben gekommen ist und wer auf meine Frau eingedroschen hat.« Er schwieg und sah mich an. »Die ganze Sache ist seltsam ...«

»Ich ... ich habe Andys schwarze Hände gesehen. Tom, hat er einen Elektroschock erlitten?«

»Wenn ich es dir verrate, versprichst du mir dann, nicht mehr in unser Haus zu gehen?« Als ich nickte, fuhr Tom fort: »Du hast Recht, aber er ist nicht an dem Stromschlag gestorben. Das ist ja das Eigenartige. Wenn man einen Schlag bekommt, dann kommt man nicht mehr weit. Stimmt's?«

»Ist Andy denn irgendwohin gegangen?«

Toms Blick war finster. »Sieht so aus, als hätte man ihm erst einen Stromschlag versetzt und ihn anschließend erschossen. Danach hat ihn der Killer in den Creek geworfen und ist entweder abgehauen oder hat sich auf die Lauer gelegt und gewartet, bis ich auftauchte.«

 **Marla huschte herein,** ohne vorher anzuklopfen. »Goldy!«, flüsterte sie. Ihre Augen funkelten. »Ich habe Neuigkeiten!« Sie wirkte plötzlich verlegen. »Entschuldige, Tom, ich habe nicht angeklopft, weil ich dachte, du schläfst.« Sie schleuderte ihre braunen Locken zurück und sah mich mit hochgezogener Augenbraue an. »Komm mit auf den Flur, wenn du Klatsch über Du-weißt-schon-wen und über sein Du-weißt-schon-was hören willst.«

»Ah«, machte ich – Marla sprach offensichtlich vom Blödmann und seinem Sexleben oder vom Blödmann und seinem Geld oder von beidem.

»Ich versteh euch nicht, Mädels«, scherzte Tom, aber sein schalkhaftes Grinsen verschwand, als er versuchte, die Schultern zu bewegen.

»Brauchst du eine Schmerztablette?«, fragte ich besorgt.

»Nein.« Typisch Mann. »Ich will nur ein bisschen Ruhe. Geh nur mit Marla.«

Ich wandte mich an Marla: »Dann lass mal hören.«

Sie kicherte und stürmte hinaus. Ich küsste Tom auf

die Stirn und versprach ihm, bald wieder nach ihm zu schauen.

Feindseligkeit manifestiert sich auf viele verschiedene Arten, dachte ich, als ich einem anderen *Frisch-gestrichen-*Schild auswich. Ich nahm eine *passive* Abwehrhaltung gegen den Blödmann ein. Ich wusste nie, wann er zuschlagen würde, aber ich hatte gelernt, immer wachsam zu sein. *Aktive* Feindseligkeit war Marlas Spezialität. Sie fütterte ihren obsessiven Hass gegen den Blödmann mit Informationen. Sie bezahlte ihrem Anwalt monatlich eine Extragebühr, damit er Privatdetektive beauftragte, um über die Eskapaden, die sexuellen Abenteuer und – ihr Lieblingsgebiet – die finanzielle Leidensgeschichte unseres Exehemannes auf dem Laufenden zu bleiben. Aus ihrem triumphierenden Tonfall schloss ich, dass ihre neuesten Nachrichten in die letzte Kategorie fielen.

»Du wirst nicht *glauben*, was er jetzt wieder im Schilde führt«, begann sie aufgeregt, sobald wir uns neben eines der hohen Fenster, die auf den Innenhof blickten, gestellt hatten.

»Verrats mir.«

»Also«, berichtete sie mit einer gespielt missbilligenden Miene, »diesmal geht es um eine zwielichtige finanzielle Transaktion.«

»Fang bitte ganz von vorn an.«

»Mein Anwalt hat gerade angerufen.« Sie fuhr sich mit der juwelengeschmückten Hand durchs Haar. »Okay – du erinnerst dich, dass er seine Keystone-Wohnung verkaufen musste?« Ich nickte. Um die Pleiten vom letzten Jahr auszubügeln, war John Richard gezwungen gewesen, sein Domizil in diesem Skiort versteigern zu lassen. Laut Marla war die Wohnung Schauplatz großer Ausschweifungen gewesen. »Ja, und dann kam diese unangenehme Inhaftierung und er musste auch noch die Praxis verscherbeln. Dafür hat er ungefähr sechshunderttausend bekommen – nach Steuern und wer weiß was noch. Seine Anwalts- und Prozesskosten haben in etwa die Hälfte *davon* verschlungen. Und er ist zurück in seinen Country Club nach ... was? Nach weniger als fünf Monaten seiner ursprünglich auf drei Jahre festgesetzten Haftstrafe. Die monatlichen Zahlungen für das Haus belaufen sich auf sechstausend – und er hat die ganze Zeit blechen müssen. Nimm jetzt noch dazu, dass er für Arch Unterhalt zahlen musste. Auf der Habenseite steht sein neues Gehalt von der ACHMO – das sind, bitte nicht kotzen, achthunderttausend im Jahr.«

»Achthunderttausend Dollar jährlich?«

»Hmm, ja. Sein Anwalt hat ihm den Job an Land gezogen über dieselbe HMO, für die seine letzte Freundin – die er so misshandelt hat, wie wir nicht vergessen sollten – früher gearbeitet hat. Jetzt überprüft John Richard die Rezepte der verschreibungspflichtigen Arzneien, die zur Erstattung bei der Krankenkasse ACHMO eingereicht werden. Wenn du dich jemals gefragt hast, wer bei deiner Krankenkasse festlegt, welche Pillen du verordnet bekommen darfst und welche nicht, dann weißt du jetzt Bescheid: *Das macht der Blödmann.*«

»Er erhebt seinen Geiz zur Kunstform.«

»Das kannst du laut sagen.« Marla erzählte weiter: »Gut, jetzt hast du eine Vorstellung von seinem Einkommen, seinem Vermögen und seinen Verpflichtungen. Außerdem ist er nun vorbestraft und es dürfte ihm schwer fallen, einen *neuen* Kredit oder eine Hypothek zu bekommen. Und jetzt kommt's: Wie schafft er es deiner

Meinung nach, ein Drei-Millionen-Dollar-Haus in Beaver Creek zu kaufen?«

»Drei *Millionen*?« Ich schnappte nach Luft. »Du bist verrückt ... Moment mal, vielleicht hat er nach der Vertragsunterzeichnung bei der ACHMO eine Prämie bekommen.«

Marla schüttelte den Kopf. »Nee. Dieser Schnüffler meines Anwalts sagt, dass sie ganz schön Ärger bekommen haben, als sie einmal einem ihrer Abteilungsleiter eine Vorschussprämie gezahlt haben. Es stand sogar in der *Post*; die Aktionäre sind bei der Jahresversammlung fast ausgerastet. Die bei ACHMO machen so was nie wieder. Aber du kennst noch nicht die ganze Geschichte.«

Ich glaubte, einen entfernten Schrei zu hören – er kam von der anderen Seite des Hofes. »Was war das?«

Marla spähte teilnahmslos aus dem Fenster, dann sah sie mich wieder an. »Keine Ahnung. Jetzt hör mir zu: Die Anzahlung für dieses Haus in Beaver Creek belief sich auf dreihunderttausend. Meine Informanten haben ganz gute Kontakte zur Hypothekenbank und in Erfahrung gebracht, dass der Blödmann einen Kredit von hundertfünfzigtausend bekommen hat, das ist in etwa der Wert seiner Wohnung im Country Club. Sein Partner bei diesem Geschäft hat weitere hundertfünfzigtausend aufgebracht. Damit hatte er das Geld für die Vorauszahlung. Nur für die ersten sechs Monate wird die Zahlung gestundet und dafür werden Zinsen verlangt, dann ist eine weitere große Summe fällig. Und rate mal, wer den Kaufvertrag unterschrieben hat.«

»Keine Ahnung.«

»John Richard Korman und seine neue Freundin Viv Martini.«

»Aber ... er lässt sich *nie* auf gemeinsames Eigentum

ein. Das war ja mein Problem, als wir die Scheidungsmodalitäten festgesetzt haben.«

Sie drohte mir mit dem Finger. »Glaubst du, ich weiß das nicht? Die Leute von der Hypothekenbank – oh, sieh mich nicht so an, man kann jeden kaufen ... Also der Privatdetektiv sagt, John Richard hätte große Töne gespuckt, dass er die Zinsen für die sechs Monate zahlen würde. Viv hat als Verkäuferin im Waffengeschäft ein bescheidenes Einkommen. Aber die größere Summe von fünfhunderttausend in sechs Monaten ... *Viv* war diejenige, die fragte, wann die halbe Million *genau* fällig wird und ob die Bank einen Scheck von *John Richards* Konto akzeptieren würde. Meine Theorie ist, dass diese Zahlung in *ihren* Verantwortungsbereich fällt. Andernfalls würde er das Geschäft nicht machen, meinst du nicht? Ich glaube auch, dass sie vorhaben, das Haus mit großem Profit wieder zu verkaufen, nachdem sie die halbe Million aufgebracht haben. Und sie beide leben glücklich und zufrieden. Oder zumindest stinkreich.«

Das alles stank tatsächlich. »Aber wenn Viv Martini hundertfünfzigtausend auf den Tisch blättern kann, wieso bindet sie sich dann an den Blödmann? Warum macht jemand ein solches Geschäft mit jemandem, den er gerade erst kennen gelernt hat?«

Marla zuckte mit den Schultern und ihre Diamantohrringe glitzerten. »Er ist ganz niedlich. Er ist Arzt. Zum Teufel, Goldy, warum sind *wir* auf ihn reingefallen?«

Ich habe ihn geliebt, antwortete ich im Stillen. Und er hatte behauptet, mich auch zu lieben.

»Warte mal.« Ich versuchte nachzudenken. »Arch hat mir erzählt, dass John Richard seiner Viv etwas schenken will, wenn er aus dem Gefängnis kommt. Einen

Mercedes, meinte er, oder eine Reise nach Rio. Oder vielleicht einen Mercedes und eine Stadtvilla, was?« Ich schüttelte den Kopf. »Aber woher soll die halbe Million kommen?«

Während Marla ihre Freunde durchging, die in Beaver Creek wohnten und ein Auge auf John Richard und Viv haben konnten, beschloss ich, mit Sergeant Boyd über Viv Martini zu sprechen. Boyd würde mir sagen, was das Department über sie wusste, oder nicht? Na ja ... er würde es bestimmt tun, wenn ich drohte, Viv so lange zu verfolgen, bis ich mehr über sie herausbekommen hatte. Das wäre nicht nur ziemlich zeitaufwendig, sondern auch gefährlich. Allerdings hielt ich es für weniger riskant, als mit dem Blödmann eine finanzielle Partnerschaft einzugehen. Viv war entweder ein besonders hartgesottenes Biest, oder sie war bis über beide Ohren in Dr. John Richard Korman verknallt.

Marla sagte: »Und du kennst diese Lederklamotten, die Viv immer trägt – nun, in Beaver Creek gibt's nur einen speziellen Lederladen und der Besitzer ist ein Freund von mir ...«

Ich nickte, achtete aber kaum auf das, was sie sagte. Im letzten Monat war Furman County Schauplatz des Mordes an einem FedEx-Fahrer und des Raubes seiner Drei-Millionen-Dollar-Fracht geworden. Gestern wurde die Leiche eines der mutmaßlichen Hijacker gefunden. *Jetzt* – wenn das keine allzu voreiligen Schlüsse waren – machte die ehemalige Freundin von Ray Wolff, dem Kerl, den man beschuldigte, Drahtzieher des Raubüberfalls gewesen zu sein, Immobiliengeschäfte im großen Stil mit einem Arzt, dessen Verurteilung und Gefängnisstrafe in den Kreisen der Ultrareichen in Beaver Creek vielleicht nicht bekannt waren. Hatte John Richard vor, die HMO zu betrügen? Könnte Viv Martini mit diesem Immobiliengeschäft Geld waschen? Wie wahrscheinlich war es, dass John Richard von seiner neuen Freundin aufs Kreuz gelegt wurde? Vielleicht musste John Richard wieder zurück in den Knast. Ein Freudenschauer lief mir über den Rücken.

»Was finden die beiden aneinander, was denkst du?«, wollte Marla wissen und beantwortete ihre Frage selbst, indem sie in einen Monolog zum Thema Sex und Geld verfiel. Ich dachte an etwas anderes: Falls Viv *keinen* Drogen- oder einen anderen Deal unter der Hand *mit* dem Blödmann machte, wusste *er* dann, wie sie zu ihrem Geld kam? Er baute offensichtlich darauf, dass sie Cash beibringen würde. Aber vielleicht brauchte sie wirklich nichts anderes zu tun, als Arme und Beine um ihn zu schlingen und um eine knallharte Behandlung zu flehen.

»Hör zu«, fuhr Marla atemlos fort, »ich habe noch etwas über John Richard herausgefunden, was dich interessieren dürfte. Es hat etwas mit deinen derzeitigen Arbeitgebern zu tun.«

Ich bedachte sie mit einem skeptischen Blick.

»Laut Christine Busby, Sukies Busenfreundin vom Labyrinth-Komitee, hat Sukie eine Krebserkrankung überstanden.«

»Und? Eine Menge Leute waren krank und sind wieder gesund geworden, Marla.«

Sie riss die Augen auf. »Gebärmutterhals-Krebs. John Richard hat die Diagnose gestellt und Sukie operiert. Sie ist seit fünf Jahren krebsfrei und lobt in Gesprächen mit ihrer Freundin Christine den Blödmann über den grünen Klee.«

»Aber als ich seinen Namen nannte, hat sie sich ganz

und gar nicht so verhalten, als würde sie ihn kennen. Oder als ich ihr das Foto zeigte ...«

»Hmm. Sie hat mir auch nicht von ihrer Krankheit erzählt. Vielleicht möchte sie den Exfrauen ihres geliebten Arztes nicht ihre Geheimnisse anvertrauen.«

»Marla, ich muss Tom erzählen ...«

Ehe ich den Gedanken zu Ende formulieren konnte, tauchten zwei Gestalten auf dem Hof auf – beide in Wintermänteln mit Kapuzen. Sie schienen zu streiten, als sie sich unter die Arkaden auf der anderen Seite des Hofes zurückzogen. Ihre Stimmen drangen bis zu uns, aber die Worte waren nicht zu verstehen. Die Auseinandersetzung wurde eine Spur heftiger, während beide versuchten, ihre Standpunkte klar zu machen, und jeweils dem anderen mit den Fingern vor dem Gesicht herumfuchtelten. Ich schauderte. Wenn mich meine Erfahrung nicht trog, würde der Streit bald in körperliche Gewalt ausarten.

Marla, die immer bereit war, sich von einem Klatschthema ablenken zu lassen und ein anderes anzuschneiden, beobachtete begeistert die Zankhähne. Die große und die kleinere, kräftige Gestalt schlugen sich jetzt gegenseitig die Hände weg. Die kleinere stemmte die Hände gegen die Brust der größeren. Der große Mann taumelte, fiel und sprang schnell wieder auf die Füße. Die Kapuze rutschte von seinem Kopf.

»Mein lieber Mann!«, rief Marla aus. »Der Schlossherr ist gerade auf den Hintern gefallen. Sir Eliot streitet mit ...!«

Keine von uns erkannte die andere Person, bis Eliot die Arme hochriss, um ihr an die Kehle zu gehen. Erschrocken zuckte die andere Gestalt zurück und die Kapuze fiel ... und zum Vorschein kam das weiße Haar von

Michaela Kirovsky, die sich wand und um sich schlug, als Eliot versuchte, sie zu würgen.

»Guter Gott«, hauchte Marla. »Es ist die Kastellanin. Goldy – ruf neun-eins-eins an.«

Aber im nächsten Augenblick bestand keine Notwendigkeit mehr dazu, denn Michaela befreite sich gewaltsam aus Eliots Griff und zog ein schimmerndes Schwert aus einem der Ständer an den Bogensäulen. Marla und ich sahen voller Entsetzen zu, wie Michaela das Schwert nach unten zog und Eliots linken Arm traf. Ich schnappte nach Luft. Genau diese Bewegung hatte Arch bei seinem Fechttraining geübt.

»Ich muss Tom davon erzählen«, sagte ich. »Sieh zu, dass du jemanden ans Telefon bekommst ...«

»Hey!«, kreischte Marla und hämmerte an das Bleiglas. »Aufhören!«

Eliot und Michaela schauten erschrocken auf. Ich stieß einen leisen Fluch aus und zog mich rasch vom Fenster zurück. Marla wedelte furchtlos mit beiden Armen und brüllte: »Aufhören, oder ich rufe sofort die Cops!«

Konnten sie Marla durch die Glasscheibe hören? War mir das wichtig? Ich wäre in diesem Moment am liebsten ganz weit weg gewesen. Offensichtlich erging es Michaela und Eliot nicht anders, denn als ich das nächste Mal aus dem Fenster spähte, waren beide verschwunden.

»Was, zum Teufel, war das?«, wollte Marla wissen. »Ich meine, sie haben uns nicht einmal eines Blickes gewürdigt. Und überhaupt! Selbst wenn du anderer Ansicht bist als jemand, der für dich arbeitet, versucht man doch nicht, ihn zu erwürgen – es sei denn, natürlich, man ist Coach einer College-Basketballmannschaft.«

»Ich kann mich jetzt nicht damit beschäftigen«, erklärte ich abrupt, weil mir klar wurde, dass Michaela nicht beim Fechttraining in der Schule war – offenbar hatte sie es abgesagt. »Ich muss los.«

Marla wartete, während ich ins Zimmer lief – Tom schlief – und meine Handtasche und eine Jacke holte.

»Wohin?«, flüsterte sie, als ich zurückkam.

»Arch abholen.« Ich huschte in Archs Zimmer, schnappte mir seine Übernachtungstasche und trabte wieder zu Marla. »Ich muss ihn am Beratungszentrum absetzen – er bleibt heute Nacht beim Blödmann – und dann komme ich zurück und kümmere mich um Tom. Außerdem möchte ich von hier verschwinden, bevor Eliot merkt, dass ich ihn gesehen habe. Sollten wir ihn nicht wegen häuslicher Gewalt anzeigen?«

»Damit warten wir lieber noch«, sagte Marla, »ich glaube nämlich, wir haben eher *ihn* davor bewahrt, von einem Schwert durchbohrt und tot liegen gelassen zu werden.« Sie ging zielstrebig den Flur entlang. »Denkst du, ich sollte Sukie davon erzählen? Sie ist Schweizerin, also ist sie daran gewöhnt, neutral zu sein, nicht?«

»Tu's nicht«, riet ich, während ich hinter ihr herrannte. Marla, die etwa zwanzig Kilo schwerer als ich war, absolvierte täglich ein minimales, aber effektives Trainingsprogramm, seit sie im vergangenen Sommer einen Herzanfall erlitten hatte. Trotzdem war ich überrascht, als sie behende die Treppe hinunterhuschte. Mein Kopf pochte. »Das Herumschnüffeln tut deiner Gesundheit gar nicht gut«, sagte ich.

»Aha«, erwiderte sie. »Ich habe mitbekommen, welche Wirkung es auf deine hat.« Wir blieben vor der Küchentür stehen. »Ich will nur wissen, weswegen sie sich gestritten haben«, sagte sie unschuldig. Sie stürmte in die Küche und fragte Julian, wo Sukie steckte. Julian, der gerade Gemüse schnitt, rief nach ihr; sie kauerte auf dem Boden neben dem Herd und sah erschrocken auf. Wir hatten sie beim Schrubben des Backrohrs gestört und sie war keineswegs glücklich darüber. Obwohl zweimal in der Woche eine Putzkolonne im Schloss anrückte, fühlte sich Sukie gezwungen, alles auf möglicherweise übersehene Flecken zu untersuchen. Na ja, ich war auch sehr kritisch, wenn ich einen anderen Koch beschäftigen musste, wie konnte ich sie also verurteilen?

Als ich aus der Garage und über den Steg fuhr, ging mir eine neue Frage durch den Kopf: *Beinhalteten Sukies Aufräumaktionen auch, die Dinge in Ordnung zu bringen, die ihr Mann durcheinander gebracht hatte?*

Um Viertel nach drei stürmte Arch aus der Turnhalle der Schule. »Sie renovieren den Boden der Fechthalle«, verkündete er, als er seine Schultasche auf den Rücksitz warf, »deshalb hat uns Michaela eine Hausaufgabe gegeben. Sie hat gesagt, dass wir fünfhundert Treppenstufen rauf- und runterlaufen sollen.« Er klang gelangweilt. »Fünfzigmal zehn Stufen. Oder wie auch immer. Aber ich habe zu großen Hunger, um das jetzt sofort zu machen.«

»Wieso sollt ihr Treppen rauf- und runterrennen?«, fragte ich, als ich den Weg zu Aspen Meadows Konditorei einschlug.

»Das stärkt die Beine.« Er warf einen Blick nach hinten. »Meine Übernachtungstasche? Ziehen wir schon wieder um?«

»Dein Dad und ich haben für die nächsten zwei Wochen eine Besuchsregelung getroffen«, begann ich, als hätten John Richard und ich tatsächlich friedlich über ein neues Arrangement diskutiert. Ich erklärte Arch, dass ich ihn an der Bibliothek des Beratungszentrums absetzen würde. In seiner Tasche waren saubere Kleider und Toilettenartikel und sein Vater sollte ihn am nächsten Tag zur Schule fahren. Ich steuerte den Van auf einen freien Parkplatz in der Hauptstraße. Nach seinem Training am folgenden Nachmittag würde ich ihn wieder abholen, schloss ich. Ohne etwas darauf zu erwidern, sprang Arch aus dem Auto und stürmte in die Konditorei.

»Also, ich freue mich, Dad zu sehen«, erklärte er schließlich, nachdem er zwei Stück Linzer Torte und eine Limo bestellt hatte. »Aber Michaela hat versprochen, dass mir Eliot heute Abend genau die Stelle zeigt, an der der junge Herzog gestorben ist. Könntest du ihr sagen, wo ich bin? Frag sie, ob ich mir das alles morgen nach dem Training anschauen kann, ja?«

»Ja, klar«, sagte ich zögerlich, während Arch das erste Tortenstück verschlang. Ich vermutete, dass mittelalterliche Geschichte ziemlich cool war, solange sie sich auf Tod und Gespenster beschränkte. Dennoch war ich nicht sicher, ob ich wollte, dass Eliot und Michaela Arch *irgendetwas* zeigten. »Schätzchen, ich möchte nicht, dass du dort herumstöberst, wo jemand gestorben ist. Ist es möglich, dass ich bei der Sache dabei sein kann?«

Er seufzte und vertilgte den letzten Bissen des zweiten Tortenstücks. »Erst willst du, dass ich gut mit diesen Leuten auskomme, und dann sagst du, du müsstest mich beaufsichtigen, wenn sie mir was zeigen. Was verlangst du denn nun wirklich von mir?«

»Das Schloss ... ist groß, sehr groß, und Teile davon sind abgesperrt. Ich bin nur ... ich bin mir eben nicht ganz sicher, ob alle Räume in diesem Haus *ungefährlich* sind, das ist alles.« Mir krampfte sich der Magen zusammen bei der Erinnerung daran, wie Eliot Michaela an die Gurgel gegangen war. »Ich möchte nicht, dass du ohne mich mit Eliot und Michaela losziehst, klar?«

»Okay, Mom«, sagte er, während er seinen Pappteller und den Becher in den Abfalleimer warf, »*vergiss* einfach, dass ich versucht habe, mit den Hydes zurechtzukommen. Ich werde ihnen sagen, dass ich nichts machen und nirgendwohin gehen darf, wenn meine *Mommy* nicht da ist, um auf mich aufzupassen.«

Warum bemutterte ich ihn so sehr? Ich stieß hörbar den Atem aus – mir fiel keine passende Antwort auf Archs Vorwurf ein. Er meinte, er würde sich auf die Suche nach ein paar Stufen machen, die er hinauf- und hinunterlaufen konnte. Ich setzte mich in den Van, ließ den Motor laufen und versuchte nachzudenken. Arch wurde im April fünfzehn, daran erinnerte er mich immer, wenn er mich beschuldigte, ihn wie ein Baby zu behandeln. Aber bis April waren es noch zwei Monate. Ich musste mir überlegen, wohin ich meine Familie bringen konnte, bevor sich Eliot und Michaela gegenseitig umbrachten und bis ich dahinter gekommen war, was John Richard und Viv Martini im Schilde führten. Ganz zu schweigen davon, dass ich herausfinden musste, *wer auf Tom geschossen hatte.* Aber auf all das gab es keine sofortigen Antworten.

Als Arch keuchend zurückkam, verkündete er: »Ich glaube, ich muss kotzen.«

Nach dieser verheißungsvollen Bemerkung fuhren wir schweigend zum Beratungszentrum. Als wir auf dem Parkplatz der Bibliothek stehen blieben und ausstiegen, sah ich mich um. Man konnte nie sicher sein, ob der Blödmann auch wirklich zur verabredeten Zeit auftauchte.

»Da sind Sie ja«, rief eine heisere weibliche Stimme hinter mir.

Ich wirbelte herum und meine Nackenhärchen sträubten sich. Es war Viv Martini höchstpersönlich in einer hautengen, schokoladebraunen Lederhose mit passender Jacke. Wieder stand ihre Jacke oben so weit offen, dass ihr Dekolleté zu sehen war. Wäre es prüde von mir, wenn ich Arch die Augen zuhalten würde?

»Hi, Viv«, grüßte Arch wie selbstverständlich. »Soll ich meine Sachen im Auto verstauen?«

»Dein Dad ist noch nicht da ...«, begann Viv.

»Arch«, fiel ich ihr ins Wort, »würdest du schnell mal in die Bibliothek laufen und fragen, ob der neue Jacques Pépin, den ich vor einem Monat bestellt habe, da ist?«

Er seufzte, verdrehte die Augen und ließ seine Tasche fallen.

»Bitte, seien Sie nett zu ihm«, sagte ich zu Viv, als Arch weg war. »Er hat wirklich damit zu kämpfen, dass sein Dad im Gefängnis war.«

»Ich *bin* nett zu ihm«, protestierte Viv. »Ich habe John Richard auf die Idee gebracht, ein Trainingsrad und Hanteln zu kaufen, damit wir mit Arch ein Workout machen können. Arch mag mich.«

Ich schwieg, aber nur einen kurzen Moment. John Richard konnte jeden Moment auftauchen. »Hören Sie«, sagte ich ein klein bisschen verzweifelt, »mein Mann ist der Polizist, der angeschossen wurde ...«

»Das haben wir in den Fernsehnachrichten gesehen.« Zu meiner Überraschung war Vivs Blick mitfühlend. »Wie *schrecklich*! Weiß man schon, wer es war?«

»Noch nicht. Aber mein Ex sagte, Sie kennen Ray Wolff, den mein Mann verhaftet hat.« Ich musterte sie eingehend, entdeckte in ihrem Gesicht aber nichts anderes als Besorgnis. »Haben Sie eine Ahnung, ob Ray Wolff etwas mit dieser Schießerei zu tun hat?«

»Ich schere mich keinen Deut um Ray Wolff!«, versetzte sie barsch. »Niemand weiß, wo er überall die Finger im Spiel hat. Genau deshalb habe ich ihn verlassen.«

Ich brachte ein Lächeln zustande. Glaubte ich ihr? »Es geht das Gerücht, dass Sie mit Andy Balachek gesehen wurden, dessen Leiche man kürzlich gefunden hat.«

»Vergessen Sie's«, entgegnete sie prompt. »Ich habe Andy nicht angerührt. Er war nicht mein Typ. Er war ein süßer Junge. Ray hat ihn dazu überredet, bei dem Raub mitzumachen – er macht das mit allen so. Ray ist eine Ratte, ein Hurensohn, der einem alles verspricht, nur damit er erreicht, was er will.«

Arch kam aus der Bibliothek. Ich hakte hastig nach. »Also, Viv? Haben Sie einen Verdacht, wer Andy getötet haben könnte?«

Sie gab Arch ein Zeichen. »Wahrscheinlich einer von Rays Kumpeln. Sobald sie erledigt haben, was er von ihnen verlangt hat, sind sie wie diese Käfer, die unter die Steine kriechen und nie wieder das Tageslicht sehen.«

Ohne Vorwarnung bog der goldene Mercedes mit quietschenden Reifen auf den Parkplatz. John Richard sprang aus dem Wagen, verschränkte die Arme und funkelte uns an. Ich schielte auf die Plakette des Autohändlers, die an der Heckscheibe des Mercedes klebte: *Lauderdale Luxury Import*. Gehörte der Wagen John Richard oder Viv? Arch meldete, dass es fünfzig Vorbestellungen für den Jacques Pépin gab und ich ihn in nächster Zeit nicht bekommen könnte. Dann sah er scheu zu Viv auf, die den Arm um die Schultern meines Sohnes legte und mit ihm davonschlenderte. Dieser Anblick brachte *mich* fast zum Kotzen.

Ich fuhr zum Schloss zurück. Die winterliche Abenddämmerung in den Rocky Mountains bricht plötzlich, sehr früh und kalt herein und bringt ein langes atmosphärisches Glühen mit sich. Ich spürte, dass meine Stimmung mit den Temperaturen sank und so düster wurde wie der sich dem Ende neigende Tag.

In der Schlossküche gab Eliot – gekleidet in einen altmodischen doppelreihigen, grauen Anzug mit grauer Ascot-Krawatte – Anweisungen, wie ein Tudor-Dinner im Großen und Ganzen verlaufen sollte. Ich sah mir seinen linken Arm genauer an, den Michaela mit dem Schwert getroffen hatte. War da unter dem Anzug ein Verband oder bildete ich mir nur ein, eine Ausbuchtung zu sehen? Eliot hielt in der rechten Hand ein Kristallglas mit Sherry und gestikulierte damit, um seine Worte zu unterstreichen. »Es war kein *Souper*, obwohl die Menschen in der elisabethanischen Zeit ihr Abendessen *Supper* nannten; wir werden die Mahlzeit für das Fechtteam am Freitagabend zur *Supper-Zeit* servieren.« Ein wenig Sherry schwappte aus dem Glas.

Sukie, die in einem bodenlangen Samtmantel in der anderen Ecke der Küche stand, ächzte – zweifellos dachte sie an ihren frisch gewischten Boden. Ich setzte eine interessierte Miene auf. Egal was für Speisen und Getränke sich Eliot wünschte, wie mysteriös sie auch sein mochten, er würde sie bekommen. *Ich* hatte nicht vor, mich von ihm erdrosseln zu lassen.

»Wie Goldy Ihnen wahrscheinlich schon erzählt hat«, fuhr Eliot fort und schob das Kinn vor, »servierten die Höflinge in der Renaissance, also im ausgehenden sechzehnten Jahrhundert, weder das Dinner noch das Souper in der Großen Halle. Auch wenn Hollywood das natürlich immer anders darstellt«, fügte er mit einem

Kichern hinzu, dann nahm er einen Schluck Sherry, ehe er fortfuhr: »Die *große* Veränderung der mittelalterlichen kulinarischen Gebräuche gegenüber denen der Renaissance war, dass sich der König und die Königin – oder der Lord und die Lady, ganz wie Sie wollen – zu den Mahlzeiten in ihre privaten Gemächer zurückzogen. Nur bei ganz besonderen Gelegenheiten wie Weihnachten aßen sie zusammen mit ihrem gesamten Hofstaat in der Großen Halle. Der Lord und die Lady sowie ihre Vertrauten saßen auf einem Podium, damit alle sie sehen und bewundern konnten.«

Julian hatte die Augenbrauen hochgezogen und die Lippen zusammengepresst, als müsste er sich ein Lachen verbeißen. Mit einem Mal verspürte ich wieder eine unerträgliche Kälte und schaute mich um. War ich die Einzige, der auffiel, dass dasselbe Fenster schon wieder aufgegangen war? Während Eliot seinen Vortrag fortsetzte, ging ich zu dem Fenster, machte es zu und eilte zurück zum Küchentisch, auf den Julian Platten mit wunderschön angerichtetem Gemüse gestellt hatte. Auf einer lagen zu perfekten Rauten geschnittene, vom Grill gestreifte, goldbraune Polentastücke, auf einer anderen gedünstete blassgrüne Artischocken, goldene Maiskolben, leuchtend orangefarbene Karotten und saftig grüne Broccoli-Röschen. Auf einem Tablett standen eine Schüssel mit Arugula- und Römischem Salat und auf einer Warmhalteplatte ein Krug mit etwas, was aussah und roch wie das Dressing aus heißem Portwein und Chèvre, zu dem ich Julian das Rezept gegeben hatte. Ich sah genauer hin. In der cremigen Vinaigrette schwammen pochierte Feigen. Also *war* es mein Rezept. Ich hatte triumphiert, als ich es kreiert hatte, denn die Römer hatten die Feigen nach Großbritannien gebracht. Mir lief das Wasser im Mund zusammen.

»Aber wir werden morgen mehr Zeit haben, uns über alles ausführlich zu unterhalten«, schloss Eliot mit einem strahlenden Lächeln und einem letzten Schluck Sherry. »Sukie und ich gehen heute Abend aus. Lassen Sie sich das ... Gemüse schmecken. Goldy kann Ihnen erzählen, dass ein typischer Tudor-Höfling täglich zwei Pfund *Fleisch* verzehrt hat. Kalb, Kaninchen, Fisch, Gans, Fasan, Pfau und so weiter.« Er deutete mit dem Kopf auf den Tisch. »Kein Maisbrot, keine Karotten. Nur hin und wieder Kartoffeln.«

Julian lächelte und nickte höflich wie immer. Sukie bedachte uns mit ihrem besten um Entschuldigung flehenden Blick und erklärte uns, dass Michaela eine kleine Küche in ihrem Schloss-Apartment hatte und das Abendessen gewöhnlich nicht zusammen mit ihnen einnahm. Dann rauschten sie und Eliot hinaus.

Ich blieb ratlos zurück. Hatte Eliots Familie die Kirovskys so viele Jahre wie Verwandte behandelt, sodass es jetzt unmöglich war, Michaela zu feuern, auch wenn sie ihn mit einem Schwert verletzte? Wenn Sartre Recht hatte und *die Hölle andere Menschen waren*, was waren dann *andere Menschen, mit denen man nicht zurechtkam und trotzdem eng zusammenleben* musste? Der innere Kern der Hölle?

Ich verdrängte diese Fragen, als Julian und ich das Tablett und die Platten nahmen und sie hinauf in Toms und mein Zimmer brachten. Julian hatte bereits den kleinen Kartentisch neben Toms Bett für drei gedeckt. Kein Podest in der Großen Halle, sondern eine gemütliche Mahlzeit im Kreis der Familie. Wir sprachen ein Dankgebet und ich fügte im Stillen noch die Bitte um Sicherheit und Schutz für meinen Sohn an.

FEIGEN-SALAT

100 g kleine Feigen
½ Tasse roten Portwein
½ Tl Zucker
30 g (etwa 2 EL) Haselnüsse
2 EL Balsamico-Essig
1 große Schalotte, ganz fein geschnitten
50 g Chèvre-Käse, in Scheiben
¼ Tasse Olivenöl
¼ TL Salz
frisch gemahlener schwarzer Pfeffer zum Abschmecken
8 Tassen Feldsalat (wenn möglich, junger Feldsalat) – waschen, abtropfen lassen und mit Küchenkrepp abtupfen, dann kalt stellen.

Die Stiele von den Feigen entfernen, dann die Früchte waschen und trockentupfen und zusammen mit dem Portwein und dem Zucker in einem kleinen Topf bei mittlerer Hitze zum Kochen bringen. Den Topf zudecken, die Platte auf die kleinste Stufe stellen und die Feigen weitere zehn Minuten köcheln lassen (oder bis sie weich sind). Dann die Feigen abtropfen und abkühlen lassen, den Sud aber aufheben. Die Früchte vierteln und beiseite stellen.

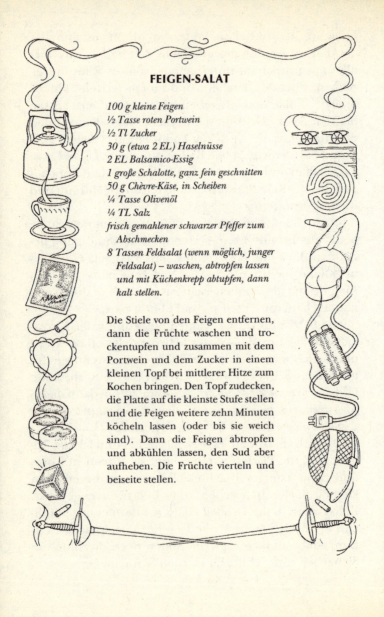

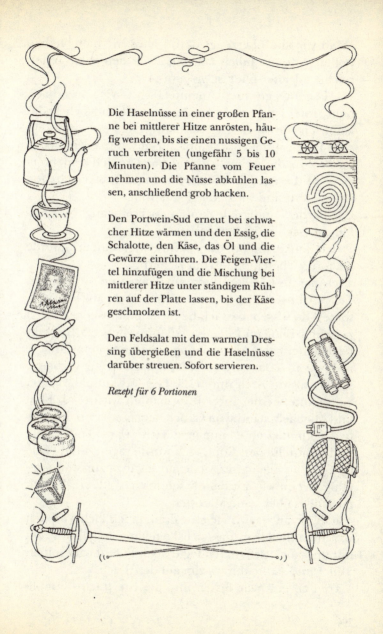

Die Haselnüsse in einer großen Pfanne bei mittlerer Hitze anrösten, häufig wenden, bis sie einen nussigen Geruch verbreiten (ungefähr 5 bis 10 Minuten). Die Pfanne vom Feuer nehmen und die Nüsse abkühlen lassen, anschließend grob hacken.

Den Portwein-Sud erneut bei schwacher Hitze wärmen und den Essig, die Schalotte, den Käse, das Öl und die Gewürze einrühren. Die Feigen-Viertel hinzufügen und die Mischung bei mittlerer Hitze unter ständigem Rühren auf der Platte lassen, bis der Käse geschmolzen ist.

Den Feldsalat mit dem warmen Dressing übergießen und die Haselnüsse darüber streuen. Sofort servieren.

Rezept für 6 Portionen

»Sind wir alle überzeugt davon, dass wir hier bleiben wollen?«, fragte Julian taktvoll, als er den Salat weiterreichte. »Dieser Eliot ist *eigenartig*.«

»*Mir* geht's gut hier«, meinte Tom. »Wir wären in einem Hotel längst nicht so abgeschirmt und sicher, das kann ich dir sagen – es sei denn, Lambert würde ein paar Jungs abstellen, die nur auf uns aufpassen. Wenn die Person, die auf mich geschossen hat, sich keinen Zugang zu diesem schwer befestigten Schloss verschaffen kann, dann sind wir ziemlich gut dran.«

»Chardé Lauderdale könnte sich Zugang verschaffen«, gab ich zu bedenken.

»Ich denke, mit der dürren Innendekorateurin werde ich fertig«, behauptete Tom kichernd.

Ich häufte Köstlichkeiten auf Toms und auf meinen Teller. »Ehe du die Idee mit dem Hotel ganz verwirfst, solltest du wissen, dass ich heute einen hässlichen Streit zwischen Eliot und der Kastellanin Michaela Kirovsky beobachtet habe. Marla hat dem ein Ende gemacht.«

»Ja«, gab Tom zurück. »Marla hat bei mir vorbeigeschaut, als du Arch durch die Gegend kutschiert hast. Sie meinte, keiner ihrer Informanten wüsste, ob Eliot und Michaela ständig im Clinch liegen oder ob das heute Nachmittag eine einmalige Sache war.« Tom lachte und schüttelte den Kopf. »Ich würde sagen, Eliot Hyde ist mehr als eigenartig, vielleicht sogar unzurechnungsfähig. Wenn wir mit dem Essen fertig sind, erzähle ich euch alles über seine Marotten.«

»Oh, erzähl es uns gleich«, drängte ich kichernd. Ich war unendlich froh, dass sich Tom gut genug fühlte, um mit uns zu klatschen. Ich legte noch Polenta auf seinen Teller und stellte ihn vor ihn auf den Tisch.

Tom aß ein paar Bissen und machte Julian Komplimente. Dann sagte er: »Eliot hat dem Sheriff's Department und allen Leuten, die es hören wollten, erzählt, dass jeder ungebetene Eindringling von einem angriffslustigen Gespenst in seinem Schloss empfangen würde.«

»Ich wette, das hat die Neugierigen erst recht angelockt«, sagte Julian mit einem schiefen Lächeln.

Tom lachte wieder. »Das ist längst noch nicht alles.«

 **Ich war schlau genug,** Tom nicht zu unterbrechen, wenn er eine Geschichte erzählte. Ich nahm den ersten genussvollen Bissen von Julians wundervollem Salat. Das warme, bittersüße Dressing war mit dem cremigen Käse verschmolzen und schmeckte wunderbar zu den süßen Feigen und dem bitteren Feldsalat. Es war eine himmlische Zusammenstellung. War das wirklich mein Rezept oder hatte Julian es in etwas Überirdisches verwandelt? Vielleicht hatte er eine Zutat hinzugeschmuggelt, die das Ganze noch köstlicher machte?

Ich war ganz entspannt und ich war dankbar, weil mein Mann am Leben war, weil Julian wieder einmal bei uns war und weil Arch und ich unsere erste Begegnung mit dem Blödmann-als-Exknacki überlebt hatten. Als ich die herrlich gegrillte Polenta verzehrte, befahl ich mir, alle Sorgen über Toms Verwundung, die andere Frau, die er, wie er behauptete, nicht liebte, und Andy Balacheks Leiche im Cottonwood Creek beiseite zu schieben.

»Eliot war von der Ostküste zurückgekommen und

lebte beinahe fünf Jahre in diesem Schloss«, fuhr Tom fort, »als ihm klar wurde, dass sein Erbe weit vor seinem Tod zu nichts zusammengeschmolzen sein würde. Also hat er vor ungefähr vier Jahren eine Anleihe auf sein Schloss aufgenommen und das Geld dazu verwendet, die Kapelle herrichten zu lassen. Vandalen hatten einige Fenster eingeschlagen und die Wände und den Boden mit Farbe besprüht. Eliot hat fünfzigtausend ausgegeben, um Klappstühle, Heizstrahler, eine antike Orgel, ein handgemachtes goldenes Kreuz und Leuchten zu kaufen, die Fenster reparieren und elektrisches Licht verlegen zu lassen. Die erste Hochzeit in der renovierten Kapelle verlief reibungslos. Unglücklicherweise hatte Eliot nicht daran gedacht, *Sicherheitsvorkehrungen* zu treffen, und nach der Feier wurde eingebrochen und das goldene Kreuz wurde gestohlen.«

»Mann«, sagte Julian, als er Gemüse auf unsere Teller löffelte. »Wie viel *Pech* bringt das wohl?«

Tom nickte. »Eliots nächster strategischer Schritt neben der Installation eines Sicherheitsschlosses mit Code war, ein Interview mit dem *Mountain Journal* zu arrangieren. Er behauptete, der tote Herzog, der reiche junge Neffe aus Tudor-Zeiten, würde im Schloss spuken und in der Gegend umgehen. Eliot nannte sein eigenes Anwesen ›Poltergeist-Palast‹. Er warnte davor, dass jeder, der in der Kapelle oder im Schloss einbrach, von dem Gespenst angegriffen würde.«

»Also hat er selbst sich diesen Namen einfallen lassen«, murmelte ich.

»Ein zweites Paar wollte in der Kapelle den Bund fürs Leben schließen, aber es gelang nicht einmal, die Zeremonie bis zum Ende zu bringen. Zum einen war die

Braut vollkommen verschreckt, da der Bräutigam seine erste Frau bei einem Autounfall verloren hatte. Bevor sie ›Ja‹ sagen konnten, ertönte ein Schrei in der Kapelle. Oder in der Nähe der Kapelle – die Zeugen waren sich in diesem Punkt nicht einig. Niemand konnte den Schreihals ausfindig machen. Die Braut wurde hysterisch und fing selbst an zu kreischen. Sie behauptete, der Geist der ersten Frau ihres Bräutigams hätte die Kapelle heimgesucht.«

»Wie kommt es, dass davon nichts in St. Luke's bekannt wurde, als Eliot die Kapelle der Kirche übergeben hat?«, fragte ich fasziniert.

»Weil die Episkopalkirche ihr *heiliges* Gespenst hat«, warf Julian ein.

»Für dich ist das nach wie vor der Heilige *Geist*«, gab ich zurück.

Tom grinste. »Soll ich die Geschichte zu Ende erzählen?« Da wir beide nickten, fuhr er fort: »Die Braut weigerte sich, die Trauung zu vollziehen. Der Bräutigam verlangte sein Geld zurück. Eliot schlug ihm das ab. Der Bräutigam gab Eliot einen Kinnhaken und schlug ihn nieder. Einer der Gäste rief uns. Als wir dort ankamen, waren die Gäste in alle Winde verstreut und Braut und Bräutigam hatten sich zu einem Friedensrichter geflüchtet, um sich trauen zu lassen. Jemand hatte Eliot Riechsalz gegeben. Wir fanden ihn in der Sakristei der Kapelle, wo er gerade das Tonband mit den Schreien zurückspulte, die wahrscheinlich über Lautsprecher in der Kapelle ertönten. Er hatte das Tonbandgerät so eingestellt, dass es sich einschaltete, wenn in die Kapelle eingebrochen wurde, aber jemand von der Hochzeitsgesellschaft musste über das Tonbandgerät gestolpert sein. Wir rieten ihm, das Band zu vernichten, sonst müssten wir ihn beim nächsten Mal wegen Erregung öffentlichen Ärgernisses festnehmen.«

»Armer Eliot«, meinte ich.

Julian rollte seine muskulösen Schwimmerschultern, während er seinen Teller leer aß. »Soll ich euch sagen, was ich in der Elk Park Prep gehört habe? Jemand ist *tatsächlich* hier gestorben. Ein Kind. Und damit war nicht das von vor vierhundert Jahren gemeint.«

»Was?«, riefen Tom und ich gleichzeitig.

Julian zuckte mit den Achseln. »In der Schule erzählte man sich, dass ein Pärchen hierher kam, um ein uneheliches Kind zu bekommen, und es war dann eine Totgeburt. Sie warfen das tote Kind in den Brunnen. Wie ich bereits sagte, es ist keine uralte Geschichte von einem Gespenst. Das muss irgendwann in den letzten zehn Jahren passiert sein.«

»Niemand hat das im Sheriff's Department gemeldet«, sagte Tom, »sonst hätte ich davon gehört.«

»Hausdurchsuchung!«, rief ich.

»Vergiss es«, erwiderte Tom.

»Wollt ihr meine Meinung hören?«, fragte Julian, als er unsere Teller einsammelte. »Eliot mag sich seltsam benommen haben, um die Leute abzuschrecken, aber wenn ihr mich fragt, dann ist Sukie die Verrückte.« Er runzelte die Stirn. »Man kann auch *zu* sauber und reinlich sein, wisst ihr? Wenn ich mit einer Schüssel fertig bin, reißt sie sie mir aus der Hand und spült sie. Sie wischt die Wände ab, putzt die Fenster, und wenn sie das gemacht hat, kriecht sie auf allen vieren herum und schrubbt den Boden. Wieso ist eine reiche Person, die eine Putzkolonne kommen lässt, derart arschig?«

»Julian!«, schrien Tom und ich.

Er redete ungerührt weiter: »Ich bin erst einen Tag

hier, Sukie schien das Mittagessen geschmeckt zu haben – richtig? Aber dann dachte ich, sie wollte mich nur im Auge behalten, um sicherzugehen, dass ich nichts stehle. Als sie mir den Topf wegnahm, den ich noch zum Kochen benötigte, machte ich ihr klar, dass sie sich meinetwegen keine Sorgen zu machen braucht, ihr würdet für mich *bürgen*. Sie hat sich entschuldigt. Sie sagt, sie wäre so auf Sauberkeit bedacht, weil sie Schweizerin ist. Nächste Woche lässt sie einen Spezialisten antreten, der alle Holzböden einwachst und poliert. Sie hat mir erzählt, dass am Sonntagabend, als sie bei einem Kirchentreffen war, Chardé und Eliot im ganzen Haus Farbmuster an die Wände geschmiert haben. Sukie ist durchgedreht. Heute waren Leute von der Malerfirma da und haben noch mehr Farbmuster in den Räumen verteilt. Eliot hat sie beruhigt und ihr erklärt, dass hellere Farben das Schloss als Konferenzzentrum attraktiver machen würden.« Er hob das Tablett, auf dem jetzt die Teller standen, hoch. »Jedenfalls, wenn ich das hier nicht in die Spülmaschine stelle, ehe ich ins Bett gehe, wird sie mitten in der Nacht herumgeistern und das Geschirr suchen.«

Mir gefiel es gar nicht, dass Julian nachts allein im Schloss herumwanderte. »Hör mal, Julian, würdest du mir einen Gefallen tun? Wenn du in der Küche fertig bist und wieder heraufkommst, klopf doch bitte an unsere Tür. Nur einmal klopfen, damit wir wissen, dass alles in Ordnung ist.«

»Damit ihr wisst, dass mich das Gespenst nicht geschnappt hat?«, fragte Julian augenzwinkernd nach. Er brachte das Tablett zur Tür. »Okay, Ma und Pa. Ich klopfe.« Wir dankten ihm noch einmal für das wundervolle Essen. Er grinste erfreut und ging rückwärts hinaus.

Als Tom und ich endlich allein waren, wusch ich mir die Hände und nahm ihm den Verband ab, reinigte die Wunde und tupfte sie mit der Tinktur ab. Gott weiß, wie gerne ich Tom nach Sara Beth O'Malley gefragt hätte. Aber ich konnte nicht. Der Verband mit dem frischen Blutfleck, die hässliche Schwellung um die Wunde, die schwarzen Stiche in dem aufgedunsenen Fleisch bestärkten mich in dem Entschluss, kein Wort darüber zu verlieren.

Auch wenn ich den Verdacht hegte, dass Toms alte Freundin auf ihn geschossen hatte, weil er ihr untreu gewesen war und mich geheiratet hatte – was würde es helfen, wenn ich *Tom* damit konfrontierte? Ich legte vorsichtig den Mull auf die Wunde. Im Grunde wollte ich hauptsächlich wissen, ob er noch etwas für sie übrig hatte und ob er gehandelt hatte aus ... was auch immer. *Hör auf damit*, rief ich mich zur Ordnung, während ich die Pflaster behutsam andrückte. Der Blödmann hatte mich jahrelang betrogen und ich hatte den Kopf tief in den Sand gesteckt. Am Ende unserer Ehe war ich so argwöhnisch geworden, dass ich mir einbildete, *alles*, was John Richard mir jemals erzählt hatte, wäre gelogen gewesen. Wenn ich dieses Misstrauen wieder nährte, würde ich mich nur selbst unglücklich machen.

»Stimmt was nicht, Goldy?« Tom sah mich mit seinen allwissenden grünen Augen an.

»Ich mache mir Sorgen um dich.«

»Nicht nötig, mir geht's bald wieder gut.« Er machte eine Pause. »Denkst du an Arch?«

»Ja, das ist es«, krächzte ich.

»Dem Jungen passiert schon nichts. Korman wird sich zusammenreißen, solange er Bewährung hat. Warum kommst du nicht ins Bett?«

Ich folgte seinem Vorschlag. Ich wollte Tom fragen, ob er mich noch liebte, aber ich konnte nicht. Es war ein langer Tag, ein *sehr* langer Tag gewesen. Trotzdem fand ich keinen Schlaf, als ich unter dem Daunenplumeau lag, das einem Luxushotel gut angestanden hätte. Meine Gedanken kreisten um Tom und darum, ob ich es wagen konnte, meinen Laptop einzuschalten und seine E-Mails zu lesen, dann um Arch. Wo war mein Sohn in diesem Moment? Vermisste er mich? Ich drehte mich um und seufzte.

»Goldy, was ist los?«

»Ich musste eben an die Zeit denken, als Arch gerade geboren war. Ich lag im Krankenhausbett und war unruhig, weil ich Angst hatte, dass er nicht mehr atmen könnte. Dabei lag er auf demselben Flur wie ich. Ich fand heraus, dass ich ihn hören konnte, wenn ich ganz still dalag und lauschte. Es war so, wie wenn man seine Augen an die Dunkelheit gewöhnt. Ich nahm alle Geräusche der Nacht wahr und schließlich erkannte ich die Atemzüge meines Babys. Es war tröstlich. Klingt das verrückt?«

»Er atmet jetzt auch, Miss G. Er liegt in einem Bett in Kormans Haus. Es geht ihm gut. Wenn es anders wäre, hätten wir das schon erfahren.«

In diesem Moment deutete ein leises Klopfen an der Tür darauf hin, dass Julian seinen Ausflug in die Küche heil überstanden hatte. Kurz darauf schnarchte Tom leise.

Meine Augen blieben weit geöffnet, mein Körper war angespannt. Schließlich kroch ich aus dem Bett. Trotz der Hitze, die von den Fußbodendielen aufstieg, war es kühl in dem großen Raum. Ich setzte mich auf den weichen Wollteppich.

Tom schlief nicht so tief, dass er nicht vom Tippen aufgewacht wäre. Außerdem konnte ich vor schlechtem Gewissen gar nicht mehr schlafen, wenn ich seine E-Mails lesen würde. Besonders nicht, wenn er mich dabei erwischte.

Ich schlang die Arme um meinen Oberkörper, um mich zu wärmen, und dachte an Arch. Ja, er war bei John Richard, und nein, ich konnte nicht mitten in der Nacht anrufen, um nachzufragen, ob er sich die Zähne geputzt hatte und ordentlich ins Bett gesteckt worden war. (Frage: Wie steckte man überhaupt einen fast Fünfzehnjährigen ins Bett? Antwort: Gar nicht.) Und was, wenn Viv Arch eine Gutenachtgeschichte über automatische Waffen erzählte?

Denk nicht daran.

Ganz leise zog ich meinen dicken Mantel, Stiefel und Handschuhe an. Es *gab* etwas, was ich tun konnte, ein Ritual, das mir immer half, wenn Arch eine Nacht bei einem Freund oder beim Campen mit den Pfadfindern verbrachte und ich mir Sorgen um ihn machte. Ich musste in die Richtung schauen, in der sich mein Sohn befand, und ihm gute Gedanken schicken. Das war keine dieser spirituellen Übungen, die von unserer Episkopalkirche sanktioniert wurden. Doch mich beruhigte sie immer und ich glaubte, dass Gott mich verstand.

Ich schlich lautlos durch die Doppeltür zum Südwest-Turm. Meine Stiefel schabten über den Boden. Mir kam es vor, als wäre die kalte Luft voller Eiskristalle. Das trübe Licht, das den Turm erleuchtete, warf dichte Schatten an die dunklen Steinmauern.

John Richards Haus war südwestlich vom Schloss im Gebiet des Aspen Meadow Country Club. Ich schauderte und versuchte, mich zu orientieren, dann stellte ich mich an das Fenster, das nach Südwesten zeigte. Ich schloss die Augen, bemühte mich, mir Arch schlafend vorzustellen, und zwang mich zu vollkommener Ruhe.

Ich hätte schwören können, dass ich nach wenigen Minuten Atemzüge hörte. Es war nicht mein eigener Atem, sondern das schnelle, flache Atmen eines Kindes. Angst strömte durch meine Adern. Ich öffnete die Augen und sah mich rasch um: nichts. Ich beugte mich vor, um aus dem Fenster zu schauen, aber da war nur das dunkle Wasser im Burggraben und jenseits davon ein trübes kleines Neonlicht bei den Mülltonnen. Gespenster atmen normalerweise nicht, oder? Sie sind tot. *Ich schnappe über*, ging es mir durch den Kopf, als ich auf Zehenspitzen zu unserem Zimmer zurückschlich, meine Winterklamotten auszog und ins Bett schlüpfte. *Ich brauche Schlaf.*

Aber ich lag noch lange wach und überlegte, was ich als Nächstes tun sollte.

Die Morgendämmerung brachte Eiseskälte und graue Wolken mit sich, die von hellem, silbrig blauem Himmel umrahmt wurden. Zu meinem Verdruss hatte ich nach der unangenehmen Begegnung mit dem Computerdieb einen steifen Nacken. Das bisschen Schlaf, das mir vergönnt gewesen war, hatte mir dennoch etwas Klarheit verschafft. Boyd und Armstrong hatten versprochen, sich heute bei uns zu melden. Ich würde sie vorher anrufen und meinerseits ein paar Fragen stellen. Und ich musste mit Eliot über die neuen Arrangements für den Labyrinth-Lunch am nächsten Tag sprechen. Da Tom noch schlief, stand ich leise auf, entspannte mich und begann mit einigen ruhigen Yogaübungen. Atmen, strecken, atmen, halten. Bald fühlte ich mich besser.

Als ich mich anzog, fielen mir die Diskette und Sara Beth O'Malley wieder ein. Ich runzelte die Stirn und dachte an Toms Geschichte vom Abend zuvor. Apropos *Gespenst*...

Tom schnarchte laut und regelmäßig. Ich klemmte mir den Laptop unter den Arm und huschte ins Bad. Ich ließ mir keine Zeit zum Überlegen, noch weniger für Schuldgefühle. Ich steckte den Computer ein und schaltete ihn an, dann legte ich warme Handtücher auf den Toilettendeckel und machte es mir darauf bequem, um in der E-Mail-Korrespondenz meines Mannes herumzuschnüffeln.

Es waren sieben Nachrichten: drei vom »Gambler«, wie Andy sich offenbar genannt hatte, drei von »S.B.« und eine vom State Department. Ich hatte bereits die erste S.B.-Nachricht gelesen: *Erinnerst du dich an mich? Du hast gesagt, du würdest mich immer lieben.* Jetzt ging ich direkt zur zweiten über.

Muss ich mich dir gegenüber ausweisen? Ich lächelte. Guter, alter Tom – er musste ganz sichergehen, dass sie diejenige war, die sie zu sein vorgab. *Ich begebe mich in Gefahr, nur weil ich dir schreibe. Niemand weiß, dass ich hier bin. Erinnerst du dich an unseren geheimen Verlobungsring? Wir wollten nicht, dass uns die Leute verurteilen und sagen, wir wären zu jung, um zu wissen, was wir wollen. Du hast einen winzigen Rubin – meinen Geburtsstein – ausgesucht, gefasst in Platin. Um deine andere Frage zu beantworten: Ich war in einem kleinen Dorf. Nach meinem angeblichen Tod wurde ich Ärztin. – S.B.*

Wenigstens unterschrieb sie nicht mehr mit »Deine S.B.«. Ich kämpfte gegen das schlechte Gewissen an, als ich die dritte und letzte Mail von ihr anklickte, die das Datum von vor drei Wochen hatte.

Tom, ich habe heute deine Frau und deinen Sohn gesehen. Aus der Zeitung weiß ich, dass sie Caterin ist. Ich möchte dein Leben nicht in Unordnung bringen, ich würde dich nur gern sehen. Du hast gefragt, warum ich hier bin. Ein anonymer Spender versorgt uns mit medizinischen Hilfsmitteln. Ich hole sie ab. Außerdem habe ich einen Zahnabszess und brauche eine Wurzelbehandlung. In meinem Land gibt es keine Zahnchirurgen, zumindest nicht in unserer Nähe, dafür kann man bei uns gut gefälschte Pässe und Schecks bekommen. Ich gehe aus einem ganz bestimmten Grund das Risiko ein, dir all das zu erzählen. Ich habe am 13. Februar um neun Uhr morgens einen Termin in der High-Country-Zahnklinik. Ich würde dich gern vorher treffen, wenn möglich. S.B.

Moment mal. *In meinem Land?*

Der Brief vom State Department war sachlich und nüchtern.

Officer Schulz – wie das Verteidigungsministerium Sie im Jahr 1975 benachrichtigte, wurde die Krankenschwester Major Sara Beth O'Malley als vermisst gemeldet; vermutlich kam sie ums Leben. Ihr mobiles Feldlazarett wurde drei Monate, bevor die Amerikaner den Rückzug aus Saigon antraten, zerstört. Man hat ihren Leichnam nie geborgen, aber das Verteidigungsministerium sieht keinen Grund, seine Annahme von 1975 zu verwerfen.

Von Zeit zu Zeit erhalten wir ungestützte Berichte über Amerikaner, die seit dem Krieg in Vietnam leben. Weder für uns noch für das Verteidigungsministerium besteht die Möglichkeit, diesen Behauptungen nachzugehen.

Wir fordern alle Personen, die vermisste Veteranen gesehen haben, auf, ein Formular 626-3A auszufüllen. Diese Formulare sind bei oben angegebener Adresse erhältlich.

Dieses Schreiben war von einem untergeordneten Beamten des Departments unterzeichnet.

Also: Sara Beth O'Malley hatte den Krieg irgendwie überlebt, ohne dass die Washingtoner Bürokraten jemals davon erfahren hatten. Sie wurde Ärztin und arbeitete in einem Dorf, dessen sanitäre Anlagen Sukie bestimmt nicht zusagen würden. Aber ich konnte mir beim besten Willen nicht vorstellen, warum sie das Risiko einging, nach fünfundzwanzig Jahren wieder nach Colorado zu kommen, nur um Medikamente abzuholen und ihre Zähne sanieren zu lassen ... oh, und um nach ihrem ehemaligen Verlobten zu sehen, der seit Ewigkeiten glaubte, sie wäre tot.

Ich liebe sie nicht. Tom hatte wahrscheinlich befürchtet, dass ich die E-Mails finden könnte, wenn er an der Schussverletzung sterben würde. Ich hatte sie auch so gefunden. Sie glaubte, Arch wäre sein Sohn. Wenn sie in der Zeitung gelesen hatte, dass ich Caterin bin, dann wusste sie auch, dass ich bei gesellschaftlichen Anlässen im Ort – *wie etwa in der Hyde Chapel* – tätig war. Hatte sie darauf gewartet, dass ich wegen des Labyrinth-Mittagessens bei der Kapelle auftauche, und aus Versehen auf Tom statt auf mich geschossen? Ich fragte mich, ob sie bei der Armee oder in ihrem Dorf schießen gelernt hatte.

Ich starrte auf den blinkenden Cursor. Sagte Sara Beth O'Malley die Wahrheit? Wo hielt sie sich im Moment auf? Wenn nicht in Aspen Meadow, wo dann?

Plötzlich fiel mir ein, wie Captain Lambert den Besitzer vom Stamp Fox zitiert hatte: *Wenn man Kontakte zum Fernen Osten hat, kann man alles verscherbeln.*

Vielleicht war das zu weit hergeholt. Aber könnte Sara Beth O'Malley mit Ray Wolff und seiner Diebesbande unter einer Decke stecken? Was noch viel wichtiger für meine Psyche und meine Ehe war: *Hatte Tom sie im letzten Monat gesehen?*

Ich seufzte, verdrängte die plötzliche Gier nach Koffein und öffnete die erste Mail vom »Gambler«, also von Andy Balachek. Wer immer auf Tom geschossen hatte, musste gewusst haben, dass Andys Leiche an dieser Stelle im Creek lag. Wenn ich herausfinden wollte, wer der Scharfschütze war, dann könnte es mir helfen, wenn ich wusste, was Andy vor seinem Tod getrieben hatte.

Hey, Officer Schulz, schrieb er am 20. Januar, *danke, dass ich Ihnen schreiben darf. Hören Sie, ich will nichts weiter als ein bisschen Geld, damit ich meinen Vater für den gestohlenen Truck entschädigen kann. Ich möchte nicht, dass er stirbt, ehe ich die Sache aus der Welt schaffen konnte. Und ich will nicht ins Gefängnis. Ich wollte nicht, dass jemand ums Leben kommt. Ich habe den FedEx-Fahrer nicht abgeknallt. Das können Sie dem Staatsanwalt ruhig sagen. Ray hat ihn kaltgemacht.*

Wo Ray Wolff ist? Wo die Briefmarken sind? Verlangen Sie nicht ein bisschen viel? Übermorgen kundschaftet Ray Plätze aus, an denen er die Marken verstecken kann. Wenn Sie an ein Lagerhaus im Furman County denken, was fällt Ihnen da ein?

Seine nächste Mail war ähnlich defensiv und im selben flapsigen, angeberischen Ton verfasst. *Mann, Tom, versuchen Sie, mich in noch mehr Schwierigkeiten zu bringen? Sie haben Ray Wolff, Sie haben DEN KERL, der den Fahrer gekillt hat; wieso kann ich nicht einfach reinkommen und mir die Belohnung abholen? Mein Dad hat nicht mehr lange zu leben. Und jetzt erzählen Sie mir, ich komme um eine Anklage wegen Raubes und Beihilfe nicht herum, wenn ich nicht noch den anderen Partner verpfeife und Ihnen verrate, wo die Beute ist? Hören Sie, Tom, lassen Sie mich mit der Sache in Ruhe.*

Der dritte und letzte war ein Abschiedsbrief. *Tom, habe*

gewonnen und die Chance, ans große Geld zu kommen, um meinem Dad alles zurückzuzahlen. Warum stellen Sie mir immer wieder dieselben Fragen? Nein, ich kann meinen anderen Partner nicht ans Messer liefern. Nein, ich kann Ihnen nicht sagen, wo das Zeug ist oder wie wir es verticken wollen. Es ist schon schwer genug, Ihnen zu schreiben – ich werde die ganze Zeit beobachtet. Ich glaube, mein Partner verdächtigt mich, Ray verpfiffen zu haben. Aber ich hatte meine Gründe. Ich melde mich aus Atlantic City. Wenn ich kann.

Na ja, damit war eine Frage beantwortet, wenigstens für mich: mein anderer Partner. Eine weitere Person. Möglicherweise unser Schütze.

Und Andys Reisetätigkeit? Er hatte mich aus Central City angerufen, nicht aus Atlantic City. Dann war er wie vom Erdboden verschluckt und tauchte tot in Aspen Meadow wieder auf. Wenn Peter Balachek wegen seiner Krankheit nicht geistig weggetreten war, dann hatte ihn die Polizei sicher über seinen Sohn und dessen Bekannte und Freunde ausgefragt. Ich hatte keinen blassen Schimmer, wer dieser »Partner« sein könnte. Und ich hatte auch nicht die leiseste Ahnung, wo die Briefmarken waren. Was also sollte ich als Nächstes unternehmen?

Eines war sicher: Ich wollte mich mit Sara Beth O'Malley unterhalten. Sie rechnete möglicherweise damit (oder auch nicht), in zwei Tagen vor ihrem Termin beim Zahnarzt Tom zu treffen. Ich hatte eine ganz einfache Methode herauszufinden, ob sie in diesem Punkt die Wahrheit sagte. Ich wusste, wo die Zahnklinik war – es war wunderbar, in einer Kleinstadt zu leben.

**Während meine Diskette** Rezepte und Menüfolgen für Tudor-Festmähler ausspuckte, wanderten meine unsteten Gedanken zurück zu dem Streit zwischen Michaela und Eliot. Die Buchstaben und Ziffern auf dem Bildschirm verschwammen vor meinen Augen. *Bei einem Festmahl zum Johannistag fünf Jahre vor dem Tod Heinrichs VIII. gab es unter anderem Wildpastete ...*

War ich zu empfindlich und fantasievoll oder hatte die Auseinandersetzung auf dem Hof doch etwas zu heftige Formen angenommen? Wenn Eliot bei seinen weiblichen Angestellten des Öfteren die Beherrschung verlor, wollte ich dann überhaupt in *Erwägung ziehen*, längerfristig für ihn zu arbeiten? Ich runzelte die Stirn und dachte nach.

Der Computerbildschirm wurde dunkel. Ich wollte eigentlich den Cops von dem handfesten Streit erzählen, aber Tom hatte mir geraten, mich da rauszuhalten, und daran würde ich mich auch halten. Vorerst.

Ich drückte auf eine Taste; der Bildschirm wurde wieder hell. Zusätzlich zu der Wildpastete hatten die Leute in Hampton Court als ersten Gang Rindfleisch in Essig-Sauce, gebackenen Karpfen mit Wein und Backpflaumen, Brot, Butter und Eier gehabt. Beim zweiten Gang hatten sich die Höflinge und vornehmen Herrschaften an gekochtem Schaffleisch, Schwan, Pfau, geröstetem Bärenfleisch mit Auflauf, Waffeln und Marzipan gütlich getan. Ach ja: Eine höchst protein-, fett- und zuckerhaltige Diät. Kein Wunder, dass ihnen die Zähne ausgefallen waren.

Ich ging weiter bis ins Jahr 1588: Bei einem elisabethanischen Mahl gab es: *Wildbret in Roggenbrotteig, Rinderhälften, Bärenköpfe; Schinken, Kalbsfüße, Wildpastete mit Zimt; Pfau, Reiher, Amseln, Lerchen; Lachs, Aal, Steinbutt, Seehecht, Sprotten, Austern; Konfekt, Gelee, kandierte Rosen und Veilchen, Trauben, Orangen, Mandeln, Haselnüsse; Kuchen und in Sirup getränktes Gebäck.*

Eliot und ich waren bereits übereingekommen, dass Kalbsfüße und Pastete auf Elkfleisch bestimmt keinen großen Erfolg bei den jungen Leuten vom Fechtteam haben würden. Und gebratene Reiher und Lerchen würden zornige Demonstrationen von Umweltschützern und Tierfreunden in Aspen Meadow heraufbeschwören.

Wir hatten einen Kompromiss geschlossen und »Rinderhälften« zu Kalbsbraten umgewandelt, den ich schon bei meiner Lieferantin bestellt hatte. Die gegenwärtigen Preise für Meeresfrüchte verboten uns, Austern, Lachs, Steinbutt oder Ähnliches zu reichen, und ich machte Eliot klar, dass die Kinder Aal niemals anrühren würden. Aber ich freute mich jedoch, ihm sagen zu können, dass es ein römisch-britannisches Rezept für Garnelen gab. Erst war da das römische Imperium, dann das britische Empire, zu dem auch Indien gehörte. Daher hatten wir uns für ein Shrimpscurry entschieden. Blieb nur noch das Dessert. Am Ende meinten wir beide, dass sich die Kinder über eine elisabethanische Pflaumentorte mit Vanilleeis freuen würden. Und Eliot hatte die Idee, die Zirkone in den Nachtisch einzubacken. Sara Beth O'Malley war möglicherweise nicht die Einzige, die am Freitag zum Zahnarzt musste.

Nur eines stand noch nicht fest: die Beilagen. Amerikaner würden keine Mahlzeit zu sich nehmen, die nur aus Fleisch und Süßem bestand. Ich klickte eine Datei mit der Überschrift *Kartoffeln, Mais und Tomaten* an – alles exotische Importe in elisabethanischen Zeiten.

Sir Walter Raleigh hatte laut einer Quelle die Kartoffel aus Virginia mitgebracht und sie auf seinem Gut in Irland selbst angebaut. Eliot hatte mir angeraten, kreativ zu sein und meiner Fantasie freien Lauf zu lassen, also würde ich heute Abend ein Kartoffelgericht ausprobieren. Wenn es allen schmeckte, wollte ich es den Fechtern und ihren Familien servieren. Ich schaltete den Computer aus, zog mich fertig an und klopfte leise an Julians Tür. Ich sah mir die geschnitzte Tür genauer an und entdeckte einen Zettel, der zwischen Rahmen und Messingknauf steckte. *Ich kraule 50 Bahnen im Pool. Wir treffen uns um 8 Uhr in der Küche.*

Schon bei dem Gedanken an fünfzig Bahnen taten mir die Schultern weh.

Es war Viertel vor acht. Ich holte mir zusätzlich zum Pullover noch eine Jacke für den Fall, dass wieder jemand ein Küchenfenster offen gelassen hatte, und machte die Tür von unserem Zimmer leise zu. Ich ermahnte mich, mich unseren Gastgebern gegenüber dankbar zu erweisen, ungeachtet des Handgemenges, das ich beobachtet hatte. Ich würde schon noch dahinter kommen, was zwischen Eliot und Michaela vor sich ging. Bis dahin hatte ich eine Mahlzeit zuzubereiten.

Mein geschundener Körper schmerzte bei jedem Schritt, als ich in die Küche hinunterging. Deshalb konzentrierte ich mich resolut auf das Frühstück, das Julian und ich aus unseren Vorräten zaubern konnten. Mit Ricotta gefüllte Pfannkuchen. Pochierte Eier in gedünstetem jungen Gemüse. Eine der größten Freuden des ersten Tagesmahles war, dass es die meisten Schmerzen lindern konnte.

Als ich in die Küche stürmte, sah ich zuallererst Sukie. Sie war über die doppelte Spüle gebeugt, trug Gummihandschuhe und schrubbte eine Kaffeekanne. Das unzuverlässige Fenster hinter ihr war zu. Michaela und Eliot saßen am Tisch und beäugten mürrisch einen tiefgefrorenen Strudel. Daneben stand eine Schachtel mit Stoff- und Farbmustern.

Oh, dachte ich, *zu spät.*

Neben dem Herd stand mit verschränkten Armen die schöne Chardé Lauderdale, die empört nach Luft schnappte, als sie mich sah. Sie trug einen dunkelgrünen Hosenanzug mit einem Pelzkragen, der ihrem hübschen Gesicht schmeichelte. Rote Flecken flammten auf ihren Wangen auf. Offensichtlich hatte sie nicht erwartet, mich hier anzutreffen. Oder doch? Ich reckte mein Kinn nach vorn und bedachte sie mit einem lässigen Blick.

Buddy Lauderdale stand an einem der Fenster mit Ausblick auf den Burggraben und drehte sich langsam zu mir um. Er berührte die Revers seines Kamelhaar-Jacketts, kniff leicht die glasigen Augen zusammen und straffte dann sein dunkles Gesicht zu einer ausdruckslosen Miene.

Der sechzehnjährige Howie Lauderdale stand neben seinem Vater und trat verlegen von einem Fuß auf den anderen. Er hatte die unvermeidliche Khakihose, das passende Hemd und die Jacke des Fechtteams an. Er war klein für sein Alter, hatte ein pausbäckiges, engelsgleiches Gesicht, dunkles, lockiges Haar und ein Lächeln, das ich schon immer bezaubernd gefunden hatte, besonders als er Arch dazu ermutigt hatte, ins Fechtteam einzutreten. Mir war ein Rätsel, wie Buddy Lauderdale ein so großartiges Kind gezeugt haben konnte. Aber ich kannte Buddys Exfrau nicht, die er sitzen gelassen hatte, um die hübsche Chardé zu heiraten. Möglicherweise war sie eine tolle Mutter gewesen.

»Hi, Goldy«, sagte Howie leise. Er wurde rot, als sein Vater seinen Arm berührte.

»Es tut mir *sehr* Leid zu hören, dass Sie sich hier eingenistet haben«, spie Chardé in meine Richtung.

»Aber, aber, Chardé«, beschwichtigte Eliot. Heute trug er eine Tweedhose und eine Hausjacke. Besaß der Mann überhaupt so was wie Jeans? Er sagte: »Sie und Buddy hatten unglücklicherweise eine kleine Meinungsverschiedenheit mit Goldy – nur ein Missverständnis. Howie, mein Junge, komm her und hilf mir herauszufinden, wie man dieses Ding in der Mikrowelle auftaut.«

Chardé schnaubte; Buddy kreuzte die Arme vor der Brust und rührte sich nicht von der Stelle. Howie und Eliot machten sich an der Mikrowelle zu schaffen, während Sukie den Wasserhahn voll aufdrehte, um die Kaffeekanne auszuspülen. Als die Mikrowelle piepste und Eliot den Strudel herausnahm, sah der arme Howie von einem Erwachsenen zum anderen und hoffte wahrscheinlich, jemand würde die angespannte Situation auflockern.

»Ah«, sagte Howie zu mir – sein Gesicht war hochrot, »Arch macht sich wirklich gut mit dem Florett. Das ganze Team staunt über sein Geschick.«

»Das freut mich«, sagte ich. Da mir niemand verriet, was die Lauderdales um diese Zeit in der Schlossküche zu suchen hatten, fragte ich: »Habt ihr heute Morgen schon so früh Training?«

»Nein, nein«, antwortete Howie, als Eliot ihm ein Stück Strudel reichte, das aussah wie gefrorene Pappe. »Ich habe nur mit Michaela auf ihrem Fechtboden gearbeitet. Mein Dad und Chardé wollten zusehen. Wir fahren zur Schule, sobald Chardé all ihr Zeug hier abgeliefert hat … und wir sehen uns dann wahrscheinlich am …«

Sukie hatte die Kanne abgetrocknet und wischte sich die Hände an der Schürze ab. »Buddy, Chardé, Howie«, sagte sie. »Goldy, ihre Familie und ein Freund bleiben bis *nach* dem Fechtbankett bei uns.«

»Das ist ein Fehler«, befand Chardé. Ich wandte mich ab und suchte im Kühlschrank der Hydes nach Butter und Eiern. Als ich damit zur Küchenmaschine ging, sah Chardé Eliot mit schief geneigtem Kopf an. »Ich hoffe, sie zahlt Ihnen *Miete*, Eliot.«

Michaela mischte sich ein und erklärte, es wäre Zeit für sie loszufahren. Nachdem sie hinausgestapft war, kam Eliot an den Tisch – sein Gesicht war so eisig wie der Strudel. Ich nahm eine Brotbackform aus dem Schrank und schielte zu Buddy, der sich über das Grübchenkinn strich und finster dreinblickte. Sollte ich ihn fragen, wo die kleine Patty war? *Bei einem Kindermädchen? Sie ist besser bei einem Babysitter aufgehoben als bei den Eltern, was?* Ich kramte in den Schränken und beförderte zwei Sorten Trockenobst zutage: Ananas und Sauerkirschen. Ich nahm ein Schneidebrett und ein Messer und platzierte all meine Schätze gegenüber von Eliot auf den Küchentisch. *Konzentriere dich nur aufs Kochen.*

Buddy Lauderdale schlenderte herbei und zog einen dicken Katalog unter dem Berg Farbpaletten hervor. Mit provokanter Langsamkeit legte er den Katalog auf mein Schneidebrett. Dann fragte er in dem öligen Tonfall, den ich nur zu gut kannte: »Jemals von *Marvin* gehört, Goldy? Sie machen *Fenster*.«

Bestürzt starrte ich auf das Titelblatt von *Marvin Windows* Katalog – Fensterflügel und verglaste Erker vor blauem Himmel.

»Wollen Sie mir irgendetwas damit sagen, Mr. Lauderdale?«, stieß ich hervor. »Oder möchten Sie lieber oben mit meinem Mann sprechen?«

»O ja«, sagte Buddy, als er sich gespielt nachdenklich an die Wange tippte, »wie *geht's* Ihrem Mann?«

Ich drehte mich zu Sukie um, die vor der Mikrowelle stand. »Ich muss einen Anruf tätigen. Ungestört.«

»*Unterstehen* Sie sich, schon wieder die Polizei anzurufen«, kreischte Chardé Lauderdale und begann ihre Stoffe und Farbpaletten einzusammeln. Sie hielt gerade so lange inne, um mit einem scharlachrot lackierten Nagel in meine Richtung zu deuten. »Ich bin ein anständiger Mensch. Ich will nicht, dass Sie mir *noch einmal* über den Weg laufen. Ich möchte Sie nicht in der Elk Park Prep sehen, ich will Ihnen *hier* nicht begegnen, ich will Sie morgen nicht bei dem Mittagessen dabeihaben. Sie halten sich aus unserem Leben heraus, verstanden?«

»*Ich bitte Sie*, liebe Leute ...« Eliot verstummte abrupt und verzog gequält das Gesicht wie ein König, der

Kopfschmerzen von den Zänkereien seiner Höflinge bekam.

»Ich fahre heute ganz bestimmt zur Elk Park Prep, ich wohne derzeit hier im Haus, ich bereite das Mittagessen für morgen vor und werde es auch servieren«, informierte ich Chardé – allmählich wurde ich auch ärgerlich. »Wenn Sie mir also nicht begegnen wollen, dann sollten Sie lieber *zu Hause* bleiben. Oh, und das gilt übrigens auch für das Bankett am Freitagabend.«

Sukie hastete zu Buddy, Howie und Chardé, half ihnen, die Sachen zusammenzusammeln, und redete davon, dass sie sich zu einem anderen Zeitpunkt über die Farben unterhalten würden.

Howie brummte, dass es höchste Zeit sei, in die Schule zu fahren, und Eliot bat Buddy, sich seinen Wagen noch mal anzuschauen. Als sie alle aufbrachen, wünschte ich ihnen nicht Lebewohl.

Stattdessen widmete ich mich wieder dem süßen Brot, das ich zu backen beabsichtigte. Die Kombination von gedörrten Ananas und Kirschen würde das Ganze nicht zu süß und nicht zu sauer machen, aber dem Laib wundervolle Farben verleihen. Ich schloss die Augen und stellte mir vor, wie ich eine Brotscheibe gegen das Licht hielt.

Denk nicht über die Lauderdales nach, koch einfach.

Ich schnitt die wunderbar aromatischen Trockenfrüchte klein, ließ sie einweichen und schaltete die Küchenmaschine ein. Die Quirle schlugen die Butter und den Zucker, bis die Masse aussah wie gesponnenes Gold. Als ich das Mehl, Treibmittel und Orangensaft hinzugab, fiel mir ein Name für diese Kreation ein: *Buntglas-Süßbrot*.

»Meine liebe Goldy, das mit den Lauderdales tut mir

aufrichtig Leid«, verkündete Eliot in seinem königlich reumütigen Ton, als er die Tür vom Speisezimmer aufstieß. »Für diese Leute ist *alles* ein Drama und ich bin es *leid*, ihr Publikum bei derartigen Auftritten zu sein. Wir waren auf ihrer Neujahrsparty, aber ich habe nichts von dem Konflikt mitbekommen, der sie so sehr aufregt.«

Ich verkniff mir die Bemerkung: *Kein Mensch außer mir hat etwas mitbekommen und genau das ist ja das Problem.*

Eliot betrachtete den Teig in der Rührschüssel. »Aber lassen Sie uns über etwas Erfreulicheres plaudern. Über historische Menüs.«

Ich nickte zustimmend, als ich den dicken Teig formte und in die Backform legte. Ich beschloss, ihn erst noch eine Weile gehen zu lassen, damit das Brot lockerer wurde.

»Dürfte ich vielleicht vorher kurz von einem Ihrer Apparate aus telefonieren?«, fragte ich Eliot Hyde höflich. »Ich muss unbedingt ein paar wichtige Anrufe tätigen und würde dabei gerne ungestört sein.«

Er runzelte angestrengt die Stirn – ein sicheres Zeichen, dass sich die kleinen Zahnrädchen in seinem Gehirn in Bewegung setzten. *Hat meine Caterin womöglich vor, dem Schloss noch mehr schlechte Publicity zu bringen?* »Ja, ja, natürlich«, erwiderte er angestrengt. »In meinem Arbeitszimmer sind Sie völlig ungestört.«

Ich stellte den Timer ein, sah auf die Uhr, nahm meine Strickjacke und folgte Eliot hinaus. Auf dem Flur liefen wir Julian in die Arme. Sein braunes Haar war noch feucht von der Dusche nach dem Schwimmen. Er wirkte sehr elegant in seiner schwarzen Küchenchef-Hose und dem blütenweißen Hemd. Ich bat ihn rasch, den Backofen vorzuheizen und dann das Brot hineinzuschieben.

Er versicherte, dass er das gern übernehmen würde, dann stieß er fröhlich pfeifend die Tür zur Küche auf.

»Verdammt noch mal!«, rief er laut, als die Tür hinter ihm zuschwang. »Hier drin ist es ja bitterkalt! Wer hat denn schon wieder dieses verflixte Fenster aufgemacht?«

»Eliot?«, fragte ich, als er mir zuvorkommend die Tür zum Innenhof aufhielt. »Der Riegel an dem Fenster in der Küche ist locker, warum lassen Sie ihn nicht reparieren?«

»Die Scheiben sind noch das Originalglas«, erwiderte Eliot bekümmert.

Draußen fegte uns ein schneidender Wind in die Gesichter. Ich zog meine Strickjacke über und dachte, dass *ich* mir, ganz gleichgültig, was Denkmalschützer sagen würden, ein neues Küchenfenster einsetzen lassen würde, wenn ich Millionen für einen alten Brief bekommen hätte. Ich schnappte in der Eiseskälte nach Luft und hörte das Wort »Abkürzung«, während eine Atemwolke aus Eliots Mund quoll. Ich strengte mich an, mit ihm Schritt zu halten, als wir über einen vereisten gepflasterten Pfad durch den Tudor-Garten trotteten. Über uns ließ sich ein Habicht vom Wind tragen. Die mit Schnee bestäubten Pflanzen bebten und schwankten.

»Trotz des vielen Geldes, das wir für den berühmten Brief bekommen haben«, rief Eliot über die Schulter, als hätte er meine Gedanken gelesen, »haben wir nicht genügend Mittel, das gesamte Schloss renovieren zu lassen. Sehen Sie sich die Nordhälfte des Ostflügels an.« Ich schlang die Arme um mich und drehte mich, um mir gehorsam den Gebäudeteil anzuschauen. »Wir haben das Erdgeschoss mit dem Speisezimmer und der Küche richten lassen. Die Etage darüber ist abgesperrt.«

BUNTGLAS-SÜSSBROT

1½ Tassen gedörrte Sauerkirschen
1½ Tassen klein geschnittene gedörrte Ananas
4 TL weiche Butter
1½ Tassen Zucker
2 Eier
4 Tassen Mehl
4 TL Backpulver
½ TL Backsoda
2 TL Salz
1½ Tassen Orangensaft

Die Kirschen und Ananasstücke in eine große Schüssel geben und mit kochendem Wasser übergießen. 15 Minuten einweichen, dann abtropfen lassen und mit Küchenkrepp abtupfen. Beiseite stellen.

Eine Backform einbuttern und mit Mehl bestäuben.

Die Butter mit dem Zucker cremig rühren, Eier hinzugeben und die Masse gut durchschlagen. Das Mehl und die anderen trockenen Zutaten zweimal durchsieben und portionsweise – abwechselnd mit dem Orangensaft – in den Teig rühren. Die

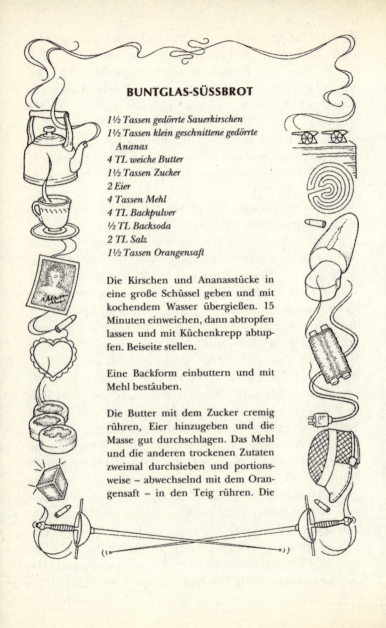

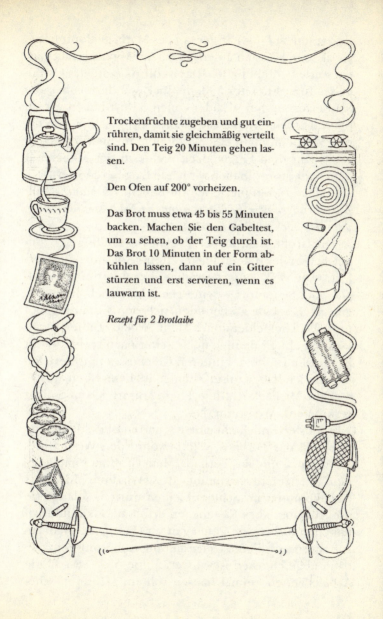

Trockenfrüchte zugeben und gut einrühren, damit sie gleichmäßig verteilt sind. Den Teig 20 Minuten gehen lassen.

Den Ofen auf 200° vorheizen.

Das Brot muss etwa 45 bis 55 Minuten backen. Machen Sie den Gabeltest, um zu sehen, ob der Teig durch ist. Das Brot 10 Minuten in der Form abkühlen lassen, dann auf ein Gitter stürzen und erst servieren, wenn es lauwarm ist.

Rezept für 2 Brotlaibe

Er deutete auf das Fenster, an das Marla geklopft hatte, als sie seiner Auseinandersetzung mit Michaela lautstark ein Ende bereitet hatte. »Das ist die *Süd*seite des Ostflügels«, fuhr Eliot fort. Mein Blick wanderte über die Schwerter an den Arkadensäulen. »Dort haben wir im oberen Stockwerk die Gästesuiten eingerichtet, von denen Sie im Moment eine bewohnen. Im Südflügel« – er zeigte mit dem Finger nach rechts zu der Mauer mit dem Seitentor – »haben wir beide Etagen renoviert.«

Okay, okay, wimmerte ich im Stillen. *Ich brauche keine Ausführungen über die Hintergründe der Schlossrestaurierung, wenn ich mich zu Tode friere!*

»Die Große Halle an der Ostseite des Südflügels befindet sich in der oberen Etage«, fuhr Eliot unbekümmert fort. »Die vier Konferenzräume liegen darunter. Westlich vom Seitentor« – seine Hand beschrieb einen Bogen nach rechts – »befinden sich der Swimmingpool und die Umkleideräume. Mein Arbeitszimmer ist im Westflügel.« Er deutete noch weiter nach rechts. »Dort ist nur die Hälfte des unteren Geschosses renoviert. Sukie und ich haben unser Zimmer auf demselben Flur.«

»Und Michaela?« Diese Frage konnte ich mir nicht verkneifen. »Wo wohnt sie?«

Er musterte mich mit einem scharfen Blick, dann zeigte er auf das Torhaus. »Sie bewohnt den Westteil des Nordflügels und das Torhaus. Mein Großvater hat in seinem Testament bestimmt, dass Wladimir Kirovskys Nachkommen im Schloss bleiben dürfen, solange sie die Aufgabe eines Kastellanen erfüllen. Sukie und ich haben natürlich vor, einen ganzen Hausmeisterstab anzuheuern, sobald die Umgestaltung zum Konferenzzentrum abgeschlossen ist.« Er erwähnte nicht, wo all die Arbeitsbienen einmal hausen sollten. »Unseren schönen Wohnraum haben Sie bereits gesehen – Chardé hat ihn eingerichtet. Sie besitzt wirklich Talent, auch wenn sie ihre Ecken und Kanten hat.«

Nicht nur Ecken und Kanten, sondern gefährliche Spitzen und messerscharfe Ränder, korrigierte ich ihn im Geiste.

Wir betraten den Arkadengang auf der Westseite und Eliot tippte Ziffern in ein Sicherheitsschloss neben einer massiven Holztür. »Natürlich«, fügte er hinzu, »*platzt* Chardé manchmal einfach so bei uns herein, um neue Farben auszuprobieren und überall ihre Stoffmuster zu verstreuen. Ich bin einmal nachts fast in sie hineingerannt, als ich rüberging, um meine Marmelade einzumachen. Ich wusste gar nicht, dass Sukie ihr den Sicherheitscode gegeben hatte, aber Sukie meinte, Chardé hätte darauf bestanden, weil ihr das die Arbeiten hier im Haus erleichtern würde.«

Verdammt, dachte ich, als wir auf den Flur gingen, der durch neue Fenster auf der Arkadenseite Licht bekam. Das Letzte, was ich ertragen könnte, war, mitten in der Nacht mit Chardé Lauderdale zusammenzustoßen. Eliot drückte auf einen Schalter und elektrische Leuchter strahlten einen Wandbehang mit Schlachtszenen an.

»Mr. Hyde«, begann ich und rieb meine Arme, um warm zu werden. »Wir sind Ihnen sehr dankbar, dass Sie uns aufgenommen haben. Aber wenn Chardé und Buddy Lauderdale ungehindert Zugang zum Schloss haben, dann müssen mein Mann und ich Arch und Julian irgendwo anders unterbringen. Die Lauderdales und ich ... unser Verhältnis ist seit der Neujahrsparty sehr angespannt, wie Sie wissen. Es könnte sein, dass sie auf unser Haus und vielleicht sogar auf Tom geschossen haben.«

Eliots sah mich nachsichtig an. »So etwas würden sie

niemals tun. Jedenfalls sind Sie, liebe Goldy, Ihr Mann, Ihr Kind und Ihr lieber junger Freund vollkommen sicher hier. Jede Suite hat ein eigenes Zahlenschloss an der Tür – hat Sukie Ihnen das nicht gezeigt? Sie können Ihren eigenen Code bestimmen. Sobald Sie ihn festgelegt und gespeichert haben, kann niemand mehr durch die Tür. Die Bedienungsanleitung liegt in den Nachtkästchen.« Er wedelte in Richtung eines Wandbehangs, auf dem ein Einhorn prangte. »Wenn Chardé die Farben für die Maler festgelegt hat, ändern wir die Codes am Torhaus, dann kommt sie sowieso nicht mehr herein.«

»Wie gut kennen Sie eigentlich die Lauderdales?«, erkundigte ich mich zögerlich.

»Wir waren Freunde … na ja, seit dem Aufruhr wegen des Briefs und seitdem ich unseren ersten Jaguar gekauft habe. Ich sehe die Sache so: Die Lauderdales sind sehr darauf bedacht, reich und wohlhabend zu erscheinen, und sie verschleudern Geld, das sie nicht haben, für wohltätige Zwecke. Wir waren glücklich, als uns Buddy finanzielle Mittel zur Verfügung stellte, um das Labyrinth einzurichten. Aber als wir versuchten, ihn dazu zu überreden, die Leute, die uns das Material geliefert haben, hier zu einem Abendessen einzuladen, sagte er, er würde niemals Untergebene bewirten. Meiner Meinung nach ist für ihn ein Essen für Geschäftsleute oder Angestellte nicht so spektakulär wie eine großzügige Spende an die Kirche und er findet, dass es sich nicht lohnt, sich deswegen noch mehr in Schulden zu stürzen.«

»Wissen Sie, dass ich mit eigenen Augen gesehen habe, wie er seine kleine Tochter schüttelte, bis sie das Bewusstsein verlor? Deshalb wurde er von der Polizei festgenommen.«

»Natürlich«, antwortete Eliot mit königlicher Zerknirschung. »Und ich weiß auch, dass sein Ruf sehr darunter gelitten hat. Aber ich kann mir nicht vorstellen, dass er loszieht und auf Fenster oder Leute schießt.«

Ich schüttelte den Kopf. Wie konnte man zu jemandem durchdringen, der glaubte, das einzige Problem wäre der *geschädigte Ruf,* wenn man dabei erwischt wurde, wie man sein eigenes Kind fast umbrachte? Ohne weitere Diskussion führte mich Eliot in sein Arbeitszimmer, einen großen mit Mahagoni getäfelten Raum. Die Wolken draußen hatten sich zu schimmernden Federwölkchen zerstreut und Licht strömte durch die Bleiglasscheiben des Erkerfensters. Die indirekt beleuchteten Bücherregale und den massiven Schreibtisch schmückten Modelle von Schiffen, Schlössern und Burgen, Messingflaschen, Hörner und andere Ausrüstungsgegenstände, auf die ein Engländer Wert legte. Königsblaue Teppiche, blau-goldene Tapisserien, Messingbeschläge und ochsenblutrote Ledersessel – all das schrie förmlich: *englischer Club!* Es konnte kein Zweifel daran bestehen, dass Eliot Chardé ganz genau dargelegt hatte, was er wollte.

»Hübsch«, hauchte ich.

»Danke.« Eliot setzte sich an seinen gewaltigen Schreibtisch und begann mit einer weitschweifigen Erklärung, was noch zu tun war. »Das Menü für die Labyrinth-Spender steht fest – es gibt nur zwei kleine Änderungen. Der Priester von St. Luke's hat mir gestattet, nach dem Essen auf das Konferenzzentrum hinzuweisen.« Eliot schnaubte. »Wirklich großzügig von ihm, wenn man bedenkt, dass St. Luke's dank mir nun im Besitz einer echten mittelalterlichen Kapelle ist. Jedenfalls würde Sukie die Dinge gern vereinfachen und nur drei englische Käsesorten mit Buttercrackern als Hors-d'œuvres anbieten.« Er wedelte mit der Hand. »Zum Glück kann man so etwas bestellen und es wird verschickt. Aber wir brauchen nach wie vor einen ersten Gang, der englischhaft sein sollte.«

Englischhaft ... Ich nickte.

»Haben Sie auf Ihrer Diskette ein Rezept für eine Suppe aus elisabethanischer Zeit?«, erkundigte er sich besorgt.

»Ja«, erwiderte ich und war froh, dass ich die Diskette geholt hatte, obwohl ich dabei niedergeschlagen wurde. »Wie wär's mit einer heißen Cremesuppe aus Hühnerbrühe, Rosmarin und Thymian? – Beide Kräuter sind bei Shakespeare erwähnt.«

»Wunderbar«, antwortete Eliot mit einem Seufzer. »Und was die Pflaumentorte am Freitag betrifft ...« Er öffnete eine Schublade, nahm eine kleine Messingschatulle heraus und schüttete den Inhalt auf einen blauen Löschblock mit Lederecken. »Zirkone«, sagte er stolz. »Man sollte sie in die Pflaumen stecken.«

Ich nickte, ohne die geringste Ahnung zu haben, wie ich die Steine verstecken sollte, ohne dass die Gäste sie aus Versehen hinunterschluckten. »Okay.«

»Und jetzt«, fuhr Eliot fort, »das Bankett. Wir können nicht nur Essen anbieten; das Fechtteam muss auch Unterhaltung und Spiele genießen können. Vermutlich haben die Jungs und Mädchen kein Interesse an englischen Landtänzen, was meinen Sie?«

»Oh ... nein.«

»Zu schade, dass wir keine kleine Theatertruppe haben, die uns einen Schwank vorspielt.« Er tippte mit einem langen Finger auf den Löschblock. »Noch besser wären Musikanten.«

»Sukie meinte, Sie hätten über Spiele nachgeforscht«, sagte ich. »Soweit ich mich erinnere, haben die Elisabethaner gern gewettet. Stimmt das?«

Er sah mich an, als hätte ich von *Exkrementen* gesprochen. »Wetten? Ah ja, ich glaube, sie waren Spieler. Aber ich kann nicht zulassen, dass im Schloss ...«

»Ich spreche nicht von Spielen wie in Las Vegas. Sie sollten keine finanziellen Wetteinsätze dulden – die Eltern wären sicher nicht sehr glücklich, wenn die Kinder sie um Geld anpumpen würden. Aber wie wäre es mit kleinen Ballspielen zusätzlich zu der Fechtdemonstration?«

»Brillant!«, rief er und schlug mit der flachen Hand auf den Schreibtisch. »Shuttlecock, Pennyprick! Wir richten die Hälfte der Halle für Spiele her. Können Sie einigen Ihrer Gerichte zu den Spielen passende Namen geben?«

»Wir können Kalbsbraten mit ...« Ich überlegte einen Moment, dann kam mir ein Einfall. »Pennyprick-Kartoffelauflauf machen. Rosinen-Reis mit ... Shuttlecock-Shrimpscurry. Ich weiß nicht, ob man einer Erdbeergrütze, gedünstetem Broccoli oder Chutney und Curry-Beilagen Tudor-Namen geben kann. Aber nach dem Essen spielen wir historische Spiele und essen die Pflaumentorte.«

»Perfekt!«, schrie Eliot. »Ich bin so froh, dass ich Sie angeheuert habe!«

Er strahlte, ich strahlte, die Sonne strahlte. Dann erklärte er, er wolle nachsehen, was noch in der Großen Halle getan werden musste. Er wedelte hochherrschaftlich, diesmal in Richtung Telefon, und sagte, dass ich ungehindert meine Anrufe tätigen könnte. *Mi palacio es su palacio*, setzte er hochtrabend hinzu und ging.

Das Furman County Sheriff's Department stand ganz oben auf meiner Liste. Ich tippte die Durchwahl von Sergeant Boyd ein.

»Hören Sie, Sergeant«, sagte ich, nachdem er sich nach Toms Befinden erkundigt und ich ihm versichert hatte, er befände sich auf dem Wege der Besserung, »Sie haben doch Zugang zu den Akten, die Sie über gewisse Leute führen.«

»Um Himmels willen, Goldy, ich kann doch keine Akten an Sie weitergeben!«

»Ich will ja nur wissen, was in *einer* steht – in der von Viv Martini.«

»Das ist die neue Freundin Ihres Ex? Was meinen Sie, was los ist, wenn jemand erfährt, dass ich Ihnen Informationen über diese Frau zukommen lasse? Wie sieht das wohl aus?«

»Sergeant Boyd, Captain Lambert hat mir bereits erzählt, dass sie mit Ray Wolff und möglicherweise auch mit Andy Balachek geschlafen hat. Aber jetzt wickelt sie ein kompliziertes Immobiliengeschäft mit John Richard Korman ab. Um genau zu sein, hat sie hundertfünfzigtausend Dollar auf den Tisch geblättert, um zusammen mit ihm ein Haus in Beaver Creek zu kaufen. Er hat sich *noch nie* darauf eingelassen, einen anderen an seinen Vermögenswerten zu beteiligen, also muss da etwas im Busch sein.«

»Woher hat sie die hundertfünfzigtausend?« Boyds Stimme klang, als käme sie von weit weg. Er blätterte in Papieren.

»Das sollen Sie mir sagen.«

»Wir haben ihr Bankkonto nach dem Raub der Briefmarken überprüft. Keine großen Bewegungen – weder nennenswerte Abhebungen noch Einzahlungen.«

»Gut«, sagte ich. »Haben Sie sich, abgesehen von den Pfandleihhäusern, auch die Briefmarkenläden in der Gegend vorgenommen?«

»Ich weiß nicht. Unsere Jungs sollten das machen, aber manchmal haben sie nicht die Zeit, überallhin zu gehen.« Er seufzte. »Okay, da ist die Akte. Wenn Sie auch nur ein Sterbenswörtchen darüber verlauten lassen, bin ich gefeuert. Viv ist mit Wolff verbandelt, seit sie aus der High School raus ist. Mal sehen ... da steht, dass Viv Martini einmal in Golden beim Klauen erwischt wurde ... oh, und vor sieben Jahren hatte sie etwas mit Ihrem guten alten Freund vom Schloss, Eliot Hyde.«

»*Was*?« Ich sah mich erschrocken in dem Zimmer um. Gab es hier irgendwelche Abhöranlagen? Wohin war Eliot gegangen?

»So steht's hier.«

Ich schluckte. »Also, auf Andy Balachek und Tom wurde in der Nähe von Eliots Anwesen geschossen und Viv Martini, die wahrscheinlich ein Techtelmechtel mit Andy Balachek hatte und ganz sicher mit seinem Komplizen Ray Wolff, hatte früher eine Beziehung mit Eliot Hyde? Habt ihr Eliot nach dem Schuss auf Tom vernommen?«

»Selbstverständlich! Er behauptet, Viv seit Jahren nicht mehr gesehen zu haben.«

Ich schüttelte verwirrt den Kopf. »Was könnten Eliot Hyde und Viv Martini aneinander gefunden haben?«

»Gute Güte, Goldy! Sie sieht ganz appetitlich aus und er ist auch nicht gerade ein schlechter Typ; er wollte 'ne hübsche Freundin und sie hat sich eingebildet, dass er ganz gut betucht ist. In der Akte steht, dass sie ein illegales Spielcasino im Schloss einrichten wollte. Damals wurde das Glücksspiel gerade legalisiert, aber nur in Central City und in Blackhawk. Viv hatte laut Bericht vor, die Spieler aus dieser Gegend im Schloss unterzubringen. Sie hätten in den vielen Hallen und Zimmern die Leute leicht verstecken können, falls eine Polizeirazzia stattgefunden hätte.«

Ich dachte daran, wie blass Eliot geworden war, als ich die Wetten erwähnte, und hatte meine Zweifel. »War das mit dem Casino ihre Idee? Oder die von Ray Wolff?«

»Keine Ahnung. Ich weiß nur, dass Eliot Hyde die Sache strikt abgelehnt hat und sagte, er würde in der Gesellschaft schlecht dastehen, wenn man ihn erwischte, und das könnte er sich nicht leisten.« Boyd schwieg eine Weile und ich dachte an Eliots Empfindlichkeit, was seinen *guten Ruf* betraf. Schließlich fragte Boyd: »Woher wissen Sie das mit dem Immobiliengeschäft in Beaver Creek?«

»Ich habe auch meine Quellen, Sergeant.« Er seufzte und ich bohrte weiter: »Was ist also mit den einschlägigen Läden? Sind dort irgendwelche Briefmarken aufgetaucht?«

»Warum? Haben Sie etwas erfahren, was ich wissen sollte?« Als ich verneinte, fuhr er fort: »Die Versicherung von Stamp Fox hat einen Privatdetektiv eingeschaltet und versprochen, uns alles mitzuteilen, was er herausfindet. Wir konzentrieren uns auf die Ermittlungen in den Todesfällen des FedEx-Fahrers und von Andy Balachek.«

»Aber Sie müssen auch Viv Martini gründlich überprüft haben.«

»Natürlich. Sie hat Sonntagnacht bei Ihrem Exmann geschlafen – das heißt, sie bekamen nicht viel Schlaf, wenn man Ihrem Ex glauben kann. Bitte befragen Sie *keinen* der beiden.«

»Ihr Wunsch ist mir Befehl«, entgegnete ich und tat so, als würde ich über etwas nachgrübeln. »Hören Sie«, sagte ich so nachdenklich, wie ich konnte, »haben Buddy und Chardé Lauderdale ein Alibi für die Zeit, zu der Tom angeschossen wurde? Vor kurzem sind die beiden hier im Schloss aufgekreuzt und waren nicht gerade freundlich zu mir.«

»Was heißt das: ›nicht gerade freundlich‹?«, wollte er wissen.

Ich erzählte ihm von den Vorfällen in der Küche und Boyd meinte: »Sie geben sich gegenseitig ein Alibi. Oh, und wir haben die Sache mit dem Tod von Sukie Hydes erstem Mann noch mal unter die Lupe genommen. Einer seiner Männer war mit ihm auf dem Dach, als er auf das Elektrokabel trat, das zu einem Badezimmer-Ventilator gehörte. Kein Mensch fand etwas Verdächtiges dabei.« Er machte eine Pause. »Aber da ist etwas, was mit dem Briefmarkenraub in Zusammenhang steht. Unser Freund Buddy Lauderdale war einen Monat vor dem Diebstahl im Stamp Fox und erkundigte sich nach einer Wertanlage. Er behauptete, er wolle in Briefmarken investieren, hat es aber nie getan.« Als ich leise vor mich hin brummte, ermahnte mich Boyd, vorsichtig zu sein, weil Buddy bekanntermaßen einer der besten Schützen im County sei. Ich versprach ihm, mich vorzusehen, und verabschiedete mich.

Eines war sicher: Ich würde auf keinen Fall untätig herumsitzen und warten, bis die Versicherung ihren Privatdetektiv angeheuert und losgeschickt hatte. In der untersten Schublade von Eliots Schreibtisch fand ich ein Branchenverzeichnis und unter dem Stichwort »Briefmarken-Sammler« waren vier Geschäfte in der Umgebung von Denver aufgelistet. Ich stellte mich als Francesca Chastain vor, Sammlerin von Marken, auf denen königliche Häupter abgebildet waren. Der Preis, sagte ich, spielt keine Rolle. Sogar durchs Telefon hörte ich, wie die Herzen der Briefmarkenhändler schneller schlugen.

Die ersten drei Händler sagten, sie hätten bisher nur auf Ausstellungen Marken mit der Abbildung von Königin Viktoria gesehen. Doch der vierte Philatelist, ein Auktionator namens Troy McIntire, der Geschäfte von seinem Privathaus in Golden aus tätigte, antwortete mir ausweichend.

»Wonach *genau* suchen Sie?«, wollte McIntire wissen.

»Ich sammle alle Marken, worauf gekrönte Häupter abgebildet sind. Speziell suche ich nach Marken mit dem Bildnis von Königin Viktoria.«

»Möglicherweise könnte ich Ihnen behilflich sein«, sagte McIntire steif – er klang, als wäre er ein ganz gerissenes Bürschchen. »Wenn der Preis wirklich keine Rolle spielt, und damit meine ich Cash auf den Tisch.«

Ich vereinbarte rasch einen Termin für den Nachmittag, dann suchte ich im Telefonbuch die Nummer des Southwest Hospital. Ich sprach mit drei Schwestern, bevor ich die Sanitäterin aus dem Hubschrauber ausfindig machte, die Tom geholfen hatte. Ihr Name war Norma Randall. Sie hatte gerade Dienst und meinte, sie könne höchstens fünf Minuten mit mir sprechen.

»Der Cop«, sagte Norma Randall – sie erinnerte sich an Tom. »Vorgestern, stimmt's? Tom? *Den* werde ich nie vergessen. Sie auch nicht. Geht's ihm gut?«

»Ja«, antwortete ich. »Dank Ihnen allen. Sie ... scheinen irgendwie ... erfahrener zu sein als die meisten Sanitäterinnen in Flugbereitschaft.« Wenn man die dreißig überschritten hatte, dann war *erfahren* ein Euphemismus für *älter*.

Sie lachte. »Ich mache das auch schon ziemlich lange. Zu lange, denke ich manchmal.« Sie überlegte. »Waren Sie nicht einmal mit Dr. John Richard Korman verheiratet?« Als ich ja sagte, setzte sie hinzu: »Ich hab einmal mit ihm zusammengearbeitet, als wir eine Frau aus Aspen Meadow reinbrachten, deren Plazenta nicht abging.«

Ich brachte nur ein nichts sagendes »Aha« heraus.

»Keine Sorge, er hat seine Sache sehr gut gemacht«, sagte sie, als könnte sie meine Gedanken lesen. »Was kann ich für Sie tun?«

»Ich möchte Sie nicht lange aufhalten, Norma, aber ich ... ich versuche, eine Cousine zu finden, die Schwester in Luftbereitschaft ist. Wo haben Sie Ihre Ausbildung gemacht?«

»Nebraska.«

»Also«, legte ich mutig los, »kennen Sie vielleicht irgendjemanden, der Ende der sechziger Jahre in der Front Range School of Nursing war? Es geht mir besonders um *Frauen*, die eine Ausbildung als Sanitäterin einer Hubschrauberbesatzung gemacht haben.«

Sie erklärte, dass ihr da auf Anhieb niemand einfallen würde, aber ihre Ablösung sei gerade eingetroffen und sie könnte ein paar Leute fragen, wenn ich wollte. Ich dankte ihr und sagte, es würde mir nichts ausmachen, so lange am Apparat zu bleiben und zu warten.

»Ich habe einen der älteren Notfall-Sanitäter aufgetrieben«, informierte sie mich triumphierend, als sie den Hörer wieder aufnahm. »Er sagte, er kannte eine Flugsanitäterin namens Connie Oliver, die ungefähr zu der Zeit, die Sie interessiert, in der Front Range ihren Abschluss gemacht hat. Er glaubt, sie sei jetzt Schulschwester – in Denver oder im Furman County.«

Ich bedankte mich und legte auf. Dann beschloss ich, Denver vorerst außer Acht zu lassen und mein Glück eher im Zentralbüro der Schulen von Furman County zu versuchen. Ich lauschte lange der automatischen Telefonansage, die dem Anrufer mehrere Möglichkeiten, sich weiterverbinden zu lassen, anbot. Das Klopfen an der Tür erschreckte mich so, dass ich beinahe den Hörer fallen gelassen hätte.

Julian rief: »Frühstück! Und ich komme gerade vom Nordpol via Schlossgarten!« Er schwenkte ein großes Silbertablett, als er die Tür aufstieß. Michaela Kirovsky folgte ihm mit der Kaffeekanne in den Händen. Julians Energie füllte das Arbeitszimmer, als er auf mich zustürmte. »Hey, Boss?«, fragte er mit einem Grinsen. »Sieh mich nicht so an, als würdest du nichts essen können.« Als ich hastig den Hörer auf die Gabel legte, kreischte er: »Hee! Was hast du verschluckt, einen Kanarienvogel?«

»**Du wirst das lieben**«, prophezeite Julian, als er das Tablett mit den golden glasierten kleinen Bundt-Kuchen auf Eliots Schreibtisch stellte. Es waren eigentlich zwei Tabletts übereinander.

»Hast du mehrere Bestellungen vom Roomservice?«, fragte ich. »Im Zweifelsfall ist Bundt immer richtig.«

»Ich gebe die Hälfte davon auf das andere Tablett für Tom. Er schläft noch, ich habe gerade nachgesehen. Michaela hilft mir, weil sie etwas vergessen hat und ins Schloss zurückkommen musste.« Außer den mit geraspelten Orangenschalen und Zucker bestreuten Kuchen standen noch zwei mit Folie bedeckte Kristallschalen auf dem Tablett. Julian nahm die Folie ab und enthüllte cremigen, kunstvoll mit Kiwischeiben, Erdbeeren, Bananen, Apfel und Pflaumen verzierten Joghurt. »Oh«, sagte er, »ich habe dein Süßbrot für später weggestellt – es war noch zu heiß zum Aufschneiden. Ich habe die Orangenkuchen gestern Abend gebacken, während das Abendessen auf dem Herd stand.« Er sah sich im Arbeitszimmer um und rümpfte die Nase. »Mann. Welche Dekade ist das?«

»Jede Dekade, die Sie wollen – aber es hat natürlich seinen Preis«, meinte Michaela mit einem boshaften Lächeln.

»Entdecke ich da eine gewisse Feindseligkeit der Innendekorateurin gegenüber?«, hakte ich behutsam nach.

Michaela schnaubte. »Chardé fragt ständig, wann sie sich meine Wohnung vornehmen kann. Ich mache Eliot immer wieder klar: nie.«

Da sie sich nicht näher erklärte, sagte ich: »Danke, dass ihr mir die Köstlichkeiten gebracht habt. Wenn ich nicht bald Koffein bekomme, breche ich zusammen.«

Michaela nickte wortlos, als Julian ihr die Kanne abnahm und mir dampfenden Kaffee in die Tasse goss. Ich dankte ihm, gönnte mir einen Schluck – *Mann,* war das gut! – und warf einen Blick auf Michaela. Ihre helle Haut schimmerte im Tageslicht. Aber ihre Augen waren düster, die Lippen zusammengepresst, und ich fragte mich, ob sie fürchtete, zu viel über Chardé gesagt zu haben. Da war allerdings noch etwas anderes ... Was? Wusste sie etwas, was sie nicht preisgeben wollte?

»Michaela, ich muss Ihnen eine Frage stellen.« Als ich die Tasse abstellte, klirrte sie leise auf der Untertasse. »Wie Sie wissen, wurde mein Mann in der Nähe der Kapelle angeschossen – am Cottonwood Creek, fast an der Stelle, an der der arme Andy Balachek gefunden wurde. Sie wohnen doch im Torhaus und können nach vorn hinausschauen. Haben Sie am Sonntagabend vielleicht irgendetwas beobachtet? Oder am frühen Montagmorgen? Menschen, die dort herumliefen? Parkende Autos?«

Sie wurde knallrot. »Nein. Tut mir Leid. Die Polizei hat mich das auch schon gefragt, als sie hier im Haus waren, um mit Eliot und Sukie zu sprechen. Ich habe keinen Blick auf den Creek und ich habe nichts gesehen.«

Sie sagt nicht die Wahrheit, spürte ich intuitiv. *Warum?* »Was ist mit Andy Balachek? Hatten Sie noch Verbindung zu ihm, nachdem sein Vater den Damm aufgeschüttet hatte?«

Sie wurde noch röter. »Ja«, erwiderte sie. »Ich kannte Andy. Seine Mutter starb, als er noch klein war. Wir hatten so etwas wie einen kleinen ... Club, so könnte man das wohl nennen – einen Club für Nachkommen russischer und osteuropäischer Einwanderer. Als mein Vater noch lebte, trafen wir uns an den Feiertagen hier im Schloss. Wir plauderten und aßen traditionelle Gerichte. Peter und Roberta Balachek brachten immer ihren kleinen Andy mit.« Sie räusperte sich betreten. »Und dann bekam Roberta Krebs und starb und aus dem kleinen Andy wurde ein großer Andy. Als das Glücksspiel im Staat legalisiert wurde, war Andy ... na ja, seine Sucht hat den armen Peter beinahe umgebracht.« Sie sah auf ihre Hände und hatte sichtlich Mühe, die Fassung zu wahren. »Ich weiß, dass Andy fast genau an der Stelle gefunden wurde, an der Ihr Mann den Schuss abbekommen hat. Sie möchten sicher so viel wie möglich über ihn erfahren. Aber da gibt es nicht viel.« Sie holte tief Luft. »Meine Freistunde ist gleich zu Ende. Ich muss zurück in die Schule ...«

»Sie scheinen sehr viel Einfühlungsvermögen bei den Jungs zu haben. Andy Balachek. Mein Arch. Das ist eine bewundernswerte Gabe.«

Sie blieb an der Tür stehen. »Aber Andy habe ich nicht helfen können.«

»*Mann!*«, rief Julian, als sie gegangen war und er meine Tasse neu auffüllte. »*Was* sollte das?«

»Keine Ahnung. Wie war sie eigentlich in der Elk Park Prep?«

Julian runzelte die Stirn. »Still. Fleißig. Ich hatte den Eindruck, sie sei einsam, aber ich habe nicht gefochten, deshalb kannte ich sie nicht besonders gut. Einmal, als wir eine Führung durchs Schloss mitmachten, fragten wir sie nach dem Baby, das angeblich in den Brunnen geworfen wurde. Sie meinte, die ganze Geschichte wäre Blödsinn und irgendwie aus der Legende vom spukenden Herzog entstanden. Sie ist nicht unbedingt die charismatischste Sportlehrerin in der Elk Park Prep, aber sie ist zäh und entschlossen. Wie Tom. Alle mögen sie. Alle mögen Tom ... Was ist los?«

Meine Ohren klangen. *Alle mögen Tom.* Zu diesem Zeitpunkt konnte ich weder mit Tom noch mit Arch oder der klatschsüchtigen Marla reden. Aber ich *musste* mit jemandem sprechen, zu dem ich Vertrauen hatte, oder das Geheimnis würde in mir explodieren. »Julian.« Ich sah ihm direkt in die Augen. »Ich glaube, Tom hat eine Affäre ...«

»Blödsinn!«

»Vielleicht *hatte* er eine Affäre und Schluss gemacht.« Ich erstickte fast an diesen Worten. »Ich habe den Verdacht, dass diese Frau auf ihn geschossen hat – sie könnte seine frühere Verlobte sein. Aber wenn sie nicht irgendwas mit Andy Balachek zu tun hatte, dann konnte sie nicht wissen, dass Tom bei der Kapelle auftauchen würde.«

»Toms frühere *Verlobte?* Sag mal, wovon redest du überhaupt?«

»Ihr Name ist Sara Beth O'Malley. Sie war Krankenschwester und ist angeblich im Vietnamkrieg ums Leben gekommen.«

»*Was?*«

»In den Akten steht, sie sei bei einem Hubschrauberabsturz im Mekong-Delta umgekommen, aber das stimmt nicht. Sie ist nicht tot. Sie hat Tom E-Mails geschickt.« Ich schluckte. »Und sie hat auch unser Haus beobachtet.«

»Euer Haus beobachtet? Wann? Hast du das der Polizei mitgeteilt?«

Ich wandte den Blick von Julians Gesicht ab. Seine liebevolle Besorgnis zerriss mir das Herz. Draußen spiegelte sich der wolkige Himmel im Burggraben. »Ich habe den Ermittlern gesagt, dass eine Frau vor dem Haus war, aber ich hab ihnen verschwiegen, wer diese Frau ist.

Tom sagte nach dem Schuss: ›Ich liebe sie nicht.‹ Dann verlor er das Bewusstsein. Seit er aus der Narkose aufgewacht ist, hat er nicht mehr darüber gesprochen und ich weiß nicht, von wem er sprach. Ich bin nicht einmal sicher, ob er sich noch erinnert, überhaupt etwas davon erzählt zu haben.« Ich spürte, wie mir das Blut in die Wangen stieg.

»Und du hast diese Frau vor dem Haus gesehen?«

»Trudy von nebenan hat sie zuerst gesehen, und zwar an dem Morgen, nachdem unser Fenster kaputtgeschossen wurde. Die Frau parkte auf der anderen Straßenseite und starrte auf das Haus. Ich hab versucht, mit ihr zu reden, aber sie weigerte sich und fuhr einfach davon. Ich habe mir alte Fotos angeschaut und die Frau sieht aus wie die ältere Version des Mädchens, mit dem Tom früher verlobt war. Sie ist sehr hübsch ... Und ihr Name lautet Sara Beth O'Malley. Sie hat etwas auf ein altes Foto geschrieben und genauso unterzeichnet wie auf den E-Mails: ›S.B.‹«

»Also ist sie da drüben *nicht* gestorben. Unglaublich. Und jetzt ist sie zurück. Aber warum?«

»In einer ihrer E-Mails schrieb sie, sie holte medizinische Hilfsmittel ab und müsse ihre Zähne behandeln lassen. Vielleicht will sie mit ihrem alten Schwarm wieder anbändeln. Was weiß denn ich? Außer ihren E-Mails war da noch ein Schreiben vom State Department. Tom hatte bei ihnen angefragt, ob es alte oder neue Berichte darüber gibt, dass Sara Beth O'Malley den Absturz überlebt hatte. Die Antwort lautete nein.«

Julian war nachdenklich. »Goldy ... willst du, dass ich Tom danach frage?«

»Nein!« Ich verkrampfte die Hände. »Ich weiß einfach nicht, was ich tun soll.«

Julian nahm das obere Tablett ab und stellte Geschirr und die Kaffeekanne auf das darunter. Mit einer Zange hob er einen der kleinen Kuchen auf einen Teller, dann legte er ein Platz-Set auf den Schreibtisch und deckte für mich.

Er hob das volle Tablett hoch und musterte mich. »Boss, du hast ein ziemliches Schlafdefizit. Du brauchst Ruhe und etwas Ordentliches zu essen – warte ab, bis du wieder klar denken kannst. Es ist so viel passiert, dass du es gar nicht einordnen kannst. Konzentriere dich einfach auf Tom, Arch und unsere Jobs in dieser Woche. Wir päppeln Tom auf, dann fragen wir ihn, was das alles soll.« Als ich schwieg, ging er zur Tür. »Hör mal«, sagte er über die Schulter, »wie wär's, wenn ich Tom erzählen würde, dass eine meiner alten High-School-Freundinnen an der Uni aufgetaucht ist? Wir hatten Schluss gemacht, und sie hat ... Krebs bekommen. Irgendwann ging's ihr besser und sie beschloss, aufs College zu gehen, und dort hat sie nach mir gesucht.« Er balancierte das Tablett und öffnete die Tür. »Mal sehen, was er dazu sagt.«

»Eine alte Freundin von dir? Mit Krebs? Ist das wahr?«

Er strahlte mich an. »Wenn es so wäre, würde ich *dir* das nicht sagen, Miss Marple.«

»Danke, Julian.«

»Nicht der Rede wert.«

Ich trank den starken Kaffee, aß den Joghurt und die Hälfte des köstlichen Kuchens, leckte mir die Finger ab und wählte noch einmal die Nummer des Zentralbüros der Furman-County-Schulen. Nachdem ich mich durch die verschiedenen Wahlmöglichkeiten gearbeitet hatte, wurde ich endlich mit einer Beamtin verbunden, die für die medizinische Fürsorge für Schulkinder zuständig war.

»Ich bin von Aspen Meadow und suche nach einer Schulschwester namens Connie Oliver«, begann ich freundlich. »Ich muss ihr ein paar Fragen über den Ausbruch einer Bakterienerkrankung stellen.«

Ich wurde gebeten zu warten und vertrieb mir die Zeit damit, Eliots elegantes Arbeitszimmer genauer in Augenschein zu nehmen. Rechts vom Erkerfenster hatte Chardé einen asiatischen Seidenschirm aufgestellt. Auf der anderen Seite des Schirms befand sich eine Öffnung mit Rahmen. Plötzlich wurde mir klar, dass sich dahinter eines der »Privatzimmer« verbarg. Menschenskind!, dachte ich. Diese Leute aus dem Mittelalter mussten aber *oft* ...

»Was für eine Bakterienerkrankung?«, wurde ich rüde gefragt. Ich hatte beinahe vergessen, dass ich telefonierte.

»Sie grassierte Mitte Januar in unserer Schule«, gab ich zurück. Ich hatte darüber im *Mountain Journal* gelesen. Nach weiteren Warteminuten meldete sich die Beamtin erneut.

»Wir können Informationen aus den medizinischen Akten nicht übers Telefon weitergeben.«

»Das ist schon in Ordnung. Wenn ich bitte nur mit Schwester Oliver sprechen dürfte, dann können wir Fragen über die Medikation meines Sohnes klären. Sie hat ihn behandelt.«

»Ohne Akte kann Miss Oliver unmöglich ...«

»Keine Angst. Ich übernehme die Verantwortung!«, entgegnete ich und bemühte mich, nicht zu ungeduldig zu klingen. »Ich möchte nur kurz mit ihr reden, wenn sie erreichbar ist. Wissen Sie, welche Schulen sie heute besucht?«

Ein Seufzer. »Miss Oliver beaufsichtigt heute ab halb elf medizinische Tests in der Fox-Meadows-Grundschule«, informierte mich die Frau schroff. »Bitte melden Sie sich im Schulbüro, bevor Sie sie aufsuchen.« Sie hängte ein, ehe ich mich bedanken konnte.

Bürokraten!

Ich aß die letzten Bissen von dem leckeren Kuchen und überlegte, was ich als Nächstes in Angriff nehmen sollte. Es war Viertel vor neun. Ich musste Vorbereitungen für das Mittagessen am folgenden Tag treffen und mich um Tom kümmern. Und natürlich brauchten wir alle auch an diesem Abend etwas zu essen, also musste ich mir ein Dinner für sechs Personen einfallen lassen. Aber jetzt noch nicht. Erst musste ich nachdenken.

Die Schubladen von Eliots Schreibtisch waren nicht verschlossen. Mit nur einem Hauch von schlechtem Gewissen – *wenn er nicht will, dass die Leute in seinen Schubladen rumkramen, dann muss er sie eben verschließen, richtig?* – suchte ich nach einem Blatt Papier. In einer Lade lagen

Broschüren der verschiedenen Konferenzzentren des Landes, darunter war ein Block mit akribischen Notizen, Preisvergleichen, Unterbringungsmöglichkeiten und Dauer der Konferenzen und Seminare. Offenbar hatte Eliot nicht viel für Computer übrig, die ihm all das in Sekunden ausdrucken würden Nirgendwo war ein unbeschriebenes Papier zu finden. In der nächsten Schublade waren zerfledderte, staubige Druckschriften gestapelt: *Mittelalterliche Schlösser und ihre Geheimnisse. Heiraten in der Hyde Chapel!* Und *Eine kurze Führung durch das Hyde-Schloss*. Außerdem entdeckte ich einige Kopien der Tonbandkassette, die ich mir, wie Eliot immer wieder gesagt hatte, anhören sollte: *Die Geschichte des Labyrinths*. Ich steckte eine der Kassetten in meine Tasche, dann blätterte ich die Broschüren durch: Es gab jeweils sechs bis zehn gebundene Exemplare, also bediente ich mich und nahm von jeder eine. Besser, ich wusste genau Bescheid über den Ort, an dem ich arbeitete. Schließlich zog ich die erste Lade wieder auf und riss das letzte – leere – Blatt von dem Block.

CHRONOLOGIE, schrieb ich ganz oben in die Mitte.

1. *1. Januar.* Die Lauderdales – in finanziellen Schwierigkeiten – geben ihre Neujahrsparty. Buddy schüttelt das Baby. Ich rufe die Cops. Die Lauderdales schwören Rache.
2. *15. Januar.* Wertvolle Briefmarken – die man leicht im Fernen Osten verhökern kann – werden bei einem Überfall auf einen FedEx-Wagen gestohlen. Der Fahrer wird ermordet. Zeugen sagen aus, drei Räuber gesehen zu haben. Peter Balachek erleidet einen Herzanfall.

3. *20. Januar.* Verängstigt und voller Sorge, dass sein Vater sterben könnte, gibt sich Andy Balachek Tom gegenüber als einer von der Hijacker-Bande zu erkennen. Andy versucht, eine Vereinbarung mit den Anklagevertretern auszuhandeln. Er verrät Tom, wo Ray Wolff wann zu finden ist.
4. *22. Januar.* Tom verhaftet Ray Wolff, nachdem er von Andy den Tipp erhalten hat. In einer E-Mail weigert sich Andy preiszugeben, wo sich die Marken befinden.
5. *24. Januar.* Andy schickt eine dritte E-Mail an Tom und teilt ihm mit, dass er zu Geld gekommen und auf dem Weg nach Atlantic City ist, um dort zu spielen. Tom fährt nach New Jersey.
6. *6. Februar.* Andy ruft mich aus Central City an und will unbedingt mit Tom sprechen. John Richard Korman wird vorzeitig aus dem Gefängnis entlassen. Er tut sich sofort mit seiner neuen Freundin, Ray Wolffs ehemaliger Geliebten Viv Martini, zusammen. Er hat Arch erzählt, dass er Viv ein teures Geschenk machen will.
7. *9. Februar.* Unser Fenster wird eingeschossen.
8. *9. Februar.* Ich finde Andys Leiche im Creek, ganz in der Nähe der Kapelle, in der ich ein paar Stunden später ein Mittagessen ausrichten soll. Andy hat einen Stromschlag bekommen, dann wurde er mit einem Schuss getötet. Tom wird angeschossen.
9. *10. Februar.* Unsere Computer werden gestohlen. Ich komme dahinter, dass Toms vermeintlich verschollene Verlobte, Sara Beth O'Malley, viele Jahre nach ihrem »Tod« wieder aufgetaucht ist. Angeblich lebt sie mit falscher Identität in Vietnam und arbeitet als Ärztin in einem Dorf. Der Blödmann fährt einen

neuen goldenen Mercedes von Lauderdale Luxury Imports. Er und Viv Martini hecken ein ungewöhnliches Immobiliengeschäft aus.
10. *11. Februar.* Michaela Kirovsky erzählt, dass sie Andy Balachek kannte, weil er früher des Öfteren im Schloss zu Besuch war, aber sie benimmt sich, als hätte sie etwas zu verbergen.

Welcher Zusammenhang bestand zwischen diesen Menschen – Andy, Viv, John Richard, Eliot, Sukie, Chardé und Buddy, Sara Beth und Michaela? Oder gab es keinen? War Tom das Ziel des Schützen gewesen oder wollte er eigentlich mich treffen? Und welches Ereignis würde als Nächstes unser Leben auf den Kopf stellen? Ich wusste es nicht.

Aber *eines* wusste ich trotz Michaelas gegenteiliger Behauptung: *Andy war die Schlüsselfigur.* Andy, der gestohlen und gespielt hatte. Andy, der gesungen hatte und tot im Cottonwood Creek gelandet war. Und ich würde nicht mehr über ihn in Erfahrung bringen, wenn ich in Eliot Hydes Premierminister-Arbeitszimmer hocken blieb.

Ich steckte die Zirkone zu den Broschüren und der Kassette in meine Tasche und nahm das Tablett. Ich manövrierte mich und meine Last auf den Flur und beschloss nachzusehen, ob Michaela noch im Schloss war, bevor ich zu Tom ging. Wenn ich sie davon überzeugen konnte, dass derjenige, der auf Tom geschossen hatte, irgendwie in den Mord an Andy verwickelt war, würde sie vielleicht ein bisschen mehr über den toten jungen Mann verraten.

Zu meiner Rechten führte eine doppelte Glastür auf einen Korridor zum Nordteil des Torhauses, in dem Michaela wohnte. Ich zögerte, als ich ein handgeschriebenes Schild an der Glastür sah: BAUARBEITEN – ZUTRITT VERBOTEN! Ich horchte auf Geräusche von Handwerkern, vernahm aber keinen Laut. Tobte hier Chardé ihre Dekorationswut aus? Wollte sie ihre Ruhe haben? Scherte ich mich darum, was sie wollte?

Ich fragte mich, welche Arbeiten hier wohl verrichtet wurden. Das Schloss hatte bereits ein Schwimmbad, eine Große Halle und einen Fechtboden. Vielleicht kam als Nächstes ein Kinosaal dran. Bestimmt meinten sie nicht, dass der Zutritt für *mich* verboten war, redete ich mir ein, als ich die Tür aufstieß. Falls ich Chardé über den Weg laufen sollte, konnte ich das Tablett als Schutzschild benutzen.

Der Flur sah fast genauso aus wie der vor Eliots Arbeitszimmer. Blassgrüne orientalische Läufer lagen auf dem dunklen Holzboden. Mittelalterlich anmutende Tapisserien zierten die Wände. Zwei Türen gingen von dem Korridor ab. Eine, so hatte mir Eliot erklärt, führte zu seinem und Sukies Schlafzimmer. Durch eine weitere Glastür gelangte man vermutlich zum Nordwest-Turm. Ich schlich ganz vorsichtig weiter, für den Fall, dass ich auf ein Loch im Boden oder eine unfreundliche Innendekorateurin stieß.

Wie sich herausstellte, wurde hier nichts weiter gemacht als gestrichen. Die Wände hatten dieselbe Farbe, die man im ganzen Schloss sehen konnte, und an der Tür hing noch ein *Frisch-gestrichen*-Schild. Hier sah es so aus, als hätte jemand einen ganzen Eimer beiger Farbe über eine Wand, die Hälfte der Holztür und den Boden geschüttet. Es gab kein Code-Schloss an der Tür, aber man sah die Löcher, an denen es festgeschraubt werden sollte. Über dem Türknauf befand sich ein riesiges, nagelneues Vorhängeschloss aus Messing.

Ich betrachtete die verschüttete Farbe. Der krustig gewordene Fleck sah schlimmer aus als der im Wohnzimmer oder der im Flur vor unserem Zimmer. Hegte Eliot den Verdacht, dass Michaela diese Schweinerei veranstaltet hatte, und machte ihr deswegen Vorwürfe, oder hatte er sie dabei erwischt, wie sie die Farbe verschüttet hatte? War das womöglich der Auslöser für die unschönen Handgreiflichkeiten gewesen? Mir erschien das ziemlich albern.

Moment mal. Ich stellte das Tablett ab und sah mir das Vorhängeschloss genauer an. Es war nur halb befestigt; das eine Stück hing schlaff an einer einzelnen Schraube, als ob in dem Paket, in dem das Schloss gekauft wurde, die Schrauben und Klemmen gefehlt hätten.

Ich dachte: Also bin ich nicht die Einzige, die immer mit zu wenig Nägeln oder was auch immer aus dem Baumarkt nach Hause kommt.

Ich klopfte an die Tür. Keine Reaktion. Schnell, ehe ich es mir anders überlegen konnte, handelte ich nach demselben Prinzip, nach dem ich mir schon Zugang zu Eliots Schubladen verschafft hatte: *Wenn man nicht wollte, dass andere herumschnüffelten, sollte man seine Sachen abschließen.* Ich öffnete die Tür.

»Was, zum Teufel ...«, sagte ich laut und starrte auf fleckige weiße Wände, Bogenfenster mit normalem Glas, eine Menge Bücherregale mit lauter Spielsachen, zerfledderten Bilderbüchern, Holzklötzen und Schachteln, in denen sich Spiele befanden. Um einen ausgefransten, fleckigen pinkfarbenen Teppich herum standen Möbel in verschiedenen Schattierungen von Grün, Blau und Pink. Wofür wurde dieser Raum genutzt? War

Eliot so exzentrisch, dass er ein Spielzimmer für den toten kleinen Herzog eingerichtet hatte, für den Fall, dass es das Gespenst leid war, im Schloss herumzugeistern? Oder war dies ein Kinderzimmer, in dem sich Eliot und Michaela als Kinder die Zeit vertrieben hatten – ein Zimmer, das als Babysitting-Raum dienen sollte, wenn das Konferenzzentrum eröffnet war?

Ich glaubte, Schritte zu hören. Als ich auf den Flur spähte, war jedoch kein Mensch zu sehen. Ich huschte aus dem Zimmer, machte leise die Tür hinter mir zu und nahm mein Tablett wieder in die Hände, dann setzte ich den Weg zum Nordwest-Turm fort.

Es muss eine Art Kindertagesstätte sein, dachte ich, als ich weiterlief. Ich passierte die zweite Glastür – auch mit einem »Zutritt verboten«-Schild versehen – und kam in einen eisigen Eckturm. Hatte man das Vorhängeschloss angebracht, weil die Hydes nicht wollten, dass Chardé auch dort ihr Unwesen trieb? Hatten Besucher zu Zeiten von Eliots Vater ihre Kinder mit ins Schloss gebracht, weil sie hier kostenlos beaufsichtigt wurden? Ich würde mir später die geklauten Broschüren über das Schloss ganz genau ansehen und die Grundrisse studieren.

Ich kam in den letzten Flur, der mit dem vor Eliots Arbeitszimmer identisch war. Die beiden Türen, die von hier abgingen, trugen Messingschildchen mit der Aufschrift: PRIVAT. In der Hoffnung, Michaela zu finden, klopfte ich an beide Türen, erhielt jedoch keine Antwort.

Schließlich verließ ich das Torhaus und kam dort heraus, wo Arch und ich das Schloss bei unserer Ankunft betreten hatten. Die massiven Holztore und die Fallgitter waren geschlossen, die Alarmanlage eingeschaltet.

Gut, dachte ich, hier kommt der Blödmann auf keinen Fall herein.

Als ich wenige Minuten später in die leere Küche trat, fegte mir wieder kalte Luft aus dem offenen Fenster entgegen. Ich knallte das Tablett auf den Tisch und machte das Fenster zu – der Burggraben war mindestens zwölf Meter tiefer, und weder der Blödmann noch die Lauderdales konnten über die Mauer heraufklettern. Ich war dankbar, dass eine Kleinigkeit darauf hindeutete, dass sich die Lauderdales noch vor kurzem in der Küche aufgehalten hatten: Chardé hatte einen Stapel Zeitschriften und Aktenordner neben dem Herd liegen lassen.

Sobald ich mein Geschirr in die Spülmaschine geräumt hatte, befasste ich mich mit dem Mittagessen für den nächsten Tag. Die tiefgefrorene selbst gekochte Hühnerbrühe, die ich von zu Hause mitgebracht hatte, würde die Basis der Cremesuppe und des Shrimpscurrys für das Festbankett bilden. Ich kaute auf der Innenseite meiner Wange und ging zum Telefon, um Alicia, meine Lieferantin, anzurufen. Sie sollte mir alle Zutaten für das Bankett – Kalbsbraten, gefrorene Riesenshrimps, frische Erdbeeren und Bananen für den Obstsalat und Broccoli – am Freitagmorgen nach Hause bringen. Ich hinterließ eine Nachricht auf ihrem Band und bat sie, alles und zusätzlich einen Lammbraten, ein oder zwei Tüten mit grünen Bohnen und Yucon-Gold-Kartoffeln, wenn möglich noch am selben Tag, ins Hyde-Schloss zu liefern. Ich nannte ihr die Telefonnummer und riet ihr, die Schlossbewohner vorher über ihr Kommen zu unterrichten, damit sie rechtzeitig die Fallgitter öffnen konnten. Ich kannte Alicia und wusste, dass sie sich außerdem einen Drink erhoffte.

Während des Telefonierens entdeckte ich einen zweiten, größeren Mikrowellenherd, der geschickt in einem Gehäuse, das aussah wie ein Brotkasten, versteckt war. Nach einigen Experimenten mit der Programmierung begann ich, die Hühnerbrühe aufzutauen, dann schnitt ich Berge von Schalotten, Karotten und Sellerie. Bald wehte der herzhafte Geruch von in Butter schmorendem Gemüse durch die Küche. Ich versuchte, mir ins Gedächtnis zu rufen, was ich am Morgen über meine Nachforschungen in der englischen Küche gelesen hatte. Ich überlegte hin und her, dann stellte ich ein schlichtes Abendessen für diesen Tag zusammen: Lammbraten mit naturbelassener Sauce und Minzgelee, Folienkartoffeln, grünen Bohnen, einem großen gemischten, mit geriebenem Parmesan bestreuten Salat und selbst gebackenes Brot. Kartoffeln, Gemüse, Brot und Salat hatte ich mitgebracht. Falls Alicia es an diesem Tag nicht schaffte, konnte Julian losfahren und den Lammbraten holen.

Zum Nachtisch wäre ein Gericht mit historischer Bedeutung ganz gut. Aber die Elisabethaner bevorzugten Marzipan und ich war nicht imstande, *irgendwas* aus Marzipan zu machen. Mein Blick fiel auf das Buntglas-Süßbrot, das ich am Morgen gebacken hatte, entschied aber, dass sich das besser zum Tee eignen würde. Ich kaute wieder nachdenklich an der Innenseite meiner Wange.

Im Gefrierschrank der Hydes fand ich einen großen Bottich mit Eiscreme: Schweizer Schokolade – was für eine Überraschung! Schon vor langer Zeit hatte ich gelernt, dass es ratsam war, zwei verschiedene Plätzchensorten zum Eis anzubieten. Eine sollte knusprig und entweder mit Ingwer oder mit einem Aroma wie Vanille oder Mandel gewürzt sein, die andere weich und cremig, wenn möglich mit Füllung oder Glasur. Ich entschied mich für ein mürbes Gebäck, dem ich den Namen von Königin Elisabeths Rivalin Mary, Königin der Schotten, gab, und für cremige Schokoladenkekse, die ich 911-Plätzchen – für Schokolade-Notfälle – nannte. Ich schlug Butter mit Zucker schaumig, fügte einen Hauch von Vanille, gesiebtes Mehl und Treibmittel hinzu. Dann drückte ich den Teig in runde Kuchenformen, machte Kerben wie bei Tortenstücken und formte den Rand. Sobald ich das buttrige Gebäck ins Rohr geschoben hatte, damit es langsam zu göttlicher Lockerheit aufging, schmolz ich zartbittere Schokolade mit Butter und siebte die trockenen Zutaten für 911 in die Masse. Wie das Süßbrot musste auch dieser Teig ein wenig ruhen, aber im Kühlschrank. Sobald der Teig fertig geknetet war, deckte ich die Schüssel mit Folie ab, stellte ihn kalt und lief hinauf zu Tom.

»Er sagte, er möchte sich ein wenig ausruhen«, flüsterte mir Julian zu, als er das Tablett waghalsig auf den Flur balancierte und gleichzeitig die Tür hinter sich zumachte. »Ich habe ihm nach dem Essen den Verband gewechselt. Er hat nur ein paar Bissen runterbekommen, aber wir haben uns gut unterhalten. Er hat kein Wort über einen Seitensprung verlauten lassen.«

»Julian!«, schalt ich, dann sagte ich: »Ich muss einen Code in unserem Sicherheitsschloss speichern.« Mir war mulmig zumute, weil mir das nicht früher eingefallen war.

»Ist bereits erledigt. Ich hab die Anleitung dazu im Nachtkästchen in unserem Zimmer gefunden.« Er sah sich nach allen Seiten um, bevor er mir ins Ohr raunte: »In unserem und in eurem Zimmer ist es der Geburtstag von Arch.«

911 SCHOKOLADE-NOTFALL-PLÄTZCHEN

180 g mittelsüße Schokoladenstreusel
180 g zartbittere Schokolade, in Stücke gebrochen
8 EL weiche Butter
1½ Tassen Mehl
⅓ Tasse ungesüßter Kakao
1½ TL Backpulver
½ TL Salz
¾ Tasse brauner Zucker
¾ Tasse normaler Zucker
3 große Eier
1½ TL Vanille-Extrakt
Vanille-Glasur (Rezept folgt)

Die Schokoladenstreusel zusammen mit der zartbitteren Schokolade und 4 EL Butter im Wasserbad schmelzen, dann die Masse beiseite stellen und kurz abkühlen lassen.

Mehl, Kakao, Salz und Backpulver durchsieben.

In einer großen Rührschüssel die restlichen 4 EL Butter mit dem braunen und weißen Zucker schaumig schlagen, dann die Eier und die Vanille hinzufügen. Die leicht abgekühlte Schokolademasse unterrühren, bis sich alles gut verbunden hat. Das

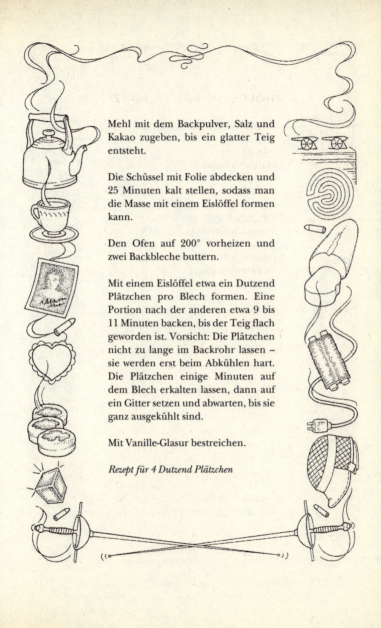

Mehl mit dem Backpulver, Salz und Kakao zugeben, bis ein glatter Teig entsteht.

Die Schüssel mit Folie abdecken und 25 Minuten kalt stellen, sodass man die Masse mit einem Eislöffel formen kann.

Den Ofen auf 200° vorheizen und zwei Backbleche buttern.

Mit einem Eislöffel etwa ein Dutzend Plätzchen pro Blech formen. Eine Portion nach der anderen etwa 9 bis 11 Minuten backen, bis der Teig flach geworden ist. Vorsicht: Die Plätzchen nicht zu lange im Backrohr lassen – sie werden erst beim Abkühlen hart. Die Plätzchen einige Minuten auf dem Blech erkalten lassen, dann auf ein Gitter setzen und abwarten, bis sie ganz ausgekühlt sind.

Mit Vanille-Glasur bestreichen.

Rezept für 4 Dutzend Plätzchen

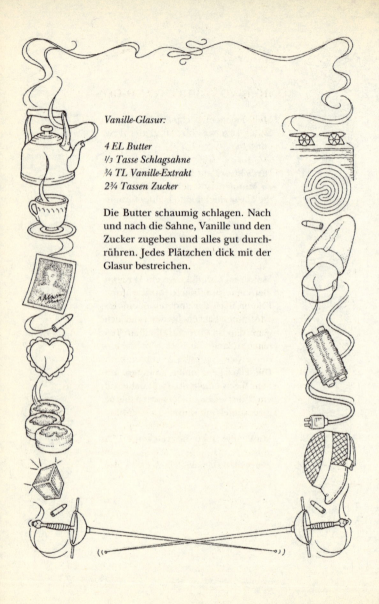

Vanille-Glasur:

4 EL Butter
1/3 Tasse Schlagsahne
¾ TL Vanille-Extrakt
2¾ Tassen Zucker

Die Butter schaumig schlagen. Nach und nach die Sahne, Vanille und den Zucker zugeben und alles gut durchrühren. Jedes Plätzchen dick mit der Glasur bestreichen.

KÖNIGIN-VON-SCHOTTLAND-GEBÄCK

16 EL Butter
½ Tasse Zucker
¾ TL Vanille-Extrakt
1½ Tassen Mehl
½ Tasse Reismehl (kann auch durch normales Mehl ersetzt werden)
¼ TL Backpulver
¼ TL Salz

Backofen auf 200° vorheizen.

In einer großen Rührschüssel die Butter cremig schlagen, Zucker zugeben und 5 Minuten weiterrühren. Die Vanille hinzufügen, dann das Mehl mit dem Backpulver und dem Salz durchsieben und in den Teig einarbeiten.

Die Hände mit Mehl bestäuben und den Teig in zwei runde Kuchenformen (Durchmesser etwa 20 cm) drücken. Mit der Gabel je acht Stücke markieren, den Rand mit der Gabel andrücken, sodass er gerieffelt aussieht. Wenn Sie möchten, können Sie Muster in die Oberfläche drücken.

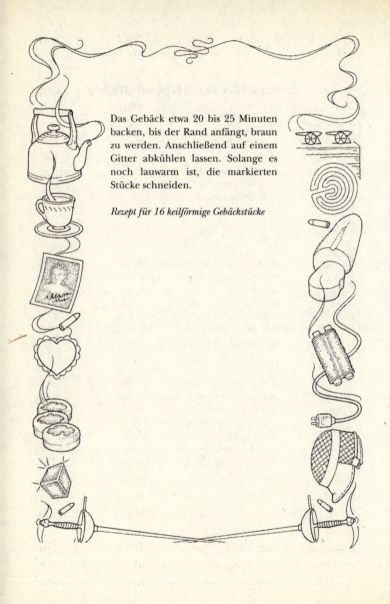

Das Gebäck etwa 20 bis 25 Minuten backen, bis der Rand anfängt, braun zu werden. Anschließend auf einem Gitter abkühlen lassen. Solange es noch lauwarm ist, die markierten Stücke schneiden.

Rezept für 16 keilförmige Gebäckstücke

»Vielen Dank, Julian.« Arch war am fünfzehnten April geboren. An diesem Tag waren auch die Steuern fällig – *Spaß und Steuern.*

Julian zeigte mir das rote Licht an unserer elektronisch abgesicherten Tür und den grün beleuchteten Zahlenschlüssel daneben.

»Noch eines«, warnte mich Julian, als wir uns auf den Weg zurück in die Küche machten. »Tom möchte wieder anfangen zu kochen.«

»Du machst Witze.«

»Nee. Er hat eine gute Idee für ein herzhaftes Frühstück.«

»Großer Gott.«

»Na ja«, meinte Julian, »das zeigt wenigstens, dass sein Gemüt Hunger hat, auch wenn sein Körper da noch nicht ganz mithalten kann. Er sagt, er will morgen loslegen. Er möchte wieder sein normales Leben führen.«

Ich verdrehte die Augen. »Hast du ihm die Geschichte von deiner angeblichen Freundin erzählt?«

»Nee. Es kam mir irgendwie nicht richtig vor, einem Cop, der wegen einer Schussverletzung ans Bett gefesselt ist, mit einem Trick die Wahrheit aus der Nase zu ziehen.«

Als wir die Küche betraten, war das Fenster – wundersamerweise – noch geschlossen. Ich zeigte Julian die noch nicht fertige Suppe, das Gebäck im Ofen und den Schokoladenteig im Kühlschrank. Während ich das Gebäck aus dem Ofen nahm, suchte Julian in Sukies perfekt organisierter Küche nach dem Eislöffel und bot mir an, die Schokoladeplätzchen zu machen.

Ich dankte ihm und sagte, dass ich eigentlich dringend wegmüsste. »Koste die Schokoladeplätzchen«, riet ich ihm, »dann siehst du, ob sie eine Vanille-Glasur brauchen. Wir servieren dazu Schokoladeneis. Oh, und wenn sich Alicia heute nicht blicken lässt, könntest du dann einen Lammbraten holen?« Ich zählte ihm auf, was es zum Abendessen geben würde; er meinte, das alles sei überhaupt kein Problem. Ich zählte weiterhin auf, wohin ich überall fahren würde, falls er mich erreichen wollte.

»Ich sehe auch hin und wieder nach Tom«, versprach er. »Und bringe ihm ein paar Snacks, damit er Energien tanken kann.«

»Du bist großartig«, sagte ich und meinte es ernst. Mein Blick fiel auf die Ordner und Zeitschriften, die Chardé hier gelassen hatte. Ich nahm den Stapel. Ganz unten befand sich Chardés Mappe mit Fotografien von Räumen, die sie eingerichtet hatte. Auf der Rückseite war ein Familienfoto: Buddy, Chardé, Howie und die kleine Patty. Einem Impuls folgend schnappte ich mir eines der gerahmten Zeitungsfotos, die an der Küchenwand hingen. Dort waren Sukie und Eliot zu sehen, wie sie sich küssten – die Überschrift wies auf die erfolgreiche Versteigerung vom Brief Heinrichs VIII. hin.

Vielleicht konnten mir die Fotos von Nutzen sein, deshalb steckte ich die Mappe und den Zeitungsausschnitt in meine übergroße Leinentasche. Ich konnte dem Briefmarkenhändler in Golden die Bilder zeigen ... möglicherweise führte mich das auf die Spur der Person, die auf Tom geschossen hatte. Ich ging hinauf in Archs Zimmer und holte mir sein Fernglas. Sternenkonstellationen in der Nacht, böse Jungs am Tag.

**Ich blinzelte** im hellen Sonnenschein. Schönes Wetter im winterlichen Colorado bedeutete eine schräg stehende Sonne und glitzernde, schneebedeckte Wiesen und Berge. Das Licht kann so grell sein, dass Fahren ohne Sonnenbrille unter Umständen katastrophale Folgen hatte.

Ich klappte die Sonnenblende herunter, biss die Zähne zusammen und machte mich auf den Weg zum Stamp Fox. Tom hatte mir oft erklärt, dass man einen Verbrecher in den ersten achtundvierzig Stunden nach der Tat am ehesten erwischt. Ich hatte die Marke von achtundvierzig Stunden bereits überschritten – ohne Resultate. Ich gab Gas.

Als ich Lauderdale's Luxury Imports auf der Nordseite des Highways sah, bremste ich etwas ab. Am Fuß der Berge über Denver hatten sich nicht allzu viele Firmen angesiedelt, da das hügelige Gelände ungeheure Anforderungen an Architekten und Bauunternehmer stellte. Aber Buddy Lauderdale hatte ein ebenes Grundstück für sein ausgedehntes Unternehmen gefunden und Unmengen von Jaguars, Mercedes, BMWs und Audis glitzerten verführerisch in der Sonne. Ich bog vom Highway ab, nahm die Zufahrt zu Buddys Firma und parkte vor einem Schauraum und neben einem mit neuesten Jaguars voll gestopften Platz. Ich stieg aus und sah mit dem Fernglas auf den östlichen Ausblick, den man von den Büros neben den Ausstellungsräumen aus hatte.

Wie zu erwarten sprang mir das Furman East Shopping Center ins Auge. Es war gestaltet wie eine rustikale mexikanische Stadt mit dunkelrotem Außenputz und orangebraunen Dachziegeln. Die Geschäfte gruppierten sich um einen nachgemachten, falschen Glockenturm, am nächsten standen ihm eine teure Modeboutique und ein Buchladen mit verglaster Vorderfront. Das Stamp Fox war nicht auf Anhieb zu entdecken, aber schließlich machte ich es doch zwischen einer italienischen Eisdiele und einem Blumengeschäft aus.

Davor stand eine FedEx-Box.

Also konnte man von hier aus alles sehen, wenn man wusste, wonach man Ausschau halten musste. Hmm. Ich stieg wieder in den Van und steuerte ihn zum Einkaufszentrum.

Das Stamp Fox war ein kleiner, mit goldener Tapete geschmückter Laden, der an ein Juweliergeschäft aus den fünfziger Jahren erinnerte. Das Licht der elektrischen Kerzen, die eine riesige Deckenleuchte bildeten, spiegelte sich in den Glasvitrinen mit polierten Messingrahmen. In jeder Vitrine lagen handbeschriebene Kuverts mit farbenprächtigen Briefmarken, die zum Betrachten einluden. Vielleicht war es mit dem Briefmarkensammeln wie mit dem Radfahren – man vergaß nie wirklich, worauf es ankam. Ich seufzte und überlegte, was aus meinen sorgfältig angelegten Alben geworden war. Ich hatte sie zu Hause gelassen, als ich ins Internat kam. Wahrscheinlich hatten die Mäuse auf dem Dachboden meine Schätze gefressen.

Der Ladenbesitzer war außer Haus, wie mir der übergewichtige, bleiche Verkäufer berichtete, der laut Namensschildchen *Steve Byron, Philatelist,* war. Dieser Byron, dessen einzige romantische Neigung mit der postalischen Historie im Zusammenhang stand, hatte ein rundes Gesicht, das zu seinem runden Körper passte. Er war etwa zweiundzwanzig Jahre alt, hatte hübsch gewelltes, kurzes, braunes Haar und kleine, farblose Augen hinter Brillengläsern, die so dick waren wie Flaschenböden. *Das Michelin-Männchen als Briefmarkenkenner.* Byron sperrte eine Vitrine ab, teilte seine wulstigen Lippen zu einem hoffnungsfrohen Lächeln und watschelte auf mich zu.

»Sammlerin?«, fragte er munter. »Suchen Sie nach etwas Speziellem? Wir haben gerade einen Nachlass aufgekauft. Sie sind die Erste, die ihn zu Gesicht bekommt. Hochinteressante Ware.«

»Ich bin Francesca Chastain«, plapperte ich drauflos, ohne mir Zeit zum Nachdenken zu nehmen, »und ich bin Motivsammlerin.« Ich achtete darauf, meine Tasche nicht an mich zu klammern, was, wie ich gehört hatte, ein Hinweis auf den unbewussten Wunsch war, kein Geld auszugeben. Stattdessen bemühte ich mich, ein gieriges Glitzern in meine Augen zu zaubern und mir einfallen zu lassen, welchem Motiv ich mein längst nicht mehr akutes Hobby verschrieben haben könnte. »Ich bin die *Erste*, die eine neu hereingekommene Sammlung zu sehen bekommt?«, erkundigte ich mich eifrig. »Akzeptieren Sie die Visa-Karte?«

Steve Byron schluckte und grinste glücklich. »O *ja*. Welche Motive sammeln Sie?«

Jetzt schluckte ich. Ich war auf nähere Erklärungen über die gestohlene Mauritius mit der Abbildung von Königin Viktoria aus und auf einen Anhaltspunkt, dass Sara Beth O'Malley nicht nur wegen der Zahnbehandlung aus Vietnam zurückgekehrt war. Allerdings wollte ich nicht wie die Schnüfflerin erscheinen, die ich im Grunde war. Ich überlegte fieberhaft, wie ich meine Absichten kaschieren und Byron gleichzeitig Informationen entlocken konnte.

»Abbildungen von allen Orten und Personen, deren Namen mit dem Buchstaben *V* beginnen.« Als ich Byrons verblüfften Blick auffing, wedelte ich mit der Hand, wie Eliot es immer machte. »Oh ... Vatikan, Venezuela, Venedig, Marken mit der Königin Viktoria und so weiter.«

Steve Byrons fleischiger Mund blieb offen stehen.

»Und fragen Sie mich nicht, ob ich eine Penny Black besitze. Ich habe keine. Aber ich würde Ihnen sofort eine abkaufen.« So, als wäre mir das gerade erst eingefallen, fügte ich hinzu: »Marken aus *Vietnam* wären auch nicht schlecht«

»Ich habe Ihren Namen vorhin nicht richtig verstanden«, stammelte er.

»Francesca Chastain. Haben Sie irgendwelche Stücke, die Sie mir zeigen können?«

Er leckte sich die Lippen. »Wir haben nichts mit der Königin Viktoria. Wir hatten was, aber die Sachen sind schon weg.« Er zögerte. »Aber ich habe ein paar Umschläge mit Marken, auf denen Venedig zu sehen ist – aus der Zeit, in der internationale Bemühungen unternommen wurden, die Stadt vor dem Untergang zu retten. Und ich habe eine Marke aus Vietnam. Ich zeig sie Ihnen.«

In der ersten Vitrine, zu der er mich führte, lag eine Marke aus Tunesien, die ein Mosaik aus dem Markus-Dom in Venedig zeigte. Ich heuchelte Interesse. Die zweite Marke versetzte mich allerdings in Erstaunen. Auf dem Schildchen mit den Informationen stand, dass sie aus dem Jahr 1973 stammte; abgebildet war ein stilisierter Löwe, Symbol des heiligen Markus und somit auch Venedigs. Auf die Marke waren französische Worte gedruckt: *Pour Venise* UNESCO. Die Briefmarke stammte allerdings nicht aus Frankreich, noch weniger aus Italien, sondern aus Kambodscha oder, wie auf der Marke zu lesen war: *République Khmère*.

»Woher haben Sie die?«, erkundigte ich mich zu vehement.

Byron schreckte zurück. »Vom selben Sammler, der uns die aus Vietnam verkauft hat. Ein amerikanischer Militärangehöriger, der in den siebziger Jahren da drüben stationiert war, hat Marken gesammelt. Er kam nach Hause, wurde zum Alkoholiker und war in einer ziemlich schlechten Verfassung, als er im letzten Herbst in unseren Laden gestolpert kam. Er hat seine Sammlung verkauft, um den Aufenthalt in einem Sanatorium und dreißig Tage Entziehungskur bezahlen zu können.« Er ging zu einer anderen Vitrine. »Die Vietnam-Marke ist hier. Sie wurde im Jahr 1972 gedruckt in dem Land, das damals noch Südvietnam hieß. Man sieht den Wiederaufbau nach der Tet-Offensive. Möchten Sie welche sehen?«

»Könnte ich mit dem Veteran sprechen, der sie Ihnen verkauft hat?« Es war weit, weit hergeholt, aber vielleicht wusste er ja etwas über die amerikanische Krankenschwester, die plötzlich als »Tote« wieder aufgetaucht war ... falls diese »Veteranen«-Geschichte überhaupt stimmte.

Byron schüttelte den Kopf. »Er ist gestorben. Er ist aus dem Sanatorium gekommen, hat sich betrunken und ist auf der I-Seventy mit seinem Auto in die falsche Richtung gefahren. Ein Sattelschlepper hat ihn platt gemacht.«

»Wie war sein Name?«

»Trier. Marcus Trier. Seine Familie gehörte zu unserer Kirchengemeinde, aber sie sind nach Florida gezogen. Warum fragen Sie? Kannten Sie Marcus?«

»Ich dachte nur ... vielleicht haben wir einen gemeinsamen Bekannten.« Ich fluchte im Stillen und überlegte, was ich als Nächstes tun sollte. Ich musste noch dem Briefmarkenhändler in Golden einen Besuch abstatten, um die entfernte Möglichkeit, dass ihm die gestohlenen Königin-Victoria-Marken verkauft worden waren, zu überprüfen. Aber für diese Expedition brauchte ich etwas Spezielles. »Haben Sie einen neuen Katalog mit Ihren Angeboten? Mit Preisen und Abbildungen?«

»Keinen ganz neuen, aber ich hole Ihnen den, den wir haben.« Byron rollte ins Hinterzimmer. Einen Augenblick später kam er mit einem schmalen Katalog zurück. »Unser Bestand ist natürlich nur teilweise abgebildet. Aber die Reproduktionen sind in Farbe.« Er blätterte die Seiten durch. »Die hier angegebenen Preise sind die von vor drei Monaten. Einige wenige haben sich geändert. Hoppla, hier ist etwas von der Victoria-Ware.« Er nahm einen dicken, schwarzen Filzstift vom Tisch. »Ich streiche das aus, da wir die Marken nicht mehr haben.«

»Nein!«, brüllte ich. Der arme Kerl erschrak so sehr, dass er den Stift beinahe fallen ließ. »Ich möchte die Preise von *allem* wissen.« Als ich seinen erstaunten Blick auffing, entschuldigte ich mich: »Ich bin wirklich eine *leidenschaftliche* Sammlerin.«

»Das dachte ich mir schon.« Er gab mir den Katalog, enttäuscht, weil wir nicht ins Geschäft gekommen waren. »Sie können uns die Nummer Ihrer Visa-Karte telefonisch durchgeben, wenn Sie sich entschieden haben, was Sie wollen.«

Ich dankte ihm und verließ den Laden. Ich hatte noch neunzig Minuten bis zu meinem Termin im Haus des Auktionsagenten in Golden und in dieser Zeit musste ich ein paar Dinge abholen, die Fox-Meadows-Grundschule finden und Connie Oliver einige Informationen entlocken. Schlimmer war, dass mein Magen knurrte, und das an einem Tag, an dem an Mittagessen kaum zu denken war. Das letzte Notfall-Trüffel in meiner Handtasche würde diesmal *nicht* genügen.

Allerdings befand sich nur zehn Schritte entfernt eine italienische Eisdiele ...

Zehn Minuten später hielt ich eine Tüte mit gerade gekauftem Klebstoff, einer Schere und weißem Papier in der einen Hand und eine Waffel mit drei Kugeln Schokoladeneis in der anderen. Die Fox-Meadows-Grundschule, so hatte mir der Eisverkäufer erklärt, sei von hier aus mit dem Auto in nur fünfzehn Minuten zu erreichen. Das cremige Schokoladeneis schmolz in meinem Mund, als ich den Van einhändig steuerte und gleichzeitig an den Kugeln schleckte – kein leichtes Unterfangen. Schließlich bog ich auf die neue, kurvige Straße, die mich zur Schule führte. Ich stopfte den Rest der Waffel in den Mund – Ekstase! – und sprang aus dem Wagen.

Connie Oliver hatte gerade den Sehtest in der vierten Klasse beendet. Zumindest sagte sie das, nachdem ich mich als Francesca Chastain – mein *nom de jour* – vorgestellt hatte. Schwester Oliver war mittelgroß und hatte mit Make-up die Reste von Sommersprossen in ihrem nichts sagenden Gesicht abgedeckt. Ich schätzte sie auf etwa fünfzig Jahre. Sie begrüßte mich und zupfte unsicher an ihrem Haar; es war getönt, um die grauen Strähnen zu überdecken. Ich behauptete, für eine Zeitung einen Artikel darüber zu schreiben, wie Vietnam das Leben der Abschlussklassen von Schulen, Colleges und Schwesternschulen beeinflusst hatte.

»Davon weiß ich nichts«, sagte sie tonlos, als sie mich aus der muffigen, nach Kohl riechenden Cafeteria zu einer Bank am Rand des Spielplatzes führte. Die Luft war kalt, aber unser Platz in der Sonne war warm genug. Die Kinder tobten und jagten sich kreischend zwischen den Schaukeln. Connie Oliver setzte ihre Sonnenbrille auf und richtete den Blick auf den Spielplatz. »Wir haben uns nie wieder getroffen«, erklärte sie schließlich. »Es wäre zu traurig gewesen. Unsere Klasse war klein – wir waren nur fünfzehn. Gleich nach dem Abschluss kamen zwei bei einem Helikoptereinsatz ums Leben – Schneesturm. Im selben Jahr starb eine andere bei einem Autounfall und eine in Vietnam. Wir anderen wollten nicht zusammenkommen. Es wäre für uns viel zu traurig gewesen«, wiederholte sie.

»Wer starb in Vietnam?«

»Machen Sie sich denn keine Notizen?«

»Nur, wenn ich etwas höre, was ich mir für meinen Artikel merken muss.«

Connie zuckte mit den Schultern. Sie blieb lange stumm und ich fürchtete schon, sie hätte es sich anders überlegt und wollte doch nicht mit mir reden. Zu guter Letzt sagte sie: »Ihr Name war Sara Beth O'Malley. Sie war mit einer MASH-Einheit in einem Tal. Es war kurz vor Ende des Krieges. Ihre Einheit wurde angegriffen und sie ließ dabei ihr Leben ...«

»Das tut mir Leid«, sagte ich.

Connie sah mich an, dann wandte sie sich wieder den Kindern zu. Ich wusste, dass ich nicht aufrichtig geklungen hatte, also wartete ich eine kleine Weile, ehe ich weiterfragte: »Waren Sie alle bei … dem Trauergottesdienst, als der Leichnam von Miss O'Malley hierher überführt wurde? Weil sie einmal zu Ihrer Klasse gehörte?«

Connie Oliver zog ihren Mantel fester um sich und schüttelte den Kopf. »Die Army konnte ihre Leiche leider nicht bergen. Es gab keine öffentliche Trauerfeier.«

Ich gab ein paar mitfühlende Laute von mir und wartete wieder ein wenig, ehe ich mich erkundigte: »Gibt es jemanden, der wissen könnte, ob es überhaupt eine Trauerzeremonie für Sara Beth O'Malley gab? Familienmitglieder, die hier in der Gegend wohnen, oder so?« *Jemanden, der sie jetzt vielleicht versteckt?*, fügte ich im Geiste hinzu.

»Nee. Sara Beth hatte keine große Familie. Ihre Eltern waren schon ziemlich alt, als sie in die Schwesternschule kam, sie dürften mittlerweile verstorben sein.« Connie runzelte nachdenklich die Stirn, dann fiel ihr etwas ein. »Aber sie war verlobt. Der Bursche war ein paar Jahre jünger als sie. Ich glaube, er besuchte noch die High School, als sie ihren Abschluss in der Schwesternschule machte.« Ich hielt den Atem an und sie musterte mich kurz. »Sein Name war Tom. Schwartz oder Shoemaker oder so ähnlich. Er hat sie vergöttert. Viel später habe ich gehört, dass Sara Beths' Verlobter Polizist geworden ist. Vermutlich könnten Sie versuchen, ihn durch das Sheriff's Department ausfindig zu machen.«

»Gut, danke.« Ich war geradezu überwältigt, so viele

zusammenhängende Worte aus ihrem Munde zu hören. Aber ich musste ihr noch eine Frage stellen. »Haben Sie jemals Gerüchte gehört, dass Sara Beth aus Vietnam zurückgekehrt sein soll? Dass sie gar nicht ums Leben gekommen ist?«

»Nein!« Sie schüttelte sichtlich verärgert den Kopf. »Also wirklich, was ihr Journalisten euch immer einfallen lasst!« Eine Glocke schlug an und Connie erhob sich. »Ich muss hinein. Wenn Sie mehr über Sara Beth erfahren wollen, sollten Sie mit Tom Schlosser, oder wie immer er hieß, reden.«

»Okay, danke. Sie wissen nicht zufällig ein bisschen mehr über ihn?«

Sie deutete auf einen Jungen, der auf uns zuhinkte. »Was ist, George?«

»Mike hat mich getreten. Ich bin *verkrüppelt*. Ich glaube, ich muss nach Hause.«

Connie schlug einen nachsichtigen Ton an. »Lass mich deine Verletzung ansehen.«

Als George sich auf die Bank fallen ließ, sagte ich: »Ich *verspreche*, Sie in Frieden zu lassen, wenn Sie mir von Sara Beths' Verlobtem erzählen. Hat er getrauert nach ihrem Tod?«

»Das weiß ich nicht«, erwiderte Connie, als sie Georges Socke hinunterrollte. Ich zuckte zusammen, als ich die bläuliche Schwellung sah. Zweifellos war das Leben auf einem Spielplatz ziemlich rau. Connie versetzte knapp und abweisend: »Miss Chastain, ich erinnere mich nur daran, dass Tom, obwohl er jünger war als Sara Beth, immer ihren Beschützer gespielt hat. Er hat ständig angerufen, um nachzufragen, wie es ihr bei den Prüfungen ergangen war, ob sie ausgehen wollte oder er ihr etwas zu essen besorgen sollte. So etwas in der Art. Er war verrückt nach ihr. Manche Mädchen haben wirklich Glück.«

»Nochmals vielen Dank, Miss Oliver«, murmelte ich niedergeschlagen und steckte George den Trüffel zu. Er grinste mich breit an. Ich zwinkerte ihm zu und ging.

Auf dem Weg nach Golden rief ich im Schloss an. Zu meinem Erstaunen meldete sich Tom.

»Hallo«, sagte ich und hoffte, dass ich das Beben in meiner Stimme gut genug verbergen konnte. »Ich wollte nur hören, ob bei euch alles in Ordnung ist. Wie fühlst du dich?«

»Großartig für einen Einarmigen. Wo, zum Teufel, steckst du?«

»Ich mache Besorgungen und erledige ein paar Dinge.« Das entsprach mehr oder weniger der Wahrheit. »Ich komme bald zurück.«

»Julian stopft alle hier mit Essen voll. Kein Mensch wird vor Mitternacht wieder Hunger haben.«

»Das stimmt gar nicht!«, schrie Julian im Hintergrund.

»Okay«, sagte Tom lachend. »Alicia war noch nicht hier. Aber die Hydes haben mit Julian über das heutige Abendessen gesprochen. Sie haben eine Lammkeule im Haus und erlauben ihm nicht, eine zu kaufen. Sie taut gerade ganz gemächlich auf. Sie sind begeistert, dass ihr für sie kocht, und wollen in der Großen Halle mit uns essen.«

Das sei kein Problem, meinte ich, verabschiedete mich und legte auf. Ich parkte an einer steil abfallenden Straße in der Nähe von Troy McIntires Haus. Mir fiel auf, dass hier in der Gegend etliche heruntergekommene Häuser standen. Ich machte mich an die Arbeit und schnitt Abbildungen aus dem Stamp-Fox-Katalog aus und klebte sie auf Papier. Einige der älteren Häuser hatten Steinmauern, während andere billig zusammengezimmert waren. Als ich mit meiner mühsamen Bastelei fertig war, stieg ich aus und ging zu einem einstöckigen Ziegelhaus, von dessen Tür der weiße Lack abblätterte.

»Ich bin Francesca Chastain«, machte ich dem kleinen, gebeugten Mann klar, der die Tür öffnete. Er war Mitte sechzig. »Wir haben eine Verabredung ...«

»Ja, ja, McIntire«, gab er barsch zurück, als er mir eine knorrige Hand hinhielt und die Tür hinter sich zuzog. »Wonach suchen Sie genau?«

Also blieben wir auf seiner Veranda stehen und machten unsere Geschäfte hier draußen? Okay. Ich erinnerte mich an Lamberts Worte, dass die gestohlenen Briefmarken in keiner Zeitung erwähnt worden waren. Ich reichte McIntire mein Papier mit den aufgeklebten Ausschnitten aus dem Stamp-Fox-Katalog – es waren fünf Abbildungen der wertvollsten Königin-Victoria-Marken. Troy McIntire hielt sich das Blatt vor die Nase und sah es sich genau an, dann zog er eine dünne Augenbraue hoch.

»Okay, ja, ich habe eine von diesen.« Er tippte mit einem gekrümmten Finger auf das Papier. »Ein Mann hat die Sachen seiner Urgroßmutter durchgesehen und sie gefunden. Vielleicht hat er noch mehr, aber er muss Berge von Papieren durchforsten. Wollen Sie sie kaufen?«

»Wie viel kostet sie?«

Er blinzelte mich mit seinen blutunterlaufenen, kleinen Augen an. »Sie ist in tadellosem Zustand. Zweihundertfünfzigtausend.«

»Um ehrlich zu sein«, versetzte ich scharf, »ich bin eine Ermittlerin und arbeite mit der Polizei zusammen.«

»Gehen Sie.« Er warf das Blatt Papier auf den Boden und drehte sich zur Tür.

»Ich muss diese Briefmarke sehen«, sagte ich entschieden.

»Scheren Sie sich zum Teufel.«

»Bitte drehen Sie sich um und sehen Sie mich an«, forderte ich ihn auf.

Er wandte sich mir langsam zu und bedachte mich mit einem durchdringenden, hasserfüllten Blick. »Ohne Durchsuchungsbefehl kommen Sie mir nicht ins Haus. Und ich möchte Ihren Ausweis sehen.«

»Der ist im Wagen.«

»Sie sind keine Ermittlerin!«

Ich seufzte. »Sie haben Recht, ich bin Sammlerin. Ein Teil meiner Sammlung wurde gestohlen, als ich eine Party gab. Das hat mich sehr ärgerlich gemacht.«

»Sie sind nicht die Erste, der man Briefmarken gestohlen hat.«

»Ich weiß. Ich war bereits in dem Laden im Einkaufszentrum.«

McIntire schnaubte verächtlich. »Der Kerl ist ein Halsabschneider.«

»Könnten Sie mir bitte helfen? Könnten Sie mir sagen, wer Ihnen diese Marken verkauft hat?«

»Es war irgendein *Typ*. Ich erinnere mich nicht an seinen Namen.« Er wirbelte herum, stieß die Tür auf und verschwand.

»Bitte, warten Sie.« Ich stemmte den Ellbogen gegen die Tür. McIntire ächzte. Mit gespreizten Beinen und ausgestrecktem Arm hielt ich die Tür auf, während ich mit der freien Hand nach den Fotos in meiner Tasche kramte. Ich hielt sie ihm hin. »Erkennen Sie eine dieser Personen?«

Er sah sich das erste Foto an – die kuschelige, lächelnde Lauderdale-Familie. »Diese Leute waren auf Ihrer Party?«

»Haben Sie sie schon mal gesehen?«

»Nee.« Er betrachtete das Bild von Sukie und Eliot und eines von Arch in Fechtmontur neben Michaela, die ihm den Ausfallschritt zeigte. Plötzlich erstarrte McIntire.

»Was ist?«, wollte ich wissen.

»Nichts.« Er versuchte, mir die Fotos zurückzugeben, aber sie fielen ihm aus der Hand. Er mied meinen Blick, als er die Tür zurückzog und schließlich mit Wucht zuknallte.

»Können Sie mir nicht wenigstens sagen, ob Sie eine der Personen wiedererkannt haben?«, flehte ich.

»Verschwinden Sie!«

»Vielen Dank für die tolle Hilfe!«, fauchte ich. Plötzlich war ich grenzenlos erschöpft, frustriert und wütend. Ich sank auf die Knie und sammelte die Fotografien wieder ein.

Chardé und Buddy. Sukie und Eliot. Michaela und Arch ...

Ich schnappte nach Luft und mein Blut erstarrte plötzlich zu Eis. Das letzte Foto war das, das ich Sukie und Eliot gezeigt hatte. Der Blödmann. In seinem Arztkittel.

»Hey! War der mysteriöse Verkäufer ein schlanker, gut aussehender Bursche?«, schrie ich die geschlossene Tür an. »Blonde Haare? Fährt er einen goldenen Mercedes? Sehr blass wie jemand, der gerade aus dem Gefängnis gekommen ist?«

Im Haus herrschte Schweigen.

 **Ich stieg in den Van,** setzte zurück und wendete in Windeseile. Ich warf einen Blick zurück auf das Haus – ich wusste, dass McIntire mich durch einen Spalt in den Vorhängen beobachtete. Aber vielleicht bildete ich mir das – wie so vieles andere – auch nur ein. Ich nahm das Handy und tippte Sergeant Boyds Nummer ein und erzählte ihm von meinem Gespräch mit dem Briefmarkenhändler. Nachdem ich den Wortwechsel und McIntires Reaktion auf die Fotos geschildert hatte, holte ich tief Luft und setzte hinzu: »Ich habe den Verdacht, dass die Person, die McIntire die Marke verkauft hat, mein Exmann, der Exhäftling John Richard Korman war.«

»Also wirklich, Goldy, das ist an den *Haaren* herbeigezogen.«

»Hören Sie, Sergeant Boyd. John Richard hat Ray Wolff im Gefängnis kennen gelernt und jetzt ist er mit Viv Martini, Wolffs ehemaliger Freundin, zusammen. John Richard hat einen Wagen bei Buddy Lauderdale gekauft, den er sich nach menschlichem Ermessen gar nicht leisten kann – ganz zu schweigen von dem Haus, das er sich auf *gar keinen Fall* leisten kann. Er *muss* von irgendwoher Geld bekommen haben. Vielleicht hat er einen unsauberen Deal mit Buddy Lauderdale gemacht. Nicht nur das – John Richard hat Sukie auch behandelt, als sie Krebs hatte, und sie hat mir gegenüber kein Wort darüber verloren ...«

»Immer langsam, Goldy«, fiel mir Boyd ins Wort. Offenbar war er wild entschlossen, all meinen Spekulationen ein Ende zu bereiten. »Zuallererst müssen wir McIntire vernehmen. Dann, wenn sich der *Verdacht* ergibt, dass der Mann gestohlene Ware gekauft hat, versuchen wir, einen Durchsuchungsbefehl zu erwirken. *Falls* wir diesen Briefmarkenhändler aus irgendeinem Grund verhaften können und er sich mit einer Gegenüberstellung – mit John Richard Korman und anderen – einverstanden erklärt, haben wir einen Anhaltspunkt. Aber all das Gerede von Buddy Lauderdale?« Er zögerte. »Ich weiß nicht, Goldy. Allmählich sieht es so aus, als hätten Sie etwas gegen den Burschen.«

»Es wäre auch möglich, dass *er* die Marke an diesen McIntire verscherbelt hat«, sagte ich rasch. »Es ist alles so offensichtlich. Buddy kann das Stamp Fox von seinem Schauraum aus sehen. Ich war vorhin selbst dort ...«

»Goldy, hören Sie auf!«

»Ich will wissen, wer auf Tom geschossen hat.«

»Das wollen wir alle. Aber Sie ziehen voreilige Schlüsse. Glauben Sie zum Beispiel allen Ernstes, dass Sukie Hyde *Ihnen* Einzelheiten über ihre Krebserkrankung erzählen würde? Noch dazu, wenn Ihr Exmann sie behandelt hat? Kommen Sie ...«

Ich atmete tief durch. »Sie halten mich für durchgedreht.«

»Ich denke, Sie interpretieren zu viel in das hinein,

was die Leute tun. Und ich finde, dass Sie vorsichtig sein müssen.«

»Ein FedEx-Fahrer wurde umgebracht. Einer der Räuber wurde ermordet und in einen Creek geworfen. Man hat auf meinen Mann geschossen. Man hat unser Wohnzimmerfenster zertrümmert und unser Haus ausgeraubt. Und Sie sagen mir, dass ich mit einer bestimmten Person *nicht zurechtkomme* und vorsichtig sein soll?«

»Ich versuche nur, Ihnen zu helfen«, erwiderte Boyd. »Wir denken übrigens, dass wir Ihren Computern auf der Spur sind. Ein älterer Mann, auf den Ihre Beschreibung passt, hat heute Morgen einem Undercover-Cop zwei Geräte zum Kauf angeboten.«

»Wo?«

»In einer Bar.«

»Morris Hart hat die Computer in eine Bar geschleppt? Und versucht, sie dort zu verkaufen? Und einer Ihrer Jungs war rein zufällig gleich heute Morgen zur Stelle?«

»Hey, unsere Undercover-Leute gehen morgens in Bars. Das ist ihr Job. Was meinen Sie, wohin die Ganoven morgens gehen? Ins Büro?«

»Können Sie so schnell wie möglich zu McIntire fahren? Bitte!« Okay, ich raspelte Süßholz, aber ich brauchte wirklich seine Hilfe. Er versprach es und legte auf.

Es war drei Uhr. Einer von uns, Julian oder ich, musste Arch um fünf vom Fechttraining abholen. Im Schloss hatte ich eine Menge in der Küche zu erledigen. Ich schüttelte den Kopf und trat aufs Gas.

Ein kalter Wind fegte vom Bergkamm herunter und rüttelte am Van. Irrte ich mich? Oder hatte ich wirklich Grund zu glauben, dass Buddy oder Chardé oder Viv – sie alle kannten den Sicherheitscode des Schlosses oder könnten ihn zumindest kennen – oder Eliot oder Sukie oder sogar Michaela, die Zugang zu allem hatte und über irgendetwas fürchterlich wütend zu sein schien – dass also eine von diesen Personen einen Diebstahl im großen Stil durchgezogen hatte? Könnte jemand von ihnen einen Mord begangen haben? Oder war der Killer ein Komplize von Ray Wolff – wie auch der Kerl, der unsere Computer gestohlen hatte?

Dunkle Wolken jagten über den Himmel nach Süden, als ich in westliche Richtung nach Aspen Meadow fuhr. Ich hatte Andy Balachek im Creek gefunden, nicht weit weg von der Stelle, an der Tom später angeschossen wurde ... und diese Stelle war nur einen Katzensprung von dem Zaun, der das Hyde-Anwesen umgrenzte, entfernt. Jemand führte *etwas* im Schilde, aber ob dieser Jemand John Richard, Viv Martini, Chardé Lauderdale oder ihr schleimiger Mann, der gute Schütze Buddy Lauderdale, war, wusste ich nicht. Viel mehr Sorgen bereitete mir, dass ich Arch, Tom und Julian in die unmittelbare Nähe der Hydes und ihrer zwielichtigen Freunde gebracht hatte. Ja, wir mussten und konnten unsere Türen nachts absichern, aber was war tagsüber? Wenn jemand mit einer Schusswaffe herumfuchtelte, würde ein Fleischermesser als Verteidigung wohl kaum ausreichen.

Boyd hatte gewarnt: *Sie müssen vorsichtig sein.* Ich konnte mir sogar vorstellen, was er zu mir sagen würde, wenn ich ihm meine Ängste um unsere Sicherheit darlegte. Boyd würde erwidern, dass wir bereits eine Nacht im Schloss überstanden hatten und dass ein entschlossener Killer längst zugeschlagen hätte. *Wenn sich ein Mörder in diesem Schloss herumtreibt, warum hat er (oder sie) die Gelegenheit nicht unverzüglich genutzt?*

Tom weiß bestimmt, was wir machen sollen, dachte ich, als ich durch das Tor auf das Schlossanwesen kam. Schneeflocken wirbelten durch die Luft. Ich fuhr langsamer, da die Eisplatten auf der Zufahrt trügerisch mit einer dünnen weißen Schicht bedeckt waren. Ich hatte Mühe, nicht ins Schleudern zu geraten, und ich überlegte, dass ich es in letzter Zeit mit der vollkommenen Ehrlichkeit Tom gegenüber nicht allzu ernst genommen hatte. Verdeckte Operationen und Frustration hatten sich zwischen uns gedrängt – auch in Gestalt von Sara Beth O'Malley. Meine Gedanken beschäftigten sich wieder mit der Frage, die mich schon seit zwei Tagen quälte: *Was hielt Tom vor mir geheim?* Ich für meinen Teil verheimlichte ihm definitiv meine Nachforschungen über Sara Beth O'Malley.

Er war verrückt nach ihr, hatte Connie Oliver über Tom und Sara Beth gesagt. *Er spielte ihren Beschützer.* Vielleicht liebte er sie wirklich nicht mehr, aber war es möglich, dass er sie noch immer schützte? Wovor? Wie konnte ich das herausfinden, ohne ihn direkt zu fragen? Als ich ins Schloss ging, wurde mir bewusst, dass ich noch sehr viel mehr Fragen, aber keine einzige Antwort hatte. Es war Zeit, den Stier bei den Hörnern zu packen.

Ich war überrascht, Tom in der Küche vorzufinden. Er suchte etwas in den Schränken mit den Glasfronten. Seine rechte Schulter war bandagiert und er hatte den Arm in der Schlinge. Seine langsamen Bewegungen machten mir das Herz schwer. Im Gegensatz zu ihm sprang Julian behende zwischen Arbeitsplatte – wo er einen Teller mit appetitlichen Sandwiches anrichtete – und Küchentisch hin und her.

Tom blieb stehen und warf mir einen niedergeschlagenen Blick zu.

»Miss G.« Er bemühte sich um einen jovialen Ton, aber seine Augen verrieten den körperlichen Schmerz. »Ich habe mir Sorgen um dich gemacht.«

»Tom«, schimpfte ich, »du solltest doch im Bett bleiben!«

»Bitte. Ich konnte keine Minute länger liegen. Ich hätte Zustände bekommen, wenn ich diese alten englischen Möbel noch länger hätte anstarren müssen. Deshalb dachte ich, Julian und ich könnten Tee machen ...«

Julian schaltete sich ein: »Was so viel heißt wie: Er *sagt* mir, was er für einen Tee britischen Stils will, und ich mache die Sandwiches und das Gebäck. Hungrig?«

Das italienische Eis war nur noch eine entfernte Erinnerung. Ich grinste und nickte. Tom liebte es, zu kochen und Anweisungen zu geben, wenn andere kochten. Doch ehe ich mich entspannen konnte, musste ich mich um die Zutaten für das Abendessen kümmern. Auf der Arbeitsplatte neben dem Kühlschrank stand die Lammkeule und taute auf. Ich wusch mir die Hände und steckte das Fleischthermometer in die Keule, um mich zu vergewissern, dass das Fleisch auch innen bereits Raumtemperatur hatte. Jetzt musste ich nur noch das Minzgelee auftreiben, das ich zu dem Lammbraten servieren wollte. Wenn wir schon englisch sein wollten, dann richtig, oder?

»Na ja, Boss«, bemerkte Julian, »in einer Hinsicht wird unser Tee nicht authentisch sein.« Er grinste schalkhaft. »Kein geräucherter Lachs. Also habe ich Gurkensandwiches gemacht. Und ich bin dabei, Rahmkäse auf dein Süßbrot zu streichen. Die Weight Watchers sollen sich vor Gram verzehren.«

Tom streckte unbeholfen seinen gesunden Arm aus, um einen der oberen Schränke aufzuschließen. »Wenn

Sukie nicht hier oben ihren Tee, die Siebe und die Kanne aufhebt, werde ich mal ein Wörtchen mit ihr reden.« Er tastete das Fach ab und beförderte schließlich eine Dose mit English Breakfast Tea, ein silbernes Teeei und Eliots Keramikkanne, die die Form eines englischen Butlers hatte, zutage. Tom zog den Schlüssel aus dem Schrankschloss. »Und bevor du fragst, Goldy, Sukie hat mir die Schlüssel gegeben und mir erlaubt, alles zu nehmen, was wir brauchen. Das Problem ist nur, den richtigen Schlüssel für das richtige Schloss zu finden.« Er überblickte den Küchentisch. »Was fehlt noch?«

»Brötchen!«, riefen Julian und ich unisono.

Julian bot an, für Butter, Marmelade und Schlagsahne zu sorgen, wenn ich die Brötchen backen würde. Dazu erklärte ich mich gern bereit, da ich ein Rezept hatte, das ich bei den Nachforschungen über die alte englische Küche kreiert hatte – diese Brötchen wollte ich – ohne Erfolg – vor zwei Tagen für die Cops backen. Eliot hatte nämlich bei unserer ersten Begegnung erwähnt, dass er den zu erwartenden Konferenzteilnehmern Tee nach viktorianischer Art anzubieten gedachte, und ich hatte mir damals vorgenommen, ihm unwiderstehliche Kostproben meines Einfallsreichtums vorzusetzen. Mein Laptop startete, während ich in meinen Kisten nach den Korinthen suchte. Ich legte die Diskette mit den britischen Rezepten ein und klickte die Datei »Brötchen« an.

Danach heizte ich das Backrohr vor, weichte die Korinthen in kochendem Wasser ein und maß die trockenen Zutaten für den Teig ab, um sie mit der Küchenmaschine der Hydes erst mit kalten Butterstücken, dann mit Ei, Milch und Sahne zu vermengen. Ich knetete den schweren Teig noch einmal gründlich durch und formte Dreiecke, die ich auf ein Blech legte und in den Ofen schob. Während Tom angeregt mit Julian über die geschmacklichen Vorteile von Chili mit Fleisch oder mit Gemüse diskutierte, durchsuchte Julian Eliots Schrank nach Zitronenmarmelade.

»Sieh nach, ob du Minzgelee findest«, bat ich ihn. Julian klapperte und klimperte eine Weile herum, dann stellte er kleine Kristallgläser mit Heidelbeer-, Orangen-, Zitronen- und Himbeermarmelade auf den Tisch.

»Keine Minze«, sagte er betrübt. Aber seine Miene hellte sich gleich wieder auf. »Moment, ich glaube, ich habe Minzgelee in Eliots anderem Schrank gesehen.« Er schnappte sich die Schlüssel, verschwand im Speisezimmer und dann hörte man ihn nur noch kräftig fluchen. Dann klirrte etwas und Julian marschierte mit einem Glas Minz- und einem Glas Kirschgelee in die Küche.

Die backenden Brötchen verbreiteten einen wunderbaren Duft, während wir Toms heißen, dunklen, perfekt aufgebrühten englischen Tee tranken und die delikaten Gurkensandwiches und das Süßbrot mit dem Rahmkäse aßen. Julian fiel ein, dass Michaela angerufen hatte, um Bescheid zu sagen, dass sie Arch nach Hause bringen würde. Als ich erklärte, ich hätte ein schlechtes Gewissen, weil wir unsere Gastgeber nicht zum Essen eingeladen hatten, erklärte Julian, dass die Hydes bis zum Abendessen außer Haus seien. Eliot nehme an einem Seminar über selbständige Geschäftsführung teil und Sukie, die felsenfest davon überzeugt war, die einzige Hyde zu sein, die ein Geschäft über Wasser halten konnte, habe darauf bestanden, ihn zu begleiten. Julian hatte ihnen einen vegetarischen Snack eingepackt. Sie hatten angekündigt, um sieben zurück zu sein, damit wir alle gemeinsam das Dinner in der Großen Halle einnehmen konnten, wo Eliot schon alles für die elisabethanischen Spiele vorbereitet hatte, die wir ausprobieren sollten. Na, toll, dachte ich. Kochen, essen und anregendes Federball oder Hufeisenwerfen. Verzeihung – *Shuttlecock* und *Pennyprick*. Warum hatten die Elisabethaner ihren Spielen Namen gegeben, die nach schmutzigem Sex klangen? Würden die Eltern der Schüler nach dem Freitagsbankett bei mir anrufen und sich beschweren?

Ich verdrängte diese Bedenken, als ich die dampfenden Brötchen aus dem Ofen holte. Wir schmatzten genüsslich, plauderten und bestrichen die Brötchenhälften dick mit Rahm und Marmelade. *Lecker*, meldete mein Gehirn, als ich in eine frische Brötchenhälfte mit Kirschgelee biss. Mir fiel auf, dass Tom immer noch nicht viel aß. Aber seine Lebensgeister schienen im Kreise der Familie und beim Essen etwas wacher geworden zu sein. Ich sah auf die Uhr: Viertel vor vier. Wenn unsere Aussprache stattfinden sollte, dann wurde es höchste Zeit.

»Goldy?«, sagte Julian. »Ich hab vergessen, dir zu erzählen, dass deine Lieferantin schließlich doch noch gekommen ist. Sie hat noch einen Lammbraten mitgebracht und all das Zeug für morgen und für Freitag. Soll ich nach dem Tee schon mal mit dem Lunch für morgen anfangen? Die Suppe ist bereits fix und fertig. Bevor Eliot ging, meinte er, wir sollten sicherstellen, dass die Tische *gleich morgen früh* gebracht werden.«

»Das kann noch warten«, erwiderte ich. »Und danke, dass du Alicia geholfen und so viel gearbeitet hast. Ich möchte heute das Abendessen zubereiten, aber noch nicht gleich.« Auch wenn unser Zimmer besser geeignet wäre für ein Gespräch unter vier Augen mit Tom, wollte ich nicht länger warten. Ich bedachte Julian mit einem bedeutungsvollen Blick.

»Okay!«, rief Julian aus. »Ich könnte schon mal für sechs Personen in der Großen Halle decken.« Er zwinkerte und verschwand.

Ich sprang kopfüber ins kalte Wasser: »Tom, wir müssen reden. Es gibt etwas, das mir Kopfzerbrechen bereitet ...« Ich verstummte.

Er runzelte die Stirn und sah mich verständnislos an. »Was?«

»Gleich nachdem du angeschossen wurdest, hast du etwas Eigenartiges zu mir gesagt. Du sagtest: ›Ich liebe sie nicht.‹«

Seine Schultern sackten herunter und er wandte sich ab. »O Gott. Dann stimmt es also. Ich habe es mir nicht eingebildet.«

»Was eingebildet? Dass Sara Beth O'Malley am Leben ist?«

Toms Augen waren, als er mich wieder ansah, leuchtend grün wie Meerwasser im Sonnenlicht. »Goldy, ich liebe dich. Ich bin mit dir verheiratet. Als ich im Krankenhaus aufwachte, wusste ich nicht, ob ich geträumt hatte, dass sie zurückgekommen ist, oder ob es wahr ist. Die Ärzte haben mich gewarnt, dass die starken Schmerzmittel Halluzinationen hervorrufen könnten, deshalb habe ich die ganze Sache den Medikamenten zugeschrieben. Dann wachte ich hier auf und glaubte, jemanden aus unserem Zimmer huschen zu sehen.«

Kein Wunder, dass er so verstört ausgesehen hatte. Mir tat das Herz weh. »Ein Mann oder eine Frau rannte aus unserem Zimmer? Hattest du die Tür nicht abgesperrt?«

»Die Tür war *abgesperrt*.« Er war mehr als nur ein wenig irritiert. »Das Wesen sah nicht aus wie ein Mann oder eine Frau, sondern wie ein Kind in Ritterrüstung – wie aus der Geistergeschichte entsprungen. Es sah aus wie eine Halluzination, aber die Rüstung hat ziemlich laut geklappert.«

»Aber Sara Beth O'Malley ist keine Halluzination, nicht wahr?«

Er schüttelte den Kopf. »Nein, ich glaube, sie lebt wirklich noch. All die Jahre des Schweigens, und dann schickt sie mir plötzlich E-Mails. Ich habe versucht herauszufinden, was da läuft, bevor ich angeschossen wurde.«

Er machte einen derart unglücklichen Eindruck, dass ich seine große Hand in meine nahm. »Da dies die Stunde der Enthüllungen ist«, begann ich zögerlich, »muss ich dir beichten, dass ich ihre E-Mails auf Diskette gespeichert habe, auch die vom State Department und von Andy Balachek, weil ich dachte, das könnte dir helfen dahinter zu kommen, wer auf ihn und dich geschossen hat. Ich war gerade fertig mit dem Speichern, als unsere Computer gestohlen wurden.«

Er zog eine sandfarbene Augenbraue hoch. »Moment mal, verstehe ich das richtig? Du hast meine persönliche, private Korrespondenz mit Andy Balachek und die ebenso persönlichen und privaten E-Mails von und über Sara Beth gelesen?«

»Es tut mir Leid. Aber als du mir sagtest, dass du irgendeine Frau nicht liebst, war ich überzeugt, dass sie diejenige sein muss, die auf unser Haus *und* auf dich geschossen hat. Ich wollte rauskriegen, wer sie ist.«

»Aber ich hatte dir doch gesagt, dass ich sie nicht liebe.«

»Du hast sie also noch gar nicht gesehen?«

»Nein.«

»Ich schon.«

»Was?« Tom sah mich entgeistert an. »Bist du sicher? Du hast sie gesehen? Mit ihr gesprochen?«

»Beides. Aber nur eine Minute. Am Tag nachdem du angeschossen wurdest, hat sie eine ganze Weile unser Haus beobachtet. Ich erkannte sie nach einer alten Fotografie aus deinem Album. Sie sah aus wie Sara Beth, nur älter.«

»Oh.«

Ich bemühte mich, meine bebende Stimme unter Kontrolle zu halten. »Mir kam der Verdacht, dass sie unser Fenster eingeschossen und dann auf dich gezielt hat, weil sie eifersüchtig ist.« Ich zwang mich, den Mund zu halten.

»Liebe Güte.«

Ich schwieg eine Weile, dann sagte ich schließlich: »Hör mal, Tom, es tut mir schrecklich Leid, dass ich meine Nase in diese Sara-Beth-Sache gesteckt habe, aber kannst du mir bitte verraten, was sich da eigentlich abspielt?«

Er zog die gesunde Schulter hoch. »Sie ist nicht gestorben. Oder, so dachte ich zuerst, jemand spielt mir einen wirklich üblen Streich. Aber da du sie gesehen und mit ihr gesprochen hast, weiß ich nicht so recht ... Ich glaube, ich sollte mich mit ihr treffen. Sie schrieb in ihrer E-Mail, dass sie am Freitagmorgen einen Termin beim Zahnarzt hat ...«

Ich schluckte. Konnte ich ihm trauen, wenn er mit dieser hübschen, geheimnisvollen Frau zusammentraf? Was blieb mir anderes übrig? Ich hörte selbst den Widerwillen in meiner Stimme, als ich sagte: »Ich werde ihretwegen nichts mehr unternehmen, wenn du es nicht willst. Aber da ist noch etwas, worum ich mir Gedanken mache ... es ist allerdings vielleicht ein bisschen weit hergeholt.«

»Keine Angst, Miss G.«, versetzte Tom in grimmigem Ton. »Ich habe mich in letzter Zeit an Weithergeholtes gewöhnt.«

»Der Besitzer vom Stamp Fox behauptete, man könnte jede gestohlene Briefmarke spielend leicht im Fernen Osten verhökern. Könnte es vielleicht möglich sein, dass Sara Beth etwas mit dem Raub zu tun hat?«

Er betrachtete die Krümel auf unseren Tellern, dann schüttelte er den Kopf. »Das würde nicht zu ihr passen. Zumindest nicht zu der Person, die sie früher war. Offenbar kannte ich sie aber nicht halb so gut, wie ich damals dachte.«

»Du solltest auch noch wissen, dass ich ein bisschen in einer anderen Sache, die mit all dem zusammenhängt, herumgestochert habe.« Tom stöhnte und ich fuhr hastig fort: »Ich weiß nicht, ob wir sicher sind, wenn wir hier bleiben. Sukie hatte Krebs und war John Richards Patientin und sie hat mir nichts davon erzählt ...«

»Das macht sie gefährlich?«

»Die Lauderdales hassen mich und Chardé ist die Innendekorateurin in diesem Schloss – sie überwacht die Renovierungsarbeiten und kann hier ein und aus gehen, wann immer sie will.«

»Nun, *das* ist ein Hinweis auf ein schlechtes Gewissen.«

»Und Eliot Hyde hatte eine Affäre mit Viv Martini, die jetzt John Richards Freundin ist und früher die von Ray Wolff war ...«

»Du warst ganz schön fleißig in den letzten Tagen, was? Hör mal, ich wäre auch viel lieber zu Hause. Und wir werden ganz bestimmt bald wieder daheim sein. Bis dahin sind wir aber meiner Meinung nach hier ganz gut aufgehoben. Eliot Hyde hat enorme Angst, dass er aus irgendeinem Grund in der Öffentlichkeit schlecht dastehen könnte – er würde kein Wagnis eingehen und Sukie weiß genau, auf welcher Seite ihr Brot gebuttert ist.«

»Ich weiß nicht ...«

»Du musst meiner Einschätzung vertrauen. Natürlich war Vertrauen in letzter Zeit nicht gerade deine Stärke ...«

»Es tut mir Leid«, sagte ich noch einmal und meinte es wirklich ernst. Trotzdem wirbelten unbeantwortete Fragen durch meinen Kopf. Die Zeit verstrich. Ich hatte Tom hintergangen, indem ich ihm nicht sofort gebeichtet hatte, dass ich in seiner Korrespondenz herumgeschnüffelt hatte; er hatte mich belogen, weil er mir die wundersame Wiederauferstehung von Sara Beth verschwiegen hatte. Wir saßen eine ganze Weile schweigend da und wussten beide nicht, wie wir uns verhalten sollten. Die Schatten im Raum wurden länger. Schließlich kündigte Tom an, dass er sich hinlegen und uns alle um sieben in der Großen Halle treffen würde.

Ich schaltete das Bratrohr ein und spülte unser Teegeschirr. Dann rieb ich die Lammkeule mit Knoblauch ein, schob sie ins Rohr und setzte die Kartoffeln zum Kochen auf. Als ich die grünen Bohnen putzte, rief Boyd an.

»Von Troy McIntire war keine Spur mehr zu sehen, als wir zu seinem Haus kamen«, begann er sachlich. »Die Nachbarn sagen, er sei ungefähr eine halbe Stunde, nachdem Sie abgefahren sind, mit etlichen großen Koffern aus dem Haus gekommen. Wir hoffen, einen

Durchsuchungsbefehl zu bekommen, aber ich bin überzeugt, dass wir nichts Verdächtiges mehr finden. Was Ihren Exmann betrifft, so ist er nicht zu Hause. Heute Abend dürfte ich mehr über Ihre Computer wissen.«

»Das wäre ja zumindest etwas«, gab ich zurück.

Nach dem Gespräch widmete ich mich wieder meinen kulinarischen Pflichten. Nach der Unterhaltung mit Tom war meine Stimmung schon mies gewesen und nach den schlechten Neuigkeiten von Boyd war sie auf dem Nullpunkt. Ich beschloss, die Pflaumentorte für das Freitagsbankett zu machen, um mich von meinen Sorgen und den Bedrohungen abzulenken, die von allen Seiten zu lauern schienen.

Der Gedanke, die kleinen Zirkone mühsam und ohne weitere Gesellschaft als meine beunruhigenden Überlegungen – die Hydes hatten nicht einmal ein Radio in der Küche, zumindest konnte ich keines entdecken – einzeln in Folie zu wickeln, war mir zuwider. Ich erinnerte mich, Archs Walkman in einer unserer eilends gepackten Kisten gesehen zu haben, und kramte ihn heraus.

Ich legte die Kassette über die Geschichte des Labyrinths, die ich aus Eliots Schreibtisch genommen hatte, ein, wusch mir die Hände und suchte die Zutaten für den Tortenboden zusammen.

Eliot wollte, dass ich mich informierte, sodass ich beim Lunch etwaige Fragen der Gäste beantworten konnte. Dabei ließ er ganz außer Acht, dass eigentlich nur die Leute, die Diät halten wollten oder mussten, mit einem Caterer redeten und hauptsächlich zwei Fragen stellten: »Was ist da drin?« und »Ist das fettarm?« Sie konnten sehr nervtötend sein.

PFLAUMENTORTE

14 EL Butter
2¼ Tassen Mehl plus 3 EL für die Füllung
3½ EL saure Sahne plus ½ Tasse für die Füllung
¾ TL Salz
9 Damaszenerpflaumen (man kann auch andere Pflaumen verwenden, wenn es kleine sind, braucht man entsprechend mehr)
2 Eier
1½ Tassen Zucker

Den Backofen auf 220° vorheizen. Den Boden und die Ränder einer 28×33 cm großen Glasform buttern.

Für den Boden die Butter in Stücke schneiden und mit dem Knethaken des Mixers mit 2¼ Tassen Mehl, 3½ EL saurer Sahne und Salz verrühren. So lange kneten, bis sich der Teig zu einem Klumpen verbunden hat. Eine gleichmäßig dicke Lage Teig in die vorbereitete Form legen.

Für die Füllung die Pflaumen vierteln. Die Stücke auf den Tortenbo-

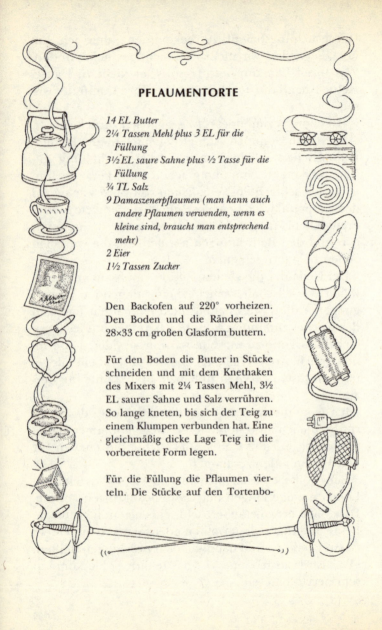

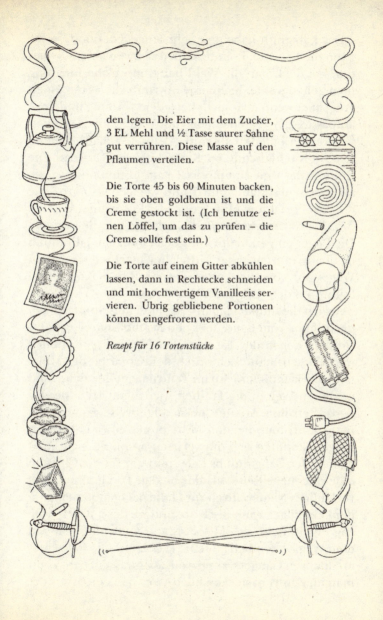

den legen. Die Eier mit dem Zucker, 3 EL Mehl und ½ Tasse saurer Sahne gut verrühren. Diese Masse auf den Pflaumen verteilen.

Die Torte 45 bis 60 Minuten backen, bis sie oben goldbraun ist und die Creme gestockt ist. (Ich benutze einen Löffel, um das zu prüfen – die Creme sollte fest sein.)

Die Torte auf einem Gitter abkühlen lassen, dann in Rechtecke schneiden und mit hochwertigem Vanilleeis servieren. Übrig gebliebene Portionen können eingefroren werden.

Rezept für 16 Tortenstücke

Das Labyrinth habe eine sehr lange Tradition, so begann die Kassette. Es unterschied sich von einem Irrgarten, bei dem man die Wahl hatte, in welche Richtung man gehen wollte. In einem Labyrinth gab es nur einen Weg, aber wenn man nicht bei jeder Windung und Ecke aufpasste, kam man nicht bis zum Mittelpunkt. Das älteste, noch erhaltene Labyrinth – ein Steinpfad – befand sich im Kirchenschiff der Kathedrale von Chartres. Die Entfernung vom Hauptportal zum Mittelpunkt wurde als mystisches Maß benutzt und war genauso groß wie die vom Portal zum Mittelpunkt des Rosettenfensters. *Im Mittelpunkt wirst du Gott finden,* erklärte mir die Kassette. Die Pilger gingen heute nur noch einmal im Jahr durch das Labyrinth, aber im Mittelalter machten sie diesen Weg wahrscheinlich öfter. Jetzt standen Bänke und Stühle auf dem Labyrinth in Chartres.

Als ich die dunkelblauen Pflaumen aufschnitt, sprach die Stimme vom Band über den Symbolismus von Labyrinthen, der in der Tat dem von *Irrgärten* sehr ähnlich war. Theseus hatte sich durch den Irrgarten des Minotaurus gekämpft und ihn im Zentrum getötet, dann fand er seinen Weg in die Freiheit wieder mit Hilfe des Fadens, den ihm Ariadne umsichtigerweise mitgegeben hatte. Christen, die zum Mittelpunkt eines Labyrinths gingen, konnten sich nur verirren, wenn sie nicht Acht gaben. Der Gang durchs Labyrinth war für die Christen eine spirituelle Reise, bei der sie den Tod Jesu und sein vorläufiges Niederfahren zur Hölle nachempfanden. Indem ein Pilger symbolisch ab- und wieder aufstieg, vollzog er die Reise des Messias, fand Gott und löste auf dem Weg hoffentlich all seine Probleme. Die Idee eines meditativen Ganges war reizvoll, aber was geschah, wenn man im Zentrum stecken blieb? Wer half einem aus der

Hölle heraus, wenn man Gott nicht gefunden hatte? Die Kassette gab mir darauf keine Antwort.

Als das Band zu Ende war, legte ich den Walkman weg, wickelte die Zirkone in Folie und platzierte sie auf den Pflaumenvierteln. Ich wollte, dass man sie sah, weil ich es, anders als Eliot, für keine besonders gute Idee hielt, harte Schmucksteine in Lebensmittel zu stecken. Die Elisabethaner hatten viel zu viel Zucker gegessen und offenbar auf etliche Edelsteine gebissen – und das alles vor der Erfindung von Zahnersatz und künstlichen Gebissen.

Ich mixte die gehaltvolle Creme und goss sie über die Pflaumenstücke. Als ich die Torte in den Ofen stellte, stürmte Arch in die Küche. Er hatte seine Fechtmontur an und sah richtig verwegen darin aus.

»Es war nicht besonders lustig bei Dad«, platzte er heraus. »Sein Anwalt hat einige von seinen Möbeln verkauft und er braucht neue Sachen. Heute musste er nach Vail fahren, wegen seines neuen Jobs.« *Nein*, wollte ich sagen, *er ist weggefahren, um nach seinem neun Millionen schweren Domizil zu sehen.* »Er kommt am Freitagabend. Zu dem Bankett. Mit Viv.«

»Nicht, wenn ich es verhindern kann.«

Mein manchmal weiser Sohn wechselte das Thema. »Ist unser Fenster zu Hause schon repariert? Ist Tom wach? Ist Julian irgendwo in der Nähe?«

»Das Fenster ist noch nicht eingesetzt. Ich weiß nicht, ob Tom wach ist. Julian deckt in der Großen Halle den Tisch.«

»Michaela sagt, dass sie und ich nach dem Dinner eine Fechtdemonstration geben. Sie hat mich gebeten, meine Uniform anzulassen und aufzupassen, dass ich beim Essen nicht kleckere.« Er bedachte mich mit einem innigen Blick durch seine Schildpattbrille. »Es ist gut, wieder hier zu sein. Ich musste bei Dad auf dem Boden schlafen. Es tut mir Leid, dass ich am ersten Tag so pampig war.«

»Dafür hast du dich bereits entschuldigt, Schätzchen.«

»Ich weiß, aber ich habe den Hydes auch ein paar Zeilen geschrieben und sie unter ihrer Tür durchgeschoben. Es ... es gefällt mir hier. Es ist natürlich nicht so schön wie zu Hause, aber es ist okay.«

»Gut, dass du wieder da bist«, sagte ich und nahm ihn in die Arme. Vierzehnjährige Jungs mögen keine mütterlichen Umarmungen. Aber wenn es einem nichts ausmacht, einem Kind, das nichts wie weg will, den Arm um die Schultern zu legen, dann kann man es wissen lassen, dass man es lieb hat.

»Ich bin am Verhungern«, erklärte er und spähte ins Backrohr. »Und ich habe einen Berg Hausaufgaben für Astronomie auf. Wie lange dauert's noch bis zum Abendessen?«

Ich sagte ihm, dass er noch bis sieben Uhr Zeit hatte und sich die Hände waschen sollte, wenn er gleich eine Kleinigkeit essen wollte. Während er seine Hände einseifte, richtete ich ihm ein paar Brötchen, Käse und etwas zu trinken her. Als er fertig gegessen hatte, wies ich ihn an, Julian in der Großen Halle zu helfen und ihn im Gegenzug um Unterstützung bei den Hausaufgaben zu bitten.

»Michaelas Idee ist so *cool*«, schwärmte Arch mit noch vollem Mund. »Wir werden allen zeigen, wie man ficht, dann wollen wir ein Duell nachstellen – ein echtes Duell, das ausgefochten wird, weil ein Typ einen anderen beleidigt hat. Der Übeltäter wird durchbohrt und verblutet.«

Mir lief ein Schauer über den Rücken und ich dachte an die Lauderdales und ihre Drohungen. »Ich denke, jemand, der zu Waffen greift, um Konflikte zu lösen, hat schon verloren.«

»Ja, klar, ich glaube, deshalb haben wir früher auch immer auf dem Spielplatz gebrüllt: ›Stock und Stein bricht mir ein Bein, aber Schimpfwörter tun mir nicht weh.‹ Michaela sagt, dass die Leute, als es mit den Duellen angefangen hat, Schwerter benutzt haben. Später ist man dann zu Pistolen übergegangen. Beide hatten Pistolen und einer von ihnen musste abgeknallt werden.« Er klang regelrecht ekstatisch.

Ich erinnerte mich an Buddy Lauderdales Gesicht, als er am Neujahrsabend in Handschellen abgeführt wurde.

Als ich bemerkte: »Na, das ist ja eine wunderbare Vorstellung«, war Arch bereits hinausgerannt.

 **Um Viertel nach sechs** kam Arch in die Küche zurück, um heißes Wasser für die Wärmebehälter zu holen. Er berichtete, dass er all seine Hausaufgaben bis auf die in Astronomie erledigt hätte. Damit müsste er warten, bis die Sterne zu sehen waren. *Vielleicht muss ich lange aufbleiben,* setzte er mit gespielter Reumütigkeit hinzu, aber ich sagte nichts dazu.

Julian regte sich ein wenig auf, weil keine vegetarischen Gourmet-Gerichte auf dem Menüplan für den Abend standen. Er machte sich eilends daran, zwei seiner Bistro-Spezialitäten zuzubereiten: einen farbenfrohen Linsen-Tomaten-Lauch-Salat und eine Schüssel jungen Spinat mit Balsamico-Vinaigrette, Streifen von Ziegenkäse und kleinen Klecksen einer Marmelade aus roten Zwiebeln, die er im Speisezimmerschrank gefunden hatte.

»Vielleicht bitte ich Eliot um das Rezept für diese Marmelade«, bemerkte ich, als ich davon kostete. Julian nickte.

Arch, der höllisch aufpasste, keine Flecken auf seine

Fechtkleidung zu machen, legte warme Brötchen in einen Korb und die Butter obendrauf. Als wir den Lammbraten und die Beilagen auf Tabletts stellten, kam Eliot in die Küche.

Er trug einen schwarzen, doppelreihigen Anzug, der ihm ein leicht militärisches Aussehen verlieh – vermutlich war er darauf aus, wie der Captain des Schlosses zu erscheinen. Mit großem Getue verkündete er, dass das Seminar ein voller Erfolg gewesen sei. Während wir die Saucieren, zusätzliche Kerzen und Streichhölzer zusammensuchten, schlurfte Eliot ins Speisezimmer und polterte dort herum. Schließlich kam er mit einem kunstvollen Korkenzieher und zwei Flaschen Rotwein wieder zum Vorschein. Das Einzige, worin er und Sukie nicht übereinstimmten, fuhr er fort, betraf die Anzahl der Gäste, die im Schloss untergebracht und täglich voll verpflegt werden konnten.

»In diesem Schloss haben im Mittelalter hundert Menschen gelebt«, machte er uns klar, als er die Marmelade auf Julians Spinatsalat beäugte, »und sie haben sich komplett selbst versorgt. Und außerdem sind wir mit euch vieren ganz gut zurechtgekommen.«

»Und wir sind Ihnen von Herzen dankbar für Ihre Gastfreundschaft«, sprudelte ich hervor. Ich wies nicht darauf hin, dass Eliot keine einzige Mahlzeit gekocht, nichts sauber gemacht und keine Konferenz organisiert hatte. Und in der mittelalterlichen Küche hatten mindestens fünfzig Helfer Hand angelegt, auch das ließ ich unerwähnt. Wenn ein Caterer seinen Job behalten will, dann korrigierte er seinen Auftraggeber *nicht.*

Ich war noch nie abends in der Großen Halle gewesen. Lüster und Kerzen erleuchteten den Raum. Die mit dunklem, kunstvoll geschnitztem Holz getäfelten Wände waren reich mit Tapisserien behängt, auf denen Schlachtszenen abgebildet waren. Reihen von Bogenfenstern mit Bleiglas unterteilten die Wände. Eine breite Galerie, die mir bisher noch nie aufgefallen war, bot von der oberen Etage aus Blick auf die ganze Halle. Der Bereich auf der Galerie, erklärte Eliot, während ich das Essen in die Warmhaltebehälter und auf die Wärmeplatten verteilte, war den Musikanten und Bänkelsängern vorbehalten. Unter der Galerie befand sich eine Nische in der getäfelten Mauer – auch eine mittelalterliche Toilette, wie Sukie mir pragmatisch wie immer erläuterte. In der Ecke befand sich eine Bogentür, durch die man zum Seitentor gelangte. Eliot informierte uns, dass im Mittelalter nur die Höflinge und Adeligen in dieser Halle dinierten. Die Diener hatten ihren eigenen Speisesaal im Südflügel.

Eliot reckte das Kinn und führte uns zum anderen Ende der Halle, wo er ein Federballnetz aufgespannt und das Spielfeld mit Klebestreifen markiert hatte. Das Pennyprick-Spiel sah ziemlich simpel aus: Die Spieler standen beisammen, warfen Messer auf eine leere Flasche und versuchten so, einen Penny von dem Flaschenhals zu stoßen, ohne dass die Flasche selbst umfiel. Bei dem historischen Spiel wurden echte Messer verwendet, aber Eliot, der ständig Angst hatte, jemand könnte sich im Schloss verletzen und dieser Vorfall würde in den Zeitungen erwähnt, hatte ein Dutzend Plastikmesser besorgt.

Tom erschien, als ich das Büfett hergerichtet hatte. Er kam langsam auf mich zu und legte einen Arm um mich. Tränen brannten mir in den Augen. Ich drückte ihn und betete, dass Sara Beth O'Malley noch vor Freitag alle Zähne aus dem Mund fallen möchten.

Sukie, Eliot, Michaela, Tom und Arch stürzten sich auf den zarten Lammbraten, die Knoblauch-Kartoffeln, die noch knackigen Bohnen, die heiße Sauce und das kalte Minzgelee. Julian häufte sich Gemüse und Salat auf seinen Teller und Eliot hielt währenddessen einen Vortrag darüber, dass die verschiedenen Gänge einer Mahlzeit früher in einer feierlichen Prozession von der Küche in die Große Halle getragen wurden – ganz so, wie wir es vorhin unbewusst getan hatten. Dieses Zeremoniell war im Mittelalter und in der Renaissance von großer Bedeutung. Der Schlossherr wollte den Pomp, um jedermann zu demonstrieren, wie reich er war.

Julian verdrehte heimlich die Augen, dann bot er an, den Tisch abzuräumen und das Dessert und den Kaffee zu bringen. Ich nickte und dankte ihm. Eliot bestimmte, dass Michaela und Arch als Mannschaft gegen ihn und Sukie das erste Match Shuttlecock spielten. Tom war Schiedsrichter und ich richtete den Tisch für das Dessert her, während ich beide Teams anfeuerte.

Als es neun zu neun stand, überlief mich plötzlich kalter Schweiß. Hatte ich wirklich eine Bewegung vor dem finsteren Türbogen zum Seitentor entdeckt? Im flackernden Licht sah ich – was war das? Einen kleinen Ritter in Rüstung? Sieht er dem Spiel zu?

»Ahhh!«, kreischte ich und deutete in die Ecke. »Was, zur *Hölle*, ist das?«

Die Spieler hielten inne. Alle vier, Eliot, Sukie, Michaela und Arch starrten mich an. Ich wandte mich ihnen zu, dann blinzelte ich wieder in die dunkle Ecke – dort war gar nichts mehr. Ich lief hin und fand – nichts, keine Statue, keine Bewegung, keinen kleinen Ritter. Ich riss die Tür auf; der Turm dahinter war eisig und menschenleer. Enttäuscht schlug ich die Tür wieder zu.

»Miss G.?« Toms Stimme klang besorgt.

»Es tut mir Leid. Ich dachte, ich hätte etwas gesehen ...« Das Ganze war mir entsetzlich peinlich. Offenbar verlor ich wirklich allmählich den Verstand. Allerdings hatte Tom eine ähnliche Vision oder Halluzination oder was auch immer gehabt. Was ging hier vor?

Sukie warf Eliot einen strengen Blick zu und raunzte ihn an, dass es besser wäre, wenn er seinen Gästen gegenüber nichts von den Schlosslegenden verlauten ließe. Eliot warf den Kopf zurück, um die Haare aus der Stirn zu bekommen, und erklärte, er habe keine Gespenstergeschichten erzählt. Aber ich bemerkte den bangen Ausdruck in seinen Augen.

Tom musterte mich mit schief geneigtem Kopf und fragte mich stumm: *Habe ich dich mit meiner Geschichte über unseren Einsatz in der Kapelle und im Schloss erschreckt?*

Ich schüttelte den Kopf.

»Wir sollten unsere Fechtdemonstration machen«, schaltete sich Michaela ein und ich war froh, dass sie uns auf andere Gedanken brachte. Das Letzte, was sich ein Caterer leisten konnte, war ein Fauxpas, und schon gar nicht einen, über den die Gäste für den Rest des Abends diskutierten.

Michaela und Arch nahmen ihre Fechtwaffen und Masken aus einer Tasche, die unter dem Büfetttisch verstaut war. Während Arch die Matte ausrollte, schielte ich zu der dunklen Ecke – Sukie auch. Tom verwickelte Eliot in ein Gespräch über die eskalierenden Preise für antike Möbelstücke. Allerdings fiel mir auf, dass auch Eliots Blick immer wieder zu den Schatten unter der Galerie wanderte, in denen ich die kleine Gestalt in Rüstung gesehen hatte.

»Dies ist ein Degen«, erklärte Michaela mit rauer Stimme, die unsere Aufmerksamkeit forderte. »Mit dem Florett, das Arch und ich gewöhnlich beim Training benutzen, gewinnt man einen Punkt, wenn man den Oberkörper des Gegners berührt. Beim Degenfechten zählt *jede* Körperberührung. Arch, komm bitte her.« Mein Sohn sprang folgsam von der Matte auf und marschierte zu ihr.

»Das Erste, was ein Fechter lernt«, sagte Michaela und deutete auf Archs Füße, »sind die Annäherung und der Rückzug. Okay, Arch.« Mein Sohn gehorchte und tänzelte vor und zurück. Michaela fuhr fort: »Der Unterarm und die Hand, die die Waffe hält, sind parallel zum Boden.«

Sie reichte Arch einen Degen, den er wie ein Selbstdarsteller schwenkte. Tom grinste.

»Der andere Arm«, fügte Michaela hinzu, »ist am Ellbogen abgewinkelt, die Hand deutet nach oben wegen der Balance, bis jemand angreift und einen Ausfallschritt macht. Zeig das, Arch.«

Arch machte einen Ausfallschritt. Während er das hintere Bein und den Arm streckte, stieß er mit dem Degen zu. Die Klinge blitzte gefährlich im Licht des Kandelabers. Mein Sohn, der Draufgänger.

Michaela hob ihre Waffe auf. »Zuletzt lernen Neuanfänger die Paraden und Riposten. Der Gegner greift an. Man schlägt seine Waffe zur Seite, dann geht man sofort zum Gegenangriff über.« Sie klappte ihre Maske herunter. »*En garde*, Arch.«

Michaela und Arch führten zur formellen Begrüßung ihre Degen an die Masken. Und dann legten sie los, tänzelten vor und zurück über die ganze Matte – sie bewegten sich bemerkenswert behende, während sie ihre Degen aufeinander prallen ließen. *Klink, klink, wusch.* Ich wurde mit jeder schwungvollen Geste nervöser. Ich wusste nicht, ob Michaela Arch gewinnen ließ oder eine gute Show machte. Arch landete einen Treffer. Beide nahmen ihre Masken ab, verbeugten sich erst tief voreinander, dann vor uns.

Wir alle klatschten begeistert – das hieß, alle bis auf Eliot, der immer unruhiger zu werden schien. Wie aufs Stichwort kam Julian mit einem Tablett herein. Er brachte Gebäck, Eis und die dick glasierten Schokoladeplätzchen, außerdem eine Kaffeekanne, Sahnekännchen und Zuckerdose mit.

»Und jetzt«, sagte Michaela, »werden wir ...«

Ziemlich rüde, wie ich fand, fiel Eliot ihr ins Wort: »Großartig! Kommen Sie, alle, es ist Zeit für etwas Süßes!«

Tom und Sukie versuchten halbherzig, den Fechtern Anerkennung zu zollen.

Arch hielt seine Waffe fest und sah mich ratlos an. Ich zuckte kaum merklich mit den Achseln. Michaela raunte ihm zu, dass die Demonstration beendet sei und ob er bitte die Matte wieder aufrollen könne.

Mit freudigen Ausrufen nahmen Eliot und Sukie ihre kleinen Tassen Kaffee und Kristallschalen mit Eis und den Plätzchen entgegen. Ohne Michaela und Arch zu beachten, nahm Eliot seinen irgendwie schrillen Monolog über die exorbitanten Preise von Antiquitäten wieder auf. Julian spürte instinktiv, dass etwas nicht in Ordnung war, und kam an meine Seite.

»Was ist hier los?«, murmelte er.

»Ich dachte, ich hätte ein Gespenst gesehen, und Eliot scheint ein bisschen nervös geworden zu sein«, flüsterte ich.

»Oh, das ist alles?«

»Julian, ich *habe* etwas gesehen. Und Tom auch, als er heute Morgen aufwachte. Entweder *gibt* es ein Gespenst, oder mein Mann und ich haben Halluzinationen – es kann auch sein, dass ein Kind oder ein Liliputaner in Ritterrüstung durchs Schloss tobt.«

»Wenn es ein Mädchen knapp unter zwanzig ist, sag ihr, dass ich noch zu haben bin.«

»Julian!«

»Sie kann auch über zwanzig sein.« Er sah sich in der Halle um. Eliot und Sukie bedankten sich für das Essen und wünschten uns eine gute Nacht. Arch stand niedergeschlagen nicht weit von uns entfernt.

»Menschenskind, Goldy, Arch sieht aus, als wäre gerade ein Freund von ihm gestorben«, stellte Julian besorgt fest.

»Es hat ihm solchen Spaß gemacht, einmal im Mittelpunkt zu stehen ...«

»Mom!« Arch war plötzlich neben mir und ich stieß einen Schreckensschrei aus. Als er elf, zwölf Jahre alt war, in seiner Zaubertrick-Phase, hatte er gelernt, sich lautlos anzuschleichen und dann wieder zu verschwinden. Ich mochte das damals genauso wenig wie heute.

»Michaela möchte, dass ihr, du und Tom, mitkommt und euch den Fechtboden anschaut«, sagte mein Sohn eifrig. »Und Julian auch, wenn er Lust dazu hat. Wir können dort unsere Demonstration beenden, wenn ihr den Rest noch sehen wollt ...«

»Oh, nein, danke«, sagte Tom. Sein Gesicht wirkte eingefallen und ich wusste, dass ihn der Abend mehr angestrengt hatte, als er zugeben wollte. »Ich lege mich hin, wenn ihr nichts dagegen habt.«

»Mom?«, fragte Arch und sah mich flehentlich an.

»Ich muss den Abwasch machen«, erwiderte ich und verspürte einen Stich des Bedauerns. »Es tut mir Leid...«

»Vergiss den Abwasch«, versetzte Julian entschieden. »Geh und sieh dir die Vorführung an. Und, hey, ich werde immer besser beim Spülen und Aufräumen. Das gibt mir das Gefühl, gebraucht zu werden.«

Archs erwartungsvoller Blick, Julians Angebot, Michaelas Großzügigkeit und natürlich meine Ermahnung an Arch, nicht allein im Schloss herumzulaufen, zwangen mich geradezu, zu sagen: *Ja, ich sehe mir die Vorstellung sehr gern an.* Aber lange hätte ich nicht Zeit, machte ich Arch eilends klar: Ich musste immerhin noch einige Vorbereitungen für den Labyrinth-Lunch treffen. Im Stillen fügte ich noch hinzu: Außerdem will ich in der Nähe meines Sohnes sein, falls ein Ritter-Gespenst durch die Räume spukt.

Wir schleppten das Fechtequipment durch den kalten, trüb beleuchteten Turm, dann durch einen Flur und über eine Treppe in die obere Etage.

»Wie kommt's, dass einige der unbewohnten Bereiche im Untergeschoss sind und manche oben?«, fragte ich Michaela.

»Zu Lebzeiten von Eliots Großvater benutzten ihre und unsere Familie zwei der ursprünglich vier Etagen des Schlosses. Als dann 1982 die große Überschwemmung war, musste Eliot sich entscheiden. Die Wasserwand, die vom Fox Creek herunterkam, hat den Damm durchbrochen und den Keller sowie die unteren Räume im Westflügel überflutet. Eliot wollte das Arbeitszimmer wieder herrichten, weil dort der schöne alte Kamin ist, und ebenso sein und Sukies Schlafzimmer. Chardé hat sich mächtig angestrengt.« Michaela schüttelte den Kopf. »Aber, Mann, wir alle sind ihre Tiraden leid – sie will unbedingt alle anderen vom Wasser beschädigten Räume auch noch renovieren und neu einrichten und sie redet ständig auf Eliot ein, dass er schlecht und als Geizhals dasteht, wenn er nicht mehr Geld ausgibt und alles herrichten lässt. Diese Frau ist ein Raffzahn, wie ich sonst noch keinen gesehen habe.«

Nur zu, lass deinen Gefühlen freien Lauf, dachte ich, als wir am Eingang zum Schwimmbad, an Eliots Arbeitszimmer vorbei und dann durch die Glastür mit der Warnung BAUARBEITEN – ZUTRITT VERBOTEN! gingen. Das *Frisch-gestrichen*-Schild war nicht mehr da, aber die verschüttete Farbe hatte niemand weggeputzt. Dafür hatte man allerdings das Vorhängeschloss ordentlich befestigt.

»War Chardé auch hier tätig?«, erkundigte ich mich beiläufig und versuchte, mein Interesse zu verschleiern. Natürlich konnte ich nicht offen eingestehen, dass ich in das Spielzimmer hineingeplatzt war.

»Ich hoffe nicht«, sagte Michaela. »Wir bemühen uns, die Frau so stark wie möglich zu bremsen. Zumindest versuche ich das«, setzte sie mit einer Verärgerung in der Stimme hinzu, die man unmöglich überhören konnte.

Ich blieb vor dem Kinderzimmer stehen und deutete mit dem Kopf auf die Tür. »Was ist da drin?«

»Das waren früher Wohnräume«, antwortete Michaela mit einem freundlichen Lächeln. »Aber wir werden die Zimmer herrichten. Hoffentlich ohne Chardés Hilfe. Gehen wir weiter.«

Ich war überrascht, dass Michaela ihre Zimmer nicht im Erdgeschoss des Nordflügels, also auf der Vorderseite des Schlosses, hatte, sondern im oberen Stock. Oben auf dem Treppenabsatz holte sie einen Messingschlüssel unter einer Plastikfußmatte hervor. Interessant, dass

Michaela ganz anders als die Hydes nicht sehr auf Absicherung bedacht war ...

»Bei der Überschwemmung 82«, erklärte sie, als sie mit dem Schloss kämpfte, »war auch der westliche Teil des Nordflügels überflutet. Diese Seite des Torhauses war seit den Zeiten meines Großvaters unsere Behausung.« Sie seufzte und stieß die Tür auf. »Kisten voller Bücher und Briefe, die wir in Kammern und Schränken aufgehoben hatten, sind damals zerstört worden. Unsere Familie bewohnte zwei Stockwerke, aber ich beschränke mich jetzt auf die obere Etage. Die unteren Räume sind eigentlich nur noch so etwas wie ein Lager.«

Michaela knipste die Lichter an, die einen hellen Eichenholzboden, einen schmalen, weiß gestrichenen Raum mit Gestellen, in denen Fechtwaffen lagen, und ein kunterbuntes Durcheinander von Matten und Klappstühlen beleuchteten. Zuerst dachte ich, wir wären in irgendeinem Turnraum, aber dann wurde mir klar, dass dies der Fechtboden der Kirovskys sein musste, in dem Eliots Vater und Großvater den königlichen Sport von Michaelas Vorfahren gelernt hatten.

»Das ist *cool*«, sagte Arch verzückt.

»Hier habe ich Howie Lauderdale und ein paar andere Anfänger und auch Fortgeschrittene unterrichtet, bevor sich mir andere Möglichkeiten boten. Anfangs wollte die Elk Park Prep nicht, dass wir die Turnhalle abends oder frühmorgens benutzen, deshalb mussten wir uns hier treffen. Wenn du mal an der Uni bist, werde ich dich auch hier trainieren, Arch.«

»Toll«, schwärmte mein Sohn und versuchte vergeblich, ein Lächeln zu unterdrücken. *Wenn du mal an der Uni bist*, das waren magische Worte für meinen Jungen.

»Kommen Sie und sehen Sie sich den Rest an«, forderte Michaela mich auf. »Meine Wohnung ist angeordnet wie Eisenbahnwaggons – ein Raum liegt hinter dem anderen. Fechtboden, Wohnzimmer, Küche. Der Fechtboden nimmt so viel Platz ein, dass hier oben nicht mehr viel Wohnraum vorhanden ist. Aber für mich reicht es. Kommen Sie weiter, ich möchte Ihnen und Arch meine Sammlung zeigen.«

Das Wohnzimmer war spärlich und nüchtern mit alten – nicht antiken – Möbeln eingerichtet: eine Couch, ein Sessel, ein fadenscheiniger grüner Teppich in der Mitte und zwei kleine Tischchen. Aber weitere Teppiche, farbenfrohe Afghanen, und dicke Kissen gaben dem Raum einen Hauch von Behaglichkeit.

Die Wände fesselten auf den ersten Blick meine Aufmerksamkeit. Ich ging zu der ausgefransten Couch und betrachtete die langen Reihen von gerahmten Fotografien – es waren Hunderte und alle Ausschnitte aus Zeitschriften: Rüstungen, Schlösser, Burgen und gekrönte Häupter aus Europa. Ein Porträt von Königin Elisabeth I. hing neben einem Foto von dem jugendlichen Prinz Charles. Da waren Dutzende von Abbildungen der schwerfällig aussehenden Königin Viktoria – allein oder zusammen mit Prinz Albert. Nikolaus und Alexandra war eine eigene Reihe gewidmet. Dies war keine richtige Sammlung – es war eher eine Ausstellung einer begeisterten Royalistin.

»Wie hat das alles angefangen?«, fragte ich.

»Familientradition«, entgegnete Michaela. »Wir leben in einem Schloss und als Kind habe ich mich viel mit anderen Leuten beschäftigt, die auch in Schlössern wohnten.«

»Haben Sie all das mit in die Schule genommen?«,

wollte Arch wissen. »Ich meine, als Sie noch klein waren – um die Sachen den anderen Kindern zu zeigen?«

Michaela lachte und schüttelte den Kopf. »Ich wurde zu Hause unterrichtet, noch bevor das wieder in Mode kam, Arch. Dann ging ich aufs College, wohnte aber weiter daheim. Die Könige und Königinnen waren die ganze Zeit über meine Freunde und die Sammlung wurde im Laufe der Jahre immer größer. Ich kann mich für *jedes* königliche Porträt begeistern.«

Aha, dachte ich, *auch auf Briefmarken?* Nein, entschied ich im selben Moment. Auf keinen Fall. Michaela hatte keine Verbindung zu Ray Wolff und Andy Balachek hatte sie nur als kleinen Jungen gekannt. Sie hatte ihn gemocht und sein Abrutschen in das Spielerleben betrauert. Außerdem würde eine Frau, die nie weiter gekommen war als bis zum nächsten College und nichts anderes kannte als ihre Arbeit im Schloss, sich nie an etwas derart Riskantem beteiligen wie an einem Raubüberfall, oder?

»Haben Sie noch mehr davon?«, fragte Arch neugierig.

Eine Wand sei den französischen Königen vorbehalten, erklärte Michaela, nämlich die ihres Schrankbettes. Wenn sie das Bett ausklappte, meinte sie, sei nicht mehr viel Platz in dem Zimmer, deshalb ersparte sie uns diese Prozedur. Jede Nacht, setzte sie mit dem Anflug von Schalkhaftigkeit hinzu, half ihr der Gedanke, in der Nähe von Ludwig XIV. zu liegen, beim Einschlafen.

»Okay, jetzt aber genug mit meinem verrückten Hobby. Ich mache eine großartige heiße Schokolade«, sagte sie zu Arch. »Oder Tee oder einen Instantkaffee, sogar einen heißen, gewürzten Cidre, wenn Sie so was mögen«, fügte sie an mich gewandt hinzu.

Ich erwiderte, dass mich ein heißer, gewürzter Cidre sehr reizen könnte, und folgte ihr in die kleine Küche. Der winzige Raum hatte einen Steinboden und war mit zwei Schränken und einer kleinen Arbeitsplatte bestückt, auf der eine Kochplatte, ein elektrischer Wasserkocher – der gleiche, den ich beruflich benutzte – und eine Keksdose in Form des Kremls standen. In der Dose befanden sich russische Plätzchen. Michaela setzte Wasser auf, um Kakao für Arch, Cidre für mich und Tee für sich selbst zu kochen. Ich verbrannte mir die Zunge, als ich an dem kochend heißen Cidre nippte, aber das klärte meine Gedanken.

Wir hatten in dem mit Königsbildern geschmückten Wohnzimmer Platz genommen, aßen Butterplätzchen und genossen die heißen Getränke. Das ist das Problem bei großen Abendmahlzeiten – man isst und eine halbe Stunde später hat man Appetit auf einen Snack. Ich versuchte, die großmütterlichen Blicke von Königin Viktoria und die Tatsache, dass sie mir scheinbar jeden Bissen in den Mund zählte, zu ignorieren. Arch und Michaela unterhielten sich angeregt. Sie konnte wirklich großartig mit Kindern umgehen. Warum blieb sie im Schloss, da doch ihre Feindseligkeit Eliot und dieser beengten Behausung gegenüber so offenkundig war? Bezahlte die Elk Park Prep ihre Sportlehrer so schlecht, dass sie sich keine eigene Wohnung leisten konnte? Oder blieb sie wegen des wundervollen Fechtbodens hier?

»Wie wär's, wenn ich mir jetzt eure Fechtdemonstration ansehen würde?«, schlug ich vor.

Arch und Michaela grinsten, stellten ihre Teller ab und erhoben sich. Während Arch seine Maske aufsetzte, erklärte Michaela: »1547 fochten zwei französische Adelige das erste persönliche Duell um ihrer Ehre willen aus. François de Vivonne, *Seigneur* de la Châtaigneraie, beleidigte Guy Chabot, Baron de Jarnac, indem er ihn öffentlich beschuldigte, mit seiner eigenen Schwiegermutter eine Affäre zu haben. De Jarnac forderte Châtaigneraie unverzüglich zu einem Duell heraus, bei dem der französische König Heinrich II. höchstpersönlich sowie Hunderte von Höflingen zusahen.« Sie hielt inne, um ihre Maske aufzusetzen. »*En garde*, Arch.« Wieder tänzelten die beiden vor und zurück, ächzten, stießen mit den Waffen zu, zeigten Paraden und Riposten. Sie schienen sich voll und ganz auf das Gefecht zu konzentrieren. Als Arch einen Treffer knapp unter Michaelas Schulter landete, lachte sie laut und bat ihn, für einen Moment aufzuhören. Sie nahm ihre Maske ab und sagte: »De Jarnac und Châtaigneraie haben ihren Konflikt nicht so einfach gelöst. Jetzt langsam, Arch, mach einen Ausfall und ich antworte mit einer Parade und einer Riposte, dann bleib stehen.«

Mein Sohn machte einen Ausfallschritt. Michaela stieß mit einem heftigen Schlag Archs Waffe beiseite, dann setzte sie in Zeitlupentempo einen Treffer auf Archs Wade. Er verharrte wie befohlen an Ort und Stelle.

»De Jarnac zielte nicht auf das Herz, sondern durchschnitt stattdessen die Arterie in Châtaigneraies Bein. Dann schlitzte er das *andere* Bein seines Gegners auf und verlangte, dass Châtaigneraie seine Beleidigung zurücknahm. Châtaigneraie weigerte sich und verblutete vor den Augen des Königs. Das war das Ende der vom königlichen Hof gebilligten Duelle in Frankreich. Der Angriff auf die Beine wurde bekannt als ›*Coup de Jarnac*‹.«

»Aber es ist nicht erlaubt, auf die Beine zu zielen«,

protestierte Arch, nachdem er die Maske abgenommen hatte. »Aber vermutlich gilt das nicht für Degengefechte.«

Michaela lachte erfreut. »Du hast Recht. Ende der Vorführung.« Ich klatschte und dankte den beiden. Sie sagte: »Morgen Abend demonstrieren Josh und Howie einen Degenkampf, und wenn Kristen mit ihrer Einzeldarstellung fertig ist, wirst du, Arch, mit ihr ein Florettgefecht zeigen. Sie hat lange Arme, das ist ein Vorteil. Danach sind Chad und Scott mit dem Säbel dran ...«

Das Telefon klingelte. Es stand versteckt auf dem Brett unter einem der kleinen Tische, deshalb war es mir vorher gar nicht aufgefallen. Michaela holte den Apparat hervor und starrte ihn an, ehe sie den Hörer abnahm. Ich brauchte einen Moment, bis mir klar wurde, dass sie auf den kleinen Display, auf dem die Nummer und der Name des Anrufers stand, schaute.

»Sheriff's Department?«, fragte sie. »Sergeant Boyd?«

»Das ist für mich.« Ohne nachzudenken, beugte ich mich über die Couch und verschüttete dabei Cidre auf den Teppich. Ich entschuldigte mich hastig und Michaela nahm mir die Tasse aus der Hand. Dann reichte sie mir den Hörer und machte sich mit ein paar Papierservietten an dem Teppich zu schaffen – alles mit einer einzigen geschmeidigen Bewegung. Wenn ich jemals Fechten lernte, würde ich dann auch so beweglich sein?

»Hier Goldy«, sagte ich in den Hörer.

»Boyd. Wo ist Tom?«

Ich erwiderte, dass er schon im Bett sei.

»Und wie geht's ihm?«

»Er ist auf dem Wege der Besserung und möchte bald wieder arbeiten.«

Boyd brummte. Es war schon nach zehn Uhr – er hatte den ganzen Tag Zeit gehabt, sich nach Tom zu erkundigen. Was wollte er wirklich?

»Goldy, ich fürchte, ich habe schlechte Nachrichten für Sie.«

Mein Herz setzte einen Schlag aus. Arch, Tom und Julian waren alle hier im Schloss. O Gott – *Marla.*

»Es geht um Ihre Computer und den Kerl, der sie gestohlen hat.«

»Okay.« Ich wartete verwundert darüber, dass er mich deswegen so spät am Abend noch anrief.

»Wir haben Mr. Morris Hart einen Besuch abgestattet – wie sich herausstellte, heißt er in Wahrheit Mo Hartfield. Er hängt in Bars herum und erledigt alle möglichen Jobs für Ganoven. Als wir abends in seine Wohnung kamen, hatte jemand bei ihm eingebrochen. Ihre Computer sind vollkommen zertrümmert, ein Keyboard steckte in der Toilette.« Boyd verstummte.

»War er da?« Kaum hatte ich die Worte ausgesprochen, wusste ich auch schon die Antwort.

»Ja«, erwiderte Boyd gepresst. »Erschossen.«

»**Nein.**« Der angebliche Glaser ermordet? Und unsere Computer in Trümmern? »Haben Sie eine Ahnung, wer ...?«

»Nein, noch nicht. Er lag tot in der Badewanne. Ich wollte Ihnen nur Bescheid geben, damit Sie wissen, was vor sich geht. Erzählen Sie Tom alles, ja? Die Ballistiker und Spurensicherer legen uns ihren Bericht so schnell wie möglich vor – dieser Fall steht immerhin mit einem Anschlag auf einen Cop in Zusammenhang. Und Tom muss vorsichtig sein. Er sollte nicht ohne einen von uns in Begleitung aus dem Haus gehen. Wer immer diesen Mord begangen hat, ist fuchsteufelswild wegen irgendetwas. Tom soll mich morgen anrufen, richten Sie ihm das aus? Das heißt, wenn es ihm gut genug geht.«

»Klar. Danke«, murmelte ich wie betäubt und legte auf. *Jemand war so wütend, dass er einen kleinen Gauner um die Ecke brachte? Wütend weswegen?* Weil Andy Balachek E-Mails geschrieben hat, die Ray Wolff ins Kittchen brachten? Weil ich ein wohlhabendes Paar wegen Kindesmisshandlung angezeigt hatte? Weil Tom verheiratet war?

»Schlechte Nachrichten?«, fragte Michaela leise.

»Nein.« Ich schwieg. *Gib niemals etwas über einen Fall preis*, hatte mich Tom schon oft gewarnt. »Danke der Nachfrage«, sagte ich schließlich. »Und es war sehr nett, dass Sie uns hier bewirtet haben. Komm, Arch, es ist Zeit zum Schlafengehen.«

Er stöhnte, stand aber auf und bedankte sich bei Michaela. Wir durchquerten das Torhaus und spähten durch die *meurtiers* hinunter auf die leere Zufahrt, dann stiegen wir die dunkle Wendeltreppe hinunter ins stockfinstere Wohnzimmer.

Arch sagte: »Ich muss mir noch den Orion und die anderen Konstellationen anschauen. Hast du mein Fernglas? Es ist nicht bei meinen Sachen.«

Ich versprach, es aus meinem Zimmer zu holen. Wir betraten den kalten Turm und gingen an dem Brunnen und der alten Toilette vorbei in den stillen Korridor vor dem Speisezimmer und der Küche. Das Schloss war richtig unheimlich bei Nacht. Eigentlich hatte ich mir vorgenommen, am Abend noch ein paar Dinge in der Küche vorzubereiten, aber das würde ich wohl ausfallen lassen. Als wir an der Küche vorbeikamen, liefen mir eisige Schauer über den Rücken und ich war froh, dass Arch sein Florett bei sich hatte.

Oben gab ich den Code für unsere Tür ein, schlich auf Zehenspitzen ins Zimmer, holte das Fernglas und huschte wieder hinaus. Arch bat mich flüsternd um meine Hilfe bei seiner Aufgabe. Das war das erste Mal in drei Wochen, dass er mich für seine Astronomie-Aufgaben zu Rate zog. Und ich wollte auf keinen Fall länger aufbleiben als alle anderen im Schloss und allein in der Küche herumwerkeln. Das wäre fast so, als würde man nachts beim Zelten den *Exorzist* lesen: So etwas würde wohl kaum jemand freiwillig machen.

Ich folgte Arch in das Zimmer, das er sich mit Julian teilte. Er suchte sein Notizbuch. Julian schlief tief und fest in seinem Schlafsack auf der Couch und mich plagten Schuldgefühle, weil er *wieder einmal* all die Arbeit und auch noch den Abwasch erledigt hatte. Gott segne Julian Tellers großes Herz.

Arch und ich stellten uns ans Fenster, fanden den Orion – komplett mit Gürtel und Schwert, den Kleinen Bären, Kassiopeia, das hübsche W, das seit meiner Kindheit mein Lieblingssternbild war, und sogar den Großen Bären knapp über dem Horizont. Nachdem Arch festgestellt hatte, dass der Große Bär zum Polarstern deutete, waren wir fertig.

»Danke, Mom.« Er klappte sein Notizbuch zu. »Du kannst jetzt gehen.«

Es machte mir nichts aus, so mir nichts, dir nichts entlassen zu werden – so waren fast Fünfzehnjährige eben. Ich bedankte mich noch einmal bei Arch für die Fechtdemonstration, rang ihm das Versprechen ab, die Tür abzusichern, und tat anschließend dasselbe in unserem Zimmer. Ich stellte den kleinen Wecker auf fünf Uhr und kuschelte mich neben Tom ins Bett. Ich betete für Mo Hartfield, obwohl er mir eins auf den Schädel gegeben hatte.

Wie so oft an den Tagen, an denen ich einen Auftrag zu erledigen hatte, wachte ich, ein paar Sekunden bevor der Wecker klingelte, auf. Der Himmel draußen war schwarz wie Teer. Ich knipste eine kleine Lampe an, machte meine Yogaübungen, duschte, zog mich an und gratulierte mir dazu, so früh aufgestanden zu sein. Ich hatte mehr als zwei Stunden Zeit, bis Arch in die Schule gebracht werden musste – das genügte, um einiges für den Labyrinth-Lunch vorzubereiten.

Aus irgendeinem Grund schien ich keinerlei Geräusche zu verursachen. Das Schloss, überlegte ich, hatte zwei verschiedene Launen: Entweder knackte und ächzte es und man sah und hörte Dinge, die gar nicht vorhanden waren, oder jeder Laut und jede Bewegung wurden von den Nischen und Mauern verschluckt.

»Ich komme runter und mache Frühstück«, brummte Tom, dessen Kopf in den Kissen vergraben war.

»Mit einem Arm? Ausgeschlossen. Du musst viel schlafen«, erwiderte ich sanft.

Er stöhnte und drehte sich um.

Auf dem Flur stieß ich auf Julian; sein braunes Haar war noch feucht vom Duschen und er trug sein Bistro-Outfit: weißes T-Shirt, eine Pumphose mit Paisleymuster und Turnschuhe mit hohem Schaft. »Ich habe das Rauschen deiner Dusche gehört«, raunte er. Also waren doch nicht alle Geräusche gedämpft gewesen. »Ich wollte dich nicht alleine arbeiten lassen.«

»Julian, bitte. Du hast schon so viel getan. Warum legst du dich nicht noch mal hin und schläfst dich richtig aus?«

»Ver*giss* es«, versetzte er in dem eigensinnigen Ton, den ich inzwischen schon so gut kannte.

In der Küche machte ich zuallererst zwei Tassen Espresso. Ich trank meinen schwarz, Julian verfeinerte seinen mit zwei Teelöffel Sahne und Zucker. Der Stoffwechsel des Jungen arbeitete in Lichtgeschwindigkeit.

Da wir schon vorher blendend zusammengearbeitet hatten, wussten wir auch ohne große Worte, wie wir die

Arbeiten unter uns aufteilen mussten und wie lange wir für die Vorbereitungen brauchten. *Reservierungen für zwanzig, aber rechnen Sie lieber mit dreißig Personen,* hatten die Kirchenleute gesagt. Ich machte die Steak-Pastete, während sich Julian mit dem Feigensalat und den grünen Bohnen mit Artischockenherzen beschäftigte. Wir konnten bis sieben Uhr ungestört kochen, dann würden wir Frühstück für Arch und alle anderen machen, die sich blicken ließen.

Während wir mit der Arbeit begannen, besprachen wir den weiteren Ablauf. Falls sich Michaela bereit erklärte, Arch auch heute wieder zur Schule zu bringen, konnten wir um acht Uhr anfangen, die kalten Speisen und Getränke in die Kapelle zu schaffen – vorausgesetzt, die Polizei hatte sich bis dahin wie versprochen aus dem Staub gemacht und die Tische waren geliefert worden. Wir würden dieselben Wärmebehälter und Warmhalteplatten wie am Abend zuvor benutzen und zuerst die Salatzutaten und dergleichen, den Rest um halb elf an Ort und Stelle bringen. Um elf Uhr wollten wir den Gästen Champagner, Käsegebäck, Zwiebeltoast und Kaviar reichen.

Ich hatte eigentlich vorgehabt, meine transportablen Backrohre mitzubringen, wie ich es oft machte, wenn ich bei einem Klienten etwas frisch zubereiten musste, aber dann war am Montagmorgen die Hölle losgebrochen und ich hatte schlicht und einfach vergessen, sie ins Auto zu schleppen. Und nach dem Debakel mit den Computern würde ich *auf keinen Fall* noch einmal ins Haus gehen, um die Öfen zu holen. Stattdessen musste wohl oder übel einer von uns um Viertel nach elf ins Schloss zurückfahren und die Pastete in die Röhre schieben. Der andere servierte währenddessen die Vorspeise

SHAKESPEARES STEAK-PASTETE

Die Zutaten für dieses Rezept sind relativ teuer. Da Rinderlendenstücke ziemlich rasch gar sind und es leicht passieren kann, dass sie zu lange im Ofen bleiben, ist es wichtig, ein Fleischthermometer mit Digitalanzeige zu benutzen – dann können Sie sicherstellen, dass die Steaks zart und innen noch leicht rosa sind.

2 EL Butter
1 mittelgroße Zwiebel, in kleine Würfel geschnitten
1 mittelgroße Karotte, geschnitten
2 Knoblauchzehen, klein gehackt
2 EL gehackte frische Petersilie
6 EL Mehl
½ TL getrockneten Thymian
½ TL getrockneten Salbei
½ TL Oregano
1½ TL Salz
¼ TL frisch gemahlener schwarzer Pfeffer
2½ Pfund Rinderlende – in etwa 3 cm große Würfel geschnitten
¼ Tasse guter Rotwein
Teig zum Abdecken (Rezept folgt)

Butter in einer großen Pfanne bei mittlerer Hitze schmelzen. Zwiebel,

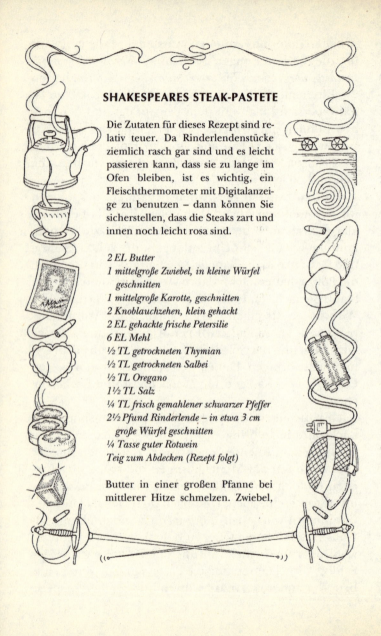

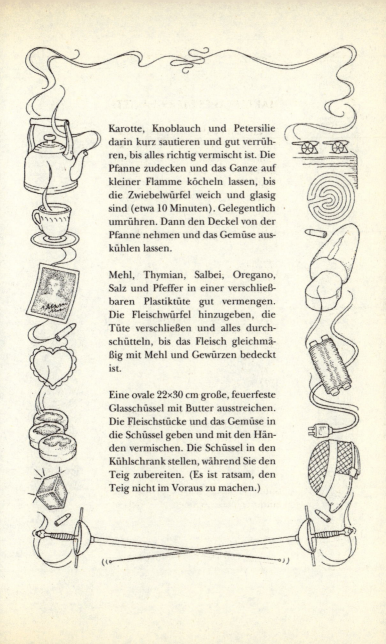

Karotte, Knoblauch und Petersilie darin kurz sautieren und gut verrühren, bis alles richtig vermischt ist. Die Pfanne zudecken und das Ganze auf kleiner Flamme köcheln lassen, bis die Zwiebelwürfel weich und glasig sind (etwa 10 Minuten). Gelegentlich umrühren. Dann den Deckel von der Pfanne nehmen und das Gemüse auskühlen lassen.

Mehl, Thymian, Salbei, Oregano, Salz und Pfeffer in einer verschließbaren Plastiktüte gut vermengen. Die Fleischwürfel hinzugeben, die Tüte verschließen und alles durchschütteln, bis das Fleisch gleichmäßig mit Mehl und Gewürzen bedeckt ist.

Eine ovale 22×30 cm große, feuerfeste Glasschüssel mit Butter ausstreichen. Die Fleischstücke und das Gemüse in die Schüssel geben und mit den Händen vermischen. Die Schüssel in den Kühlschrank stellen, während Sie den Teig zubereiten. (Es ist ratsam, den Teig nicht im Voraus zu machen.)

Den Backofen auf 200° vorheizen. Die Fleisch-Gemüse-Mischung mit dem Wein angießen und die Teigschicht vorsichtig auf die Masse legen, die Ränder andrücken und den Teig wie im folgenden Rezept angegeben einritzen. Das Thermometer behutsam durch einen Schnitt schieben und ein Fleischstück damit aufspießen.

Die Pastete etwa 25 Minuten backen, bis das Thermometer 55° anzeigt. Sofort servieren.

Rezept für 4 große Portionen

Pastetenteig:

1¼ Tassen Mehl
½ TL Salz
6 EL kalte Butter, in 6 Stücke geschnitten
1 geschlagenes Ei (1 EL davon für das Bestreichen aufheben)
1 EL Milch

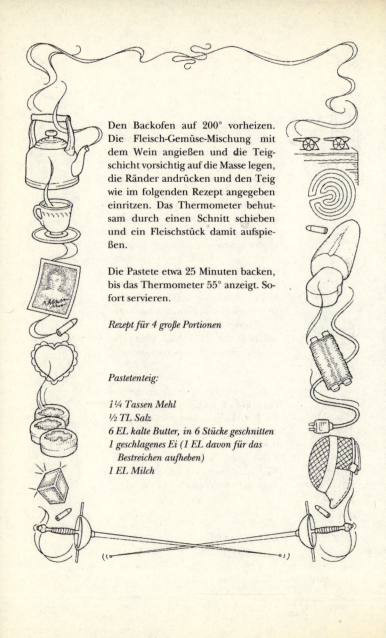

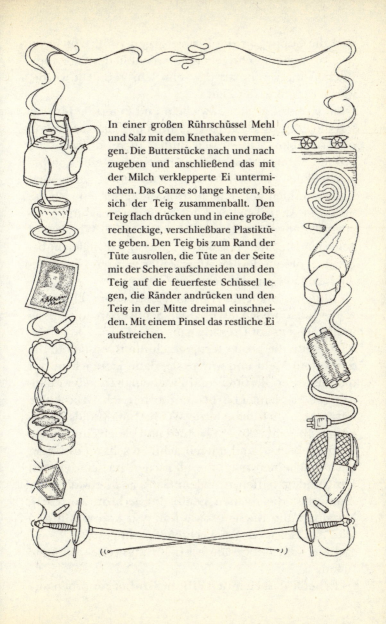

In einer großen Rührschüssel Mehl und Salz mit dem Knethaken vermengen. Die Butterstücke nach und nach zugeben und anschließend das mit der Milch verkleppertes Ei untermischen. Das Ganze so lange kneten, bis sich der Teig zusammenballt. Den Teig flach drücken und in eine große, rechteckige, verschließbare Plastiktüte geben. Den Teig bis zum Rand der Tüte ausrollen, die Tüte an der Seite mit der Schere aufschneiden und den Teig auf die feuerfeste Schüssel legen, die Ränder andrücken und den Teig in der Mitte dreimal einschneiden. Mit einem Pinsel das restliche Ei aufstreichen.

und die Suppe, bis die Pastete gegen zwölf Uhr fertig war. Wenn die Tische geliefert waren und der Labyrinth-Kuchen wie vereinbart um zehn Uhr gebracht wurde, wären wir gut in der Zeit.

Ich schnitt Karotten, Zwiebeln und Petersilie für das, was die Franzosen *mirepoix* nannten und das zur Pastete gehörte, dann schmolz ich Butter. Julian dünstete die grünen Bohnen, anschließend bereitete er eine komplizierte Sauce zu. Mein *mirepoix* brutzelte in der heißen Butter und ich wetzte mein größtes Messer, ehe ich die Steaks in Angriff nahm. Eliot hatte für Steak-und-Nierchen-Pastete plädiert, aber ich hatte eisern Widerstand geleistet. Die alten Engländer hatte so was vielleicht begeistert, die modernen Amerikaner würden Nieren jedoch genauso verabscheuen wie Leber.

»Und was aßen die Elisabethaner außer Fleisch?«, wollte Julian wissen, als er einen Schuss Balsamico-Essig in das Feigensalat-Dressing gab.

Ich hatte die Steaks fertig geschnitten, bestäubte die Stücke mit Mehl und würzte sie, dann legte ich sie auf die sautierten Karotten und Zwiebeln. »Zu jeder Mahlzeit gab es Manchet-Brot«, antwortete ich. »Die Laibe waren klein. Ich habe letzte Woche Julia Childs' Hamburger-Brötchen-Rezept benutzt und gleich eine Menge davon gebacken und mitgebracht. So seltsam es einem auch erscheinen mag, die Menschen im sechzehnten Jahrhundert hatten zu jedem Gang auch etwas Süßes. Zumindest die reichen Leute. Ingwerbrot, Törtchen, Marzipan und Kuchen sowie Kompott und Konfitüren aller Art. Beilagen zu gekochtem Sperling.«

»Eine wahrhaft gesunde Ernährungsweise«, spottete Julian.

»Es heißt, dass Heinrich VIII. an Skorbut gestorben ist.«

»Was hab ich gesagt?«

Ich machte mich auf die Suche nach den Burgunder-Flaschen, die ich in eine meiner Kisten gepackt hatte. Es kam eine wohlbemessene Menge Wein auf die Fleisch-Gemüse-Mischung, ehe sie mit Pastetenteig abgedeckt wurde. Mit etwas Glück hatten wir später saftige, zarte, pikante Fleischstücke mit einer goldbraunen, lockeren Teighülle.

Menschenskind! Ich wurde nun selbst hungrig. Tom hatte offenbar eine telepathische Botschaft von mir empfangen, denn er schlenderte gerade in diesem Moment in die Küche.

»Der einarmige Frühstückskoch betritt den Ort des Geschehens«, meldete er gut gelaunt. Er trug eine dunkle Küchenmeister-Hose – ein Geschenk von Julian – und ein weißes Broncos-Hemd. »Bitte versucht gar nicht erst, mir irgendwas auszureden. Gebt mir einfach eine Schürze. Ich weiche nicht von der Stelle. Wenn einer von euch Protest einlegt, bereitet ihr mir nur Stress und ich werde krank.«

Julian und ich lachten, während Tom in den Kartons, die Alicia geliefert hatte, kramte, um die Zutaten für ein Chili herauszuholen. Voller Schuldgefühle wurde mir bewusst, dass ich die Aussprache wegen Sara Beth falsch angegangen war. Und was hatte ich mir im Krankenhaus geschworen? Dass es mich nicht kümmerte, wenn es eine andere Frau gab – ich würde Tom immer lieben. Jetzt musste ich mich nur so benehmen, als würde ich mich keinen Deut um Sara Beth scheren.

Ich seufzte und machte mich wieder an die Arbeit. Julian und ich mussten unsere Vorbereitungen in der nächsten halben Stunde zu Ende bringen. Tom arbeitete gleichzeitig eifrig an seiner Frühstücks-Kreation.

HUEVOS PALACIOS

1 Tasse Boulder-Chili (Rezept folgt)
4 große Eier
¼ Tasse süße Sahne
½ TL Salz
¼ TL frisch gemahlener schwarzer Pfeffer
2 EL Butter
½ Tasse saure Sahne
1 Tasse geriebener Käse
1 mittelgroße Tomate, geschält, entkernt und in Würfel geschnitten
2 geschnittene Schalotten

Das Chili zubereiten und auskühlen lassen.

Die Eier mit der süßen Sahne, Salz und Pfeffer verkleppern. Die Butter bei mittlerer Hitze in einer feuerfesten Auflaufschüssel schmelzen, das geschlagene Ei hinzufügen. Auf kleiner Flamme erhitzen, bis das Ei am Rand stockt. Die Ränder vorsichtig mit einem Kochlöffel in die Mitte schieben.

Den Grill vorheizen. Den geriebenen Käse unter die saure Sahne mischen

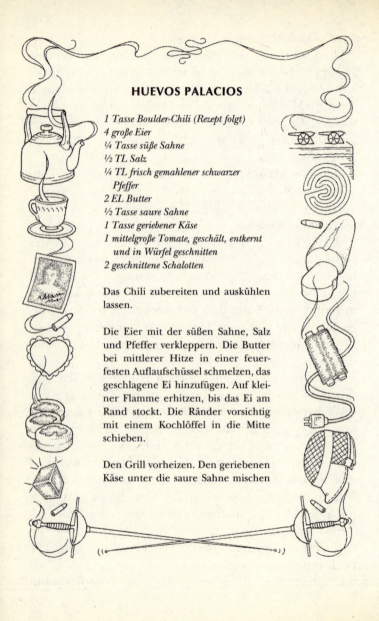

und beiseite stellen. Wenn die Eier halb fest, halb flüssig sind, das Chili in drei Linien auf das Ei löffeln, sodass 6 gleichmäßige Reihen entstehen. Die Tomatenwürfel und die klein geschnittenen Schalotten zwischen die Linien streuen, anschließend die saure Sahne auf dem Chili verteilen.

Ein Blech auf die mittlere Schiene schieben und die Auflaufform draufstellen. Das Chili etwa 5 bis 7 Minuten backen, bis das Ei ganz fest und der Käse geschmolzen ist. Sofort servieren.

Rezept für 4 große Portionen

BOULDER-CHILI

1½ Pfund mageres Rinderhackfleisch
1 große Zwiebel, klein geschnitten
2 große oder 3 kleine Knoblauchzehen, zerdrückt
5 EL Tomatenmark

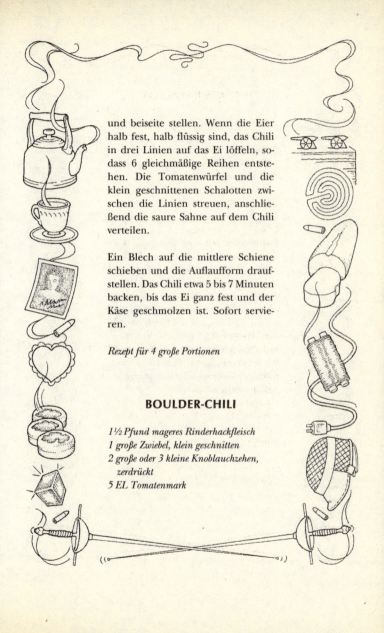

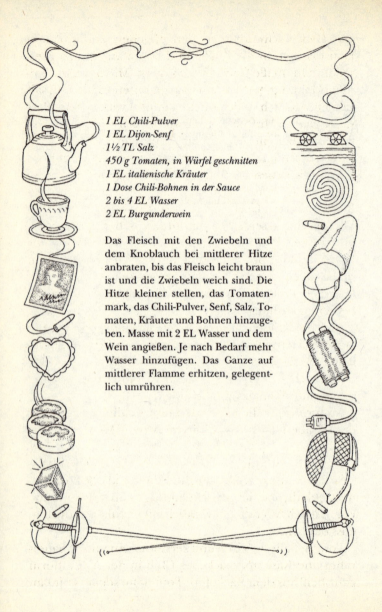

1 EL Chili-Pulver
1 EL Dijon-Senf
1½ TL Salz
450 g Tomaten, in Würfel geschnitten
1 EL italienische Kräuter
1 Dose Chili-Bohnen in der Sauce
2 bis 4 EL Wasser
2 EL Burgunderwein

Das Fleisch mit den Zwiebeln und dem Knoblauch bei mittlerer Hitze anbraten, bis das Fleisch leicht braun ist und die Zwiebeln weich sind. Die Hitze kleiner stellen, das Tomatenmark, das Chili-Pulver, Senf, Salz, Tomaten, Kräuter und Bohnen hinzugeben. Masse mit 2 EL Wasser und dem Wein angießen. Je nach Bedarf mehr Wasser hinzufügen. Das Ganze auf mittlerer Flamme erhitzen, gelegentlich umrühren.

Die Hydes schwebten in den gleichen königsblauen Hausmänteln in die Küche und boten an, Saft zu pressen und für heiße Getränke zu sorgen. Michaela, in Trainingskleidung, tauchte ein paar Minuten später auf, sah sich an, was sich in der Küche tat, und verkündete, dass sie englische Muffins für alle aufbacken würde. Ich willigte dankbar ein. Ich war am Verhungern.

Arch erschien um kurz nach sieben – er hatte ein riesiges, olivfarbenes Shirt und eine übergroße Khakihose an. Ob überhaupt jemand in seiner Schule Klamotten in der richtigen Größe trug? Verlegen fragte er mich, ob ich ihm heute seine Fechtmontur waschen konnte, damit sie bei dem Bankett ganz sauber war. Zu meiner Überraschung bot sich Sukie an, das zu übernehmen; sie besaß eine perfekte Waschmaschine und einen erstklassigen Trockner, erklärte sie, die niemand außer ihr bedienen konnte.

Arch bedankte sich und spähte in die große Pfanne auf dem Herd. Tom rührte in seinem duftenden, blubbernden Boulder-Chili: Rinderhackfleisch, Zwiebeln, Knoblauch, Chili-Bohnen und die pikanteste Gewürzmischung nördlich des Rio Grande.

Arch runzelte die Stirn. »Ich bin ziemlich sicher, dass die Elisabethaner kein Chili am frühen Morgen gegessen haben.«

»Ach ja?«, erwiderte Tom. »Zu schade. Huevos Palacios kommen in Mode.« Seine Stimme klang noch immer lebhaft, aber ich sah seinen Augen an, dass er müde war. Vielleicht hätte ich wirklich nicht zulassen dürfen, dass er kochte.

Tom rief alle zu Tisch und servierte sein mit Ei, Sauerrahm und Käse überbackenes Chili in der Auflaufform ganz heiß aus dem Backofen. Tom hatte sogar für Julian eine Portion ohne Fleisch gemacht. Als ich einen Bissen davon aß, schwanden mir beinahe die Sinne.

»Wunderbar«, murmelte Eliot Hyde kauend. Julian, Sukie, Michaela und Arch machten Tom Komplimente und verschlangen gierig ihre Portionen. Als wir fertig waren, bestand Sukie darauf, die Küche sauber zu machen.

Ich zog Tom vor die Tür. »Boyd hat gestern Abend noch hier angerufen«, flüsterte ich. »Der Kerl, der unsere Computer gestohlen hat, wurde gefunden – erschossen. Boyd möchte, dass du sehr vorsichtig bist und nicht ohne Polizei-Eskorte das Haus verlässt. Und du sollst ihn heute anrufen.« Tom nickte knapp und ernst und sagte, er würde gleich hinaufgehen, um zu telefonieren.

»Soll Arch mit mir fahren?«, fragte Michaela, als ich in die Küche zurückkam. Ich nickte zustimmend. Michaela erzählte, dass ihr die Polizei nicht erlaubt hatte, die Kapelle schon jetzt für das Mittagessen herzurichten. Deshalb müssten wir uns später selbst um die Büfetttische, die Heizstrahler und alles andere kümmern. Ich beruhigte sie und meinte, das wäre kein Problem.

Tom konnte unser Zimmer noch nicht erreicht haben, deshalb rief ich schnell von der Küche aus im Sheriff's Department an, um nachzufragen, wann die Kapelle zugänglich war. Ein Deputy erklärte mir, dass die Laborleute schon am Dienstag mit ihrer Arbeit fertig geworden waren, dass jedoch seither eine Wache aufgestellt war, weil die Ermittler noch einiges zu klären hatten. Er bat mich zu warten, während er sich nach Weiterem erkundigte, und versicherte mir, als er den Hörer wieder aufnahm, dass die Wachen um etwa acht Uhr abziehen und das Absperrungsband entfernen würden.

Schließlich vergewisserte ich mich noch mit einem Anruf bei Party Rental, ob die Tische gleich am Morgen geliefert wurden. Man sagte mir, dass sie zwischen acht und Viertel nach acht gebracht würden. Zuckersüß fragte ich, ob sie mir das Geld zurückerstatten würden, wenn sie um halb neun noch nicht geliefert hatten, sodass ich eine andere Firma damit beauftragen konnte. Der Typ am anderen Ende der Leitung legte auf.

Der Tag fing ja gut an.

**Als Julian und ich** gerade die Sachen zusammenpackten, rief die Präsidentin der St.-Luke's-Kirchenfrauen an. Sie teilte mir mit, dass das kircheneigene Geschirr, die Gläser und das Besteck um halb zehn zur Kapelle gebracht würden, und wollte wissen, ob dann jemand da war, um alles in Empfang zu nehmen. Ich versicherte, dass jemand von unserem Catering-Team anwesend sein würde.

Ich seufzte. Die Tische, das Geschirr, unser Equipment, die Heizstrahler, das Essen, die Cops. Vielleicht sollte ich gleich, wenn ich in die Kapelle kam, beten. *Lieber Gott, kannst du bitte dafür sorgen, dass ich dieses Mittagessen heil überstehe? Danke.*

Draußen lagen fünfundzwanzig Zentimeter Neuschnee. Chickadees flatterten auf und landeten auf den verschneiten Fichtenzweigen, dabei rieselte Schnee herunter. Alles war still; die glitzernde weiße Schicht dämpfte alle Geräusche. Statt mich über den strahlenden Wintertag zu freuen, machte ich mir Gedanken, ob die weiße Pracht die Gäste daran hindern könnte, in die Kapelle zu kommen.

Eliot, der jetzt in Gatsby-artigen Tweed, Weste und weißen Seidenschal gewandet war, bestand darauf, uns mit seinem Jaguar vorauszufahren. Als wir zehn Minuten später auf den Parkplatz vor der Kapelle kamen, stießen zwei Streifenwagen Auspuffgase in die klare Luft. Einer der Deputies unterhielt sich kurz mit Eliot, dann stapfte Eliot bedrückt auf uns zu und sagte, er würde die Kapelle öffnen.

Ich war früher bei Taufen und Hochzeiten in der Hyde Chapel gewesen, aber ich hatte sie nicht gesehen, seit das Geld für den Brief Heinrichs VIII. die komplette Renovierung möglich gemacht hatte. Die Steinwände waren gereinigt worden und hatten jetzt einen silbrigen Glanz. Die vielfarbigen Bodenplatten bildeten einen krassen Kontrast zu den Marmorsteinen des gewundenen Labyrinths und dem unheimlichen, reinweißen Mittelstück. Am spektakulärsten waren die Buntglasfenster. Die aufgehende Sonne schien hindurch und man hatte das Gefühl, in einem beleuchteten Schmuckkästchen zu stehen. Die Atmosphäre war heiter und erhaben, bis draußen auf dem Parkplatz jemand hupte.

»Hey, Boss?«, rief Julian und streckte den Kopf durch die Tür. »Die Tische sind da! Wohin willst du sie haben?«

»Ich zeige es den Männern, danke.«

Während Eliot und ich die Lieferanten dirigierten, stellte Julian Champagnerflaschen in Wannen mit Eiswürfeln, dann holte er die mit Folie bedeckten Tabletts, auf denen Horsd'œuvres angerichtet waren, aus dem Van. Alles verlief reibungslos, bis er die elektrischen Warmhalteplatten hereinbrachte: Die Kabel reichten nicht bis zu den Steckdosen. Eliot war aufgeregt, weil er fürchtete, die Leute mit den Tischen könnten seinen kostbaren Steinboden zerkratzen. Er wollte unbedingt aufpassen und deutete deshalb nach links und sagte, in dem Raum hinter der Tür würde ich Verlängerungskabel finden.

Ich umrundete das Labyrinth und eilte zu der unscheinbaren Tür; sie führte in einen großen Lagerraum, der stark nach Sukies bevorzugtem antiseptischen Reinigungsmittel roch. Ich schaltete das Licht an und entdeckte noch mehr Beweise für schweizerische Schaffenskraft: Farbe, Glasreiniger, Holzpolitur, Werkzeug, Bürsten, eine Leiter und alle nur vorstellbaren anderen Dinge lagen in Regalfächern – alphabetisch geordnet. Ich fand *Verlängerungskabel* hinter den *Ventilatoren* und vor dem *Wischmop*. Ich schnappte mir ein paar und rannte zurück zu den Tischen.

Nachdem die Männer von Party Rental abgezogen waren, stellte Eliot die Heizstrahler auf, dann machte er sich an seinem Diaprojektor und der Leinwand zu schaffen. Er half mir, die Verlängerungskabel zu den Steckern zu legen, und Julian und ich schlossen all unsere Geräte an. Zum Glück machten die Sicherungen nicht schlapp. Dann klebten wir die Kabel mit Band am Boden fest – ein Trick, der verhinderte, dass die Gäste, auch wenn sie zu viel getrunken hatten, stolperten und auf die Nase fielen.

Wir waren so beschäftigt, dass wir das Klopfen an der Tür zunächst gar nicht hörten. Zwei Frauen von der Episkopalkirche waren gekommen, um die Tische zu decken. Als sie fertig waren, ließ ich sie wieder hinaus. Ich war überzeugt, die Tür richtig zugemacht zu haben, und ebenso sicher war ich, dass Eliot uns versichert hatte, wir wären die Einzigen, die einen Schlüssel zur Kapelle hatten. Als dann Buddy und Chardé Lauderdale unangekündigt und ohne jede Vorwarnung um zehn nach neun hereinkamen, war ich mehr als nur ein bisschen überrascht.

»Was machen *Sie* hier?«, fragte ich.

Chardé ließ vor Schreck ihre zitronengelbe Chanel-Handtasche fallen, die farblich auf ihren zitronengelben Hosenanzug und das frech auf dem dunklen Haar sitzende Hütchen abgestimmt war. *Wenn dir das Leben eine Zitrone gibt ... bekommst du Chardé.* Buddy, der sich immer lässig gab, hatte die Hände in den Taschen seiner Khakihose vergraben und trug einen schwarzen Rollkragenpullover – ein Outfit, das ihn attraktiv und mächtig aussehen lassen sollte, aber in beiden Punkten versagte.

»Wie sind Sie hier hereingekommen?«, erkundigte ich mich schroff.

»Eliot?«, flötete Chardé, ohne mich zu beachten.

Buddy sah sich nervös um – offenbar fühlte er sich nicht wohl in seiner Haut. Ich wusste, dass er und Chardé fünftausend Dollar für das Labyrinth gespendet hatten, dass er aber nur zu Weihnachten in die Kirche ging. Er atmete tief durch und man sah ihm das schlechte Gewissen des säumigen Kirchgängers an. Wenn er hyperventilierte, fragte ich mich, würde ich mich dann verpflichtet fühlen, 911 anzurufen?

»Chardé, meine Liebe!«, krähte Eliot und ging auf sie zu. »Wollen Sie sich vergewissern, ob wir die wunderschönen Kissen auf die Stühle legen? Natürlich tun wir das!«

Sie küssten sich wie alte Freunde und unterhielten sich leise. Buddy machte in der Zwischenzeit einen Rundgang durch die Kapelle. *Wenn ich mich ganz am Rand halte, bin ich gar nicht richtig hier.* Ich arrangierte die

Tassen und half Julian, den ersten Stapel Klappstühle aus dem Lagerraum zu tragen. Als wir den zweiten holen wollten, ging die Tür erneut auf. John Richard Korman stolzierte mit Viv Martini im Schlepptau herein.

Was war diese Kapelle – ein öffentliches Haus? Ich verfluchte mich selbst, weil ich vor Schreck über das Erscheinen der Lauderdales vergessen hatte nachzusehen, ob die Kapellentür ordentlich geschlossen war.

John Richard und Viv, beide von Kopf bis Fuß in Schwarz, sahen aus wie zwei Leichenbestatter. Aber vielleicht waren sie wirklich darauf aus, wie Rockstars aus den Achtzigern zu erscheinen. Eliot, der noch immer in ein vertrauliches Gespräch mit Chardé vertieft war, sah erschrocken auf. Er lief rot an. *Das ist mal eine ganz neue königliche Miene,* dachte ich fasziniert.

»Eliot«, sagte Viv in gespielt anklagendem Ton. »Wer hätte gedacht, dass wir dich hier antreffen? Und dann noch mit der niedlichen Innendekorateurin!«

»Dies ist, äh, die Kapelle meiner Familie«, stammelte Eliot, aber Viv reckte nur ihr kleines, spitzes Kinn und blies ihm einen Kuss zu. Eliots Gesicht, das bisher fleckig rosa war, wurde scharlachrot. Er tat mir richtig Leid.

»Und Buddy«, fuhr Viv noch immer zuckersüß fort.

»Hey, Viv«, grüßte Buddy mit tiefer, sexy Stimme zurück. Hatte Viv mit *allen* reichen, älteren Kerlen im County geschlafen? Würde es John Richard gefallen, als *reicher, älterer Kerl* bezeichnet zu werden? Ha.

Bevor ich meinen Exmann fragen konnte, ob er sich an die einstweilige Verfügung erinnerte, marschierte er auf mich zu und fuchtelte mit dem Zeigefinger vor meinem Gesicht herum.

»Ich will keine Scheiße von dir hören, kapiert? Arch hat mir gesagt, dass du dagegen bist. Ich *warne* dich!«

Seine blauen Augen blitzten. »Viv und ich kommen zu diesem Fechtbankett, ob dir das passt oder nicht. Verstanden? Also erzähl mir nichts von der einstweiligen Verfügung oder sonst irgendeinem Quatsch. Es geht um Arch und du solltest begreifen, dass er mich dabeihaben will.«

»Du hast ein großes Maul, wenn keine Cops in der Nähe sind, was?«, schoss ich zurück. »Hey, Viv! Sie wissen gar nicht, worauf Sie sich da eingelassen haben.«

Viv schüttelte ihr weißblondes Haar, das nach allen Seiten vom Kopf abstand. »Ich liebe das, worauf ich mich eingelassen habe!«, verkündete sie und drängelte sich näher an den Blödmann. Sie stand hinter ihm und öffnete ihre schwarze Lederjacke. *Wie kann man in eine so enge Hose eine Waffe stecken?*, überlegte ich. Sie winkelte einen Ellbogen ab und tätschelte mit der anderen Hand John Richards Rücken. Ihre helle Stimme zwitscherte: »Wir wollen doch keinen Ärger verursachen, nicht wahr, Schätzchen? Wenn mein Junge hier aus der Reihe tanzt, hole ich meine Peitsche raus.«

John Richard wurde rot und ich brach in Gelächter aus. »Versprochen?«, fragte ich.

»Versprochen«, beteuerte sie in einem heiseren Ton, der mir einen Schauer über den Rücken jagte. Na ja, John Richard hatte sich diese Frau ausgesucht. Oder umgekehrt, wenn sie ihn nur als reichen alten Knacker ausnutzte. Wäre mir das eine Genugtuung? Vielleicht nicht, wenn die blonde Sexbombe dem Blödmann Geld abknöpfte, das eigentlich Arch zugedacht war. Viv schlang einen Arm um John Richards Taille und flüsterte ihm etwas ins Ohr. *Hast du's schon mal in einer Kirche gemacht?* So etwas Ähnliches musste es gewesen sein, denn John Richard stieß ein überraschtes Ächzen aus.

Ich hätte meinen Ex zu gern gefragt, ob Viv zu der Sorte Mädchen gehörte, die in den Selbsthilfegruppen der Männer in den Wechseljahren empfohlen wurden, aber ausnahmsweise hielt ich den Mund. Ich hatte meine Arbeit zu erledigen.

»Wenn sonst nichts weiter ist ...«, fing ich an.

»Also, haben wir uns verstanden?«, fragte der Blödmann mich. Ich glaube, er wollte mir wieder mit dem Finger drohen, aber Viv hatte ihn fest im Griff. Deshalb stellte ich mich dicht vor ihn und hielt *meinerseits* den Zeigefinger nur zwei Zentimeter vor seine aristokratische Nase.

»Verschwinde. *Und zwar sofort.* Kapiert? Ich habe deinen Sermon *gehört*. Erinnerst du dich an General Farquhar, der Menschen getötet hat, ohne auch nur ein Geräusch zu verursachen? *Ich* mache eine Menge Lärm. Und jetzt mach die Fliege, bevor die netten Nachbarn alles mitbekommen.«

»Aber, aber, Goldy«, beschwichtigte Viv. »Wir wollen doch keine Drohungen ausstoßen, die wir nicht wahr machen können.« Sie bedachte mich mit einem wissenden Blick. »Ich mache auch eine Menge Lärm, stimmt's, Schätzchen? Lass uns gehen.«

John Richard presste die Lippen zusammen und schluckte. Wenn ich genauer darüber nachdenke, dann sah er irgendwie müde aus, besonders in seinem schwarzen Outfit. Buddy und Eliot standen entgeistert daneben: *Hatten wir tatsächlich mal was mit so einer Frau? Wie haben wir das überlebt?* Chardé nutzte die Gelegenheit und stolzierte auf mich zu: *Zitrone in Bewegung.*

»*Wir* kommen auch zu dem Bankett«, erklärte sie hochnäsig. Ich wünschte mir so sehr, dass ihr der gelbe Hut vom Kopf rutschte, aber er rührte sich nicht von der

Stelle. »Wir essen *kein* noch blutiges Fleisch, *keine* rohen Eier und *keinen* Zucker, in welcher Form auch immer. Und übrigens, unser Sohn Howie ist allergisch gegen Laktose. Vielleicht ist Ihnen das noch von unserer Party im Gedächtnis geblieben. Aber damals waren Sie ja so damit beschäftigt, Ihre Nase in fremde Angelegenheiten zu stecken, nicht?«

»Ich …«, begann ich.

»Howie mag Zitronensorbet. Keine Milchprodukte. Verstanden?«, sagte Chardé.

»Okay!«, bellte Julian und streckte die Arme aus. »Das *reicht jetzt*! Alle *raus hier*! *Raus*! Sie, Sie, Sie und Sie.« Er deutete erst auf den Blödmann, dann auf Viv, Buddy und Chardé. »Wir können nicht für unsere Klienten arbeiten, wenn Sie uns hier im Weg stehen. Gehen Sie!«

»*Wir* sind Ihre Klienten«, schaltete sich Buddy Lauderdale mit seiner näselnden Arroganz ein, die ich nur zu gut kannte.

»Dann kommen Sie bitte zur *Lunchzeit* wieder«, entgegnete Julian entschieden. Keine Frage, der Junge war energisch und nicht zu erschüttern.

Eliot gab einige besänftigende Laute von sich, die seine guten Freunde, die Lauderdales, beruhigen sollten. Der Blödmann und Viv polterten hinaus. Als die Lauderdales und Eliot auch durch die Tür verschwanden, ließ ich mich auf einen der Stühle fallen. Julian stellte sicher, dass die Tür fest verschlossen war. Er rief mir zu, dass es innen noch einen Riegel gab, den er zuschieben und erst wieder öffnen würde, wenn die ersten Gäste kamen.

»Ich weiß nicht, ob ich diesen Tag überstehe«, stöhnte ich, als er zu mir zurückkam.

»Klar überstehst du ihn. Es werden eine Menge neureiche Leute da sein, die sich auf dein Essen stürzen. Sie werden Schlange stehen, um dich für ihre nächsten Gesellschaften zu buchen.«

Er brachte mich zum Lachen. Ich wollte ihm gerade sagen, wie stolz ich auf ihn war, als wieder jemand an die Tür hämmerte. Diesmal schob ich selbst den Riegel auf und öffnete die Tür. Es war der Lieferant des Bäckers, der den Labyrinth-Kuchen aufstellen wollte. Er sah toll aus, ein riesiger runder, mit Schokolade glasierter Kuchen mit weißen, verschlungenen Linien aus Zuckerguss, die das komplizierte Muster des Labyrinths darstellten.

»Ich hab dir etwas mitgebracht«, sagte Julian, als ich die Tür hinter dem Bäckergesellen wieder fest verschlossen hatte. »Schokolade-Notfall-Plätzchen. Ich finde, so was können wir jetzt brauchen.« Er beförderte ein kleines Päckchen und eine Thermoskanne zutage. »Ich habe sogar einen Espresso für dich.«

»Du bist ein Lebensretter, Julian.« Ich biss in ein Plätzchen. Dunkler cremiger Geschmack breitete sich in meinem Mund aus und eine Schokolade-Euphorie durchflutete mich. Die Kekse waren köstlich, nicht zu süß, trotz der weichen, buttrigen Vanille-Glasur, die sich perfekt mit der Schokolade ergänzte. Ein großer Schluck Espresso spülte all meine Ängste vor den Lauderdales, dem Blödmann und Viv den Cottonwood Creek hinunter.

Für den Augenblick zumindest.

⊥

Zwei Stunden später passte ich meine Stimmung dem Essen an, war voller Elan und beschwingt, während ich englisches Käsegebäck, Zwiebeltoasts und Kaviarbrötchen auf Tabletts herumreichte. Die großen Spender, eine Hand voll Kirchenvorstandsmitglieder, einige Frauen der Episcopal Church und unser Priester süffelten Champagner und schwärmten von Eliots Großzügigkeit, die ihn dazu gebracht hatte, die Kapelle St. Luke's zu überlassen. Die Lauderdales hatten mich natürlich barsch abgefertigt und anderen empfohlen, dasselbe zu tun, berichtete Marla später. Jetzt verkündete sie, dass sie selbst nicht mehr verstand, warum sie so viel Geld für das Labyrinth gespendet hatte, da es doch so schwierig war, nach dem vielen Champagner den komplizierten Weg zu gehen.

Während Julian die Suppe servierte, flitzte ich zum Schloss und stellte die Shakespeare-Steak-Pastete ins Bratrohr. Die Lauderdales machten mich bei anderen schlecht? Diese *Kretins*! »Zorn ist meine Nahrung«, flüsterte ich und beglückwünschte mich, weil ich mich an den Text von *Coriolanus* erinnerte. Wie ging der Rest? *Zorn ist meine Nahrung: Ich nage an mir selbst/Und so werde ich hungern* ... So ähnlich. Noch ein einziges Wort von den Lauderdales und sie würden rohe Hamburger mit Manchet-Brot zu fressen bekommen. Ein neues Theaterstück von dem Dichter: *Mac*DEATH.

Nachdem wir die Pasteten, Salate und Brot auf dem Büfett angerichtet hatten, schwadronierten die Gäste vergnügt an dem Tisch vorbei und griffen ordentlich zu. Julian lief geschäftig herum; seine Tante Marla neckte ihn und von den anderen Frauen wurde er bewundert. Die Lauderdales, Eliot, Sukie und ein anderes Paar von der Kirchengemeinde hatten so weit wie möglich vom Büfett entfernt Platz genommen. Buddy und Chardé strengten sich mächtig an, sich in eine intellektuelle Unterhaltung zu vertiefen oder wenigstens den Eindruck zu vermitteln. Ich ließ mich von ihrem Gehabe natürlich nicht hinters Licht führen.

Irgendwann dämpfte Eliot das Licht und begann seine Rede. Er zeigte ein Dia vom Chartres-Labyrinth und erläuterte den historischen und architektonischen Hintergrund – es war derselbe Text, den ich schon vom Band gehört hatte. Während er Vorher-Nachher-Dias von der Renovierung der Kapelle zeigte, schlich sich Marla an meine Seite.

»Nichts Neues vom Immobilienkauf des Blödmanns, tut mir Leid«, flüsterte sie und schielte auf den Tisch mit dem Kuchen. »Das Essen war wunderbar.«

»Danke für das Kompliment und dafür, dass du Nachforschungen über den Hauskauf anstellst. Ich glaube immer noch, dass John Richard was Unsauberes im Schilde führt.«

»Er führt *immer* was Unsauberes im Schilde.« Dann näherte sie sich dem unberührten Kuchen, den die Gäste nach dem Dia-Vortrag bekommen sollten.

»Bitte, Sir«, raunte Marla Julian zu, »darf ich noch was haben? Nur ein ganz kleines Stückchen?« Ehe ich protestieren konnte, schnitt Julian ein riesiges Stück von dem Kuchen, legte es auf einen Teller und reichte ihn Marla.

»Das ist so was wie Vetternwirtschaft, Goldy«, flüsterte sie so laut, dass sich die Gäste zu ihr umdrehten. Sie fuhr mit dem Finger über die Glasur und schleckte ihn ab. Ich seufzte.

Eliot führte jetzt Vorher-Nachher-Dias von der Schlossrenovierung vor. Er beendete seine Rede mit einem überschwänglichen Dank an die Spender und einer Einladung, sich Kuchen zu nehmen und im nächsten Jahr Konferenzen im Schloss zu buchen. Dann bot er allen an, ihr Bewusstsein zu klären und den Labyrinthweg zu gehen, um so spirituelle Wahrheit zu erlangen.

Auch wenn der Applaus der sechsundzwanzig Menschen nicht donnernd zu nennen war, so war er doch enthusiastisch. Julian und ich servierten Kuchen und Kaffee, der, wie ich hoffte, die Nachwirkungen des Champagners ein wenig dämpfen würde. Als sie mit dem Dessert fertig waren, gingen die Gäste einzeln durch das Labyrinth.

Eine unheimliche Stille machte sich in der Kapelle breit, als sich die Prozession vor und zurück über die Steine und auf den Mittelpunkt zu bewegte. Die wenigen Leute, die schon jetzt aufbrachen, verabschiedeten sich nur im Flüsterton. Um zwei Uhr waren alle gegangen. Mann, dachte ich, das nächste Mal, wenn ich reizbar und ängstlich bin, versuche ich es mit dem Labyrinth.

Die Kirchenfrauen sammelten das Geschirr, das Besteck und die Gläser ein und nahmen alles mit in die Küche von St. Luke's, um die Sachen dort abzuspülen. Eliot und Julian klappten die Stühle und die Tische der Hydes zusammen und schleppten sie in den Lagerraum. Zum Schluss legten Julian und ich die gemieteten Tische zusammen, stapelten sie auf dem Parkplatz und breiteten eine Plane darüber. Die Leute von Party Rental wollten sie kurz vor vier abholen. Sukie und Eliot brachten ihr Dia-Equipment ins Schloss und ich erklärte Julian mit Entschiedenheit, dass er für den Rest des Nachmittags freihatte. Er hatte sich eine Verschnaufpause verdient, setzte ich beharrlich hinzu.

»Ja, ja, ja«, maulte er und sah sich in der Kapelle um, in der noch immer einiges aufzuräumen war. »Und was machst du, wenn die Lauderdales wieder auftauchen?«

»Ich verriegle die Tür, solange ich hier arbeite«, gab ich zaghaft zurück. »Und ich stelle den Van direkt vor die Tür.«

»Ich sag dir was, Boss, ich werde die Eiswannen, die Wärmebehälter und die letzten Servierplatten und Schüsseln wegbringen. Wenn du willst, kannst du den Abfall und die Tabletts mitnehmen.«

»Ich komme schon zurecht.« Ich ging zur Tür und deutete auf den dicken Riegel. »Chardé, Buddy und sogar Viv haben vielleicht einen Schlüssel. Es war *mein* Fehler, Eliots Gedächtnis zu vertrauen, als er sagte, wir wären die Einzigen, die einen haben.«

»Der Kerl ist nett«, bemerkte Julian, »aber er hat ein Spatzenhirn, das ist sicher.«

»Mir passiert schon nichts.«

Julian schien noch immer nicht überzeugt davon zu sein. »Also gut, ich bringe eine Fuhre in die Küche, während du hier aufräumst. Wenn du dich in anderthalb Stunden nicht im Schloss blicken lässt, komme ich zurück.«

Damit erklärte ich mich einverstanden. Ich würde nicht länger als zwanzig Minuten brauchen, um die Tabletts und Platten in den Van zu laden, den Abfall zusammenzupacken und in die Mülltonne zu werfen, zu der ein Weg am Rand des Burggrabens führte. Julian verschätzte sich jedes Mal in der Zeit, wenn ich eine Arbeit zu erledigen hatte, und ich beschuldigte ihn, mich wie ein altes, hinfälliges Weib zu behandeln. Er wehrte sich nicht dagegen, verdammter Kerl!

Ich verriegelte die Tür und dachte an etwas, wovon ich Julian nichts erzählt hatte: Ich wollte mir die Kapelle gründlich ansehen, weil ganz in ihrer Nähe die Leiche von Andy Balachek gefunden und Tom angeschossen wurde. Allerdings zwang ich mich, zuerst aufzuräumen – es dauerte genau siebzehn Minuten. Ich schaute mich noch einmal aufmerksam um, um nachzuprüfen, ob wir nichts vergessen hatten. Die Kapelle sah blitzsauber aus. Auch wenn Marla viel zu früh von dem Kuchen genascht hatte, war das Mittagessen ein voller Erfolg gewesen und dafür war ich dankbar.

In diesem Moment hatte ich das Gefühl, als würden mich die schimmernden Steine des Labyrinths zu sich winken. Rosafarbendes Licht fiel durch das Rosettenfenster auf den Marmor. Meine Haut prickelte. Was hatte Eliot gesagt? *Man geht durch das Labyrinth und erlangt seine spirituelle Wahrheit.* In letzter Zeit war ich nicht gerade gut gewesen, wenn es um die Wahrheit ging – wieso sollte ich es also nicht versuchen, bevor ich ein wenig herumschnüffelte?

Mein Gedächtnis steuerte eine Passage aus der Heiligen Schrift bei: *Ich beschwichtige mein Herz und mache es ruhig,/wie ein Kind an der Mutterbrust;/meine Seele ist ruhig in mir.*

Nach einer kleinen Weile ging ich ein paar Schritte, empfand aber eine eigenartige Unentschlossenheit. Während ich weiterging und mich auf den verworrenen Pfad konzentrierte, schien sich mein Geist zu klären und die Fragen, die mich in letzter Zeit quälten, traten in den Hintergrund – wer hatte Andy umgebracht und warum, wer hatte auf Tom geschossen und warum, wer hatte unser Fenster zertrümmert und warum und wer hatte Mo Hartfield getötet, nachdem er aus unerfindlichen Gründen unsere Computer gestohlen hatte? Als ich einen Fuß vor den anderen setzte, spürte ich eine beruhigende Gegenwart. Ich bewegte mich vorwärts – entweder näherte ich mich meinem Leben, oder ich entfernte mich davon, ich konnte nicht sagen, was von beidem zutraf.

Schließlich gelangte ich zum Zentrum des Labyrinths. Ich hätte schwören können, dass ich mein Herz schlagen hörte. Mich überkam – zum ersten Mal seit einer Woche – eine gewisse Gelassenheit, als ich auf die Windungen und Kurven der Marmorsteine zurückblickte. Draußen kam die Sonne hinter einer Wolke hervor und warf rosa Licht auf den Pfad. Eliots Vortrag auf der Kassette und der heutige hatten sich mit der mystischen Bedeutung der Entfernungen in Chartres beschäftigt. Die Entfernung vom Mittelpunkt des Labyrinths bis zum Portal war genauso groß wie die vom Portal bis zum Rosettenfenster. Ich sah zu dem Rosenmuster aus Buntglas auf.

Das war eine wahre Überraschung. Trotz Sukies Putzwut, die das vielfarbige Glas zweifellos zu spüren bekommen hatte, sah es so aus, als hätte jemand genau in der Mitte der Rosette einen Schmutzfleck hinterlassen ...

Im Zentrum wirst du Gott finden, hieß es auf der Kassette.

Möglicherweise war das da oben kein Dreck. Vielleicht hatte jemand, der über den Symbolismus des Labyrinths Bescheid wusste, dort etwas deponiert, etwas Wichtiges. Oder meine Paranoia spielte mir wieder einen Streich.

Ich sah auf die Uhr. Ich hatte noch mehr als eine halbe Stunde Zeit, bis Julian unruhig werden würde. Wahrscheinlich brach ich alle Regeln, die bei der Begehung eines Labyrinths beachtet werden sollten, als ich in den Lagerraum sprintete und die Leiter herauszerrte. Es war eine ausziehbare Leiter, die entsetzlich quietschte und mir teuflisch wackelig erschien. Ich kämpfte fünf Minuten mit dem Ding, aber dann gelang es mir, sie so weit auszuziehen, dass sie bis unter das Fenster reichte, als ich sie an die Wand lehnte. Ich holte tief Luft und begann den Aufstieg.

Der Wind fegte draußen um die Mauern der Kapelle. Ich hörte, wie die kalte Luft durch die winzigen Ritzen in dem Fenster pfiff. Ich erreichte die vierte Sprosse von oben und betrachtete das Zentrum der Rosette, eine Art Tasche aus pinkfarbenem, in Blei gefasstem Glas. Was ich dort entdeckte, machte keinen Sinn. Ich sah ... ein zerrissenes Klebeband, Papier und ein bisschen durchsichtiges Plastik.

Ich griff in die Tasche und versuchte vorsichtig, das Band und das Papier herauszuziehen. Es war nicht einfach. Das Papier hatte sich unter der Bleifassung verfangen und ich konnte es nicht herausnehmen. Schließlich kam mir die Idee, es bei dem daneben liegenden gelben Glasstück zu probieren und das Papier nach der anderen Seite herauszuziehen. Zehn anstrengende Minuten später hielt ich den Papierfetzen in der Hand.

Ich besah ihn mir genauer und hoffte, nicht nur die Rechnung des Glasers in der Hand zu halten, die er als Scherz hier oben hinterlassen hatte.

Ich hielt keine Rechnung in der Hand, sondern ein Stück von einem zerrissenen Kuvert. Ich griff in das Kuvert und beförderte eine kleine Plastikhülle zutage. In der Plastikhülle befand sich eine Briefmarke. Ich schnappte nach Luft und klammerte mich an der Sprosse fest, um nicht vor Schreck von der Leiter zu fallen.

Die Farbe: rot-orange. Der Aufdruck an den Seiten: *One Penny, Post Office, Postage, Mauritius*. Und in der Mitte das Profil einer Frau: Pausbacken. Strenge Frisur. Großmütterlicher Blick.

Königin Viktoria.

 **Ich steckte das Kuvert** mit der Plastikhülle und der Achthunderttausend-Dollar-Marke hastig ganz tief in meine Schürzentasche. Nach etlichen Beinahe-Katastrophen auf der Leiter – sie schwankte so sehr, dass mir das Herz stehen blieb –, kam ich endlich heil auf dem Boden an. Ich schob die Leiter zusammen und brachte sie zurück in den Lagerraum. Dann nahm ich das zerrissene Kuvert aus der Tasche und verstaute es in einer sauberen braunen Papiertüte. Tom hatte mir ein paar Dinge beigebracht, darunter auch dies: *Achte immer darauf, dass du ein Beweisstück nicht unbrauchbar machst.* Dann brachte ich die Tüte zusammen mit dem Abfall hinaus zum Wagen.

Auf dem Parkplatz vor der Kapelle war kein Mensch, trotzdem bemühte ich mich, mich so normal wie möglich zu benehmen, für den Fall, dass mich doch jemand beobachtete. Ich schloss die Kapelle ab, deponierte den Schlüssel in der Kassette neben der Tür und steuerte meinen Van zum Burggraben und zu den Mülltonnen. Ich warf den Abfall weg, stieg wieder ein und rief Sergeant Boyd mit meinem Handy an.

»Ein Teil von der Beute, was?«, fragte Boyd entweder belustigt oder skeptisch; ich konnte seinen Tonfall nicht deuten. »Im Zentrum eines Buntglasfensters hoch oben, ja?« Er war skeptisch, definitiv.

»Hören Sie mir zu, ja?« Ich schluckte meinen Unmut hinunter und rief mir ins Gedächtnis, dass Boyd nur seinen Job machte. »Die Lauderdales, John Richard und Viv Martini waren heute Morgen alle in der Kapelle, nachdem eure Jungs abgezogen waren. Vielleicht wollten sie nach der Marke sehen.«

»Ein schlecht gewählter Ort für eine solche Kostbarkeit, nicht? Jede Menge Leute würden mitbekommen, wenn jemand nachsieht, ob die Marke noch da ist. Wie kann man heimlich eine sechs Meter lange Leiter an eine Mauer legen?«

»Sergeant!«

»Ja, ja, okay. Bleiben Sie, wo Sie sind. Ich schicke jemanden, der das Beweisstück holt.«

»Ich bleibe auf keinen Fall hier auf dem Weg, wo mich jeder sehen kann – vielen Dank. Ich habe gerade ein Mittagessen ausgerichtet und muss auch noch Vorbereitungen für ein Bankett treffen, das morgen stattfindet. Sagen Sie Ihren Leuten, dass sie mich in zwanzig Minuten vor der Aspen-Meadow-Bibliothek treffen.«

»Mensch, Goldy, die Jungs vom Morddezernat freuen sich, wenn sie sich nach Ihrem Catering-Zeitplan richten dürfen, besonders wenn es um Beweisstücke geht, die fast eine Million Dollar wert sind und mit drei Morden und einem Schuss auf einen Cop in Zusammenhang stehen.«

»Noch eines«, sagte ich unbeeindruckt. »Haben Ihre Leute irgendwas in der Kapelle gefunden, nachdem Andys Leiche aus dem Creek geborgen wurde?«

»Nee, sie war sauber – mehr als sauber.« Er seufzte. »Ich dachte, Sie hätten es eilig, in die Bibliothek zu kommen.«

Ich hängte auf und merkte, dass ich vergessen hatte, den Deckel wieder auf die Mülltonne zu legen. Ich holte das eilends nach und raste zur Bibliothek, um den Deputy zu treffen. Ein uniformierter junger Mann mit roten Haaren und rotem Schnurrbart nahm mir ohne viel Federlesens die Tüte aus der Hand und machte sich gleich wieder davon.

Auf der Zufahrt zum Schloss winkte ich Julian zu – er wollte auf die Straße abbiegen, ich bog gerade ein. Er kurbelte sein Fenster herunter und brüllte, dass ich mein Neunzig-Minuten-Limit überschritten hätte.

»Ich bin eben ein altes Weib, das sich nicht so schnell bewegen kann wie ihr jungen Hüpfer!«, schrie ich zurück.

»*So schnell wie wir jungen Hüpfer?*«, rief er übermütig. »Jetzt pass mal auf!« Er legte den Rückwärtsgang ein und setzte über die Einfahrt zurück. Als wäre das nicht genug, raste er auch rückwärts über den Steg. Ich sah ihm von weitem zu und schüttelte den Kopf. Eine falsche Bewegung am Lenkrad und Julian würde bei den Fischen im Burggraben landen.

Als ich ihn am Torhaus traf, sagte ich: »Das ist nicht der schnellste Weg nach Hause, Julian, das ist der schnellste Weg zum Tod durch Ertrinken.«

Er grinste und gab den Code ein, um das Tor zu öffnen. Innen richtete ich den Blick nach oben zu den Nischen, in denen sich die Schützen bei Angriffen aufgestellt hatten. Da oben in dem Raum neben Michaelas Küche schien sich niemand aufzuhalten. Allerdings flüsterte mir meine Paranoia nach allem, was ich an diesem

Tag erlebt hatte, ein, dass es im Schloss Abhöranlagen geben könnte, deshalb beschloss ich, Julian nichts von der Briefmarke zu erzählen.

Die Hydes hatten eine Nachricht an den Toaster in der Küche gelehnt. Das Mittagessen sei fabelhaft gewesen, schrieb Sukie, aber ungeheuer anstrengend. Zudem erklärte sie, dass sie Erbarmen mit mir gehabt und all die Schüsseln und Servierplatten selbst abgewaschen hätte. Am Abend wollten sie und Eliot auswärts essen, aber wir seien herzlich eingeladen, uns mit allem zu bedienen, was Küche und Vorratskammer hergaben.

»Apropos Abendessen, Goldy«, sagte Julian. »Arch hat mich gefragt, ob ich nach seinem Fechttraining mit ihm zu McDonald's gehe. Ich weiß, ich weiß, selbst der Salat dort entspricht nicht deinen kulinarischen Maßstäben, aber ich dachte, wir könnten dem Jungen ruhig mal einen Abend Erholung von dem Gourmet-Zeug gönnen.«

Ich lächelte, bezahlte Julian für seine Arbeit an diesem Tag und gab ihm zusätzlich Geld für McDonald's. Ich erkundigte mich nach Toms Befinden.

Julian zuckte mit den Achseln. »Keine Ahnung. Als ich nach ihm gesehen habe, meinte er, er würde seinen Verband selbst wechseln. Ich muss mich jetzt auf den Weg nach Boulder machen, um ein paar Bücher für Arch abzuholen. Warum bringst du Tom nicht einen Tee und ein paar Happen zu essen?«

Julian verabschiedete sich. Ich sah auf meine Uhr – es war schon nach drei. Tee, ein paar Leckerbissen und Spekulationen über eine Achthunderttausend-Dollar-Marke, die ich in der Kapelle gefunden hatte ... war Tom dem allen gewachsen?

Eine halbe Stunde später hatte ich Brötchen gebacken und stellte den Korb neben einen Teller mit frischen

Butterschnitten, ein Glas mit Eliots Wildkirschgelee und eine Kanne English Breakfast Tea. Auf dem Weg zu unserem Zimmer fiel mir auf, dass der Innenhof unter der unberührten Schneedecke zauberhaft aussah. Wenn dies hier mein Zuhause wäre, würde ich das Schloss zu einer Schule umfunktionieren. Eine Kochschule, und wir würden unsere Plätzchen und Kuchen im Hof essen, während schwarz gewandete Butler Tee und Sherry servierten.

»Ich wollte schon nach Bediensteten klingeln und mir genau so etwas bestellen«, bemerkte Tom, als ich mit dem Tablett ins Zimmer kam. Er saß in einem der Ohrensessel und machte Stretch-Übungen mit den Beinen. »Du hast mir heute gefehlt, Miss G.«

Ich stellte das Tablett ab und umarmte ihn vorsichtig. »Armer Tom. Tut mir Leid, ich musste arbeiten. Willst du hören, wie es war?«

Ich erstattete ihm ausführlich Bericht, erzählte alles, von Buddys, Chardés, John Richards und Vivs frühem Besuch bis zum Fund der Briefmarke. Er stieß einen Pfiff aus.

»Tom, ich glaube, dass *alle* Briefmarken dort gewesen sind. Sie waren alle *in der Kapelle.* Dann wurden sie von jemandem, der es sehr eilig hatte, geholt.«

»Oder von jemandem, der nicht wusste, dass die, die du gefunden hast, auch noch dort war.« Er starrte in den kalten Kamin. »Die Kapelle hat einen großen Lagerraum. Wenn du ein Ganove wärst, würdest du dann so etwas Wertvolles nicht eher dort verstecken? Besonders da Ray Wolff verhaftet wurde, während er sich in einem Lager herumtrieb.«

»Vielleicht wäre das zu offensichtlich gewesen«, erwiderte ich. »Da muss *noch* etwas sein, was wir übersehen haben.« Ich folgte seinem Blick zum Kamin. »Ich muss immerzu an Andy denken. Hat er die Marken nach dem Raub gefunden und in der Kapelle versteckt? Er hat Andeutungen in seinen Mails gemacht, dass er wüsste, wo sie sind – was ist mit ihm passiert? Wo wurde er mit den Stromschlägen traktiert? Wenn er in der Kapelle erschossen wurde, warum haben die Cops dann keine Spuren dort gefunden? Die Marken *waren* in der Kapelle und Andys Leiche wurde in dem Creek *neben* der Kapelle gefunden. Aber der Tatort war blitzsauber.« Ich überlegte. »Ich verstehe das einfach nicht.«

»Da ist noch etwas«, sagte Tom. »Der Bericht der Ballistiker über die Kugel, die sie aus mir herausgeholt haben. Sie stammte aus derselben Waffe, mit der Andy und Mo Hartfield erschossen wurden. Das Geschoss, das unser Fenster zerschlagen hat, hatte ein anderes Kaliber.«

»Verdammt noch mal.« Passte in diesem Fall denn gar nichts zusammen?

Tom überblickte das Teetablett. »Weißt du was? Das hier sieht mir aus wie ein kleines Appetithäppchen. Lass uns nachsehen, was wir in der großen Küche finden.«

Ich freute mich, dass er wieder Appetit hatte, und folgte ihm in die Küche, wo wir uns über die übrig gebliebene Steak-Pastete, aufgewärmte grüne Bohnen, Brot und den Labyrinth-Kuchen hermachten. Arch und Julian kamen nach Hause, Sukie und Eliot auch. Mein Sohn erzählte begeistert, dass die Lehrer ihnen heute keine Hausaufgaben aufgegeben hatten, weil am nächsten Tag, Freitag, nur ein halber Schultag und am Samstag Valentinstag war.

»Das verlangt nach einem Toast«, entschied Eliot. »Wir trinken auf unseren erfolgreichen Lunch und darauf, dass Arch keine Hausaufgaben machen muss.« Er huschte hinaus und kam mit einer Flasche Portwein zurück.

»Ich glaube, wir haben auch noch etwas Besonderes im Kühlschrank«, murmelte Sukie. Sie holte eine kalte Flasche mit perlendem, nicht alkoholischem Johannisbeersaft. Arch belohnte sie mit einem Dankeschön und seinem verhaltenen Lächeln.

Während wir uns alle an den Getränken und dem restlichen Kuchen labten, fiel mir Michaela ein. Hätten wir sie nicht bitten müssen, sich zu uns zu gesellen?

Einen entsprechenden Vorschlag wehrte Eliot mit einer Handbewegung ab. »Michaela lässt sich nur selten blicken. Gewöhnlich bleibt sie für sich allein.«

Und Sukie setzte hinzu: »Wir wollen nichts erzwingen.«

Ich nickte und fragte nicht weiter nach. Ich zweifelte daran, dass ich jemals die Dynamik zwischen Eliot und Sukie und zwischen Eliot, Sukie und Michaela verstehen würde. War sie so etwas wie eine Angestellte, eine Mieterin, eine Nachbarin, eine nervenaufreibende Plage oder alles zusammen?

Ich war zu müde, um mir weitere Gedanken darüber zu machen. Wir räumten gemeinsam das Geschirr in die Spülmaschine, wünschten uns eine gute Nacht und gingen getrennte Wege.

Bevor wir uns schlafen legten, eröffnete mir Tom, dass wir am Sonntag wieder in unser Haus übersiedeln würden. »Sie setzen die Scheibe ein, machen alles sauber und reparieren die Alarmanlage, dann ziehen wir wieder ein.«

»Mhm. Und was ist mit der Person, die das Fenster kaputtgemacht hat?«

»Die Ermittlungen laufen noch«, sagte Tom. Er musterte mich mit seinen grünen Augen. »Ich fühle mich nicht danach, Sara Beth morgen vor ihrem Zahnarzttermin zu treffen.«

»Du musst tun, was du für richtig hältst«, entgegnete ich steif. Er versicherte mir, dass er mich liebte, und wünschte mir eine gute Nacht. Ich nehme an, er war nicht in der Stimmung für ein »einarmiges« Stelldichein mit mir.

Ich lag auf dem Rücken, starrte an die Decke und fasste einen Entschluss. Sara Beth erwartete Tom, aber sie würde mich zu sehen bekommen.

Freitag, der dreizehnte, brach an – es war sehr kalt und sonnig. Ich absolvierte meine Yogaübungen, während Tom noch schlief. In der Küche saßen Michaela und Arch und nahmen kleine gezuckerte Doughnuts und ein chemisches Dosengetränk, auf dem stand, es sei gesünder als Kakao, zu sich.

»Reg dich nicht auf, Mom«, bat Arch und stopfte sich einen der Doughnuts in den Mund. »Julian hat mir gestern erlaubt, diese Sachen zu kaufen. Er war noch lange auf und hat für sein Studium gelernt. Du sollst ihn wecken, wenn du seine Hilfe benötigst. Ansonsten ist sein Wecker auf elf Uhr gestellt. Ich kann mich gar nicht mehr erinnern, wann ich zweimal hintereinander Junkfood gegessen habe.«

Michaelas nachsichtiges Lächeln hielt mich davon ab, ihn auszuschelten. Wenigstens trug Arch zur Belustigung einer Anwesenden bei.

Als sie um Viertel vor acht zur Schule aufbrachen, ging ich rasch durch, was für das Fechtbankett schon fertig war. Die Pflaumentorten hatte ich bereits gebacken. Das

Fleisch musste nur noch mit Öl, Knoblauch und Gewürzen eingerieben und vor dem Bankett ins Bratrohr geschoben werden. Den Kartoffelauflauf konnte ich ohne weiteres heute Nachmittag vorbereiten. Blieb nur noch die Obstgrütze, das Shrimpscurry und der Rosinen-Reis. Ich sah mir die Rezepte an. Wenn ich die Grütze und die Currysauce jetzt gleich machte, konnte Erstere gelieren und Letztere durchziehen, bevor ich die Shrimps darin erhitzte. Mit etwas Glück konnte ich mit diesen Arbeiten noch vor Sara Beths' Zahnarzttermin fertig sein.

Während ich den Ananassaft für die Gelatine erhitzte, schnitt ich die Bananen und dicke, saftige Erdbeeren – Gott segne Alicia – und ließ alles, was ich von den Ereignissen der letzten Woche wusste, im Geiste Revue passieren. *Der Schuss auf unser Fenster. Der Mord an Andy. Der Schuss auf Tom. Der Computerdiebstahl. Der Mord an dem Mann, der die Computer gestohlen hatte. Jemand hatte eine Millionenbeute in Form von Briefmarken im Zentrum eines Rosettenfensters versteckt. Dann wurden die Marken entfernt, aber durch irgendeinen Zufall blieb eine zurück.* Die zeitliche Folge dieser Taten, das wurde mir plötzlich klar, musste eine gewichtige Rolle in diesem Rätsel spielen.

Ich dachte über Sara Beth nach. Falls Eifersucht das Motiv für all diese Aktivitäten war, konnte man dann irgendeinen Zusammenhang zwischen den Schüssen auf das Fenster und auf Tom und dem Raub der Briefmarken herstellen? Wenn ja, wie erklärte sich dann, dass die Schüsse aus zwei verschiedenen Waffen abgefeuert wurden?

Du musst versuchen, so zu denken wie der Kriminelle, sagte Tom immer wieder. In diesem Fall konnte man nur mit den bekannten Tatsachen beginnen und sich bemühen, den Sinn hinter den einzelnen Verbrechen zu erahnen, und aus diesen Erkenntnissen könnte man Rückschlüsse auf die Identität des Täters ziehen.

Ja, logisch. Mein Geist war so klar wie ... ja, wie durchsichtiges Gelee.

Ich rührte die Gelatine in den kochenden Saft, schüttete kalten Saft dazu und rührte die geschnittenen Früchte in die Flüssigkeit. Anders als die Frauen der Generation meiner Mutter wartete ich nie lange, ehe ich die Zutaten in die Gelatine mischte. Kein Mensch interessierte sich dafür, ob sich die Früchte auf dem Boden absetzten oder in dem Gelee erstarrt waren, oder? Im wirklichen Leben war es allerdings entscheidend, ob man sank oder an der Oberfläche blieb. Ich zerließ Butter in einem großen Topf und schmorte Apfelstückchen und geschnittene Zwiebeln darin an, dann rührte ich Currypulver, Mehl und Gewürze ein. Danach entfernte ich die Schalen und Scheren von den Shrimps und warf die Krabbenschwänze in die kochende Hühnerbrühe. Zum Schluss rührte ich Hühnerbrühe, Wermut und Rahm in die Sauce – sie roch göttlich pikant.

Als die Grütze und die Shrimps im Eisschrank verstaut waren und die Currysauce abkühlte, stärkte ich mich mit einem doppelten Espresso, zwei dick mit Butter bestrichenen, aufgebackenen Brötchen und einer ordentlichen Portion Heidelbeermarmelade. *Lecker.* Wieso Arch die scheußlichen gekauften Doughnuts selbst gebackenen Köstlichkeiten vorzog, war eines der Mysterien seines Alters.

Um Viertel nach neun saß ich in meinem Van, trank noch einen doppelten Espresso, den ich in einer Thermoskanne mitgebracht hatte, und beobachtete den Eingang der Zahnklinik von Aspen Meadow. Was genau ich zu Sara Beth sagen wollte, hatte ich mir noch nicht überlegt. Bei der letzten Begegnung vor unserem Haus hatte sie mir nicht viel Gelegenheit gegeben, etwas zu äußern.

Aber was *sollte* ich wirklich sagen? *Hey, Sara Beth! Warum haben Sie aller Welt verschwiegen, dass Sie am Leben sind? Weshalb sind Sie zurückgekommen und piesacken Ihren ehemaligen Verlobten und seine Familie? Oh, und trotz der anonymen medizinischen Spenden – wieso suchen Sie sich keinen Zahnarzt in der Nähe Ihres Wohnortes? Vielleicht weil die »Spenden« erst nach einem Briefmarkenhandel in großem Stil möglich werden? Also haben Sie beschlossen, zwei Fliegen mit einer Klappe zu schlagen, was? Oder eher zwei Diebe mit einer Waffe zu erledigen?*

Sie schlich verstohlen wie eine Katze die Stufen zum Eingang hinauf und ebenso lautlos. Hatte sie sich besondere Fähigkeiten im Dschungel angeeignet? Sie sah sich nach Tom um. Ihr edles Jackie-Kennedy-Gesicht und das dunkle Haar mit den grauen Strähnen jagten mir wieder Schauer über den Rücken.

Ich glaubte Tom, dass er Sara Beth im letzten Monat nicht gesehen – oder Schlimmeres mit ihr getan – hatte. Sie war eine Frau aus seiner Vergangenheit und wie aus dem Nichts wieder aufgetaucht. Aber über eines war ich mir nicht im Klaren: Liebte er sie noch? Sie war ganz bestimmt eine der umwerfendsten Frauen, die ich jemals gesehen hatte, besonders weil sie bei diesem kalten Wetter nur einen hautengen grauen Rollkragenpullover zu einer grauen Hose trug. Ich sah fett aus in Grau und trug es deshalb nie. Sara Beth sah in gar nichts fett aus. Ich seufzte und dachte nach. Die Fähigkeit, Kälte auszuhalten, die Fähigkeit, sich lautlos zu bewegen. Hatte sie trotz meines ersten Eindrucks, dass sie eher zu der Sorte gehörte, die nichts mit Schusswaffen zu tun hatte, im Dschungel gelernt zu töten?

Ehe ich den Mut dazu verlor, setzte ich ein freundliches Gesicht auf und ging auf sie zu.

»Bitte laufen Sie nicht weg«, das waren die ersten Worte, die aus meinem Munde kamen. »Ich bin Toms Frau. Können wir uns unterhalten? Ich werde Sie nicht verraten – wegen gar nichts.«

Sie hob das Kinn. Sie war ungeschminkt und sah so jünger und besser aus. *Hör auf damit*, schimpfte ich mich selbst. In ihrem ruhigen, etwas rostig gewordenen Englisch sagte Sara Beth: »Es tut mir Leid, dass ich versucht habe, mit Tom Verbindung aufzunehmen.«

»Sie haben noch ein paar Minuten Zeit, stimmt's? Bitte. Kommen Sie, setzen Sie sich zu mir in den Wagen, dann können wir reden. Auf Tom wurde geschossen – darüber muss ich mit Ihnen sprechen«, fügte ich hinzu und musterte dabei ihr Gesicht.

Sie wurde so bleich, dass ich fürchtete, sie würde in Ohnmacht fallen. Der Schreck war ihr derart in die Glieder gefahren, dass sie beinahe das Gleichgewicht verlor. Ich stützte sie und brachte sie zu meinem Van.

Sobald ich sie auf den Beifahrersitz verfrachtet hatte, stellte ich die Heizung auf die höchste Stufe. Sie rieb sich die Hände und zitterte.

»Ich bin Goldy Schulz«, begann ich.

Sie lächelte matt. »Das haben Sie letztes Mal schon gesagt. Was ist mit Tom passiert?«

»Irgendein übler Bursche hat am Montagmorgen auf ihn geschossen. Er wurde an der Schulter getroffen, aber er kann sich bewegen und erholt sich allmählich wieder.«

»War das vor oder nach dem Schuss auf das Fenster?«

»Danach. Wissen Sie etwas über einen dieser Schüsse?«

Ihr Gesicht verfinsterte sich und sie starrte durch die Windschutzscheibe. »Nein. Ich bin nur hergekommen, um die Sachspenden abzuholen und meine Zähne behandeln zu lassen.«

»Hier?«, fragte ich ruhig nach und versuchte, besänftigend zu wirken, um ihr mehr Informationen zu entlocken. »Sie waren mehr als zwanzig Jahre weg. Warum sind Sie in Südostasien geblieben? Wieso sind Sie nicht zu Ihrem Verlobten nach Hause gekommen?«

»Ich habe *versucht*, ihn wissen zu lassen, dass ich noch lebe. Nicht sofort natürlich. Das wäre zu gefährlich gewesen. Ich hatte Angst davor zurückzukommen.«

»Sie wurden Ärztin in einem Dorf?«

»Das habe ich getan, um zu überleben«, erwiderte sie. Ihre Miene war sehr ernst und ich stellte mir plötzlich vor, dass ich sie befragte, um irgendwelche Nachkriegsdokumente zu erstellen. »Man erzählte sich, dass Saigon zu einem Tollhaus geworden war«, sagte sie. »Die Menschen versuchten, aus dem Land zu kommen, bevor die Hölle ausbrach. Viele von ihnen hatten kein Glück. Ich wurde bei dem Hubschrauberabsturz verletzt – gebrochene Wirbel. Als ich mich davon erholt hatte, waren die Amerikaner längst weg. Die Vietkong sagten nicht: ›Hey, ihr habt hier jemanden vergessen. Kommt und holt die Frau.‹ Die Dorfbewohner machten mir klar, dass ich niemals lebend herauskommen würde. Also blieb ich und ich arbeitete hart, damit mich die Dorfbewohner bei sich behalten wollten und mein Geheimnis bewahren würden. Sie nahmen mich in ihrer Mitte auf«, fügte sie hinzu, »und sie wuchsen mir ans Herz. Die amerikanische Regierung hat diesem Land Schreckliches angetan.«

»Oh, danke. Das haben wir auch herausgefunden, aber erst nachdem Tausende unserer eigenen Soldaten gefallen waren.«

»Ich versuchte, mit Tom Kontakt aufzunehmen – allerdings hatte ich nie Glück. Vor fünfzehn Jahren zum Beispiel ...«

»Vor fünfzehn *Jahren?*«

Sie fuhr sich mit den Fingern durchs grau gesträhnte Haar. Ihr Ton war ruhig, als würde sie eine Geschichte erzählen, die sie sich vor langer Zeit zurechtgelegt hatte. »Vor fünfzehn Jahren gab ich einem französischen Landarbeiter, der in unserem Dorf auftauchte, einen Brief an Tom mit. Aber der Franzose kam ums Leben – er war auf eine Tretmine geraten. Danach unternahm ich keine Versuche mehr, weil ich dachte, dass ein Lebenszeichen von mir Toms Leben durcheinander bringen könnte. Und jetzt muss ich die Spenden abholen und mich einer Zahnbehandlung unterziehen. Ein Besucher in unserem Dorf erzählte uns vom Internet und der Möglichkeit, per E-Mail zu korrespondieren. Also ... na ja, ich besann mich eines anderen und nahm mit Hilfe eines Freundes auf diesem Wege Kontakt zu Tom auf, als ich in die Staaten kam.« Sie wandte sich mir zu und sah mich tieftraurig an. »Man denkt ... man hofft immer, dass sich die Menschen nicht verändert haben. Dass man irgendwie wieder an das alte Leben anknüpfen kann. Es tut mir Leid.« Sie zögerte. »Ich würde Tom trotzdem gern sehen, wenn er nicht zu schwer verletzt ist.«

Nicht so hastig, dachte ich. *Ich habe noch ein paar Fragen.* Ich rief mir ins Gedächtnis, dass ich freundlich und höflich bleiben musste. »Haben Sie zufällig Kenntnisse über Briefmarken? Etwa, ob wertvolle Marken in Asien leicht zu verkaufen sind?«

»Wovon reden Sie überhaupt? Ich sagte Ihnen doch, dass ich ihm E-Mails geschrieben habe.« Sie sah mich mit weit aufgerissenen Augen an, als müsste sie befürchten, dass Tom eine Verrückte geheiratet hatte, dann tastete sie nach dem Türgriff. »Ich muss gehen. Falls Tom es einrichten kann, wäre es schön, wenn er mich heute Nachmittag um vier Uhr zum Flughafen fährt. Die Schmerzmittel nach der Zahnbehandlung werden dann nicht mehr wirken und es wird mir schwer fallen zu sprechen, aber ich würde ihn gern sehen, bevor ich abreise. Ich wohne im Idaho Springs Inn und bin dort unter dem Namen Sara Brand registriert. Wenn er nicht kommt, nehme ich den Shuttle-Bus.« Sie öffnete die Tür und schwang ein schlankes Bein aus dem Van.

»Warten Sie«, sagte ich. »Ich ... sagen Sie mir, ob Sie ihn noch lieben. Sind Sie hier, weil Sie ihn zurückerobern wollen? Ich muss das wissen.«

Sie senkte den Kopf, schaute mich dann aber lange an. »Unsere Beziehung war sehr schön, aber das ist schon lange vorbei. Genießen Sie das, was Sie haben, Goldy. Er ist ein guter Mann.«

Ohne sich zu verabschieden, lief sie zu dem Haus, in dem sich die Zahnarztpraxis befand.

Toll. Entweder sagte sie die Wahrheit, oder sie war eine unglaublich gute Schauspielerin. Wollte ich das wissen? Ich war mir nicht sicher.

Die Maxime *Wenn du auf dem Nullpunkt bist, konzentriere dich aufs Essen* hatte sich bei mir immer als hilfreich erwiesen. Das würde diesmal auch nicht anders sein. Ich fuhr zum Lebensmittelladen und kaufte zwei Familienpackungen Zitronensorbet ohne Milchprodukt-Zusätze für den gegen Laktose allergischen Howie Lauderdale. Ich wusste, dass er wahrscheinlich nicht zwei Familienpackungen Eis verputzen würde, auch wenn er ein Teenager war, aber die wichtigste Caterer-Regel bei Desserts lautet: Du musst genügend von allem haben, auch wenn es nur für einen Einzelnen gedacht ist. Wenn acht weitere Personen plötzlich Lust auf Zitroneneis bekommen, muss man dann nicht sagen, dass man keines mehr hat, und sie fühlen sich nicht benachteiligt.

Ich bremste hart ab, als ich über den Parkplatz neben dem Laden fuhr. Der VW Käfer hinter mir hupte. Ich bog in eine freie Parklücke. Was hatte Sara Beth gesagt? *Ich versuchte, mit Tom Kontakt aufzunehmen – allerdings hatte ich nie Glück.*

Wer sonst hatte noch kein Glück gehabt, Kontakt aufzunehmen? Andy Balachek vielleicht? Der junge Mann war regelrecht versessen darauf gewesen, in Verbindung zu bleiben – erst durch einen Brief an Tom mit Adresse des Departments, dann per E-Mail und schließlich telefonisch. Zum letzten Mal hatten wir von Andy gehört, als er aus Center City angerufen hatte. Oder stimmte das gar nicht?

Du musst so denken wie der Verbrecher.

Trudy Quincy hatte in dieser Woche unsere Post an sich genommen. War es möglich, dass Andy versucht hatte, irgendwie zu kommunizieren, und wir *hatten nur nicht das Glück gehabt*, seine Botschaft in Empfang zu nehmen?

Ich setzte zurück, trat aufs Gaspedal und geriet Gott sei Dank nur einmal kurz ins Schleudern, als ich über die schneebedeckten Straßen zu uns nach Hause raste. Ich vermied den Blick auf die Sperrholzplatten vor unserem Fenster, sprang aus dem Wagen und rannte durch den Neuschnee zum Haus der Quincys. *Bitte, mach, dass meine Nachbarin daheim ist*, betete ich. *Und mach auch, dass sie mich nicht für komplett durchgedreht hält.*

Als Trudy die Tür öffnete, drückte sie unsere Katze an ihre linke Schulter. Scout begrüßte mich mit einem katzenhaften Blick aus leicht zusammengekniffenen Augen. *Wer, zum Teufel, bist du?* Dann schmiegte sie sich noch enger an Trudy.

»Goldy!«, rief Trudy aus. »Kommen Sie rein! Dieser Kater bildet sich ein, er sei mein Baby. Ich habe ihm eine Forelle gebraten, die Bill im letzten Sommer gefangen hat und die noch immer in meiner Kühltruhe lag, und jetzt bezweifle ich, dass er jemals wieder zu Ihnen zurückwill.«

»Oh, na ja ...«, weiter kam ich nicht, denn in diesem Moment raste Jake um die Ecke, sprang an mir hoch und schleckte mein Gesicht ab. *Ich bleibe auf keinen Fall bei den Quincys! Lass die blöde Katze hier und geh endlich mit mir nach Hause!* Ich befahl ihm, sich hinzusetzen, und tätschelte ihn eifrig, damit ich mich ungestört mit Trudy unterhalten konnte.

»Haben Sie unsere Post?«, fragte ich beiläufig. »Ich warte auf eine spezielle Sendung. Sie ist wichtig.«

»Klar.« Sie sah mit gerunzelter Stirn auf Scout. »Sie ist in dem großen Stapel auf dem Esstisch. Gehen wir hinüber, aber nicht zu schnell. Das Kätzchen mag Eile nicht.«

Ich betrat das Esszimmer der Quincys. Scout und Jake beäugten sich skeptisch, aber ich beachtete sie gar nicht. Ich fragte Trudy, die, was Organisation betraf, das krasse Gegenteil von Sukie Hyde war, ob es irgendeine Ordnung in dem Berg von Papieren gab. Sie meinte, die neuen Sachen würden obenauf liegen, die alten unten. Ich ging den Stapel durch.

Am Montag waren zwei Rechnungen, sieben Reklameblättchen, drei Kataloge, das Rundschreiben des Sheriff's Department und eine Postkarte für Arch gekommen, am Dienstag neun Reklamezettel, sechs Kataloge, eine Rechnung, die Ankündigung eines Räumungsverkaufs von Küchengeräten und ein dicker Spendenbettelbrief von der Elk Park Prep.
Und dann.
Seine Handschrift war unregelmäßig und verschnörkelt, die *bs* und *ls* waren lang und unterschiedlich schräg, die i-Punkte kleine Kreise. Der Brief war an Tom adressiert und am Montag abgestempelt, in der oberen linken Ecke stand als Absender »Gambler«. Ich nahm ihn an mich, bedankte mich bei Trudy und stürmte aus dem Haus. Jake heulte.

»Ich komme morgen wieder, Jake!«, rief ich über die Schulter.

Sein Geheule wurde um einige Dezibel lauter. Scout war gänzlich ungerührt.

 **Ich raste zurück** zum Schloss und hätte schwören können, dass mir der Brief ein Loch in die Tasche brannte. Aber ich konnte ihn *nicht* öffnen; ich hatte schon all die Sünden begangen, das Eindringen in die Privatsphäre anderer betreffend, und das genügte eigentlich für dieses Leben. Und falls Tom schlafen sollte, würde ich ihn diesmal wachrütteln.

Er war wach, saß in einem der Sessel und telefonierte. Den Gesprächsfetzen, die ich mitbekam, bevor ich eindringlich mit dem Brief vor seinem Gesicht herumwedelte, entnahm ich, dass es um die Fahndung nach Troy McIntire ging. Tom beachtete meine Grimassen nicht, sondern drehte sich zum Kamin und redete weiter. Troy McIntire, der Briefmarkenhändler, schien sich an einen unbekannten Ort geflüchtet zu haben. Ich nahm Andys Brief fest in die Hand, baute mich vor dem Kamin auf und machte Bewegungen wie ein Hampelmann. Da Tom wusste, wie sehr ich es hasste, mich so blöde aufzuführen, zog er eine Augenbraue hoch und beendete sein Telefonat. Ich knallte den Brief auf den Tisch neben dem Sessel.

»Was ist das, Miss G. – noch eine Marke aus Mauritius?«, erkundigte er sich, ohne einen Blick auf den Umschlag zu werfen. »Wenn du alle nach und nach findest, werden die Cops noch denken, dass *du* sie gestohlen hast. Ich habe gerade erfahren, dass die Marke, die du in der Kapelle aufgestöbert hast, Teil der Beute war. Außer deinen Fingerabdrücken waren keine deutlich erkennbaren auf dem Papier oder der Plastikhülle.«

Ich ließ mich auf den Sessel ihm gegenüber fallen. »Tom, das ist ein Brief von Andy Balachek. An dich adressiert und mit Poststempel vom Montag. Das könnte bedeuten, er hat ihn irgendwann am Sonntag in den Postkasten geworfen – einen Tag vor seinem Tod, vor dem Mord an ihm.«

Tom, den man nur selten überraschen konnte, beugte sich über das Kuvert und runzelte die Stirn.

»Ist das Andys Handschrift?«, wollte ich wissen. Ich konnte meine Ungeduld kaum noch bezähmen. Tom war nicht nur ein ausgezeichneter Cop, er war auch Schriftsachverständiger und wurde bei Fällen von Urkundenfälschung oft zu Rate gezogen. Ich hielt den Atem an.

»Möglich. Ich habe bisher nur seine Unterschrift gesehen. Es ist ein langes, schlankes *A* in Schreibschrift, nicht in Druckschrift. Sein *A* sieht aus wie der schräg geneigte Hinterkopf eines Glatzenträgers.« Tom nahm den Umschlag in die Hand und betrachtete ihn von beiden Seiten. »Trudy hat ihn mit der übrigen Post aus dem Kasten genommen? An welchem Tag?«

»Ich schätze, er kam am Dienstag an.«

Tom pfiff durch die Zähne. »Könntest du meine Pinzette aus dem Koffer holen? Öffne damit den Brief und ziehe ihn aus dem Umschlag, ohne deine Fingerabdrücke zu hinterlassen, dann leg ihn auf den Tisch, damit wir ihn beide lesen können.«

»Du erlaubst mir, deine Post zu öffnen?«

»Nein. Aber tu's trotzdem.«

Und ich tat es. Der Kampf mit der verdammten Pinzette dauerte acht qualvolle Minuten.

Tom, hieß es in dem Brief. *Ich bekomme allmählich Angst, weil ich meinem Dad das Geld für seinen Truck geben muss. Wenn ich es nicht tue, wird er im Krankenhaus sterben. Deshalb hole ich heute Nacht die Briefmarken. Wenn ich es nicht schaffe und ich bereits tot bin, wenn Sie diese Zeilen bekommen, dann ist mein Spiel nicht aufgegangen.*

Sie haben versucht, mir zu helfen, deshalb schulde ich Ihnen was. Ich verrate Ihnen, was mein Partner zu mir gesagt hat. Vielleicht ist es eine Lüge, aber das werde ich herausfinden. Die Marken sind in der Kapelle der Hydes. Wenn Sie den Brief bekommen und mein Dad hat einen neuen Truck und ich bin in Monte Carlo, dann wissen Sie, dass ich erfolgreich war. Wenn nicht – dann überlasse ich alles Weitere Ihnen. A.

»O Scheiße!«, rief ich. »Er verrät uns, wo die Marken sind, aber er nennt nicht den Namen des dritten Partners! Wir sind der Lösung keinen Schritt näher gekommen!«

Tom dachte nach. »Eines wissen wir jetzt: Andy glaubte, dass die Briefmarken in der Kapelle sind, und dort waren sie tatsächlich. Zumindest *eine* war dort. Aber – woher kannte Andy den Code für die Kassette, in der der Schlüssel liegt? War sein Partner so naiv, sie ihm zu verraten? Du kannst mir nicht erzählen, dass es so leicht ist, in die Kapelle zu kommen, wenn die Tür verschlossen ist, sonst würden die Jugendlichen der Umgegend dort ihre Saufgelage abhalten.«

»Ich kann dir versichern«, gab ich zurück, »dass es in unserer Stadt kein einziges Gebäude gibt, in das man leichter eindringen kann als in diese Kapelle. Gestern haben Julian und ich die Tür geschlossen, um verfrühte Gäste fern zu halten. Aber ich habe dir ja schon erzählt, dass erst Buddy und Chardé auftauchten, dann der Blödmann und Viv Martini. Es wäre denkbar, dass Buddy und Chardé einen Schlüssel besitzen und vielleicht die Tür nicht richtig zugemacht haben, bevor der Blödmann hereinstürmte. Aber irgendwie kann ich das nicht glauben. Ich denke, Eliot hat seiner lieben Freundin Chardé, der Innendekorateurin, *und* seiner Exfreundin Viv gesagt, wie man in die Kapelle kommt. Oder er hat ihnen Schlüssel gegeben. Oder die beiden sind Experten, wenn es um das Knacken von Schlössern geht.«

Tom überlegte einen Moment. »Möglicherweise hat dieser ominöse dritte Partner Andy überrascht, ihn erschossen und die Leiche in den Creek geworfen, dann hat er die Leiter aufgestellt und die Briefmarken aus ihrem Versteck geholt – eine hat er in der Eile versehentlich zurückgelassen. Das fiel ihm aber erst auf, nachdem er sich mit der Beute aus dem Staub gemacht hatte.«

»Ja, das dachte ich zuerst auch. Aber in der Kapelle wurden nicht die geringsten Blutspuren gefunden. Kein Anzeichen für einen Kampf. Und nichts, womit man Andy die Stromschläge hätte geben können.«

»Richtig.« Tom starrte den Kamin an. »Ich rufe im Department an, damit sie jemanden herschicken, der den Brief abholt.«

»Warte!« Wir waren der Lösung so nahe. Ich hatte einen Hinweis gefunden und jetzt wollte Tom ihn so mir nichts, dir nichts aus der Hand geben? »Wir sollten ein bisschen spekulieren.« Ich dachte an die Stelle im Park, an der der Schütze gestanden hatte. »Angenommen, Andys Partner hat aufgedeckt, dass der Junge ein doppeltes Spiel treibt, er traktiert ihn mit Elektroschocks, erschießt ihn und nimmt alle gestohlenen Marken bis auf die eine an sich, dann wirft er Andys Leiche in den Creek, okay. Und dann wartet er oben am Berg, bis *du* auftauchst.«

»Woher sollte dieser Partner wissen, dass ich am Montag aus New Jersey zurückkomme?«

Ich zuckte mit dem Schultern. »Sagen wir, er wusste nicht, welcher Cop auftauchen würde, nachdem die Leiche gefunden worden war. Er hatte nur den Verdacht, dass Andy mit dem Sheriff's Department in Verbindung stand – er hatte ihn immerhin bei seinem doppelten Spiel erwischt. Oder *glaubte* das zumindest.«

»Eine schwache Theorie.«

Ich schloss die Augen, dachte an den besagten Morgen zurück und ließ die Ereignisse in Zeitlupe Revue passieren. *Tom steigt aus seinem Wagen und macht mir Zeichen, dass ich dem Creek fernbleiben soll. Dann geht er ... nicht auf Andys Leiche zu, sondern auf mich ... in Richtung Westen, zur Kapelle ...*

Aber wenn der Dieb und Scharfschütze die Marken bereits geholt hatte, warum wollte er dann Tom – oder einen anderen Cop – davon abhalten, in die Kapelle zu gehen? Weil er befürchtete, dass Andy seinem Kumpel Tom Schulz alles erzählt hatte? Dass er ihm nicht nur das Versteck der Briefmarken, sondern auch die Identität des dritten Partners verraten hatte? Wenn das der Fall war, wieso hatte er dann unser Fenster eingeschossen – mit einer anderen Waffe –, sogar noch bevor Andys Leiche entdeckt worden war? Das machte keinen Sinn ... es sei denn, der Schütze war keiner der drei, die die Marken geraubt hatten, jemand, dessen Absichten wir noch nicht kannten.

Ich lehnte mich zurück. Müdigkeit und Frustration überkamen mich. Und es war noch nicht einmal elf Uhr vormittags. Als ich aufsah, bedachte mich Tom mit einem seiner liebevollen Blicke. Ich verspürte den überwältigenden Drang, ihn zu dem großen Bett zu zerren und uns ein kleines Vormittagsvergnügen zu gönnen – die Schusswunde, den Verband und die Armschlinge zu vergessen. Auch seine ehemalige Verlobte. Er lächelte. »Musst du nicht für das Fechtbankett kochen?«

Mein Herz wurde schwer. Vielleicht erkannte Tom meine Signale nicht mehr. Oder sandte ich nicht die richtigen Signale aus? Vielleicht war er auch mit den Gedanken ganz woanders ... irgendwo, wo ich sie nicht haben wollte?

»Ja, auf mich wartet viel Arbeit in der Küche. Aber ich muss dir noch etwas erzählen.« Ich atmete durch, um mich zu wappnen. »Tom, ich habe Sara Beth heute Morgen angesprochen. Sie streitet ab, irgendwelche ... unguten Absichten zu hegen. Sie möchte dich immer noch sehen. Sie sagt, dass sie um vier Uhr heute Nachmittag zum Flughafen gebracht werden muss, und behauptet, im Idaho Springs Inn unter dem Namen Sara Brand zu wohnen.« Ich machte eine Pause. »Für den Fall, dass du dich dazu imstande fühlst.«

Er holte tief Luft. »Ich sollte das machen. Im Moment fühle ich mich nicht allzu schlecht. Wenn ich sie fahre und wir über das, was geschehen ist, sprechen können, dann ist das Kapitel für uns alle abgeschlossen – für dich, für mich, für sie, für alle.«

»Mhm.« Ich fragte ihn nicht, wie er einen Wagen mit nur einer Hand steuern wollte. Ich hatte nicht die geringste Lust, über seine Fahrtüchtigkeit oder seinen Wunsch, die Sache mit seiner Exverlobten abzuschließen, zu diskutieren. Oder darüber, ob er eine Waffe mitnahm.

Er sagte ruhig: »Sie haben meinen Chrysler in die Garage des Departments geschleppt. Darf ich mir deinen Van ausleihen?«

Ich traute meiner Stimme nicht, deshalb nickte ich nur.

»Goldy? Wir haben darüber gesprochen. Du bist meine Frau und ich liebe dich. Glaubst du mir nicht?«

Meine Lippen waren fest aufeinander gepresst und eine unsichtbare Kraft schnürte mir das Herz ab. Ich nickte stumm und reichte ihm die Autoschlüssel. Dann nahm ich meinen Laptop und verließ still unser Zimmer. Ich verdrängte alle Gedanken an Tom, als ich hinunter in die Küche ging.

Wenn du auf dem Nullpunkt bist, konzentriere dich aufs Essen.

Während mein Laptop warmlief, naschte ich von der Grütze – sie war noch immer halb flüssig – und kostete die Currysauce. Sie war scharf gewürzt und sämig. Dann legte ich die Diskette ein, um die Rezepte für den Kartoffelauflauf und den Rosinen-Reis nachzulesen. Ich mochte Julian ja necken, weil er mich für alt hielt, aber Tatsache war, dass mein Gedächtnis nicht mehr messerscharf war.

Ich ging im Geist den Zeitplan durch. Bankette für Erwachsene begannen gewöhnlich um acht Uhr, aber die überbeanspruchten Fechter von der Elk Park Prep mussten am Samstagmorgen Hallenfußball und Basketball spielen. Deshalb fingen wir schon um sechs mit der Demonstration und den elisabethanischen Spielen an. Währenddessen würden wir Schalen mit gemischten Nüssen und alkoholfreie Getränke reichen. Julian und ich hatten vor, das Dinner um sieben zu servieren, danach stand eine Preisverleihung auf dem Programm, die Michaela vornehmen würde. Ob Tom bis dahin schon von seinem Rendezvous mit Sara Beth zurück war?

Denk nicht darüber nach.

Stattdessen fing ich mit dem Kartoffelschälen an und dachte an Michaela. Wie war ihre Geschichte?

Ich gab die Kartoffeln in zwei große Töpfe mit kochendem Wasser. Vielleicht *war* mir Michaelas Königs-Sammlung ein klein wenig eigenartig erschienen, aber ich hatte eine ganze Reihe von Freunden mit merkwürdigen Hobbys. Marla zum Beispiel – sie spionierte wie eine Besessene dem Blödmann hinterher. *Das* war wirklich ein extravagantes Steckenpferd – und nichts für empfindsame, ängstliche Gemüter.

Apropos ängstliche Gemüter ... heute fand zum zweiten Mal ein Essen in der Großen Halle statt. Das letzte Mal, als ich dort ein Dinner servierte, hatte ich einen längst verstorbenen kleinen Herzog gesehen. Der gespenstische Bursche, der in einer Ritterrüstung in Kindergröße gesteckt hatte, *war* da gewesen, davon war ich felsenfest überzeugt. Und im nächsten Augenblick hatte er sich sozusagen in Luft aufgelöst. Colorado war bekannt für seine Geister*städte*, nicht für Geister*herzöge*. Möglicherweise brauchte ich Kontaktlinsen.

Ich holte die große Schüssel mit den Shrimps, die in die cremig weiche Sauce gegeben werden mussten. Für den Kartoffelauflauf spülte ich etliche ganze Knoblauchzehen unter kaltem Wasser, beträufelte sie mit Olivenöl, wickelte sie in Alufolie und steckte sie in den Backofen. Für meinen Geschmack gab es für überbackenen Kartoffelbrei nichts Besseres als gerösteten Knoblauch – er gibt dem Auflauf erst den richtigen Biss. Und Kartoffelbrei in jeder Form ist gut für das Gemüt.

Als ich gerade ganze Berge Käse rieb, kam Julian herein. Er hatte Arch von der Schule abgeholt und mein Sohn hatte ihn davon überzeugt, Pizza zu holen. Arch hatte behauptet, sie würden heute Abend ohnehin massenweise edles Essen bekommen. Julian erkundigte sich, ob ich seine Hilfe brauchte. Ich bedankte mich, erinnerte ihn aber daran, dass er in den letzten vier Tagen schon mehr als genug für mich getan hatte. Ob es mir was ausmachte, wenn sie Pizza äßen? Ich lachte und bat ihn, mir eine mitzubringen. Er versprach, um vier zurück zu sein und mir bei den Vorbereitungen in der Großen Halle zu helfen.

Eliot hastete in die Küche – diesmal hatte er sich für ein schottisches Golf-Outfit aus den zwanziger Jahren entschieden. Ich kannte keinen anderen Mann, der völlig selbstverständlich dunkelbraune Knickerbocker, waldgrüne Kniestrümpfe, ein braun und grau kariertes Wollhemd und ein graues Sportjackett mit Fischgrätenmuster tragen würde. O ja, und dazu hatte er braun und weiß gemusterte Schuhe an. Man musste mir zugute halten, dass ich ihn nicht entgeistert anstarrte. Stattdessen erkundigte ich mich, wie es ihm ging.

»Scheußlich. Kein Mensch interessiert sich für das Konferenzzentrum.« Er sah sich in der Küche um. »Sukie macht die Große Halle sauber ...«

»Sie *ist* sauber.«

SHUTTLECOCK-SHRIMPSCURRY

3 EL Butter
2 Tassen ungeschälte, klein geschnittene Granny-Smith-Äpfel
2 Tassen klein geschnittene Zwiebeln
3 große Knoblauchzehen, zerdrückt
4 TL Currypulver – nach Geschmack auch mehr
3 EL Mehl
½ TL Senfpulver
½ TL Salz oder mehr
¼ TL Paprikapulver
¼ TL getrockneter Thymian
¼ TL frisch gemahlener schwarzer Pfeffer
2 Tassen selbst gemachte Hühnerbrühe
1 Pfund große geschälte und gekochte Shrimps – die Schwänze gesondert aufheben
1 EL Ketchup
¼ Tasse trockener Wermut
½ Tasse süße Sahne

Beilagen: Chutney, geröstete Erdnüsse, gehacktes hart gekochtes Ei, Ananasmus, Kokosflocken, Mandarinen, geschnittene Schalotten, klein geschnittener, kross gebratener Speck, geschnittene Oliven, süße Pickles, Rosinen und Orangenmarmelade

Rosinenreis (Das Rezept finden Sie in: *Ein todsicheres Rezept*)

Butter in einer großen Pfanne bei schwacher Hitze schmelzen. Die Ap-

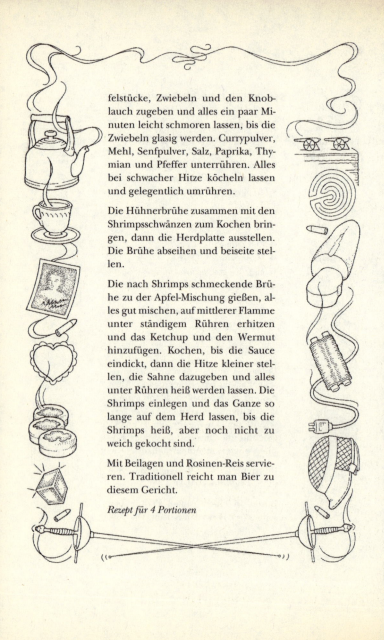

felstücke, Zwiebeln und den Knoblauch zugeben und alles ein paar Minuten leicht schmoren lassen, bis die Zwiebeln glasig werden. Currypulver, Mehl, Senfpulver, Salz, Paprika, Thymian und Pfeffer unterrühren. Alles bei schwacher Hitze köcheln lassen und gelegentlich umrühren.

Die Hühnerbrühe zusammen mit den Shrimpsschwänzen zum Kochen bringen, dann die Herdplatte ausstellen. Die Brühe abseihen und beiseite stellen.

Die nach Shrimps schmeckende Brühe zu der Apfel-Mischung gießen, alles gut mischen, auf mittlerer Flamme unter ständigem Rühren erhitzen und das Ketchup und den Wermut hinzufügen. Kochen, bis die Sauce eindickt, dann die Hitze kleiner stellen, die Sahne dazugeben und alles unter Rühren heiß werden lassen. Die Shrimps einlegen und das Ganze so lange auf dem Herd lassen, bis die Shrimps heiß, aber noch nicht zu weich gekocht sind.

Mit Beilagen und Rosinen-Reis servieren. Traditionell reicht man Bier zu diesem Gericht.

Rezept für 4 Portionen

PENNYPRICK-KARTOFFELAUFLAUF

*6 mittelgroße oder 12 kleine geschälte
   Kartoffeln*
1 kleine Knoblauchknolle
1 EL Olivenöl
2 EL Butter
½ Tasse Milch
½ Tasse süße Sahne
1 Tasse frisch geriebener Fontina-Käse
⅓ Tasse frisch geriebener Parmesan
½ TL Salz
¼ TL weißer Pfeffer

Den Backofen auf 200° vorheizen. Eine Auflaufform buttern.

Eine große Menge Salzwasser zum Kochen bringen. Die geschälten Kartoffeln in das Wasser geben und gar kochen (ungefähr 40 Minuten).

Während die Kartoffeln kochen, Folie in ein 22 mal 22 cm großes Quadrat schneiden. Knoblauch unter kaltes, fließendes Wasser halten und trockentupfen. Den Knoblauch in die Mitte der Folie legen und ein paar Tropfen Olivenöl darüber gießen. Die Kanten der Folie hochschlagen und den Knoblauch dicht einpacken. Das Paket 30 bis 40 Minuten in

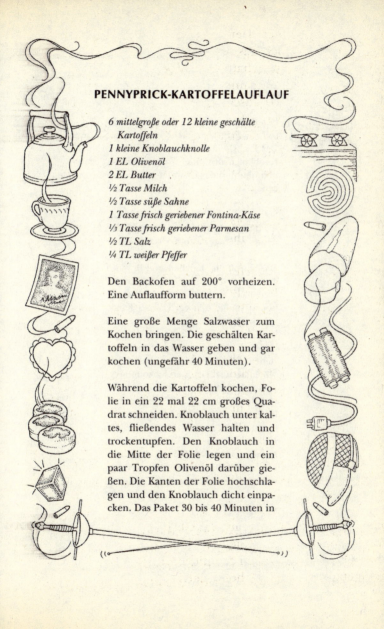

den Backofen legen – der Knoblauch sollte weich, aber nicht braun sein. Das Päckchen vorsichtig öffnen, den Knoblauch mit einer Zange herausnehmen und das Olivenöl aufbewahren.

Sobald der Knoblauch abgekühlt ist, die dünnen Häute entfernen und die Zehen zu einer Paste zerdrücken.

Die Kartoffeln abgießen und in eine große Rührschüssel geben. Die Knoblauchpaste und das Olivenöl, Butter, Milch, Sahne, den geriebenen Käse, Salz und Pfeffer mit dem Mixer so lange mit den Kartoffeln vermengen, bis eine cremige, glatte Masse entsteht (unter Umständen etwas mehr Milch dazugießen). Den Kartoffelbrei in die Auflaufform füllen. (Sie können die Masse auch kühl stellen und im Eisschrank durchziehen lassen.)

15 bis 20 Minuten backen (10 oder 15 Minuten länger, wenn sie aus dem Kühlschrank kommt). Der Auflauf sollte eine goldbraune Kruste haben.

Rezept für 4 Portionen

»Goldy, ich war sechs Monate mit einer Frau zusammen, die hoffnungslos schlampig war. Dreckiges Geschirr, Haufen von Schmutzwäsche, Stapel unbezahlter Rechnungen und überall irgendwelche Papiere, ungemachte Betten, Durcheinander im Bad. Schließlich hielt ich das nicht mehr aus und wir trennten uns. Und sehen Sie sich jetzt die Frau an, die ich geheiratet habe. Nichts – *gar nichts* – kann ihr jemals sauber genug sein.« Er schüttelte den Kopf, als versuchte er, sich ins Gedächtnis zu rufen, weshalb er eigentlich in die Küche gekommen war. »Sie deckt auch die Tische. Sie verwendet unsere eigenen Spitzentischtücher und die Silberplatten, die sie bei einem Nachlassverkauf erstanden hat. Im Mittelalter und in der Renaissance hat man in England erst von Brettern, dann von Holztellern gegessen, allmählich ging man zu Zinn über und später zu Silber und, ah, zu Gold. Aber goldenes Geschirr ist so *verdammt* teuer. Jedenfalls möchte Sukie wissen, wie viele Gedecke benötigt und ob Steakmesser gebraucht werden.«

»Wir erwarten fünfunddreißig Gäste. Vierzehn Kinder, einundzwanzig Erwachsene – plus, minus. Wenn sie für vierzig deckt, kommen wir hin.« Ich dachte an den Kalbsbraten. »Und Steakmesser wären großartig. Außerdem brauchen wir ein Dutzend Servierlöffel und zwei Tranchierbestecke.«

»Gut«, sagte er und machte sich Notizen auf einer kleinen Karteikarte, die er aus den Taschen seiner Knickerbocker gezogen hatte. »Bevor Michaela die Auszeichnungen und Preise verteilt, möchte ich ein wenig über das Schloss reden. Ich gehe jetzt in die Große Halle und lege meine Broschüren und Informationsblätter aus. Was meinen Sie, sollte ich die Sachen auf dem Serviertisch deponieren?«

»Es wäre besser, sie gut sichtbar am Eingang auszulegen«, riet ich ihm. »Dann sehen die Leute sie als Erstes.«

Er nickte – ein Golfer, der seinem Caddy dankt. »Gute Idee. Ich bereite alles für die Spiele vor, während Sukie sich um die Tische kümmert. Oh – und die Lauderdales schicken Blumenschmuck, Sträuße mit kleinen Schwertern. Sie sind wirklich *gute* Menschen, Goldy.«

»Mhm.« Da war ich anderer Ansicht.

Er verschwand. Ich briet die Reiskörner in Butter leicht an, bis sie einen nussigen Geruch verbreiteten, dann goss ich den Reis mit Brühe auf und gab die Rosinen dazu. Während der Reis köchelte, zerstieß ich den gerösteten Knoblauch. Schließlich vermischte ich die weich gekochten Kartoffeln mit Butter, Milch, der Knoblauchpaste, Sahne, Käse und Gewürzen, und es gelang mir, nur acht Löffel davon zu kosten – ich benutzte natürlich acht verschiedene Löffel –, um sicherzugehen, dass der Auflauf richtig gewürzt war. Ich redete mir ein, dass ich das brauchte, weil ich im Grunde nichts zum Mittagessen hatte.

Um drei Uhr kam Tom in die Küche. Er hatte sich frische Kleidung aus dem Koffer genommen, den er in New Jersey dabeigehabt hatte, und sah jetzt geschäftsmäßig und sagenhaft gut in einem schwarzen Wollhemd und einer Khakihose aus. Er hatte sich ein schwarzes Jackett über die gesunde Schulter geworfen. Mir fiel siedend heiß ein, dass ich vor lauter Kochen vergessen hatte, *ihm* etwas zum Mittagessen zu bringen.

»Ich mache mich auf den Weg zum Idaho Springs, dann fahre ich zum Flughafen«, verkündete er. »Und ich habe vor, erst wieder von dort wegzufahren, wenn Sara Beth im Flugzeug sitzt und die Maschine abhebt. Deshalb bin ich wahrscheinlich erst nach dem Bankett zurück, vor allem, wenn der Flug Verspätung hat.« Ich sagte nichts dazu. »Bitte versteh mich«, flehte er, dann nahm er mich in einen Arm und machte sich davon.

Was für ein Abschied war das?, dachte ich niedergeschlagen.

Grüble nicht darüber nach.

Das tat ich auch nicht. Die nächste Stunde arbeitete ich eifrig. Um halb fünf lief ich ins Torhaus, um den Blumenlieferanten hereinzulassen. Er öffnete seinen Van und vier mit kleinen Schwertern geschmückte Arrangements aus Rosen, Lilien, Osterglocken, Fresien und Efeu – Arrangements im englischen Stil – kamen zum Vorschein. Ich atmete den Blumenduft ein, nahm zwei der überquellenden Körbe und führte den Floristen in die Große Halle. Eliot und Sukie brachen in Begeisterungsrufe über die Großzügigkeit der Lauderdales aus. *Das ist der Ärger mit den reichen Leuten,* dachte ich im Stillen, als ich die Körbe auf Sukies makellos mit Spitze und Silber gedeckten Tische stellte. *Sie bilden sich ein, sie könnten schlechte Taten mit ein paar aufgesetzten guten wettmachen.* Im Catering-Geschäft hatte ich Ehebrecher gesehen, die eine neue Sonntagsschule bauten, einen betrügerischen Bankpräsidenten, der ein Dutzend Fußballmannschaften unterstützte. Jetzt schickte ein Kindesmisshandler Blumen.

Ah – wer hatte mich zum Moralapostel dieser Welt bestimmt? Ich trabte zurück in die Küche und wurde von einem kalten Luftzug begrüßt. Wieder stand das vermaledeite Fenster offen. Michaela, Julian und Arch waren außer Haus; Sukie und Eliot hatten in der Großen Halle zu tun. Ich ging zu dem Fenster, riss es ganz auf – die Metallscharniere protestierten quietschend – und schaute hinunter. Da war kein Laufgang, da waren keine Metallsprossen. Der Burggraben glitzerte tief unten. Eine schwache Brise kräuselte das Wasser, aber niemand durchschwamm den Graben. Am Rand glänzte die Mülltonne in der Sonne. Nirgendwo ein Anzeichen von Leben. Wie wurde dann das Fenster geöffnet?

Ich untersuchte den Riegel. Er war nicht kaputt. Ich knallte das Fenster zu, dann durchsuchte ich die makellos ordentlichen Schubladen, bis ich ein Klebeband fand. Leise fluchend drückte ich zwei Lagen Klebestreifen rund um das Fenster, sodass es nicht mehr aufgehen konnte, dann trat ich zurück und bewunderte mein Werk.

»So, jetzt ist Schluss mit dem Unsinn«, sagte ich zu dem Fenster.

Nachdem ich meine Reparaturarbeiten erledigt hatte, lief ich mit den Schüsseln, in die ich gemischte Nüsse getan hatte, in die Große Halle. Eliot hatte wieder das Pennyprick-Spiel aufgestellt. Diesmal würden die Jungs ihre Plastikmesser auf eine Susan-B.-Anthony-Münze werfen, die auf einer Weinflasche lag. Mir gefiel der antifeministische Aspekt *dieser* Variante nicht, aber ich hielt den Mund. Eliot spürte, dass es mir an Enthusiasmus mangelte, und versicherte mir, dass die Kinder um einen Preis spielen würden, der weniger als einen Dollar wert war.

Ich flitzte zurück in die Küche und wurde von Arch, Julian, Michaela, einem kalten Stück Pizza mit extra viel Käse und einem noch immer geschlossenen Fenster begrüßt. Ich verschlang die Pizza, ohne sie vorher aufzuwärmen. Hunger ist der beste Koch, wie meine Lehrerin in der vierten Klasse immer zu sagen pflegte.

»Ich verändere das Programm ein wenig, Arch«, sagte Michaela. »Du und Howie Lauderdale zeigt das erste

Gefecht mit dem Florett. Die Lauderdales haben angerufen und speziell darum gebeten.«

Mein Herz pochte schneller. »Vergessen Sie's«, mischte ich mich ein. »Sie führen irgendwas im Schilde. Die Lauderdales, meine ich. Machen Sie alles so, wie Sie es eigentlich geplant haben. Howie ist zu alt für Arch – es wäre ein ungleiches Gefecht. Arch könnte verletzt werden.«

Arch presste verärgert die Lippen zusammen. Seine Wangen liefen rot an vor Wut. »Howie wird mich *nicht* verletzen.«

»Ich habe nein gesagt!«

»Mom! Howie ist der beste Fechter des Teams!«

»Das ist mir egal.«

Michaela schlug einen versöhnlichen Ton an. »Goldy, ich kenne Howie. Er ist ein lieber Junge. Und Arch ist gut genug, um gegen ihn zu fechten.«

Julian brummte: »Komm schon, Goldy. Lass ihn doch. Die Jungs tragen Masken und ein Haufen Leute sehen zu. Es ist eine Ehre für Arch, als Erster gegen den Besten zu kämpfen.«

»*Ja*, Mom«, rief Arch. »Hör auf, mich wie einen *Feigling* darzustellen.«

Ich hob hilflos die Hände. Alle drei starrten mich an und ich sagte: »Okay, ich gebe auf. Mach das Gefecht. Aber es würde mich nicht überraschen, wenn Buddy seinem Sohn Geld gibt, damit er dich verletzt.«

Arch schnaubte. Michaela schüttelte nur den Kopf. Nach einem kurzen unbehaglichen Schweigen bot Michaela an, Eiswürfel und die Kühlbehälter für die Getränke in die Große Halle zu bringen. Arch erklärte sich bereit, ihr zu helfen, und sie zogen zusammen los.

Wir, Julian und ich, machten uns gewissenhaft an die

Arbeit, stellten den Kalbsbraten ins Rohr, setzten fest, wann das Curry, der Reis und der Kartoffelauflauf erhitzt werden mussten, und richteten die Wärmebehälter und Warmhalteplatten her. Zum dritten Mal in dieser Woche transportierten wir die Sachen durch das Schloss. Kein Wunder, dass die Leute aus dem Mittelalter die Küche ganz in die Nähe der Großen Halle gebaut hatten.

Als letzten kulinarischen Akt, bevor die Gäste kamen, richtete ich die Beilagen für das Curry her. Amerikaner nahmen sich von dem klassischen Dutzend an »Zubehör« selten mehr als einen Löffel voll Chutney, ein paar Rosinen und Erdnüsse. Aber sie fühlten sich betrogen, wenn keine Schüsseln mit klein geschnittenem Speck, gehacktem, hart gekochtem Ei, Kokosraspeln, Ananasmus, geschnittenen Frühlingszwiebeln, Oliven, süßen Pickles, Orangenmarmelade und Joghurt auf dem Büfett standen.

Kurz vor sechs fegten Sukie und Eliot in die Küche. Eliot hatte sein Golf-Outfit gegen einen anderen adretten doppelreihigen Anzug – diesmal in Anthrazit – und ein schneeweißes Hemd ausgetauscht. Sukies blondes Haar war zu einem eleganten französischen Knoten geschlungen und sie brillierte in einem langen, roten Kleid. Sie nahm ein Silbertablett mit Gläsern und Servietten an sich, während sich Eliot im Speisezimmer an Flaschen zu schaffen machte und stolz mit zwei Flaschen trockenen Sherrys wieder herauskam. Sie beide verkündeten, dass sie sich auf den Weg zum Torhaus machen würden, um ihre Gäste im großen Stil zu begrüßen. Julian brummte, dass auch die Kinder ein ordentliches Willkommen verdienten; er schnappte sich zwei Zwölferpacks Cola und rannte den Hydes hinterher.

Ich lief mit den Curry-Beilagen in die Große Halle, überprüfte noch einmal das Büfett, die Tische, die Getränkebar, das Eis und die Wein- und Wasserflaschen. Eliot hatte die Fechtmatte ausgerollt und das Shuttlecock-Feld mit Klebeband markiert. Michaela hatte einen kleinen Tisch für die Trophäen aufgestellt. Die Kristalllüster an der Decke strahlten. Die goldenen Trophäen, silbernen Platten und Kristallgläser funkelten im Licht. Alles schien perfekt zu sein.

Immer ein schlechtes Zeichen.

**Tom war immer noch unterwegs,** als John Richard und Viv Martini in die Große Halle einschwebten – sie waren die Ersten. Ich stand allein hinter der Bar und wurde unruhig, als sie auftauchten. Sie schauten in meine Richtung, rümpften die Nasen und wandten sich ab. John Richard sah gut aus in dem offenen blauen Hemd, der grauen Weste und der schwarzen Hose. Seine neunundzwanzigjährige Freundin, die sich in ein hautenges, silbernes Kleid mit passenden Highheels gezwängt hatte, verursachte mir Magenkrämpfe. Das Kleid war seitlich so hoch geschlitzt, dass *sie* problemlos wie ein Hampelmann herumspringen könnte.

Ich meinerseits fürchtete das Schlimmste, was meine äußere Erscheinung betraf. Ich wirkte nicht nur blass im Vergleich zu Viv, ich konnte auch den Gedanken nicht ertragen, wie Tom mein Aussehen beurteilen würde, wenn er es gerade mit Sara Beth, ihrer aristokratischen Schönheit und ihrer edlen Gesinnung zu tun gehabt hatte. Ich betrachtete mein Spiegelbild im Silbertablett. Bei der Arbeit in der heißen Schlossküche war mein

Haar *sehr* lockig geworden Das Make-up war längst verschwunden und mein Gesicht glänzte nach der Anstrengung. Es war kalt in der Großen Halle und ich musste einen Pullover über meine dünne Caterer-Uniform ziehen, außerdem brauchte ich eine frische Schürze, denn diese war buchstäblich gescheckt, weil ich mich mit Currysauce bekleckert hatte.

Julian übernahm die Bar, während ich in unser Zimmer flitzte, mir mit dem Kamm durch die Haare fuhr, Make-up und Lippenstift auflegte und die Strickjacke an mich nahm, die ich schon in Eliots Arbeitszimmer angehabt hatte. Zum Schluss nahm ich mein Handy vom Aufladegerät und steckte es in die Jackentasche. Der Empfang im Schloss war nicht gerade gut, aber ich fühlte mich irgendwie sicherer, wenn ich ein Telefon bei mir hatte.

In der Küche band ich mir eine frische Schürze um, überprüfte noch einmal meine Liste, vergewisserte mich, dass das Bratrohr nicht zu heiß war und das Fleisch schön langsam briet, dann stellte ich den Kartoffelauflauf in den Ofen. In einer Dreiviertelstunde mussten Julian und ich das ganze Zeug hinüberschleppen. Ich lief zurück in die Große Halle. Es war mir gleichgültig, ob ich aussah wie die kleine mollige Exfrau, die Caterin bei dieser Gesellschaft war; es war mir egal, ob ich mich mit der großen, atemberaubenden Dschungelärztin messen konnte. Ich wollte *auf keinen Fall* Archs Gefecht und seine ruhmreichen fünfzehn Minuten verpassen.

»Die Attacke beim Florettfechten ist gleichzeitig eine Aufforderung«, erklärte Michaela den versammelten Eltern und Schülern. Die meisten hörten ihr zu, aber einige schlenderten zum Shuttlecock-Feld, auf dem niemand spielte, und zu dem Pennyprick-Spiel – die Susan B.-Anthony-Münze lag schon nicht mehr auf der Flasche. Eliot hielt sich etwas abseits von der Gruppe und machte einen niedergeschlagenen Eindruck.

Arch und Howie standen in ihren Fechtuniformen und Masken auf der Matte. Arch hatte mir den Rücken zugewandt, Howie, der schrecklich anonym mit der Maske wirkte, schaute in meine Richtung.

»Wir werden sehen, wie Arch« – Michaela deutete auf meinen Sohn – »und Howie« – sie nickte dem größeren Jungen zu – »einen Angriff mit Parade und anschließender Riposte demonstrieren. *En garde,* Jungs.«

Arch und Howie tänzelten behende vor und zurück, ihre Florette stießen aufeinander, die Füße klatschten auf die Matte. Howie griff an. Arch parierte geschmeidig und setzte zum Gegenangriff an. Die Zuschauer drängten sich im Halbkreis um die Matte. Mein Herz schwoll an vor Stolz auf Arch und es scherte mich keinen Deut, dass John Richard nur ein paar Meter von mir entfernt war. Am liebsten hätte ich gebrüllt: *Das ist mein Sohn!*

Ohne Vorwarnung beugte sich Howie vor, streckte den Arm mit dem Florett aus und *stürmte* auf Arch zu. Ich schnappte so laut nach Luft, dass sich ein halbes Dutzend Leute nach mir umdrehten. Arch erstarrte und reagierte nicht, als sich Howie praktisch auf ihn stürzte.

»*Halt!*«, kreischte ich und wünschte sofort, ich hätte geschwiegen.

Arch taumelte zurück, gerade als Howies Florett auf seine Brust traf; er verlor das Gleichgewicht und fiel von der Matte. Howie hatte einen derartigen Drall, dass er nicht mehr abbremsen konnte. Ich beobachtete hilflos, wie er mit voller Wucht auf Archs linken Knöchel trat. Arch schrie und Howie fiel auf ihn.

Michaela, John Richard, Julian, Buddy Lauderdale und ich liefen zu den beiden Jungs. Howie schien nicht imstande zu sein, seine Gliedmaßen zu entwirren. Buddy Lauderdale zerrte an seinem Arm und wollte wissen, ob er sich verletzt hatte. Howie murmelte etwas, was ich nicht verstehen konnte, und richtete sich unbeholfen auf. Howie beugte sich über Arch und beteuerte immer wieder, dass es ihm sehr Leid tat. Er fragte, warum Arch nicht *pariert* hatte. Ich war so wütend, dass ich Howie Lauderdale am liebsten geschüttelt hätte. Wie konnte dieser angeblich »liebe Junge« einen Jüngeren derart überrumpeln?

Tränen liefen Arch über das Gesicht, als Michaela und ich ihm die Maske abnahmen. Seine Wangen waren gerötet, aber er gab keinen Laut von sich, damit niemand merkte, dass er weinte. Stattdessen krächzte er: »Ich glaube, mein Fuß ist gebrochen. Dad, ist er gebrochen? Dad?«

John Richard drängelte sich an Buddy und Howie Lauderdale vorbei. Er zog Arch den Schuh aus, dann tastete er mit beiden Händen den Fuß und den Knöchel ab. »Schwer zu sagen.« Er sah auf – nicht zu Arch, sondern zu Viv, die sich regelrecht angeschlichen hatte – und sagte: »Das muss geröntgt werden.«

Viv fragte: »*Jetzt?*«

»*Ich* fahre ihn.« Das war Julians Stimme. Unser Freund schob sich durch die Menge und kniete sich neben Arch, der ihn flehentlich ansah, während ihm immer mehr Tränen über die Wangen rannen. »Der Vater meines besten Schulfreundes ist Orthopäde«, erklärte Julian sachlich. »Dr. Ling. Er wohnt am See, nur fünf Minuten von seiner Praxis entfernt. Er hat mir beteuert, ich könnte ihn jederzeit anrufen oder aufsuchen, wenn es nötig wäre.«

»Ich kenne Ling«, meinte John Richard.

Blödmann, wütete ich innerlich, *fahr deinen Sohn selbst zum Orthopäden*. Ich wandte mich wieder Arch zu.

Er riss sich sehr zusammen, sonst hätte er sich in Schmerzen gewunden. Er weinte noch immer. Ich kauerte mich neben ihn und fragte, was ich tun konnte. Er schüttelte den Kopf und sah mich jämmerlich an. Michaela kam mit einer Plastiktüte voller Eiswürfel und legte sie vorsichtig auf den rasch anschwellenden Knöchel.

»Vielleicht sollte er in die Notaufnahme im Southwest...«, schlug ich vor.

»Lass mich mit Julian fahren«, bat Arch mich leise. »Sag einfach ja, okay?«

»Dr. Ling ist näher und besser als die Ärzte im Southwest«, beharrte Julian. »Wenn die Röntgenaufnahme zeigt, dass Arch ins Krankenhaus muss, bringe ich ihn dort hin. Arch, kannst du dich aufsetzen und den Arm um meine Schulter legen?« Mein Sohn nickte und Julian hievte ihn in die Höhe. Arch ächzte und zuckte vor Schmerz zusammen.

»Ich komme mit...«

»Ausgeschlossen«, erwiderte Julian entschieden. »Du bleibst hier und organisierst das Bankett. Vielleicht helfen dir ein paar Eltern. Ich rufe an, sobald ich Näheres weiß.«

»Arch, Liebling, willst du, dass ich mitfahre?«, fragte ich.

»Ich komme schon klar, Mom.«

»Es tut mir wirklich, wirklich Leid«, sprudelte Howie

vollkommen verstört hervor. »Ich habe nur versucht, aggressiv zu fechten, so wie es mein Dad ...«

»Howie!«, bellte Buddy.

Um Howie, Buddy oder beiden nicht an die Gurgel zu gehen, begleitete ich Julian, der den auf einem Bein hüpfenden Arch stützte, zur Tür.

»Wartet!«, rief Michaela mit ihrer Kommandostimme. »Wir haben noch etwas für Arch.« Sie nahm eine Trophäe vom Tisch und ging auf uns zu, dann verkündete sie laut: »Für den Fechter des Jahres aus der neunten Klasse.«

Archs tränenüberströmtes Gesicht strahlte. Die Eltern und Kinder applaudierten. Ich wäre begeistert gewesen, wenn ich mich nicht so elend gefühlt hätte.

Es war nicht leicht, Arch in den Rover zu verfrachten. Abseits von den Gleichaltrigen jammerte er bei jeder Bewegung, die seinen verletzten Fuß erschütterte. Um uns herum war es dunkel. Offenbar überquerte ein Hochdruckgebiet Colorado, denn es war ungewöhnlich warm geworden.

»Freitag, der dreizehnte«, brummte Julian, als er auf den Fahrersitz rutschte. »Was kann man da erwarten?«

»Kommst du zurecht, Schätzchen?«, fragte ich Arch zum hundertsten Mal.

»Bestens, Mom. Wir rufen dich an.«

Ich verfluchte mich selbst auf dem Weg zurück zur Großen Halle. Buddy Lauderdale musste seinem Sohn Anweisungen gegeben haben, schonungslos anzugreifen. Ich hatte genügend Geschichten von Vätern gehört, die die Spikes von Fußballschuhen scharf schleifen und ihren Söhnen Geld versprechen, wenn sie beim

Hockey und beim Fußball den Torwart durch Fouls ausschalten, deshalb wusste ich Bescheid. Aber ich hätte nie gedacht, dass *Howie* bei so etwas mitmachte. Selbstverständlich hatte ich Howie schon früher fechten gesehen und trotz seines engelsgleichen Gesichts war er ein ehrgeiziger Sportler. Möglicherweise hatte er sich nicht mehr unter Kontrolle, wenn er in einem Wettbewerb stand. Und Buddy Lauderdale hatte genau darauf gebaut, als er Michaela anrief und sie bat, die beiden Jungs am Abend gegeneinander fechten zu lassen.

Arch hatte reglos dagestanden, als Howie zur Attacke ansetzte. Warum? Weil ich so laut Luft geholt und seine Konzentration gestört hatte?

War alles, was mit meinem Kind schief lief, letzten Endes meine Schuld? Darüber wollte ich gar nicht spekulieren.

Gedankenverloren starrte ich auf eines der *Frisch-gestrichen*-Schilder, mit denen der Flur vor unserem Schlafzimmer voll zu sein schien. Hatte ich Arch wirklich so sehr abgelenkt? Oder könnte etwas anderes seine Aufmerksamkeit auf sich gezogen haben? War es möglich, dass Arch etwas unter der Galerie gesehen hatte? Er hatte fast an derselben Stelle gestanden wie ich am Abend zuvor, als der Geist des kleinen Herzogs erschienen war. Aber wenn er ein Gespenst gesehen hatte, warum schwieg er sich dann darüber aus? Hatte er Angst, wie ein Feigling dazustehen?

In der Schlossküche machten sich zwei Mütter zu schaffen. Sie hatten Eliots Schlüsselbund gefunden, schlossen Schränke auf und stöberten überall herum. Beide zeigten sich besorgt um Arch; ich beruhigte sie und meinte, es ginge ihm bald wieder gut. Die Frauen wollten mir am Büfett helfen. Sie hatten die Wärmebehälter und die Warmhalteplatten eingeschaltet, während Eliot seinen Vortrag über das Konferenzzentrum gehalten hatte. Wenigstens musste ich mir *das* nicht noch einmal anhören.

Eine der Mütter sagte: »Er hält nach Kunden Ausschau und wirbt mit der Geschichte des Schlosses.«

Die andere kicherte.

Ich dankte ihnen lächelnd für ihre Hilfe und sah auf die Uhr: Viertel vor sieben. Die Frauen schwärmten von dem Duft, den der Kalbsbraten und der mit Knoblauch gewürzte Kartoffel-Käse-Auflauf verbreiteten. Sie erklärten sich gern bereit, Tabletts mit der Obstgrütze in die Halle zu tragen. Ich rührte sorgfältig das Shrimpscurry und den Reis um. Als meine Helferinnen zurückkamen, füllten wir alles in Schüsseln, dann marschierten wir los.

»Ah, unser Festmahl!«, rief Eliot aus, als wir eintraten. Er wandte sich an sein Publikum. »Wahrscheinlich wissen Sie nicht, dass zu Zeiten Heinrichs VIII. gebratener *Pfau* das bevorzugte Fleisch war – eher weil diese Vögel so schön sind, nicht wegen des Geschmacks. In der Hofküche wurde ein Pfau gerupft, gehäutet und gebraten. Die Haut, der Kopf und die Federn hob man auf, und wenn der Braten fertig war, wurde er damit geschmückt. Der Pfauenschnabel wurde vergoldet und dann trugen die Köche den schillernden Vogel mit ungeheurem Pomp in die Große Halle.«

Im Schein der funkelnden Lüster glaubte ich zu erkennen, dass sich den meisten Gästen der Magen umdrehte. Als Eliot mit seiner Pfauen-Geschichte fertig war, taten die Kinder so, als würden sie sich übergeben müssen. Das sollte Eliot eine Lehre sein – beim Essen erzählte man nichts von Vogelköpfen, Häuten und Federn. Die Einzigen, die gänzlich ungerührt blieben, waren die Lauderdales, die in ein Gespräch im Flüsterton vertieft waren. Howie Lauderdale ließ schuldbewusst den Kopf hängen und vermied es, in meine Richtung zu sehen. Und dann war da noch John Richard, der sich geweigert hatte, mit seinem Sohn zum Arzt zu fahren, weil seine Freundin darauf bestanden hatte, dass er hier blieb und das Dinner verzehrte, für das er bezahlt hatte. Jetzt sah der Blödmann aus wie ein gerupfter Pfau – er hatte wieder diesen verlegenen Gesichtsausdruck, den ich mittlerweile mit Vivs Massagen seiner unteren Regionen in Verbindung brachte. Jedenfalls waren ihre Hände unter dem Tisch versteckt.

Eliot wollte von seinen Gästen wissen, ob sie Fragen an ihn hatten. Stimmengemurmel wurde laut. Ich war mit dem Anrichten noch nicht ganz fertig und hoffte deshalb verzweifelt, dass jemand *irgendetwas* fragte. *Stimmt es, dass die Zofen Sexbomben waren?* Irgendetwas. *Würde die Frau, die mit Dr. Korman hier ist, den Ansprüchen der damaligen Adeligen genügen?* Beim genaueren Nachdenken fand ich, dass wir die Fragen vielleicht doch überspringen könnten.

Ein Vater rief: »Stand dieses Schloss jemals unter Belagerung?«

»Ah«, machte Eliot – dieses Thema wärmte sein Herz. »Ja, aber letzten Endes blieben die Belagerer erfolglos. Ein solches Unternehmen konnte nur gelingen, wenn die Feinde einen Verbündeten innerhalb der Befestigung hatten, wenn es den Besatzern glückte, die Wehranlagen zu durchbrechen, oder wenn sie eine Möglichkeit fanden, das Selbstversorgungssystem zu stören – etwa, wenn sie den Brunnen vergiften konnten.«

»Was war mit diesem wertvollen Brief vom König?«,

rief ein anderer Vater. »Haben Sie noch mehr solcher Dokumente gefunden?«

Eliot kicherte nachsichtig. »Leider nein. Die Toiletten wurden alle gründlich gereinigt und restauriert, aber es gab keine weiteren Funde. Wir hatten beim ersten Mal sozusagen einen Royal Flush.«

Nur wenige lachten. Ich nahm einen Silberlöffel in die Hand und klopfte damit gegen ein Glas, um zu verkünden, dass das Essen angerichtet war. Ich bat die Gäste, Eliot für seinen erhellenden Vortrag zu danken. Die Eltern und Schüler klatschten erleichtert, dann sprangen sie auf und rasten zum Büfett. Ich hatte zwei der Mütter gebeten, die Schlangen anzuführen und den anderen zu zeigen, in welche Richtung sie am Büfett gehen mussten. Sobald das Essen im Gange war, hastete ich in die Küche, um die Pflaumentorte mit den eingebackenen Zirkonen, zwei Packungen Vanilleeis und das Zitronensorbet für Howie zu holen. Ich lief mit meiner Ladung zurück in die Halle und fragte mich dabei, ob das Küchenpersonal in diesen wirtschaftlich autarken Schlössern jemals etwas mit schmelzendem Eis zu tun gehabt hatte.

Was? Was hatte ich da gerade gedacht?

Ich stürmte in die Große Halle und war so in Gedanken, dass ich den Blödmann mitsamt seinem Teller und allem um ein Haar platt gemacht hätte. Er fluchte verhalten. Ich hoffte von Herzen, dass er sich *eine Menge* von der Grütze genommen hatte. Er war allergisch gegen Erdbeeren.

Ich steckte die Eispackungen zwischen die Eiswürfel in den Kühlbehälter, dann schnitt ich die Pflaumentorte auf. *Diese Schlösser waren wirtschaftlich autark – Selbstversorger.* Alle Bedürfnisse der Adeligen und Diener konnten innerhalb der Burgmauern befriedigt werden: Nahrung, Wasser, Unterhaltung und – o Gott, vergib mir, dass ich daran nicht schon früher gedacht habe – *Gottesdienste.*

In jedem Schloss gab es eine Kapelle, natürlich! Aber wo war die Kapelle in *diesem* Schloss? Ich hatte mich so sehr auf den gotischen Bau unten an der Straße konzentriert, dass ich vergessen hatte, danach zu fragen. Andy hatte Tom geschrieben: *Die Marken sind in der Kapelle der Hydes.* Gab es mehr als nur die eine Kapelle? Und welche hatte er gemeint?

Die Gäste drängten sich bereits wieder am Büfett, um sich ein zweites Mal die Teller zu füllen. Eine der Mütter nahm mich beiseite und bedrängte mich, ihr meine Rezepte für den Kartoffelauflauf und das Shrimpscurry zu geben. Ich versprach es ihr. Die Leute am Büfett brauchten mich nicht, deshalb marschierte ich zu Eliots Broschüren, die auf einem Tisch neben dem Eingang lagen, als hätte ich dort etwas Dringendes zu erledigen.

Wie es aussah, lagen da nur erst kürzlich gedruckte Broschüren: *Rückzug ins Hyde-Schloss!* und *Die Geschichte des Hyde-Schlosses.* Ich blätterte beide schnell durch. In der zweiten war ein Grundriss abgedruckt, aber nirgendwo stand, welche Funktionen die einzelnen Räume im Mittelalter gehabt hatten. Das Wohnzimmer hatte Eliot zum Beispiel als »Großen Salon« bezeichnet, aber Sukie hatte mir erzählt, dass dort ursprünglich die Pferdeställe gewesen waren. Das Spielzimmer war als »Burggraben-Pumpstation« ausgewiesen. Warum gab Eliot, der so sehr darauf bedacht war, historische Leckerbissen zu verteilen, nicht preis, wie die Räume ursprünglich genutzt wurden?

Und dann fielen mir die Druckschriften aus Eliots Arbeitszimmer wieder ein. Ich hatte mir eine mit dem Titel *Mittelalterliche Schlösser und ihre Geheimnisse* und eine andere – *Ihre Hochzeit in der Hyde Chapel* – geklaut. Aber hatte ich nicht noch eine mitgenommen, eine, die sich mit der Führung durch das historische Schloss befasste? Wo war dieses Ding?

Aus Gewohnheit klopfte ich meine Taschen ab. In meiner Schürze war nichts. Ich betete und fasste in die Jackentaschen. Ah: Papier. Ich nahm alle drei Schriften heraus. Ich schlug *Eine Führung durch das Hyde-Schloss* auf und blätterte.

Ich fand einen historischen Plan.

Ich fuhr mit dem Finger die Reihen der Räume ab – die Ställe, die alte Küche neben der Großen Halle – jetzt befand sich dort die Suite, in der Julian und Arch untergebracht waren –, dann das Schlafzimmer des Herzogs, jetzt die neue Küche. Das, was im neuen Plan die Pumpstation war, trug hier die Aufschrift: Kapelle. Ich hatte in diesem Zimmer keine Pumpe gesehen, auch keine kaputte. Dort waren nur Spiele, Spielsachen und Kindermöbel. Und außerdem hatte ich ein neues Schloss an der Tür und daneben eine Menge verschüttete Farbe und das Schild *Frisch gestrichen* gesehen.

Zudem hatte ich Michaela *und* Eliot gefragt, wozu dieser Raum derzeit genutzt wurde. Sie hatten mich angelogen oder waren mir ausgewichen.

Was sagte mir das alles? Ich war mir nicht sicher. Und mir blieb keine Zeit, darüber nachzudenken, denn in diesem Moment walzte eine der hilfreichen Mütter auf mich zu.

»Goldy? Was machen Sie da? Einige Gäste haben mich gefragt, was Sie so aufmerksam lesen. Mr. Hyde meinte,

Sie würden sich einen historischen Grundriss-Plan des Schlosses ansehen.«

»Wo liegt das Problem?«

»Na ja, die Lauderdales möchten jetzt gleich das spezielle milchproduktfreie Dessert für Howie. Sie sagten, sie hätten Sie darum gebeten, ein Zitronensorbet zu besorgen.«

Ich stopfte die Broschüre in die Tasche. »Ich habe das Dessert noch nicht hergerichtet«, presste ich ärgerlich hervor. Nach allem, was die Lauderdales Arch angetan hatten, war es wirklich *dreist*, den Nachtisch *sofort* zu verlangen.

»Das habe ich Buddy auch gesagt«, erklärte die Mutter, »aber er behauptete, dass er Howie bald nach Hause bringen wolle – es sei immerhin möglich, dass er sich bei der Kollison verletzt hat. *Ich* bringe ihm seinen Extranachtisch, wenn Sie wollen. Sagen Sie mir nur, wo ich das Sorbet finde. Die Lauderdales sind sehr aufgebracht. Chardé sagt, sie will all das haben, wofür sie bezahlt hat, und weder sie noch Buddy seien scharf auf die Pflaumentorte.«

O Mann, gaben diese Leute denn niemals Ruhe? »Also schön. Howies Sorbet liegt in dem Kühlbehälter. Wenn sie es unbedingt jetzt haben *müssen*, können Sie es ihnen servieren. Eliot möchte noch ein paar Worte über die Schmucksteine in der Pflaumentorte sagen, deshalb werde ich das Dessert noch nicht anbieten.«

»Okay. Aber die Sache ist die: Ich dachte auch, dass das Sorbet im Kühlbehälter ist«, sagte sie. »Zumindest glaubte ich, es dort gesehen zu haben, aber jetzt ist es weg.«

Diesen Abend konnte ich wahrlich nicht zu den zehn reibungslosesten Catering-Events meines Lebens zählen. Ich stapfte zu dem Kühlbehälter.

Mein Herz rutschte mir in die Hosentasche.

Das Sorbet *war* weg. Keine Packung. Keine verräterischen Kleckse. Ich zählte die Eisschalen. Keine fehlte. Auch die Löffel waren alle noch da. Also hatte sich jemand die Familienpackung unter den Nagel gerissen, sie mit aufs Klo genommen und dort das Sorbet mit den Fingern gegessen?

Ich seufzte. Ich vermisste Julians Hilfe. Wir arbeiteten nicht nur gut zusammen, sondern es gelang uns auch, immer ein Auge auf unsere Sachen zu haben, weil die Leute *tatsächlich* bei gesellschaftlichen Ereignissen alle möglichen Dinge stahlen, und das nicht nur, weil sie ihrem Hund Reste mitbringen wollten.

Zum Glück hatte ich zwei Packungen Zitronensorbet gekauft. Ich bat die Mutter, Eliot Bescheid zu geben, dass er mit seiner Rede über den noblen englischen Brauch, Schätze in Desserts zu verstecken, beginnen solle. Die Frauen erklärten sich netterweise bereit, die Tortenstückchen mit Vanilleeis zu servieren. Falls irgendjemand nach mir fragen sollte, sagte ich zu ihnen, ich wäre in der Küche, um ein spezielles Eis für einen heiklen Gast zu holen, und sei gleich wieder zurück. Sie lächelten verständnisvoll.

Ich fegte aus der Großen Halle in der Absicht, Ersatz für das verlorene Sorbet zu holen. Aber im Flur zwischen der Großen Halle und Julians und Archs Zimmer fiel mir wieder eines der *Frisch-gestrichen*-Schilder auf. Wir waren jetzt schon vier Tage hier. Die Schlossherrin, Sukie Hyde, war die pedantischste Ordnungsfanatikerin, der ich jemals begegnet war. Wieso gab es diese Schilder und Farbkleckse immer noch?

Wurden wirklich irgendwelche Malerarbeiten vorgenommen?

Wenn man versuchte, etwas mit einem solchen Schild zu verbergen, musste man dann nicht ganz viele aufstellen, um Verwirrung zu schaffen?

Meine Neugier gewann die Oberhand. Eliot hatte sicher nicht überall die Alarmanlagen eingeschaltet, oder? Schließlich hatte er versprochen, später eine Führung mit den Gästen zu machen. Ich lief die Treppe hinunter und überquerte den Hof. Die zu dem Flur, auf dem die »Pumpstation« lag, ließ sich ohne Schwierigkeiten öffnen. Ich wollte noch einmal einen Blick auf die Tür zu diesem Zimmer werfen, das nun voller Spielsachen war und früher als Schlosskapelle diente.

 **Der Korridor wurde** von Deckenleuchten aus Kristall und Wandlampen erhellt. Eliot hatte alle Lichter angelassen, wahrscheinlich wegen der Führung. Nach seinen ausgiebigen Vorträgen und Archs Unfall wollte sich wahrscheinlich niemand länger als nötig hier herumtreiben und auf Entdeckungsreise gehen.

Niemand außer mir.

Ich rückte das *Frisch-gestrichen*-Schild vom Eingang der alten Kapelle weg und kratzte mit dem Fingernagel über die Farbe an der Wand. Darunter war eine schwarze Stelle. Wonach suchte ich? Nach Blut? Wenn ich es gefunden hatte, was dann? Könnte mir die Polizei vorwerfen, dass ich Spuren und Beweismaterial vernichtete?

Also gut, denk nach, befahl ich mir, während ich mich in dem leeren Flur umschaute. Was genau wollte ich finden? Als Andy Balachek lästig und ungeduldig wurde, hatte ihn sein Komplize mit der Information hingehalten, dass sich die Marken in der Hyde-Kapelle befanden, darauf wäre ich jede Wette eingegangen. Andys Vater Peter hatte nach der Überschwemmung von 82 im

Westflügel gearbeitet. Laut Michaela hatte Andy als Kind diese Seite des Schlosses ausgiebig erkundet. Also könnte sich Andy eingebildet haben, mit *in der Kapelle der Hydes* wäre *in der Schlosskapelle* gemeint. Angenommen, er hat sich Zugang zum Schloss verschafft und nach den Marken gesucht. Was war der Punkt, der Tom und mich seit dem Fund seiner Leiche am meisten beschäftigte?

Wie er den Stromschlag abbekommen hatte.

Mit den Fingernägeln die Farbe wegzukratzen dauerte zu lang. Ich schraubte den Messingarm von einer der Wandleuchten und schabte mit der unteren, scharfkantigen Scheibe weiter. Zu guter Letzt legte ich noch einen dunklen Fleck frei. Ich folgte der Linie von ganz unten an der Wand bis zur Tür der Kapelle oder des Kinderzimmers und in kürzester Zeit hatte ich einen schwarzen, verschmorten Bogen vor mir.

Das war's! Es musste *der* Hinweis sein. Das war der Bogen, den ein starker Stromschlag hinterlassen hatte. War Andy Balacheks Körper ein Teil des Stromkreises gewesen? Hatte man ihm den Schlag mit Absicht versetzt oder hatte Andy einen tödlichen Fehler begangen, als er das Sicherheitssystem knacken wollte? Aber *wieso* sollte ausgerechnet diese Tür mit einem elektrisch geladenen Schloss gesichert sein?

Ich bekam eine Gänsehaut in dem gottverlassenen Korridor. Ich musste nach wie vor das Zitronensorbet holen und bis zum Ende des Banketts durchhalten. Ich spurtete über den Hof zur Küche. Andy Balachek hatte sich in dieses Haus geschlichen, weil er dachte, die Briefmarken wären in der Kapelle *innerhalb* des Schlosses versteckt. Ich bezweifelte stark, dass sie jemals dort gewesen waren; ich hatte die eine dort gefunden, wo alle versteckt gewesen waren – in der Kapelle am Creek.

Wie war Andy überhaupt durchs Tor gekommen?

Als ich in die Küche trat, hatte ich die Antwort darauf parat: Michaela und Sukie hatten sie mir gegeben. Michaela hatte erwähnt, dass der kleine Andy fasziniert von dem Schloss gewesen war und damals jeden Tag genau die Arbeiten seines Vaters verfolgt hatte. Was hatte der Junge in all den Stunden des Beobachtens gelernt? Das, was Sukie uns am ersten Abend erzählt hatte: das, was die Angreifer der Burg von Richard Löwenherz an der Seine auch erkannt hatten – dass der einzige nicht abgesicherte Weg in und aus dem Schloss durchs Wasser führte … und durch die Schächte der alten Toiletten.

Instinktiv warf ich einen Blick auf das zugeklebte Fenster. War vielleicht jemand den Schacht heraufgekrochen und durch das Fenster gekommen? Das konnte ich mir nicht vorstellen, da es an der Außenmauer keinen Sims gab. Dies *war* früher ein Schlafgemach gewesen – das Zimmer des kleinen Herzogs –, und einige der »Privaträume« neben den Wohnräumen befanden sich in Erkernischen wie in unserer Suite. Aber Sukie hatte mir die Örtlichkeiten, die der Küche am nächsten waren, gezeigt – man musste durchs Speisezimmer in den Turm mit dem Brunnen gehen.

Andy hatte ganz genau gewusst, wo sich der Schacht, der zur antiken Toilette neben Eliots Arbeitszimmer führte, befand. Andy hatte vorgehabt, seinen Partner übers Ohr zu hauen und die Marken an sich zu nehmen. Er war durch den Burggraben geschwommen – vielleicht im Taucheranzug. Das Wasser war wegen der Enten beheizt, damit es nicht zufror. Sukie hatte mir erzählt, dass die Drahtgitter am Ausgang der Schächte

Ratten und anderes Getier davon abhalten sollten, ins Schloss zu kommen. Aber die Gitter konnten herausgenommen oder mit einem Hammer ganz leicht eingeschlagen werden. Auf diese Weise gelangte man ins Schloss, ohne sich mit Sicherheitsverriegelungen herumplagen zu müssen.

Ich starrte die Küchenfenster an. Als Andy im Gebäude war, hatte er einen Stromschlag bekommen – bei der Berührung eines Schlosses? Eines Lichtschalters? Einer Sicherheitsbox? Was hatte *ich* vorgefunden, als ich in die ehemalige Kapelle geplatzt war? Einen Raum, der bei der Überschwemmung unter Wasser gestanden hatte und nie richtig renoviert worden war? Ich hatte ein billig möbliertes Spielzimmer mit einem neuen Vorhängeschloss entdeckt, an dem eine Schraube gefehlt hatte. Der verschmorte Bogen schien auf eine Sicherheitseinrichtung hinzudeuten, die jemand unklugerweise außer Gefecht zu setzen versucht hatte. Sukie hatte gesagt, dass der Raum mit der Pumpe der einzige gefährliche Ort im Schloss sei. Aber in dem Raum war gar keine Pumpe. Oder war sie in einer angrenzenden Kammer und ich hatte sie nur nicht gesehen? Das bezweifelte ich.

Nein, ich war bereit, etliche seltene Briefmarken zu verwetten, dass ich gerade entdeckt hatte, wo der arme Andy den tödlichen oder beinahe tödlichen Stromschlag abbekommen hatte. Er wollte in das Spielzimmer einbrechen und hatte kläglich versagt. Dann wurde er von jemandem gefunden und erschossen und zum Creek gebracht.

Vor lauter Grübeln hätte ich um ein Haar vergessen, weshalb ich in die Küche gekommen war. O ja, das Zitronensorbet! Aber meine Gedanken rasten. In der Kapelle am Creek hatte ich nur eine einzige Marke gefunden, und zwar an einem Ort, der den mystischen Schatz symbolisierte – im Herzen des Rosettenfensters. Wer hätte eine Achthunderttausend-Dollar-Marke *dort* versteckt?

Mein erster Gedanke war Eliot. Er kannte sich mit dem Symbolismus des Labyrinths aus. Aber er war steinreich und nicht auf den Erlös von Diebesgut angewiesen.

Doch er wünschte sich sehnlichst, dass sein Konferenzzentrum ein Erfolg wurde, und jeder, egal wie wohlhabend er auch war, konnte gierig darauf sein, noch mehr zu besitzen. Allerdings hatte er noch vor dem Fund des Briefes aus der Hand Heinrichs VIII. Vivs Pläne, das Schloss zu einem Spielcasino umzufunktionieren, abgelehnt, obwohl er sich damit eine goldene Nase hätte verdienen können. Aber das Allerwichtigste für Eliot war sein guter Name. Illegales Glücksspiel hätte seinem geliebten Ruf schwer geschadet, wenn er erwischt worden wäre.

Ich trommelte mit den Fingern an die Tür des Gefrierschrankes. Der Schluss lag nahe, dass die Person, die die Marken versteckt hatte, Eliots Leidenschaften kannte. *Du musst so denken wie der Verbrecher.* Wenn die Marken von der Polizei gefunden worden wären, wen hätte man als Erstes verdächtigt?

Eliot natürlich.

Ich holte die zweite Packung Sorbet aus der Kühltruhe, verspürte jedoch nicht den leisesten Drang, in die Große Halle zurückzukehren. Ich befand mich auf dem richtigen Weg und wusste, dass ich auf die Lösung stoßen würde, wenn ich mir beharrlich Fragen stellte. Ich hatte nicht die Absicht, diesen Weg zu verlassen, bevor ich nicht jeden Zentimeter davon erforscht hatte.

Okay: Angenommen, die Person, die die Marken gestohlen hatte, wollte Eliot alles in die Schuhe schieben und ihn hinter Gitter bringen, *falls irgendetwas schief lief.* Und etwas ging entsetzlich schief, als Andy sein doppeltes Spiel begann, seine Komplizen hinterging und die Briefmarken in seinen Besitz bringen wollte. Dann erschoss der Killer Andy und ließ dessen Leiche ... in der Nähe des Briefmarkenverstecks liegen. Irgendwie musste der Mörder dahinter gekommen sein, dass Andy in die *falsche* Kapelle einbrechen wollte. Da der Mörder nicht sicher sein konnte, ob Andy sein Wissen über den Verbleib der Marken weitergegeben hatte, musste er (oder sie) die Beute holen, bevor sie entdeckt wurde. Aber wo würde der Killer sie dann verstecken?

Ich knallte das gefrorene Sorbet auf die Arbeitsplatte. Denk nach, stachelte ich mich selbst an. Wenn du dich anstrengst, die Gedankengänge des Mörders nachzuvollziehen ... würdest du die Beute nicht an einem relativ leicht zugänglichen Ort verstecken? *Aber nach wie vor an einer Stelle, wo der Verdacht auf Eliot fallen würde.*

Wo würde Eliot etwas verstecken?

Was hatte Eliot zu mir gesagt? Die Elisabethaner versteckten Überraschungen in ihren Desserts. *Moment.* Ich zermarterte mir das Gehirn, um mir seine genauen Worte ins Gedächtnis zu rufen. *Ein typischer elisabethanischer Brauch ... Schätze in etwas Süßes zu backen.* Etwas Süßes ... Eliots Konfitüren? Wo würde er etwas Wertvolles deponieren, das dort vermutlich nie gefunden würde? Aber *wenn* es entdeckt wurde, deutete alles auf ihn als Täter hin ...

Eliots Konfitüren?

Mein Blick wanderte zu dem Schrank mit den Marmeladen. Er war verschlossen, doch jeder, der auch nur ein wenig mit seinen Gewohnheiten vertraut war, wusste, wie er an den Schlüssel kam. Zu offensichtlich? Aber neben dem Labyrinth waren die Marmeladen und Gelees sein ganzer Stolz und seine Freude ... bewahrte er sie noch woanders auf?

Mir fiel etwas ein. *Das ist nur die Hälfte seiner nächtlichen Produktionen*, hatte Sukie erklärt und auf die Marmeladegläser in der Küche gedeutet. *Denk nach.*

Gestern Abend wollte ich zum Lammbraten Minzgelee haben. Julian hatte vergeblich den Schrank in der Küche durchsucht. Dann ging er ins Speisezimmer ... dort hatte er auch das Sherrygelee gefunden ...

Nein, das ist zu blöd, tadelte ich mich. *Dieses Schloss ist riesig. Hier gibt es eine Million Verstecke.*

Mit zitternden Händen schob ich das schmelzende Sorbet beiseite und nahm den Schlüsselring an mich, den eine der Mütter auf die Arbeitsplatte gelegt hatte. Mein Herz klopfte heftig, als ich nach dem richtigen Schlüssel suchte, der in das Schloss des Küchenschranks passte. Vielleicht ..., dachte ich. Tom war mit seiner High-School-Liebe am Flughafen, mehr als dreißig Gäste warteten in der Großen Halle darauf, dass ich ihnen den Nachtisch servierte, mein Sohn und Julian waren auf dem Weg zum Arzt und ich hatte vor, einen Mordfall zu lösen, indem ich Schrankfächer mit Konfitüregläsern durchsuchte.

Möglicherweise brachte der kommende Tag bessere Ideen, aber fürs Erste hielt ich jedes Glas gegens Licht. *Johannisbeere. Heidelbeere. Kirsche. Brombeere* ... In jedem Glas war genau das, was auf dem Etikett stand. *Orange. Feige. Grapefruit.* Eine alberne Beschäftigung ... dennoch untersuchte ich auch die letzte Reihe: *Erdbeere.* Nichts sonst.

Ich stürmte in das Speisezimmer. Der antike Weinschrank, ein elegantes Möbelstück aus Mahagoniholz mit rautenförmigen Bleiglasscheiben, hatte ein winziges Schlüsselloch. Ich versuchte mich zu erinnern. Julian war vermutlich mit den Schlüsseln in der Tasche hier hineingegangen. Er hatte nicht lange gebraucht, um das Minz- und Sherrygelee aufzutreiben. Ich versuchte es mit dem kleinsten Schlüssel. Ich stocherte damit in dem Schloss herum und nach einer Weile sprang die Glastür auf.

Das Licht im Speisezimmer war nicht so hell wie das in der Küche. Ich musterte jedes Glas eingehend und hielt es hoch. *Minzgelee, Sherrygelee, Pfirsich-Chutney.* Ich kam mir idiotisch vor. Und jetzt die letzte Reihe: *Zitronenmarmelade.*

Beim zehnten Glas schnappte ich nach Luft. Statt mit gelber Marmelade war dieses Glas mit Papier gefüllt. Ich schraubte den Deckel ab und spähte hinein.

Kleine Plastikhüllen. Ich nahm eine heraus und erkannte das Profil von Königin Viktoria.

Bevor ich »Eureka« schreien oder »God save the Queen« sagen konnte, hörte ich ein ominöses Knarren auf dem Flur. Meine Nackenhärchen stellten sich auf. Ich drehte mich genau in dem Moment um, als Michaela in die Küche platzte und ins Speisezimmer lief. Sie hatte einen Säbel in der Hand.

»Wo sind sie?«, wollte sie wissen. Sie war außer sich. Das weiße Haar, das von hinten beleuchtet wurde, verlieh ihr das Aussehen einer Todesfee.

»Wo ist was?«

Michaelas zorniger Blick richtete sich auf das Glas in meiner Hand. »Was ist *das*? Was *machen* Sie da?«

»Ich versuche herauszufinden, warum Sie die Briefmarken hier hineingetan haben.« Ich holte tief Luft.

»Weil Sie wollen, dass Eliot erwischt wird, stimmt's? Ich weiß, dass Sie ihn hassen. Ich habe Ihren Streit beobachtet ...«

Sie brach in ein hässliches Gelächter aus, das mehr wie ein Keckern klang. »Sie wissen gar nichts! Ich hasse Eliot nicht – ganz im Gegenteil!«

In diesem Augenblick gingen die Lichter in der Küche und im Speisezimmer aus. In dem trüben Schein der Wandleuchten vom Flur sah ich die Silhouette einer menschlichen Gestalt mit einem schimmernden Schwert. Ich hörte zwei Menschen ächzen und kämpfen, Möbel fielen um, die Waffen klirrten und die Menschen schrien, wenn sie getroffen wurden.

Höchste Zeit, sich aus dem Staub zu machen, kreischte eine Stimme in mir und ich gehorchte. Ich stopfte das kostbare Glas in meine Jackentasche, rannte los, fiel halb über den Esstisch, richtete mich wieder auf und schmiss einen Stuhl um. Die Kämpfer in der Küche prallten gegen irgendetwas. Glas zersplitterte.

Lauft, befahl ich meinen tauben Beinen. Ich tastete mich durch die Dunkelheit; stieß gegen den Geschirrschrank. Wo war die Tür? *Lauf*. Ich stolperte weiter.

Jemand befand sich mit mir im Speisezimmer. Ein Schwert zischte durch die Luft. Ich schrie und streckte die Arme wieder aus. Meine Hand schloss sich um etwas – um eine von Eliots Weinflaschen. Wieder sauste das Schwert an mir vorbei, ziemlich nah. Ich wirbelte herum und parierte mit der Flasche. Sie traf meinen Angreifer an der Schulter und zerbrach. Er taumelte zurück.

Ich hatte mir ein wenig Zeit verschafft. Ich stolperte wieder, fand aber die Tür. Ich huschte hinaus und rannte um mein Leben.

Den Flur entlang in den Turm mit dem Brunnen, an dem Brunnen und der Toilette vorbei in das große Wohnzimmer. *Lauf, lauf, lauf.* Das Handy und das Glas mit den Marken in meiner Jackentasche stießen bei jedem Schritt aneinander. Ich hatte noch immer den Flaschenhals in der Hand. Er würde mir wenig helfen, wenn ich mit einem Schwert angegriffen wurde. Ich musste weg von dieser scharfen Schneide, musste fort aus diesem Schloss, musste dem Tod entkommen.

Hinter mir donnernde Schritte. Wer auch immer es auf mich abgesehen hatte, er war flink auf den Beinen. *Lauf, lauf schneller.* Ich stürmte durch die Glastür zum Torhaus und kam keuchend zum Tor.

Es waren keine Schritte mehr zu hören. Hatte mein Angreifer aufgegeben? Oder holte er Verstärkung? Ich starrte auf das Tor und schnaufte heftig. Was jetzt? Es war kalt da draußen und ich hatte keine Autoschlüssel. Ich hatte kein *Auto*. Was sollte ich machen – den ganzen Weg in die Stadt laufen? Mein Verfolger war besser in Form als ich.

Ich drehte mich um und sah über den Hof. Nur etwa fünfzig, sechzig Meter entfernt waren Eltern, die mir helfen konnten. Sollte ich das riskieren? Oder war es besser, in die Nacht und über den langen Steg zu rennen, der den Burggraben überspannte?

Unentschlossenheit ist der Feind der Menschheit. Über mir klickte etwas. Ohne jede Vorwarnung klatschte kochendes Wasser auf meine Haut. Ich schrie vor Schmerz, der in meinem Arm von der Schulter bis zum Ellbogen brannte. Ich machte einen Satz, um der siedenden Kaskade zu entkommen.

»Hilfe!«, brüllte ich, als noch mehr Wasser in die Tiefe strömte. »Hilfe!«

Das Wasser kam durch die gewölbte Decke, durch die alten Löcher, die zur Verteidigung gegen Eindringlinge dienten. In meinem linken Arm tobte der Schmerz. Über mir schrie eine Frau. Ich sah auf und entdeckte blondes Haar, ein hübsches Kindergesicht. Dann hörte ich einen Schlag und wieder ein Gefecht. Ich weinte und versuchte, das Tor zu öffnen. Meine Haut stand in Flammen. Ich konnte den Türknauf nicht drehen.

»Flieh, Köchin!«, brüllte eine Kinderstimme über mir. »*Flieh!*« Schwerter klirrten, jemand ächzte. »Wir haben versucht, dich zu warnen, damit du nicht herkommst.«

Und ich rannte den Weg zurück, den ich gekommen war, mein Arm brannte, meine Haut warf Blasen. *Lieber Gott*, betete ich, *hilf mir*.

Und plötzlich erinnerte ich mich, wie ich Sukie zum Spülbecken geführt hatte, nachdem sie den verkohlten Kuchen aus dem Backrohr geholt und sich dabei die Hand verbrannt hatte. *Wasser. Kaltes Wasser.*

Ich wurde langsamer. War es meinem Angreifer gelungen, in die Küche zurückzukehren? Ich würde gleich in Ohnmacht fallen. Ich würde an den Verbrennungen sterben. Ich werde Arch, Tom und Julian nie mehr wiedersehen.

Ich schluchzte. Meinen Körper durchströmten Angst und Schmerz. *Wasser.* Der Brunnen im Turm war abgedichtet. *Wasser.* Ich musste sterben, wenn ich kein Wasser fand. Ich zog den Riegel vor der alten Toilette zurück und riss die Tür auf, dann wagte ich mich bis zum Rand des Schachts. Mit den Füßen zuerst rutschte ich in die Tiefe durch den Schacht der historischen Latrine. Ich stieß gegen ein Gitter, es gab nach.

Das eisige Wasser war ein Schock, verschaffte mir aber eine solche Erleichterung, dass ich vor Freude schrie –

unter Wasser. Der Lohn war, dass Wasser in meine Lunge geriet. Ich fuchtelte mit Armen und Beinen und kam keuchend und hustend an die Oberfläche. Gerade als mir das Handy und das Glas mit den Briefmarken wieder einfielen, spürte ich, dass beides aus meiner Jackentasche rutschte und sank, zusammen mit meinen Schuhen.

Etwas berührte meinen Kopf, und ich schreckte zurück. Eine Ente? Ein Fisch? Was war sonst noch in diesem verdammten Burggraben? Ich blinzelte und bewegte Arme und Beine, um mich durch das eisige Wasser zu schieben. Im Licht der Scheinwerfer, die das Schloss beleuchteten, sah ich, womit ich kollidiert war. Mit der verschwundenen Sorbetpackung.

Was?

Schwimm.

Mit einem Mal fror ich so erbärmlich, dass ich fürchtete unterzugehen. *Schwimm, paddle, trete Wasser, tu irgendwas, verdammt,* kommandierte ich im Stillen. Und wundersamerweise gehorchte mein Körper. Der Rand des Burggrabens war etwa dreißig Meter weit weg. Die Länge eines Swimmingpools. Keine große Sache. Ich pflügte durch das Wasser. *Schwimm. Beweg deine Arme und Beine.*

Mein verbrühter Arm war taub vor Schmerz. Meine Füße taten weh von dem Aufprall auf dem Gitter. Wenn ich die andere Seite erreichte, was sollte ich dann tun? War mein Verfolger noch hinter mir her? Wie konnte ich bis auf die Knochen durchnässt und durchgefroren durch den dunklen Wald gelangen, der das Schloss umgab? Das war mir ein Rätsel.

Schwimm, verdammt noch mal.

Ich hob einen Arm, dann den anderen. Der verbrühte

Arm wollte den Befehlen meines Gehirns nicht folgen, deshalb drehte ich mich unter größter Anstrengung auf die Seite und begann mit linkischen Seitwärtsstößen. Ich schnappte nach Luft. Schwimmen war mir noch nie so schwer gefallen.

Schließlich berührten meine Finger das Ufer. Die schlüpfrige, mit Algen bedeckte Steinmauer bot mir keinen Halt. Keuchend griff ich nach einem überhängenden Espenast, aber ich fiel zurück und schluckte wieder Wasser. Mit viel Mühe hievte ich mich hoch. *Einen Fuß vor den anderen setzen. Raus aus dem Wasser, durch den Wald und in die Stadt. Boyd anrufen. Die Polizei anrufen.*

Flieh.

Ich stemmte mich über die Steinmauer und landete in Schnee und Laub. Um mich herum rauschte der Wind in den schwankenden Bäumen. Ich spürte meine Füße nicht mehr, aber ich war im Schnee. Meine verbrühte Haut wurde heiß und schmerzte mehr denn je.

Ich warf einen Blick zurück zum Schloss. In der Küche brannte ein unheimliches Licht, das weder von den Deckenlampen noch von den Wandleuchten stammte. Ich blinzelte: Da war eine Gestalt, eine kleine Gestalt am Fenster, das wieder offen stand. Wer war das?

Ich hörte ein Kind rufen: »Flieh, Köchin!« Es klang, als wäre es ein Mädchen, und es war oben in Michaelas Räumen gewesen – im Torhaus neben den Mörderlöchern ... Das Kind stand reglos da, eingerahmt von dem geöffneten Fenster. Träumte ich oder trug das Mädchen wirklich einen elisabethanischen Rüschenkragen?

Scheiße, dachte ich. Entweder ich sehe ein Gespenst, oder ich verliere den Verstand.

 **Ich wandte mich ab** und versuchte, mich zu orientieren. In der Nähe schimmerte ein schwaches Licht durch die Bäume. Ein beißender Geruch stieg mir in die Nase. Woher kam er?

Ich zog mich vorsichtig auf die Knie und legte schmerzlindernden Schnee auf meinen Arm. Zu spät dachte ich an die hungrigen Berglöwen, die nachts auf die Jagd gingen. Wurde ich bald ein Horsd'œuvre für eine Katze? Ich lachte laut. *Mach dir deswegen keine Sorgen, Dummkopf.* Die menschlichen Jäger, die mich hetzten, waren weitaus gefährlicher als die Vierbeiner, die vielleicht durch diesen Wald streiften.

Ich kam taumelnd auf die Füße; der Gestank überwältigte mich fast ... der Gestank von Abfall. Mit einem Mal wurde mir klar, dass ich nur etwa sechs Meter von der Mülltonne und dem Licht, das dort immer brannte, entfernt stand. Ich brauchte Hilfe, das wusste ich. Aber all meine Nachforschungen dieses Abends hatten mich der Lösung des Falles nicht näher gebracht. Früher, wenn meine Mutter vom Einkaufen nach Hause kam, kontrollierte sie immer als Erstes den Abfall. Das hielt sie für besonders notwendig, wenn ich ein schuldbewusstes Gesicht machte. Hatte ich ein Glas zerbrochen? Popcorn in einer Pfanne anbrennen lassen? Verbotene Schokoriegel oder Eis gegessen? Alle Beweise, die meine Mutter brauchte, befanden sich im Abfalleimer.

Ich stolperte durch den Schnee und nahm den Deckel von der Mülltonne. Da waren die zugeschnürten Tüten mit dem Abfall vom Labyrinth-Lunch. Ich beugte mich vor und schob sie zur Seite. Darunter befanden sich schwarze, mit gelbem Band zugebundene Tüten. Ich riss die erste auf und fand Haushaltsmüll: Aluschalen und mit Sauce verschmierte Kartons vom chinesischen Imbiss. Ich atmete ein paarmal in der sauberen Luft, dann beugte ich mich über die Tonne, um die zweite Tüte aufzureißen: Farbdosen. Pinsel. Und darunter ein Metallschild und etwas, was wie mit einem Drahtgewirr verbundenes Metall aussah. Ich nahm beides und hielt die Sachen ins Licht.

Auf dem Schild stand: PUMPSTATION – HOCHSPANNUNG – KEIN ZUTRITT! LEBENSGEFAHR! Das andere war das Schloss, komplett mit Drähten, die an den Strom angeschlossen gewesen waren. Eine Seite war schwarz.

»Andy!«, hauchte ich. »Du hast dich in echte Schwierigkeiten gebracht, Junge.«

Ich warf die Sachen wieder in die Tonne und überlegte, wohin ich gehen musste. Eine schmale Straße führte von der Tonne zur Zufahrt. Sie war vereist und glatt. Aber wollte ich auf die Zufahrt? *Denk nach*, forderte ich mich selbst auf.

Aber ich konnte nicht. Mein Arm war so heiß, dass ich mich erneut in den Schnee warf. Mir war schwindelig und ich kam mir vor, als würde ich gegen die Bewegung der Erde schwimmen.

Nach ein paar Minuten fühlte ich mich besser. Ich zwinkerte. Mein verschwommener Blick hatte sich geklärt. Was jetzt? Tu so, als wärst du Dorothy, und *folge dem gelben Steinpfad*. Oder in diesem Fall dem *vereisten Weg*. Mein spontanes, halbherziges Kichern überraschte mich. Humor der Verzweiflung. Ich kämpfte mich auf die Füße und torkelte vorwärts. Wie weit war es bis zur Zufahrt? Eine Viertelmeile? Ein halbe Meile? Durch die schwankenden Zweige über mir konnte ich den Großen Bären sehen, der zum Polarstern, einem Stern des Kleinen Bären, deutete. *Du schaffst es. Flieh*, sagte ich mir.

Und ich presste die rechte Hand auf den verbrühten Arm und marschierte los. Meine Füße – nur in Strümpfen – waren taub geworden im Schnee. Ich schaff's, redete ich mir ein. Höchstens eine halbe Meile.

Die dünnen Baumstämme wiegten sich im Wind und knarrten. *Wer hat mir das angetan?* Ich wusste keine Antwort darauf. Jemand, der in der Großen Halle war, jemand, der gesehen hatte, wie ich Eliots Broschüre las, jemand, der mir zur ehemaligen Kapelle gefolgt war und von weitem beobachtet hatte, wie ich die frische Farbe von dem verräterischen schwarzen Bogen gekratzt hatte, dem deutlichen Zeichen für einen elektrischen Stoß, der durch den Körper eines jungen Mannes geflossen war. War Michaela für all das verantwortlich? Und wenn, wer hatte sie angegriffen, um mich zu retten? Was war tatsächlich passiert?

Gedanken und Fragen wirbelten mir durch den Kopf. *Flieh, Köchin! Wir haben versucht, dich zu warnen, damit du nicht herkommst!* Ich hatte ein Gesicht mit blondem Haar gesehen.

Andy wollte in ein Spielzimmer einbrechen, ein Spielzimmer, das mit Strom gesichert war.

Ich hasse ihn nicht, hatte Michaela gesagt. *Ganz im Gegenteil...*

Das elektrisch gesicherte Kinderzimmer war mit billigem Mobiliar bestückt und die Spielsachen waren alt, aber nicht verstaubt.

Der einzige gefährliche Ort in diesem Schloss ist die Pumpstation war Sukies Aussage. *Aber keine Angst, dort ist alles abgesperrt.* War ein Raum ohne Pumpe wirklich gefährlich? Oder war er nur abgesperrt, weil man die Schweizer Sauberkeitsfanatikerin fern halten wollte?

An diesem Abend hatte ich das Gesicht eines Kindes gesehen, eines kleinen Mädchens, davon war ich ziemlich überzeugt. Dieses Mädchen hatte oben in Michaelas Räumen meinen Peiniger angegriffen.

Im Hyde-Schloss *war* ein Kind – ein lebendiges kleines Mädchen, kein Gespenst.

Das Gerücht von dem im Brunnen versenkten Baby war nichts anderes als ein Gerücht, das absichtlich in die Welt gesetzt wurde, um Neugierige abzuwehren. Und was war mit den Schreien in der Hyde Chapel? Es hatte keinen Geist einer verstorbenen Exfrau gegeben, das lebendige Kind hatte geschrien; vielleicht war es im Lagerraum der Kapelle, als diese unglückselige Hochzeitszeremonie begann. Eliot hatte vermutlich diese Geschichte mit dem Tonband und alldem nachträglich selbst inszeniert, um die Wahrheit zu kaschieren.

Also wusste Eliot von dem Kind. Er *musste* auch wissen, warum und wie Andy den Stromschlag abbekommen hatte. Wusste er auch, wer Andy ermordet hatte? Oder war es Eliot selbst gewesen?

Ich war bestimmt schon in der Nähe der Zufahrt,

aber ich hörte keine Motorengeräusche vom Highway, nur das Knarren und Ächzen der Bäume. Natürlich war Eliot im Bilde. Der arme Andy wollte in die Kapelle einbrechen – nicht in die Kapelle, in der die Marken in Wahrheit versteckt waren, sondern in die Schlosskapelle, in der ein *Kind* versteckt war, in das Spielzimmer ...

Aber wessen Kind?

Man erzählt sich in der Stadt, dass er wie ein Eremit in einem Raum des Schlosses gehaust hatte. Wie lange hatte Eliot so gelebt? Zwischen dem Zeitpunkt, an dem er seinen Lehrerjob an der Ostküste verlor, und dem Tag, an dem er Sukie kennen lernte, lagen beinahe neun Jahre. In dieser Zeit hatte er mindestens eine Freundin: Viv Martini. Die Beziehung hielt nicht lange, wenn man Boyd glauben konnte.

Es ist verfügt, dass die Familie des Fechtmeisters mietfrei in einem Teil des Schlosses leben kann ...

Mhm. Beinahe neun Jahre in einem desolaten, allmählich verfallenden Schloss. Ich hätte wetten mögen, dass Eliot vor seiner Beziehung zu Viv Martini Trost in den Armen der Kastellanin gefunden hatte.

Ich hasse Eliot nicht ... ganz im Gegenteil.

Ich kam zu der Überzeugung, dass Michaela schwanger wurde und dieses Kind auf jeden Fall haben wollte, sie war jedoch bereit, die Existenz des Kindes geheim zu halten, damit Eliot seine Träume mit dem Schloss verwirklichen und seinen guten Ruf bewahren konnte. Das Kind wanderte gelegentlich durch das alte Gemäuer und tauchte unerwartet irgendwo im Schloss auf – vielleicht sogar in einer kleinen Ritterrüstung. Möglicherweise hatte auch einer dieser Ausflüge den hässlichen Streit zwischen Eliot und Michaela, den ich vom Fenster aus beobachtet hatte, verursacht ...

Nicht nur das – die Nachricht vom Mord an Andy Balachek hatte das Augenmerk der Öffentlichkeit auf das Schloss gelenkt und es stand zu befürchten, dass das sorgfältig gehütete Geheimnis aufflog und die Pläne des ambitionierten Besitzers zunichte machte.

Das Kind. Ich hatte den Atem der Kleinen gehört … in der Nacht, in der ich im Turm neben unserem Zimmer gestanden hatte. Ich hatte es einmal kurz gesehen, in der dunklen Ecke der Großen Halle, als es in seiner Rüstung der Fechtdemonstration meines Sohnes zusehen wollte. Selbst Tom hatte es gesehen, aber er hatte es als von Medikamenten hervorgerufene Halluzination abgetan. Dieses seltsame Kind konnte, davon war ich überzeugt, durch die unrenovierten Bereiche des Schlosses geistern, in die Türme klettern und uns mit unerwarteten Auftritten erschrecken …

Flieh, Köchin! Wir haben versucht, dich zu warnen!

Ich stolperte weiter und überlegte dabei fieberhaft. Nach einer Ewigkeit, wie mir schien, drang ein Geräusch an meine Ohren, ein Tosen … der Creek. Ich dankte Gott. Und wann nahm ich dieses andere Dröhnen wahr? Erst seit kurzem.

Wir haben versucht, dich zu warnen …

Ich taumelte auf die Zufahrt und sah die Scheinwerfer eines Autos. War das die Straße? Ich stolperte auf dem mit festgebackenem Schnee bedeckten Weg und fiel auf die Knie. Übelkeit stieg in mir auf.

Was hatte Boyd gesagt? *Das Geschoss, das auf Ihr Haus abgefeuert wurde, stammte aus einer anderen Waffe als die Schüsse, mit denen Andy und der Computerdieb »Morris Hart« getötet und Tom verletzt wurden. Diese eine Kugel war eine Warnung. Jemand hatte mich, nicht Tom gewarnt. Wovor? Wollte man mir damit sagen, dass ich mich vom Hyde-Schloss fern halten sollte? Wieso? Weil in dem alten Gemäuer ein Mord begangen wurde und die Leiche nur wenige Meter vom Tor entfernt im Creek versenkt worden war.*

Wer lebte in den oberen Räumen, aus denen die Stimme des Kindes gedrungen war? Michaela. Michaela, die Kinder liebte, Michaela, die selbst ein Kind hatte – dessen war ich mir ziemlich sicher. Michaela wollte mich mit dem Schuss auf das Fenster warnen. *Jag ihr Angst ein,* musste sie sich gedacht haben. *Zwinge sie, ihren Betrieb für eine Weile zu schließen. Unternimm etwas, um die Mutter eines deiner Lieblingsschüler von dem Ort fern zu halten, an dem Andy starb ...*

Ich ging weiter. Da ich damit rechnen musste, dass die Person, die all die Verbrechen begangen, die mich mit einem Schwert angegriffen und kochendes Wasser auf meinen Arm geschüttet hatte, mir noch immer auf den Fersen war, hielt ich mich in den Schatten.

Und wer war diese Person? Wer hatte Zugang sowohl zum Schloss als auch zu der Kapelle am Creek? Wer wusste von der Forderung der Lauderdales, ihrem Sohn ein Extradessert anzubieten? Wer hatte das Sorbet in den Burggraben geworfen, um sicherzustellen, dass ich noch einmal in die Küche zurückging, um Ersatz zu holen?

Sobald ich die Broschüren zur Hand genommen hatte und das tödliche Netz, das sich durch das Schloss und seine Geschichte spannte, allmählich entwirrte, fuhr *jemandem* ein gehöriger Schreck in die Glieder.

Wer hatte in Erfahrung bringen können, wann Tom aus New Jersey zurückkommen würde? Die einzige Möglichkeit, das herauszubekommen, war ein Gespräch mit jemandem aus unserer Familie ... mit Tom, mit mir ... oder mit Arch.

Wen besuchte Arch jede Woche? Seinen Vater. Und

wer hatte sich in letzter Zeit an John Richard gehängt und ihn, darauf hätte ich geschworen, überredet, einige Briefmarken zu verscherbeln, und dabei seinen Arztstatus sowie seine Gier auf ein luxuriöses Feriendomizil im Skigebiet weidlich ausgenutzt?

Zweifellos hatte sie sich ausgemalt, jeden unserer Schritte verfolgen zu können, während sie plante, die millionenschweren, gestohlenen Briefmarken zu Geld zu machen.

Das Brummen eines sich nähernden Vans unterbrach meinen Gedankenfluss. Es war *mein* Van! Tom! Ich fuchtelte mit meinem gesunden Arm durch die Luft. Er bremste, sprang aus dem Wagen und bestand darauf, mir auf den Beifahrersitz zu helfen. Erleichterung und Liebe zu ihm überwältigten mich.

»Miss G., sieh dich nur an!« Er musterte mich voller Sorge. »Du bist klatschnass! Wie bist du ...«

»Hör zu, Tom«, fiel ich ihm ins Wort und zitterte wie eine Verrückte. »Du musst Viv Martini verhaften.«

»**Ich möchte nur wissen**«, sagte Julian am nächsten Abend, als er sprudelndes Ginger-Ale in eine Punschschale schüttete, »was aus Eliot und dem Schloss wird?«

Wir waren in der Turnhalle der Elk Park Prep und trafen Vorbereitungen für den Valentinstanz. Mein linker Arm, der Verbrennungen zweiten Grades abbekommen hatte, war verbunden. Ich saß auf einem Stuhl neben dem Tisch und konnte kaum mehr tun, als Ratschläge geben, und das machte ich ungehindert.

Tom war noch nicht da. Ich hoffte, dass er überhaupt kommen würde, und glaubte fest daran. Er hatte sich meine knappen Erklärungen über die Vorgänge im Schloss angehört und die halb bewusstlose Viv Martini auf dem Boden neben den Mörderlöchern liegend vorgefunden. Er hatte sie wieder auf die Beine gebracht, ihr ihre Rechte vorgelesen und Handschellen angelegt. Einer der Väter bot an, mich in die Notaufnahme des Krankenhauses zu fahren, und ich beobachtete von seinem Wagen aus mit größter Genugtuung, wie eine vollkommen vernichtete Viv, bewacht von Tom, in meinem

Van kauerte, wo sie auf die Ankunft von Streifenwagen und Cops warteten.

Ich dachte über Julians Frage nach: Was wurde aus Eliot? Ich wusste es nicht. Er würde erst den Cops, dann Sukie, die nichts von seinen Geheimnissen gewusst hatte, die Wahrheit sagen: dass Andy Balachek durch den Toilettenschacht im Westflügel in sein Arbeitszimmer geklettert war. Dass Balachek einen beinahe tödlichen Stromschlag erlitten hatte, als er versuchte, in die ehemalige Kapelle des Schlosses einzudringen. Dass Michaela wegen des Stromausfalls erst ins Spielzimmer, dann sofort zu Eliot gelaufen war, der in der Küche Marmelade einmachte, wie er es so gern in den frühen Morgenstunden tat. Sie erzählte ihm von Andys komatösem Zustand.

Eliot rief in seiner Panik und Verzweiflung Viv Martini an, die dritte Komplizin bei dem Briefmarkenraub. Viv, so behauptete Eliot, hätte ihn erpresst und gedroht, sein Geheimnis von der unehelichen Tochter an die große Glocke zu hängen – offenbar war Viv bei ihrem kurzen Techtelmechtel mit Eliot dahinter gekommen, dass ein Kind, Eliots Kind, im Schloss lebte.

All die Jahre nach der Affäre entschied sich Viv nach der Verhaftung von Ray Wolff, die Hyde Chapel als Versteck für die gestohlenen Marken zu benutzen. Sie weihte Eliot nicht in ihre Pläne ein. Aber als Andy, der die Marken unbedingt schnell verkaufen wollte und schon unruhig wurde, den Hinweis auf das Versteck falsch interpretierte, wurde er bei dem Versuch, sie an sich zu bringen, getötet. Alles ging schief, gerade als Eliots Träume von einem Konferenzzentrum Wirklichkeit zu werden schienen.

Eliot und Michaela erzählten der Polizei – gegen die

Versicherung, dass sie nicht wegen Beihilfe angeklagt wurden –, dass Viv Andy aus dem Schloss transportiert hatte. Sie verfrachtete ihn in ihren Pick-up – den Zweitwagen neben dem goldenen Mercedes –, den sie später an Mo Hartfield auslieh. Währenddessen verteilte Eliot hastig Farbe über den Blut- und Brandflecken und strich zur Tarnung auch noch andere Wände im ganzen Schloss mit »Farbproben« an, in der Hoffnung, die verräterischen Beweise für Andys fast tödlichen Unfall zu kaschieren.

Die Polizei spekulierte, dass Viv keine Ahnung hatte, was Andy an Tom verraten hatte. Sie musste sicher gewusst haben, dass er Ray Wolff ans Messer geliefert hatte und dass er versuchen würde, die Marken in seinen Besitz zu bringen, ehe sie Gelegenheit hatte, sie zu verkaufen. Nach seinem Stromunfall erschoss sie ihn und warf seinen Leichnam in den Creek. Dann holte sie hastig, zu hastig, die Marken aus ihrem Versteck und ließ versehentlich eine dort. Ohne Eliots Wissen war Viv erneut ins Schloss geschlichen, um die Briefmarken in dem Marmeladeglas zu verstauen. Dabei kamen ihr die Kenntnisse über das Sicherheitssystem und Eliots Hobby sehr zupasse. Das neue Versteck würde auf Eliot als Täter hindeuten, falls die Beute entdeckt wurde. Laut der Theorie der Polizei legte sie sich anschließend im Cottonwood Park auf die Lauer, um zu sehen, ob Tom mehr wusste, als er ihrem Geschmack nach wissen durfte. Als er auf die Kapelle zuging statt zum Creek, in dem Andys Leiche lag, musste sie befürchten, dass er nicht nur das ursprüngliche Versteck der Marken kannte, sondern auch im Bilde war, wer die dritte Person bei dem Überfall gewesen war.

Und als Tom auf mich zukam – auf die Kapelle – beschloss sie, dass er sterben musste.

Und dann gab es da noch all die anderen Aspekte der Geschichte, wo wir Vermutungen, aber keine Beweise hatten: dass Viv die Anweisungen ihres wahren Freundes Ray Wolff befolgte, als sie sich an den Blödmann heranmachte. Ray wusste, dass John Richards Exfrau mit dem Cop verheiratet war, der ihn festgenommen hatte – das hatte ihm John Richard erzählt. Ausnahmsweise war einmal John Richard derjenige gewesen, den andere für ihre Zwecke benutzten. Er diente als Informationsquelle *und als Sexobjekt*. Wenn er nicht schon in einer Selbsthilfegruppe für Männer in den Wechseljahren war, dann hatte er jetzt sicher den Beistand von Leidensgenossen nötig. Ganz zu schweigen von der Hilfe, die er brauchen würde, wenn bewiesen werden konnte, dass er gestohlene Briefmarken verscherbelt hatte. Und dann musste er noch das Millionen teure, mit dubiosen Mitteln finanzierte Beaver-Creek-Domizil loswerden. Marla würde im siebten Himmel schweben, wenn sie das hörte.

Nach meiner Entlassung aus dem Krankenhaus fuhr mich der hilfsbereite Vater zurück ins Schloss. Die Polizei vernahm Eliot in der Großen Halle. Ich sah nach Sukie. Sie saß allein in der Küche und machte ausnahmsweise einmal nicht sauber. Sie weinte und sagte, dass sie gedacht hatte, Gott hätte endlich Erbarmen mit ihr, nachdem sie den Krebs und den Tod ihres ersten Mannes überstanden und den historischen Brief und so einen neuen Ehemann gefunden hatte. Jetzt war sie nicht mehr überzeugt davon. Ich legte den Arm um sie und versicherte ihr, dass Eliot sie liebte und beschützen wollte – genau wie Gott.

Etwas rührte sich in der Turnhalle und ich sah auf. Julian und Arch, der wegen seines verstauchten Knöchels an Krücken ging, begrüßten Michaela und ihre Tochter, ein hübsches, siebenjähriges Mädchen. Ich erhob mich ebenfalls, um sie willkommen zu heißen.

Die Kleine hatte dickes, blondes Haar, das zu Korkenzieherlocken aufgedreht war und mit zwei goldenen Spangen zurückgehalten wurde. Sie trug ein wadenlanges, blaues Taftkleid mit weißen Söckchen und schwarzen Wildleder-Stiefeletten – ein altmodisches Outfit.

»Ich bin die Köchin«, sagte ich zu ihr und streckte ihr die Hand entgegen.

Sie ergriff sie und knickste. »Ich weiß.« Ihre Stimme war klar und wohltönend. Sie zögerte unsicher, wie sie die Höflichkeiten, die man ihr beigebracht hatte, anwenden sollte. »Mein Name ist Mildred. Ich habe heute Abend mein Debüt in der Gesellschaft.«

Ich nickte, unfähig, Worte zu finden. Dieses kleine Mädchen hatte Viv Martini mit einem Schwert zu Fall gebracht, nachdem Viv mit einer zerbrochenen Stichwaffe über die Treppe im Wohnzimmer in Michaelas Räume gestürmt war, um nach einer anderen Waffe zu suchen. Unglücklicherweise hatte sich Viv rasch von dem Sturz erholt, Michaelas elektrischen Wasserkocher gegriffen und das kochend heiße Wasser durch die Löcher auf mich geschüttet. Aber dann hatte *dieses kleine Mädchen* Viv mit Eliots wertvoller Ausgabe von *Burke's Peerage* bewusstlos geschlagen. Dieses reizende kleine Ding, das seinem Vater unheimlich ähnlich sah, hatte all das vollbracht. Ich wusste nicht, ob ich lachen oder weinen sollte.

»Danke, Goldy«, sagte Michaela mit bebender Stimme. »Es tut mir Leid, dass ich Sie gestern Abend angeschrien habe. Ich wusste, dass Viv all die Probleme verursacht hat, und ich hatte Angst, dass sie es auf Eliot abgesehen hatte. Ich wollte sie finden und, und ...« Sie hielt inne, weil sie den Blick ihrer Tochter auf sich spürte.

Mildred wandte sich mir zu, ließ meine Hand los und knickste wieder. In den vergangenen vierundzwanzig Stunden hatte ich mehr darüber erfahren, wie Michaela Mildreds Existenz all die Jahre geheim gehalten hatte. Eliot hatte schuldbewusst den Rest der Geschichte gebeichtet: Michaela *liebte* ihn und sie vergötterte auch ihr gemeinsames Kind. Michaela hatte sich geweigert, ihren eigenen Vater, den alten Fechtmeister, und ihr Zuhause im Schloss – das einzige, das sie jemals gekannt und geliebt hatte – zu verlassen. Und Eliot war davor zurückgeschreckt, Michaela und seine Tochter aus dem Haus zu werfen: Das hätte zur Folge gehabt, dass seine Vaterschaft offiziell bekannt wurde. Also versprach er, dass Michaela und Mildred in der Wohnung der Kirovskys bleiben durften und dass er Unterhalt für das Kind zahlte, bis sich Michaela im folgenden Jahr frühzeitig in den Ruhestand versetzen lassen konnte. Danach wollte sie Mildred ein neues Zuhause schaffen, bevor das Konferenzzentrum eröffnet wurde. Eliot hätte Michaela und Mildred finanziell unterstützt, solange niemand – besonders nicht Sukie, die er aufrichtig liebte – erfuhr, dass er Mildreds Vater war. Deshalb hatte Michaela das Spielzimmer mit einem unter Hochspannung stehenden Sicherheitsschloss versehen.

Aber alle Geheimnisse haben die Tendenz, aufgedeckt zu werden.

Mildred machte wieder einen Knicks und ließ sich von Michaela an den Tisch mit dem Punsch führen.

Arch war begeistert. »O Mom! Ein verstecktes Kind! Das ist cooler als der Geist eines Jungen, der irgendwelche Fenster aufmacht!«

»Von wem hast du davon gehört?«

»Von Michaela«, sagte Arch und drehte sich auf seinen Krücken, um Mildred nachzusehen. »Als du im Krankenhaus warst. Das Gespenst öffnet das Fenster, um frische Luft zu bekommen, weil der Junge in diesem Raum an Lungenentzündung gestorben ist. Dort bekam er plötzlich keine Luft mehr. Hin und wieder sieht man ihn am Fenster in der jetzigen Küche. Er trägt elisabethanische Klamotten mit einem Rüschenkragen und er macht immer wieder dieses eine Fenster auf.«

Gütiger Himmel, dachte ich. Dann *habe* ich ein Gespenst gesehen.

»Michaela hat mir auch erzählt, dass Mildred offiziell gar nicht existiert. Als Michaela nach Mildreds Geburt ernsthaft krank wurde, haben sie sie mit dem Hubschrauber aus dem Schloss geholt, und die Sanitäter sahen das Baby mit *Michaelas* Vater, der vor seinem Tod half, das Kind aufzuziehen.«

Die nicht abgegangene Plazenta, von der die Krankenschwester gesprochen hatte, ging es mir durch den Kopf. Das hätte ich beinahe vergessen.

»Aber für Mildred wurde nie eine Geburtsurkunde ausgestellt«, sagte Arch. »Michaela wird eine beantragen, damit Mildred einen offiziellen Namen bekommt, Sozialversicherungen, Impfungen und all das Zeug. Das Problem ist nur, dass Michaela eine Menge Schwierigkeiten bekommen wird, weil sie unser Fenster eingeschossen hat.«

»Ich bin ziemlich sicher, dass das Mädchen Mildred Kirovsky heißen wird«, machte ich meinem Sohn klar.

»Und nach allem, was ich gehört habe, wird Michaela nicht angeklagt wegen des Fensters, solange sie mit der Polizei bei den Ermittlungen gegen Viv Martini kooperiert. Wir werden sie jedenfalls nicht anzeigen.«

»Das ist gut«, fand Arch und hinkte davon. Er war beängstigend flink mit seinen Krücken. »Das Fechtteam braucht sie noch. Oh«, fügte er hinzu und drehte sich noch einmal zu mir um, »Howie Lauderdale hat angerufen und sich entschuldigt. Er sagte, sein Vater hätte ihm hundert Dollar angeboten, wenn er das Gefecht mit mir gewinnt. Er fühlt sich ehrlich miserabel und natürlich hat er das Geld nicht angenommen. Ich hab ihm gesagt, er soll das Ganze vergessen.« Er lächelte, ich auch.

»Tom hat mich auf dem Handy angerufen«, informierte mich Julian, als ich zu dem Tisch mit den Getränken zurückging, »da du deines ja im Burggraben verloren hast. Er muss zusammen mit Boyd noch einiges recherchieren und kommt her, sobald er kann. Er sagt, Eliot hat eine Abmachung unterschrieben, die ihm Straffreiheit zusichert und ihn verpflichtet, mit der Polizei in vollem Umfang zu kooperieren.« Er schenkte an die ersten drei Schülerpärchen, die in der Halle aufkreuzten, Punsch aus. »Und noch was – es sieht so aus, als hätte John Richard seine Bewährung verwirkt, aber darüber wird noch verhandelt. Sie pumpen übrigens den Burggraben aus, um die Briefmarken zu finden.«

Ich lächelte. »Wie steht's um unser Haus?«

Julian grinste. »Das Beste hab ich mir bis zum Schluss aufgehoben. Das Fenster und die Alarmanlage sind repariert. Ihr könnt heute Abend noch zurück.«

Die Musik fing an. Rotierende, mit rotem Zellophan beklebte Lampen blitzten auf und tauchten die Turnhalle in eine scharlachrote, festliche Atmosphäre. Arch hüpfte an seinen Krücken hin und her. Ich sah genauer hin. Er tanzte mit Lettie, mit der er erst vor kurzem Schluss gemacht hatte. Unglaublich. Aber schließlich war ja Valentinstag.

Die Plätzchen und der Punsch waren der Hit. Julian servierte sie mit Geschick und Schwung. Ich wünschte, ich könnte ihm helfen, weil nur so herumzusitzen und zu grübeln machte mich wahnsinnig. Ich hatte Tom nicht gefragt, wie sein Treffen mit Sara Beth verlaufen war. Ich hatte einfach keinen Mut dazu.

Irgendwann kam Tom in die Turnhalle. Ich merkte, dass er den Arm in einer frischen Schlinge hatte und unbeschwerter und beschwingter wirkte als sonst. Er marschierte zielstrebig auf unseren Tisch zu.

»Miss G.«, sagte er.

»Wir müssen reden«, erwiderte ich nervös.

Er hielt die Hand hoch. »Du brauchst gar nicht zu fragen – bevor ich mich von Sara Beth verabschiedete, sagte sie, dass sie dich sehr mag. Es ... es tut mir Leid, dass ich dir nicht früher von ihren E-Mails erzählt habe – gleich am ersten Januar.«

»Und mir tut es Leid, dass ich dir nicht vertraut hab.«

Stock und Stein brechen dir das Bein, aber Geheimnisse können ...

Aus Angst, seine Frau zu verlieren, hatte Eliot Mildreds Existenz vor Sukie geheim gehalten. Sukie hingegen hatte Eliot ihre überstandene Krebserkrankung verschwiegen, weil sie fürchtete, das würde sie fehlerhaft und weniger begehrenswert erscheinen lassen. Deshalb hatte sie auch nie meinen Exmann erwähnt. Viv hatte John Richard getäuscht, ihn mit Sex geködert und verblendet und Andys Versuch, seine Partner zu hintergehen, hatte ihn das Leben gekostet.

Aber jetzt saß Viv im Knast und John Richard hatte jede Menge Schwierigkeiten mit seinem Bewährungshelfer. Sukie hatte mir erzählt, dass sie und Eliot zusammenbleiben würden, egal, was geschehen war. Sie wollte eine Beziehung zu Mildred aufbauen und Eliot hatte zerknirscht eingestanden, dass er seine Tochter besser kennen lernen wollte, auch wenn es seinem Ruf schaden sollte. Trotzdem würde Michaela das Schloss verlassen, aber erst wenn sie und Mildred bereit dazu waren.

Tom und ich hatten unsere Sache, was Vertrauen und Aufrichtigkeit betraf, leider um keinen Deut besser gemacht als die anderen. Jetzt standen wir hier in dem scharlachroten Licht und sahen uns an. Die erste Ehrlichkeits-Prüfung in unserer Ehe hatten wir höchstens mit einer Vier minus bestanden. Aber wir hatten alles überstanden und würden aneinander festhalten. Und war das nicht das Wichtigste?

Tom verbeugte sich so tief, wie es ihm seine Verletzung erlaubte. »Miss G., würdest du mit mir tanzen?«

Er nahm mich vorsichtig in den Arm. Die Musik war langsam und romantisch und mir lief unerwartet ein Wonneschauer über den Rücken. Wir beide bewegten uns wie zwei Kriegsveterane über die Tanzfläche. Ich legte behutsam meine Hände auf Toms Taille. Ich konnte meinen verbrühten Arm nicht zur Tanzhaltung heben. Tom schlang seinen unverletzten Arm um mich.

»Sara Beth ist auf dem Weg zurück nach Vietnam«, berichtete er sachlich. »Sie hat nicht vor, noch einmal herzukommen. Ihr Leben spielt sich in einem anderen Teil der Welt ab. Goldy ...« Er hob die Hand, um meine Wange zu berühren. »Danke für dein Verständnis.«

Ich würde nicht so weit gehen, von *Verständnis* zu reden. Vielleicht würde ich das niemals wirklich ganz verstehen.

Ich sagte: »Ich habe einiges über Kerle mit Schusswunden gehört. Angeblich können sie, wenn sie *richtig* vorsichtig sind, schon fünf Tage nach der Verletzung Liebe machen.«

Tom zog mich an sich, dann schwang er mich herum und flüsterte mir ins Ohr: »Ach ja? Wo hast du das gehört?«

Ich tanzte mit meinem Mann an diesem Valentinstag. Nach ein paar wonnigen Momenten sah ich am Büfett nach dem Rechten. Es war unbemannt. Ich suchte die Tanzfläche ab und entdeckte Julian mit einem hübschen, dunkelhaarigen Mädchen. Eine Lehrerin von der Elk Park Prep? Eine ehemalige Schülerin? Wieso hatte ich sie noch nie gesehen? Hatte Julian sie gerade erst kennen gelernt? Oder waren sie alte Freunde?

»Tom«, flüsterte ich, »wer ist das Mädchen, mit dem Julian tanzt?«

Tom drückte mich an sich. »Goldy«, raunte er mir ins Ohr. Mein Rücken prickelte. »Wirst du denn niemals aufhören?«

ENDE

Rezepte

Schloss-Brötchen 24
Feigen-Salat 204
Buntglas-Süßbrot 232
911 Schokolade-Notfall-Plätzchen 264
Königin-von-Schottland-Gebäck 267
Pflaumentorte 300
Shakespeares Steak-Pastete 328
Huevos Palacios 334
Boulder-Chili 335
Shuttlecock-Shrimpscurry 383
Pennyprick-Kartoffelauflauf 385

Dank

Ich möchte mich bei den folgenden Personen für ihre Unterstützung bedanken: Jim, J. Z. und Joe Davidson; Jeff und Rosa Davidson; Kate Miciak, eine fabelhafte Lektorin; Sandra Dijkstra, eine unglaubliche Agentin, und Susam Corcoran sowie Sharon Lulek – beide unvergleichliche Publizisten.

Für ihre Hilfe in Großbritannien schulde ich dem Personal von Books for Cooks in Notting Hill ebenso besonderen Dank wie den Angestellten in Hampton Court; Julie Cullen, der Direktorin von Catering for Cliveden, Taplow, und Maidenhead im National Trust, und David Edge von der Wallace Collection.

Große Unterstützung bot mir meine Freundin Julie Wallin Kaewert, die unerschrocken und kühn auf der linken Seite fuhr bei unserer großen Abenteuerreise zu den englischen Schlössern, Abteien, Hotels, Buchläden und Gourmet-Restaurants.

Außerdem bin ich noch zu großem Dank verpflichtet: Lee Karr und der Gruppe, die sich in ihrem Haus versammelt hat; Carol Devine Rusley für die Ermutigungen und ihre Freundschaft; Lucy Mott Faison, die wieder einmal schwesterliche Hilfe leistete, indem sie unermüdlich die Rezepte testete; John William Schenk und Karen Johnson, die sich die Zeit nahmen, meine unzähligen Fragen zu beantworten; Katherine Goodwin Saideman für ihre Korrekturen an dem Manuskript; Shirley Carnahan, Ph.D, Altphilologin an der Universität von Colorado, die mir viele hilfreiche Tipps, was die mittelalterliche Geschichte und das Leben in den alten Schlössern angeht, gab und das Manuskript gründlich durchlas; Dr. Michael Schuett, praktizierender Notarzt im Porter Hospital, der mir Einblicke in die Notfallversorgung bot; Chuck Musser, Fleischer in Albertson's Grocery Store, Evergreen, Colorado, der mir das Rezept für die Steak-Pastete verriet; Richard Staller, D. O., Elk Ridge Family Physicians, für medizinische Hinweise; Meg Kendal und Daniel Martinez, M. D., Denver-Evergreen Ob-Gyn Group, für weitere medizinische Informationen; Francine Mathews und Mo Mathews für ihre extrem hilfreichen historischen Hinweise; Triena Harper, Chief Deputy Coroner; Jon Cline, Coroner's Investigator, Chris Bauchmeyer, Stellvertretender Bezirksstaatsanwalt – alle aus Jefferson County –, und John Lauck, Kriminalermittler im Büro des Bezirksstaatsanwalts von Colorado – sie alle lieferten mir wichtige Informationen; Paula Millsapps beriet mich über Bankgeschäfte; Webster Stickney, Briefmarkenagent, Harmer Schau Auction Galleries, der mir mit seinem umfangreichen Wissen über Briefmarken weiterhalf; Deputy Troy Murfin, Jefferson County Sheriff's Department, für Details über Gesetze; und wie immer Sergeant Richard Millsapps, Jefferson County Work-Release Program, Lakewood, Colorado, für seine großen Kenntnisse und seine wunderbare Fähigkeit, sein Wissen in leicht verständlicher Form weiterzugeben.

Kurz bevor sich die Peabodys wieder auf den Weg zu Ausgrabungen nach Ägypten machen, überschlagen sich die Ereignisse: In ihr Londoner Haus wird eingebrochen, und ein wertvoller Skarabäus verschwindet. David, dem Verlobten von Amelias Nichte, werden Schmuggelgeschäfte vorgeworfen. Amelia kann das nicht glauben und macht sich auf die Suche nach den wahren Tätern. Die Spur führt nach Ägypten, wo am eher unspektakulären Ausgrabungsort erst eine Leiche und dann ein wertvolles geheimes Grab gefunden werden ...

»Amelia Peabody ist Indiana Jones, Sherlock Holmes und Miss Marple in einem.«
The Washington Post

Elizabeth Peters

Der Fluch des Falken
Roman

Econ | **Ullstein** | List

Seit achtzehn Jahren rackert Hedi sich nun schon ab. Beruflich als Krankenschwester, privat für die Familie: den Polizisten-Ehemann Klaus und die zwei Kinder. Doch eines Tages meldet sich eine alte Schulfreundin bei ihr, die ein ganz anderes Leben führt. Hedi beschließt, es der smarten Vivienne nachzumachen. Als sie überraschend die wunderschöne, alte Wassermühle ihrer Lieblingstante erbt, verläßt Hedi kurz entschlossen ihre Familie und zieht mit Vivienne dort ein …

Der neue Roman der Erfolgsautorin der »Detektivin«

Nikola Hahn

Die Wassermühle
Roman

Econ | Ullstein | List

»Und jetzt wolle mer mal schee feste presse, gell, Frau Schnidt.«

Witzig, frech, schlagfertig: Die Radio- und Fernsehmoderatorin Susanne Fröhlich schreibt über Mutterglück. Und über Männer – tolpatschige Kerle, die Vater werden wollen, Mediziner, die sich als Juristen entpuppen, und seltsame Kreuzungen aus Heinz Schenk und Heiner Lauterbach.

»Ein gelungenes Buch – nicht nur für Mütter oder die es noch werden wollen.«
Prinz

Susanne Fröhlich

Frisch gepreßt
Roman

Econ | ULLSTEIN | List

Eva, Besitzerin eines Wäschegeschäfts und glücklich mit Nick verheiratet, und Carla, arbeitsloser Single mit Hang zum Übersinnlichen, lernen sich direkt nach der Geburt ihrer sich verdächtig ähnlich sehenden Söhne kennen. Zunächst mögen sie sich nicht besonders, aber schon bald werden sie die dicksten Freundinnen. Carla betreut die beiden Kinder, und Eva kann endlich wieder in ihrem Geschäft arbeiten. Alles scheint in bester Ordnung, bis Eva eines Abends ihren Mann und Carla in einer scheinbar eindeutigen Situation überrascht. Ihr kommen Zweifel, ob die Ähnlichkeit der beiden Kinder wirklich reiner Zufall ist...

Beatrix Mannel

Voll ins Schwarze

Roman

Econ | ULLSTEIN | List